MONIKA SZWAJA

Jestem
nudziarą

Polecamy:

MONIKA SZWAJA

Jestem nudziarą

Prószyński i S-ka

Projekt okładki:
Maciej Sadowski

Redakcja:
Jan Koźbiel

Redakcja techniczna:
Małgorzata Kozub

Korekta:
Grażyna Nawrocka

Łamanie:
Ewa Wójcik

ISBN 83-7337-416-7

Wydawca:
Prószyński i S-ka SA
02-651 Warszawa, ul. Garażowa 7

Druk i oprawa:
OPOLGRAF Spółka Akcyjna
45-085 Opole, ul. Niedziałkowskiego 8–12

Moim najdroższym, Małgosi i Wawrzyńcowi,
a poza tym Basi, Maćkowi i wszystkim Małolatom,
które były promieniem słońca w moim życiu.

Jestem nudziarą.

Doszłam do tego wniosku po dogłębnym przemyśleniu sprawy.

Odstaję od społeczeństwa, które jest wesołe, nowoczesne i przebojowe.

Nie miewam fioletowych paznokci ani pomarańczowych włosów.

Ubieram się zawsze w czarne kiecki. Zostało mi to z mojego studenckiego *Sturm und Drang Periode*. Uważam, że jest mi w nich do twarzy, ale co z tego?

Maluję się śladowo.

Nie wiedziałam, kto to jest Gulczas (rozmawiały o nim panie na naszej portierni i pytały mnie, czy mi się podoba).

Chodzę do filharmonii i słucham muzyki poważnej.

Nie oglądam teledysków.

Nie zamawiam pizzy z dowozem do pracy. A tym bardziej do domu.

Jestem nudziarą i mam przerąbane!!!

W wieku lat trzydziestu:

– nie miałam jeszcze ani jednego męża,

– spałam tylko z czterema facetami, przy czym z dwoma z nich po razie, a od dwóch lat nie mam w ogóle nikogo!

– byłam zaledwie na trzech balach (w tym jeden maturalny, jeden absolutoryjny i jeden nieudany sylwestrowy, kiedy to zerwałam ze swoim jedynym narzeczonym, bo się strąbił jak świnia i powiedział, że mam za mały biust jak na jego wyuzdane potrzeby),

– nie zmieniłam pracy ani razu, odkąd ją podjęłam.

A teraz będę musiała ją zmienić, bo nie wytrzymałam i dałam po gębie mojemu szefowi, kiedy się do mnie przystawiał (strasznie nachalnie!), po czym wyleciałam z jego gabinetu do sekretariatu pełnego ludzi, wrzeszcząc, że jest stukniętym dziwkarzem. W dodatku zostawiłam za sobą drzwi szeroko otwarte, dzięki czemu załatwiający swoje sprawy studenci mogli zobaczyć, jak pan dziekan w popłochu zapina spodnie.

No a potem nie pozostało mi nic poza napisaniem uprzejmego wymówienia.

Pan docent wyraził zgodę. Hahaha.

Nie mam pojęcia, gdzie mogłabym pracować. Uczelnię mam z głowy bezpowrotnie, bo po pierwsze mój były szef na pewno podłoży mi świnię, jeśli tylko zrobię dwa kroki w jej kierunku, a po drugie sama nie mam najmniejszej ochoty na oglądanie tej kretyńskiej, nabzdyczonej gęby – choćby na korytarzu.

Wszelkiego rodzaju media odpadają w przedbiegach. Żadne tam radia, gazety i telewizje. Zresztą, nawet gdybym się załapała, tobym się pewnie nie utrzymała długo. Tam potrzebują pistoletów, a co ze mnie za pistolet. No, może czasami. Ale rzadko.

Biznesy też odpadają. Jak się chce pracować w biznesie, to nie można wyglądać jak mysza (dobrze, dobrze, ja wiem, że się nie mówi mysza). Poza tym należy raczej mieć studia ekonomiczne, nie zaś polonistyczne.

Obawiam się, że tak czy siak trafię do szkoły.

Matko Boska, będę panią nauczycielką!

Pracowałam wprawdzie na uczelni, ale była to politechnika, a ja tam robiłam za dziekanicę! Studenci zawsze mnie trochę przerażali. A studenci to ludzkość w miarę już cywilizowana. Licealistów boję się potwornie. Gimnazjalistów jeszcze bardziej. Wszyscy młodsi w ogóle nie wchodzą w grę, małych dzieci nie lubię, nudzą mnie śmiertelnie, wolę małe psy. Jeśli kiedyś będę miała odpowiednie warunki, natychmiast wezmę sobie, najlepiej ze schroniska, szczeniaka jakiejś dużej rasy. Albo bezrasowca. Ale dużego.

Może by poszukać pracy w jakiejś bibliotece?

Odpada. Jakby mnie te tony kurzu uczuliły, tobym już pewnie umarła.

Szkoła, coraz poważniej obawiam się, że to będzie szkoła.

No i czego się boisz, głupia?

Ostatecznie mam stosowne wykształcenie, bardzo dobry uniwersytet, bardzo dobrzy profesorowie mnie uczyli.

Pedagogikę też mam zaliczoną, jakby się kto pytał.

Teraz już nikt nie będzie dociekał, skąd się wzięła trója z pedagogiki w moim indeksie. A ona się tam wzięła jak najbardziej nieuczciwie.

Poszłam na ten egzamin zdeterminowana.

– Panie magistrze – powiedziałam stanowczo do asystenta – w pana los składam moje ręce. Tfu, przepraszam, w pana ręce składam mój los. Muszę się przyznać, że pańskiego przedmiotu, który bardzo szanuję, nie uczyłam się jednakowoż, uznając, że byłaby to strata czasu...

– Nie rozumiem. – Asystent wytrzeszczył na mnie niewinne błękitne oczy, a jego ręka z moim indeksem zawisła w powietrzu.

– Poważa pani, ale byłaby to strata czasu?

– Proszę mnie zrozumieć – kontynuowałam, patrząc na niego tak ufnie, jak tylko potrafiłam – strata czasu z mojego, bardzo subiektywnego punktu widzenia. Ponieważ ja nigdy, przenigdy, nie będę uczyła dzieci ani żadnej innej młodzieży. Widzi pan, ja mam taką wadę, że dzieci nie znoszę. One mnie nudzą i brzydzą. Wstyd się do tego przyznać, ja wiem, nikomu tego nie mówiłam poza panem. Będę raczej kamienie na drodze tłukła, niż pójdę do szkoły. No więc, wychodząc z takiego założenia, nie traciłam czasu na studiowanie pedagogiki, która nigdy w życiu do niczego mi się nie przyda. Proszę popatrzeć do mojego indeksu: wszystkie przedmioty literackie mam pozaliczane bardzo dobrze...

Pan magister przerzucił mój indeks.

– Może jednak zadam pani chociaż jedno pytanie, pro forma?

– To by nie miało sensu – wyszeptałam, starając się, aby mój szept zabrzmiał nie płaczliwie, ale stanowczo i z godnością. – To już lepiej, żeby pan od razu wpisał dwóję.

– Naprawdę, pani nic?...

– Nic, panie magistrze... Bardzo mi przykro.

– No cóż – powiedział z zastanowieniem pan magister. – Przynajmniej jest pani szczera.

Nabazgrał coś i oddał mi indeks.

– Życzę szczęścia. I proszę nie sprzedawać tego patentu swoim kolegom. Już więcej na taką szczerość nie dam się złapać.

No proszę! Jedyny taki magister na świecie! Zazwyczaj z profesorami bywa najłatwiej, z doktorami nieco gorzej, a już asystenci to przeważnie cholerni nadgorliwcy. A ten tu, kotek kochany, zrozumiał i postawił tróję!

W dodatku ja go trochę okłamałam.

Co do tego szacunku, mianowicie.

Wcale nie jestem pewna, czy rzeczywiście żywię taki szacunek dla jego dyscypliny. Może kiedyś i żywiłam, ale straciłam go bezpowrotnie po pierwszych zajęciach.

Przyszła na nie taka bardzo czcigodna, starsza pani profesor, która usiłowała nam wytłumaczyć pewne podstawowe rzeczy.

Ja tam jestem *homo sapiens* od paru pokoleń, poza tym dorosła osoba, więc jeśli się do mnie coś mówi słowami, to rozumiem. Moi koledzy chyba też.

Pani profesor zamierzała nam najwyraźniej powiedzieć, że jeśli się coś tłumaczy dziecku, to mu trzeba to tłumaczenie jakoś zobrazować. Ale gdyby nam to po prostu powiedziała, toby jej się wykład skończył po pięciu minutach.

– Załóżmy, proszę państwa – zaczęła pani profesor – że chcemy naszym uczniom wytłumaczyć, jak się sadzi pomidora.

Audytorium słuchało, lekko przysypiając. Był wczesny poranek, poniedziałek, mało kto wtedy bywał trzeźwy tak naprawdę.

– Trzeba sprawić – ciągnęła pani profesor – aby dzieci wyobraziły sobie ten krzaczek, który chcemy posadzić. To mały krzaczek. O taki – pokazała ręką na wysokości swoich kolan.

Audytorium ziewało.

Pani profesor tymczasem przenosiła wyimaginowany krzaczek pomidora w okolice katedry. Robiła to ostrożnie, aby nie uszkodzić delikatnej roślinki.

Co poniektórzy otworzyli szerzej zaspane oczka.

Pani profesor oparła krzaczek o katedrę. Zachwiał się. Podparła. Ustabilizowała.

– Ażeby naszego pomidorka posadzić, musimy najpierw wykopać dołek, a zatem pokazujemy naszym uczniom, jak kopie się dołek. Łopatką.

Ująwszy w dłoń nieistniejącą łopatkę, pani profesor jęła z zapałem kopać w blacie katedry jamkę, w której zamierzała posadzić wirtualnego pomidora.

Nikt już nie spał.

Pani profesor, cały czas objaśniając przystępnie, co robi, ujęła delikatnie krzaczek, lekko potrząsnęła, zapewne aby wyprostować system korzeniowy, po czym uniosła go, dopasowała do jamki w katedrze i posadziła.

Audytorium słuchało i patrzyło z zapartym tchem.

Pani profesor, używając łopatki, obsypała wstępnie korzenie pomidora ziemią, po czym odłożyła narzędzie i małymi rączkami skrzętnie przyklepała kopczyk wokół posadzonego warzywa. Po czym odsunęła się nieco od katedry i obrzuciła swe ogrodnicze dzieło spojrzeniem pełnym nieukrywanej satysfakcji.

Nie da się ukryć, że niektórzy z nas się popłakali. W tym ja.

I od tej pory już nie mogłam traktować pedagogiki tak poważnie, jak, być może, ona na to zasługuje.

Znaczy, jeśli pójdę do szkoły, będę musiała działać na wyczucie.

31 sierpnia, czwartek

Co za cholerny sadysta wpadł na pomysł, żeby początek roku szkolnego robić jutro! No to co, że właśnie wypada pierwszy września!

Miałabym jeszcze trzy dni na przygotowania duchowe, a tak będę nowe życie zaczynać w piątek! Dobrze, że nie trzynastego.

Mój horoskop na przyszły tydzień jest po prostu beznadziejny. Przewiduje dużo pracy i mało forsy. To się może sprawdzić, owszem.

O życiu uczuciowym ani słowa. Ale jak tak sobie obejrzałam towarzystwo nauczycielskie, to doprawdy nie wiem, z kim mogłabym uprawiać życie uczuciowe. Płci męskiej jest dyrektor, młodszy chyba ode mnie, zupełnie nie w moim typie, podobno straszna kosa; jeden taki filozof, jeszcze bardziej nie w moim typie, bo wyraźnie niedomyty (również umysłowo), oczywiście wuefista, przyjemny mięśniak lat dwadzieścia dwa, oraz pani wicedyrektor, która wyraźnie zerkała w moją stronę z apetytem.

Nio, nio. Jeszcze nigdy nie próbowałam z kobietą. Może dlatego, że mnie generalnie nie ciągnie. Prawdą jest jednak również to, że nie miałam propozycji.

Będę uczyć polskiego w kilku klasach oraz przejmę wychowawstwo po takiej pani, która niespodziewanie padła z komplikacjami ciążowymi i wiadomo, że nie wróci do szkoły prędzej niż za trzy lata.

– Nie zazdroszczę – szepnęła konfidencjonalnie starsza dama, zdaje się, historyczka. – Przez jeden straszny rok byłam ich wychowawczynią. Zrezygnowałabym po semestrze, ale pan dyrektor tak mnie prosił... To potwory. Mają przewrócone w głowie.

– Wszyscy? – Poczułam się lekko zaniepokojona.

– Co do jednego. Sami sobie zgotowaliśmy ten los.

– Dlaczego?

– Dyrektor chciał mieć genialnych uczniów, on jest szalenie ambitny, wie pani... no i wymyślił klasę wstępną, to znaczy robimy specjalny egzamin, bardzo trudny, przyjmujemy po ostrej selekcji uczniów do gimnazjum i oni już są nasi. W pierwszej licealnej, kiedy towarzystwo z miasta dopiero się oswaja, oni są starymi wyjadaczami... niestety.

– Ale to znaczy, że do tej klasy trafiają same bystrzaki?

– Inteligentni to oni są – przyznała niechętnie historyczna dama. – Tylko charaktery mają parszywe. Sami ich wbiliśmy w dumę. Teraz płacimy. Pani też zapłaci – ostrzegła i zachichotała wdzięcznie.

Jeszcze zobaczymy.

Na cześć ostatniego dnia wolności zaprosiłam Laurę i Beatę na małego drinka połączonego z niedużą wyżerką. Zrobiłam kulebiak.

Jak Boga kocham, nie kłamię. Umiem zrobić kulebiak. Jest to cholernie pracochłonne, ale musiałam jakoś oderwać się od ponurej rzeczywistości. Krajanie kapuchy świetnie na to robi.

Jako drink miała wystąpić czysta zamrożona, bo na mój rozum do kulebiaka żadne inne alkohole nie pasują. Szlachetna prostota.

Właśnie ustawiałam świece na stole – właściwie to jedną świecę, za to dużą, sąsiadka pożyczyła mi kiedyś taką gromnicę od pierwszej komunii swojego dziecka, bo zgasły wszystkie światła w bloku i szukałyśmy korków – kiedy zadzwonił domofon.

– Kto tam? – spytałam odruchowo.

– Pogotowie ratunkowe!

– Urząd skarbowy!

Znaczy, koleżanki spotkały się u bram. Bardzo dobrze. Wpuściłam je i zapaliłam gromnicę.

– Bardzo wykwintnie – powiedziała Beata. – Masz tu ode mnie prezent. Nie wiem, co zrobiłaś do jedzenia, ale do deseru będzie pasować.

Odwinęłam papier w różowe świnki w kapeluszach. Likier bananowy.

– Rany boskie! Do kapuchy!

– Na deser też masz kapuchę?

– Oczywiście. Jak już się zrobi kulebiak, to na wymyślanie deseru nie starcza sił. Laurencja, ty też przyniosłaś jakieś takie świństwo?

– Ode mnie dostaniesz prezent praktyczny. Masz, będziesz mogła sobie wróżyć i przewidywać przyszłość.

– Pokaż. O, ładnie. Wróżby, horoskopy, magia kamieni. Przyda się.

Odłożyłam księgę na stoliczek i wpadłam na dobry pomysł.

– Daj ten likier, Beata. Wypijemy go sobie jako aperitif.

– Taki słodki aperitif? – zaprotestowała Laura, która zna się na rzeczy, bo jej ciotka prowadzi pensjonat dla biznesmenów. Bardzo elegancki. Laurencja czasami zabawia się tam w hostessę, a ciocia płaci jej za to ciężkie pieniądze. Miewa te boki jednak tylko wtedy, kiedy biznesmeni są Japończykami, bo ona jest po orientalistyce i potrafi mówić w kilku dziwnych językach, w których to językach my umiemy powiedzieć co najwyżej Sony, Honda i Toyota.

– Nie grymaś. Nie mam gorzkiego. A wiesz, jak ci po tym słodkim będzie smakował mój kulebiaczek na ostro?

– No to dawaj. Zdrowie pięknych pań i pani gospodyni.

– Agata, za twoje powodzenie na nowej drodze życia.

Wypiłyśmy ciągnącą się miksturę. Miodzio. Ale poprzestałyśmy na jednym kieliszku. Od razu zrobiło się nam niedobrze.

W związku z tym wyjęłam kulebiak z piecyka, gdzie robił swoje, i przystąpiłyśmy do orgii żarcia, porządnie popijanego zamrożoną gorzałą.

– Miałaś rację – powiedziała Laura po jakimś czasie. – Deser w ogóle nie będzie potrzebny. Najważniejsze, żeby wódeczka trzymała temperaturę. No to chlup.

– No to chlup – zgodziła się Beata. – Aga, słuchaj, byłaś już w tym swoim nowym miejscu pracy, masz tam jakieś towarzystwo? Męskie towarzystwo mam na myśli, jeżeli chodzi o damskie, to masz nas i ci wystarczy.

– Lepiej nie mówić – powiedziałam smętnie. – Facetów jest trzech na krzyż, żaden w grę nie wchodzi, w dodatku chyba wpadłam w oko pani wicedyrektor...

– W jakim sensie wpadłaś?

– Mam wrażenie, że jej się podobam. Słuchajcie, dziewczyny – rozżaliłam się nagle i niespodziewanie – dlaczego ja nie mam szczęścia do chłopów? Wszystkie normalne kobiety w moim wieku mają, a ja nie mam.

– Szczęścia czy chłopa?

– To się wiąże. Nalej mi odrobinę. Powiedzmy, że chłopa.

– My też nie mamy – ogłosiła uroczyście Beata fakt oczywisty. Jej mąż właśnie zażądał rozwodu, co przyjęła z prawdziwą ulgą. A Laura rozwiodła się dwa lata temu po trzyletnim niesympatycznym pożyciu z niesympatycznym, za to bogatym głąbem, trudniącym się przeróbkami kradzionych niemieckich aut, które potem sprzedawał ruskiej mafii. Pasowali do siebie jak pięść do nosa. Pozostała jej po nim śliczna i całkowicie nowa toyota avensis, którą niebacznie zarejestrował na jej nazwisko, a której Laurka całkiem słusznie nie zechciała mu oddać. Te fuchy u ciotki potrzebne jej teraz były na finansową obsługę luksusowego środka transportu, do którego była przywiązana daleko bardziej niż do eksmęża.

– Ale miałyście – powiedziałam ponuro. – Obie. Ja chyba jestem jakaś trefna.

– Głupia jesteś, a nie trefna. – Laura wyraźnie bagatelizowała mój problem. – To znaczy głupia w tym określonym przypadku, bo tak w ogóle to nie. Wiecie, mnie się zdaje, że my wszystkie trzy jesteśmy po prostu za inteligentne, żeby mieć chłopa na stałe.

– Mów za siebie – zaprotestowała Beata. – Ja tam wcale nie jestem inteligentna. Agata jest, bo chodzi do filharmonii z własnej woli. Ty też jesteś, Laura *san*, bo umiesz mówić po japońsku. Ja natomiast – tu wychyliła kielich i natychmiast napełniła go ponownie – jestem skończoną kretynką, bo tylko skończona kretynka mogła wyjść za mojego Adaśka. *Howgh*.

– Ten twój Adaś jest bardzo dekoracyjny – rozmarzyła się Laura. – Boże, jakie on ma śliczne włosy! I jest pięknie zbudowany... Czego ty właściwie od niego chcesz?

– No daj spokój, przecież wiesz, co ja z nim miałam przez te wszystkie lata! Barbie rodzaju męskiego! Żadna baba tak się nie przejmowała swoją zakichaną urodą jak mój głupi mąż! A jaki dziwkarz, pojęcie ludzkie przechodzi. Teraz na szczęście zrobił dziecko jakiejś pani i poczuł się ojcem. Bardzo dobrze, niech się z nią żeni.

– A czemu tobie nie zrobił? – zainteresowałam się.

– Specjalnie uważaliśmy cały ten czas – powiedziała z goryczą Beata. – Adaś nie czuł się gotowy do takiej ważnej roli. Pragnął dojrzeć. No i widocznie właśnie dojrzał.

– A mój nie mógł – zachichotała Laura. – Wiem, bo się badaliśmy. Chciałam go namówić na adoptowanie jakiegoś niemowlaka, ale się nie zgodził. Właściwie to o to tak się pożarliśmy...

– Wiemy, wiemy – mruknęła Beata. – Tak się pożarliście, że aż się rozwiedliście. A co u niego, nawiasem mówiąc? Dalej te samochody?

– To ty nic nie wiesz? Mój eks siedzi. W zeszłym roku była ta afera samochodowa, połapali facetów od roboty, a ruska mafia ma się nadal świetnie. Aga, dawaj wódki!

– Proszę cię bardzo. O cholera, nie ma.

– Jak to nie ma?

– Wyszła. Trzy subtelne kobiety wychlały dwie butelki pod staroświecki kulebiaczek.

– I nic więcej nie posiadasz?

– Posiadam. Likier bananowy.

– Dawaj. No więc ja ci mówię, kontynuując zaczęte zagadnienie, że nie masz chłopa, bo jesteś za intelel... in-te-li-gen-tna. Chłop jest człowiek prosty i nieskomplikowany i nie potrzebuje mieć w domu kobiety, która będzie mu przełączała telewizor na koncert symfoniczny, kiedy on chce oglądać mecz. Jak również nigdy, przenigdy nie zrozumie twojej potrzeby pernan... permam... ciągłego doskonalenia się i rrrrozwijania ossssobowości...

Wyszła na chwilę, a kiedy wróciła, była zielonkawa.

– Ja się przy nim nie mogłam samorealizować – powiedziała bardzo wyraźnie i usiadła na podłodze.

– A teraz się samorealizujesz? – spytałam z pewnym trudem, ale nie chciałam być leksykalnie gorsza od niej.

– Nic! – oznajmiła tryumfalnie i zapadła w sen obok kanapy, na której odpoczywała Beata.

No to ja też poszłam spać. Nastawiłam sobie uprzednio dwa budziki zwykłe, jeden w komórce, jeden w radiu i zamówiłam budzenie przez telefon. Makijażu już nie miałam siły zmywać.

Przykryłam tylko dziewczyny kocami – jedną na kanapie, drugą pod kanapą. Spały bardzo milutko.

Piątek. Dzień, zapewne, feralny

Jak to wszystko już się wydzwoniło, byłam mniej więcej trzeźwa. Nie w sensie promili, ale w sensie używalności.

Makijaż należy zmywać. Nawet taki byle jaki, jak ten mój. Spuchłam.

Facet, który wymyślił prysznic, powinien dostać Nagrodę Nobla. On się chyba zresztą nazywał Prysznic. Albo jakoś podobnie.

Śniadanko.

O, nie!

Najwyżej mała, malutka kawka. Bardzo ostrożnie.

Wychodziłam z domu podobna z grubsza do ludzi. Obie moje przyjaciółki spały w najlepsze. Coś tam wczoraj mówiły o dniach wolnych. A może o resztkach urlopów. Nie pamiętam.

Zawołałam sobie taksówkę.

Na apelu myślałam, że dostanę zapaści. Co za cholerny imbecyl wymyślił apele szkolne! Co to, obóz pracy, a może od razu karna kompania? Nienawidzę stać dłużej niż pięć minut, chodzić mogę, biegać, proszę bardzo, ale nie stać! Coś mi się robi z kręgosłupem. Dzisiaj dodatkowo coś mi się robiło ze wszystkim.

Po apelu udaliśmy się do swoich klas ze swoimi klasami. Nic nie poradzę na to, że to głupio brzmi, tak było.

Moja klasa składa się z niezliczonej rzeszy młodych ludzi (ich twarze trochę mi się zlewały) o powierzchowności mniej lub bardziej pociągającej. Mnie tam nic w nich nie pociągało – może potem to się odmieni – ale starałam się być uprzejma. Umówiliśmy się, że lepiej poznamy się w przyszłym tygodniu, od razu z rana w poniedziałek, a teraz damy sobie jeszcze luz na tę końcówkę wakacji.

Nie jestem pewna, czy to jest klasa druga czy trzecia. Chyba trzecia.

Dostałam trochę kwiatów, ale niedużo. Więcej miały stare wychowawczynie. Dla mnie przyniosły zapewne tylko klasowe lizusy.

Boże, teraz bym już coś zjadła. Do domu!

W domu zastałam średniej klasy bajzel i moje dwie koleżanki nad dwiema butelkami piwa. Skąd one to piwo wzięły, nie mam pojęcia.

– O, pani gospodyni!

– O, pani nauczycielka! Co tak mało kwiatków?

– Na koniec roku jest dużo kwiatków, nie teraz. Skąd macie piwo?

– Uwarzyłyśmy w browarze – powiedziała rozkosznie Beatka i wybuchnęła śmiechem.

– Beata była w kiosku – doniosła Laura. – W twoim szlafroku.

– Bo mam plamę na kiecce z przodu – oświadczyła godnie Beata. – Likier bananowy. Kupiłam piwo i chlebek świeży. I jajka. Chcesz jajko?

– Chcę jajko. I piwa też chcę.

Nic nie podejrzewając, patrzyłam, jak idzie prościutko do lodówki i wyjmuje jedno jajko, po czym wykonuje zamach i rzuca w moją stronę.

– Masz jajeczko!

17

Złapałam. Zawsze miałam dobry refleks.

Kiedy już umyłam się z jajka, usmażyłam jajecznicę dla tych alkoholiczek. Sama też się pożywiłam solidnie, wypiłam butelkę piwa Pilsner Urquell i wreszcie zrobiło mi się nieco lepiej na wątpiach oraz mózgu.

Alkoholiczki zażądały życia towarzyskiego.

– Skąd ja wam, na litość boską, wezmę życie towarzyskie?

– No przecież, że nie u ciebie w domu – prychnęła Beatka. – Idziemy do pubu Atlantic. Bardzo przyjemne miejsce.

– Dobrze mówi – potwierdziła Laura. – Tylko że my jesteśmy całkiem nieświeże, musisz nam dać jakieś ciuchy.

– Ale ja mam prawie same czarne. I długie. Co najmniej do kostek! Poza tym Beata jest wzrostu siedzącego psa, jak ona będzie wyglądała w moich spódnicach!

– Dobrze będzie wyglądała. Dasz jej tę do kostek i będzie miała do ziemi. A ja jestem wyższa od ciebie. Nie bądź nudziara.

Co znaczy – nie bądź nudziara?!

Jestem nudziara! Mam tego świadomość!

– A może pójdziecie do siebie, przebierzecie się i spotkamy się w tym pubie, powiedzmy, o ósmej?

– A która jest?

– Czwarta.

– Och, to świetnie – ucieszyła się Laurka. – To możemy się jeszcze przespać i odświeżyć! Ja idę się kąpać, a wy możecie poczekać na swoją kolej. Potrzebuję godziny. Pa, kotki!

I rączo pobiegła w stronę mojej łazienki.

Zrozumiałam, że nie pójdą do siebie. No więc ja poszłam do siebie, to znaczy na swój tapczan. Jak zepchnęłam Beatę do ściany, udało mi się na nim położyć i zażyć relaksu.

Około siódmej wszystkie byłyśmy już wykąpane. Podejrzewam, że Laurka umyła zęby moją szczoteczką. Nic, po drodze do pubu Atlantic kupię jakąś w kiosku.

Potem zrobiły mi zbiorową awanturę o brak stosownych kosmetyków. Kazałam im się wypchać. Ja się tak nie pacykuję jak one, mogą sobie nosić zapasy mazideł przy sobie, jeśli chcą uprawiać wielodniowe niespodziewane eskapady.

Potem ubrały się w moje świeże ciuchy.

Wspominałam już, że ubieram się głównie na czarno?

W efekcie wyglądałyśmy jak nieliczna, ale dobrana drużyna zakonna z bliżej nieokreślonego klasztoru.

Chryste Panie – to znaczy, że ja sama wyglądam jak pojedyncza ponura mniszka!

W lustrze tego nie było widać...

Może trochę dlatego, że mam tylko niewielkie lustro w łazience, takie, co odbija tylko od połowy w górę. Trzeba będzie pomyśleć o jakiejś zmianie wizerunku czy coś takiego.

Najważniejsze to podjąć decyzję...

W charakterze trzech niekonwencjonalnych zakonnic wkraczałyśmy w marnie oświetlone progi pubu Atlantic. Dlaczego Beata wybrała właśnie ten pub, pozostanie dla mnie zagadką na wieczne czasy. Może po prostu lubi młode towarzystwo. Jak Boga kocham, były tam wyłącznie małolaty. Z niejakim trudem znalazłyśmy wolne miejsca i zamówiłyśmy po drinku.

Dokoła nas kłębiła się rozbuchana młodość. Taka po szesnaście i siedemnaście lat.

Część tej młodzieży siedząca w pobliżu planszy przedstawiającej dużego gołego faceta z granatowymi włosami i oczami w słup, z kałasznikowem przewieszonym przez ramię, rakietą ziemia-ziemia w miejscu fiuta i dwoma handgranatami tam, gdzie zazwyczaj faceci miewają jaja – część otóż tej młodzieży patrzyła na nas jakby z zaciekawieniem.

Odstawałyśmy wiekowo, to fakt.

Moje koleżanki nie przejmowały się tym, ale ja zażądałam wyjaśnień.

– Beata, gdzieś ty nas przyprowadziła? Mieli być artyści, finansjera, bankowcy, biznes i polityka, a tu widzę same dzieci!

W tym momencie jedno z dzieci rzuciło wiązką kwiatów polskiej mowy, która wywołałaby rumieniec zażenowania na obliczu każdego budowlańca. Opowiadało dowcip. Reszta zaśmiała się radośnie, kilkoro skwitowało wic podobną mową. Ja tam nie jestem pruderyjna...

– Nie marudź – powiedziała Beata. – Widocznie trochę za wcześnie przyszłyśmy.

– Nie marudź – poparła ją Laura. – Lepiej porozmawiajmy o tobie.

– Czemu o mnie?

– Bo wymagasz reformacji – wyjaśniła Laura. – Jeżeli zamierzasz kiedykolwiek w życiu mieć chłopa na własność, trzeba coś z tobą zrobić.

– Operację plastyczną – mruknął siedzący przy sąsiednim stoliku, tuż pod rakietą ziemia-ziemia, młodzian lat może szesnastu, przyjemny blondynek. Zapewne miał nadzieję, że go nie słyszymy. Ja słyszałam.

– Zamknij się, szczeniaku – powiedziałam półgłosem, spodziewając się, że teraz dopiero dziecię się wypowie. Ku mojemu zdziwieniu szczeniak się zamknął i odwrócił plecami.

– Bo widzisz – kontynuowała Laurka – żaden zdrowy na umyśle chłop nie poleci na intelektualistkę w czarnym gieźle. Dlaczego ty w ogóle tak się ponuro ubierasz?

– Tak jest twarzowo – wyjaśniłam z wyższością.

– Chyba zwariowałaś – wtrąciła Beata. – Twarzowo w czarnym to może być panience lat piętnaście, góra dwadzieścia. A ty ile masz?

– A bo to nie wiesz? Ty masz tyle samo.

Kończyłyśmy we trzy tę samą klasę w tym samym liceum. Czy jej pamięć odjęło?

– Jezus Maria, my jesteśmy stare!

– Jak Troja – wyrwało się szczeniakowi za moimi plecami.

Udałam, że nie słyszę. Beata zapadła w zamyślenie nad swoją (i moją) zgrzybiałą starością.

– A dlaczego wy myślicie, że ja w ogóle chcę mieć jakiegoś chłopa na własność? – zapytałam agresywnie.

– Bo każda normalna baba chce – wyjaśniła Laura z zacięciem psychosocjologicznym. – My już miałyśmy po jednym. Teraz twoja kolej. I my ci w tym pomożemy. Jesteśmy twoje dobre koleżanki. Dobre Samarytanki. Panie kelnerze, poprosimy jeszcze raz to samo.

Kelner bardzo sprawnie i szybko przyniósł nam jeszcze raz to samo.

– Więc, droga Agatko – kontynuowała Laura, która najwyraźniej się zaparła co do tej mojej reformacji (ale czyż ja sama już wcześniej o niej nie pomyślałam? Może warto przyjąć pomoc koleżanek?) – od jutra, no, może od poniedziałku, zaczynamy. Po pierwsze, zapiszę cię do mojej fryzjerki i zrobisz sobie balejaż.

– Oszalałaś! Ile to kosztuje?

– A, różnie. U mojej sto osiemdziesiąt. Do dwustu pięćdziesięciu. Jak nie masz, to ci pożyczę, spłacisz mi w ratach...

Ta Laura to naprawdę dobra dziewczyna.

– Po drugie – Beata czknęła – udamy się do perfumerii i kupimy ci porządne kosmetyki. Ja ci pieniędzy nie pożyczę, bo nie mam, musisz skądś wykombinować. Panie kelnerze, już nic nie mamy!

– Wykombinować! Skąd? Dziękujemy panu, proszę tu postawić, a tego niech pan nie zabiera, ja dopiję. No skąd, Beatko, skąd?

– A może byś tak spróbowała wykorzystać twórczo swój nowy zawód? – zastanowiła się Laura, bulgocząc słomką w swoim nowym drinku.

– Chcesz, żebym zdefraudowała forsę na komitet rodzicielski?

– Zacznij pobierać opłaty za dobre stopnie – zaproponowała Beata. Własny pomysł widać spodobał się jej, bo zachichotała radośnie. – Niekoniecznie od wszystkich, wystarczy od największych głąbów. Nie musisz zarabiać tym na życie, tylko na kosmetyki i fryzjera...

– Dużo nie zarobię na stopniach z polskiego – powiedziałam do szklaneczki z drinkiem.

– A kto mówi, że tylko z polskiego? Jak już będziesz dysponować dziennikiem, to przecież możesz trochę poprzerabiać, podostawiać...

– To jest żaden interes. Na lakier do paznokci nie wystarczy.

– Dziewczyny – Beata wodziła natchnionym spojrzeniem po suficie wymalowanym w bakterie – a może założymy agencję towarzyską? Agata będzie teraz miała dostęp do młodych ciałek...

Zaczęłyśmy rozważać przedstawioną propozycję – dosyć nam się nawet spodobała – prawie już układałyśmy biznesplan, kiedy przeszkodził nam jakiś facet. Przeciskał się tuż koło nas, przepraszając, do stolika blondynowatego małolata, któremu kazałam się zamknąć i który mnie, o dziwo, posłuchał. O czymś tam teraz rozmawiał z hordą swoich kolegów, chichocząc półgłosem.

Facet z miejsca rzucił mi się w oczy. Wysoki, postawny szatyn w typie Liama Neesona, który mi się cholernie podoba. Z takim lekko nieobecnym spojrzeniem.

Tacy faceci nigdy na mnie nie lecą. Nie ma takiego numeru. To tylko ja do nich wzdycham, zawsze, ach, zawsze bezskutecznie! Ależ ja mam się reformować!

No więc wzięłam swoją szklaneczkę z resztką drinka i w chwili, kiedy przeciskał się koło mnie, wylałam mu tę resztkę na spodnie.

Facet zatrzymał się w pół kroku. W jego oczach pojawiło się zdumienie.

– Och, przepraszam – powiedział głupio, bo po pierwsze to ja mu wylałam tego drinka na spodnie (jasne, notabene), po drugie wyraźnie widział, że zrobiłam to specjalnie.

Nie bardzo wiedziałam, co powinnam teraz zrobić, ale koleżanki czuwały.

– Agata, jak mogłaś – wrzasnęła Laura, przekrzykując grzmiące techno, które od początku mnie denerwowało. – Teraz pan ma plamę!

– Zaraz panu to wytrzemy – zawołała Beata i pociągnęła faceta tak, że omal nie usiadł mi na kolanach. – Musiał pan na niej wywrzeć niesamowite wrażenie, ona jest bardzo spokojna i normalnie nigdy by tego nie zrobiła...

Małolaty przy sąsiednim stoliku zamilkły i z zainteresowaniem śledziły rozwój wypadków. Tymczasem Beata nadal szarpała faceta za rękaw, Laura usiłowała mu wytrzeć plamę serwetką, na którą wylała trochę wody spod kwiatka, a ja siedziałam jak skamieniała, ponieważ nadmiar mojej własnej aktywności nieco mnie przytłoczył.

Liam Neeson obrzucił spłoszonym spojrzeniem dwie czarne wdowy miotające się wokół jego spodni i trzecią czarną wdowę trwającą w stuporze, po czym otrząsnął się z pierwszego wrażenia i wyrwał harpiom ze szponów.

– Nic się nie stało – zapewnił pospiesznie i kłamliwie. – Ja tylko na chwilkę, przepraszam najmocniej... – tu zwrócił się w stronę blondynkowatego małolata: – Jacek, zamieniłeś komórki, oddaj mi moją, bo potrzebny mi jest jeden numer z pamięci...

Małolat nieco zwlekał, jakby czekał na dalszy rozwój wypadków. Ale temu Liam Neeson najwyraźniej postanowił zapobiec.

– Jacek, czy ty mnie słyszysz? Dawaj komórkę! Już!

– No zaraz, tato, już szukam... Ty z domu jechałeś po komórkę? Było zadzwonić, przywiózłbym ci...

– Nie z domu, jesteśmy ze znajomymi w Atlanticu, miałem blisko, a telefonu i tak byś nie usłyszał w tym jazgocie. No, masz go wreszcie?

W jakim Atlanticu?

– Pan powiedział: „w Atlanticu"? – usłyszałam swój własny głos. – Przecież jesteśmy w Atlanticu...

Liam Neeson wyrwał wreszcie synowi telefon i zamierzał przedrzeć się przez nas w stronę drzwi. Pewnie jednak był dobrze wychowany, bo zatrzymał się w pół kroku i odruchowo odpowiedział na moje pytanie:

– Nie, proszę pani. To jest pub Szajbus, Atlantic jest po drugiej stronie ulicy. Przepraszam...

Potem spojrzał na mnie jeszcze raz i zapytał:

– Czy my się skądś znamy?

– Pewnie – odpowiedziałam, patrząc na niego tęsknie. – Widziałam pana w „Liście Schindlera"...

– Ach, to ja przepraszam – powiedział nerwowo Liam Neeson i ostatecznie uciekł, wyrywając się sprawnie z łap moich koleżanek.

– Ty go znasz? – zapytała z pewnym zdziwieniem Laura.

– Grał w „Liście Schindlera".

– Zwariowałaś! Kogo grał?!

– Schindlera.

– Masz źle w głowie. Pozwoliłaś mu uciec, a już tak dobrze szło! I co ty masz z tym Schindlerem?

– Skrót myślowy – wyjaśniłam. – On jest podobny do Liama Neesona, który grał Schindlera w „Liście Schindlera". Jak nam się udało pomylić puby?

Nie zabawiłyśmy już długo w pubie Szajbus. To nie jest miejsce odpowiednie dla dam, nawet jeśli są to damy niekonwencjonalne. To jest pub dla cholernych siedemnastolatków, które tu przepijają pieniądze ciężko zarobione przez ich rodziców. A czasami nawet zabierają tym rodzicom telefony komórkowe. Oraz podsłuchują bezczelnie.

Ogólnie jednak wieczór uznałam za udany. Najważniejsze, iż powzięłam postanowienie całkowitej zmiany osobowości.

Koniec z czarną wdową.

2 września, sobota

Zdecydowanie powinnam mieć kaca. A nie mam! Powinno mnie dręczyć sumienie z powodu portek Liama Neesona, ale też jakoś nie dręczy.

Uznałam, że to dobra wróżba na przyszłość. Nie będę dłużej nudziarą.

A propos wróżby. Wprawdzie czytam regularnie horoskopy w gazecie, ale jeżeli już dziewczyny przyniosły mi stosowny podręcznik, to może warto by z niego skorzystać.

No, no. Dużo możliwości. Astrologia zachodnia, astrologia orientalna, runy, chiromancja, różne inne mancje, I-Cing, tarot – to za skomplikowane dla mnie – wahadełko – trzeba sobie koniecznie kupić – biorytmy – bo ja wiem? Numerologia – o, numerologia!

To jest chyba najprostsze. Tak wygląda, w każdym razie.

Jesteś numerem.

Ciekawostka, nigdy tak o sobie nie myślałam. Tu jest wzór na przeliczanie. Napisz imię i nazwisko. Proszę bardzo, Agata Czupik. A równa się jeden, g – siedem, znowu a... Każda literka jest w tabeli i ma swoją cyfrę. Faktycznie, jest i ma.

Podliczamy.

Zaraz, nie bądźmy tacy wyrywni! Tego się razem nie liczy. Dobrze. Spółgłoski – piętnaście, czyli sześć. Aha, skracam. Samogłoski, nie, odwrotnie, samogłoski sześć, a spółgłoski dwadzieścia dziewięć, czyli jedenaście. Czyli dwa. Nie, tego się nie upraszcza. Jedenaście. Razem osiem. Co jeszcze? Pododawać cyfry w dacie urodzenia. Proszę bardzo, 11 czerwca, czyli szóstego, 1970. To nam daje dwadzieścia pięć, czyli siedem.

Bjuti. Teraz zobaczymy, co ze mnie za numer.

Liczba życia. To ta podsumowana data urodzenia. Dominanta mojego życia. Hahaha. Oraz doświadczenie, jakie muszę przeżyć.

Siódemka. Jestem siódemką.

No proszę! Liczba jest magiczna. Zawsze wiedziałam, że pod przykrywką nudziarstwa jestem istotą niebanalną. Tylko nikt mi tego do tej pory nie powiedział. Więź człowieka ze Wszechświatem. Może powinnam była pójść na astronomię, a nie na polonistykę?

Dalej. Wielka intuicja, zdolności parapsychologiczne. Wiedziałam! Przewidziałam swojego czasu, że taki jeden Krzysio przerżnie egzamin z teorii literatury! I że jego dziewczyna puści go kantem z wykładowcą tejże! W poniedziałek lecę do Butiku pod Gwiazdami, kupić sobie wahadełko!

Wrażliwość oraz idealizm. No, oczywiście! Cała ja.

Osoby miłe, rozważne i czułe – mówię, że cała ja; pracują w zawodach wymagających opiekuńczości, a także tych, gdzie konieczne jest powołanie. Patrzcie państwo, moje powołanie dało znać o sobie... Nauczycielstwo to powołanie w czystej postaci! Zwłaszcza przy dzisiejszych wynagrodzeniach.

Dalej. Bogata wyobraźnia sprzyja karierze w zawodach twórczych – film, telewizja... No, nie wiem... na razie pozostańmy przy tej opiekuńczości i powołaniu pedagogicznym (Boże, mój egzamin z pedagogiki!)...

Skłonności do filozofowania, mistycyzmu i kontemplacji. Bo ja wiem? Mistycyzm i kontemplacja trochę mi się kłócą z kulebiaczkiem. Oraz innymi rzeczami do jedzenia, które umiem przyrządzić...

Może grozić niebezpieczeństwo z powodu utraty kontaktu z rzeczywistością.

Jezus Maria! Już się zaczęło! Wczoraj rozmawiałam z tym facetem w pubie Szajbus jak z Liamem Neesonem! Więcej ostrożności! Nie wyobrażać sobie tyle!

Z nerwów poszłam do kuchni i zrobiłam sobie sadzone jajko.

A to jeszcze nie wszystko, jeszcze są te inne liczby.

Jedząc jajko i chleb z masełkiem czosnkowym, studiowałam dalej księgę moich przeznaczeń.

Liczba ekspresji. Jedenaście.

Idealiści, bla, bla. Pewnie, dlatego nigdy nie mam forsy.

Znajomość z nimi jest zawsze owocna i wzbogacająca (muszę to pokazać moim koleżankom), trudno jednak zbliżyć się do osób tego pokroju, ich charyzma dosłownie paraliżuje otoczenie.

No tak. Paraliżuje. Dlatego wszyscy faceci, którzy kiedykolwiek zbliżyli się do mnie, po jakimś czasie – dwukrotnie już po pierwszym razie! – uciekali w popłochu.

Och, Liam Neeson też zwiał! Nawet się nie zdążyliśmy poznać, a on już zwiał!

Z powodu charyzmy?

Poza tym, jaki Liam Neeson! To ta utrata kontaktu z rzeczywistością!

Jeżeli uda się pozyskać ich uczucia, zostają wiernymi i lojalnymi przyjaciółmi na całe życie.

Naturalnie. Tylko wierny i lojalny przyjaciel na całe życie zniósłby bez szemrania to wszystko, co powiedziały mi moje przyjaciółki po oddaleniu się Liama Neesona.

Tfu! Nie Liama Neesona, tylko tego nieznajomego, przystojnego faceta w typie Liama Neesona!

Boże, jaka ja jestem wrażliwa, rzeczywiście, sama prawda... Już pierwsze dwie liczby tak mnie zdenerwowały... Są jeszcze dwie.

Liczba serca, czyli pragnienia. Sześć.

Wysoka moralność, piękno i harmonia. To jasne. Oczekują pochwał. A kto normalny nie oczekuje? Wielkoduszni. No dobrze, tu rewelacji nie ma.

Liczba przeznaczenia. Osiem.

No i koniec.

Tu się załamałam.

Powodzenie w sprawach materialnych... Chyba tylko jeśli weźmiemy pod uwagę głodujące kraje Trzeciego Świata.

Lubią kontrolować otoczenie i skłonni są podjąć wielki wysiłek, aby pozostać na szczycie. Możemy uznać, że to chodzi o moje rządzenie klasą. Jako wychowawczyni jestem panią ich życia i śmierci. I niech mi ktoś powie, że nie! Nie tak znowu dawno sama chodziłam do szkoły!

Najgorsze było na końcu.

W późniejszym okresie życia grozi im samotność i wyobcowanie.

No więc po co żyć? Po co trudzić się z tym wszystkim, podejmować reformę samej siebie, jeżeli w późniejszym okresie życia grozi mi samotność i wyobcowanie?

W późniejszym. To znaczy, że we wcześniejszym nie grozi.

Ale skąd ja mam wiedzieć, kiedy zaczyna się późniejszy?

Boże, w co ja wpadłam. Po co mi te wszystkie wróżby, horoskopy, czort wie co...

Powlokłam się do kuchni i zrobiłam sobie bardzo dobrą herbatę. Na pocieszenie. Postawiłam ją na tacy razem z cukierniczką i filiżanką. Mojej ulubionej nie chciało mi się myć, leżała w zlewie, więc wzięłam zwykłą, niebieską, z serwisu Charmante (sześć filiżanek i sześć spodeczków za jedyne 22,50 w Realu).

Nie lubię tac, bo zawsze mi z nich zjeżdża to, co tam postawię. Ale chciałam, żeby było eleganko. Jeżeli już grozi mi samotność i wyobcowanie, to przynajmniej będę po kres mych dni kobietą wytworną.

Oczywiście straciłam równowagę (zewnętrzną; wewnętrzną straciłam już przed paroma minutami) i omal nie zwaliłam całej zawartości tacy na podłogę. Udało mi się ocalić czajniczek z herbatą, poleciała tylko filiżanka Charmante i cukierniczka od innego kompletu. Poleciała też księga wróżb i horoskopów.

Leżała tak sobie na podłodze, otwarta, a pomiędzy strony sączyła się strużka cukru.

Doznałam dziwnego uczucia, takiego mianowicie, że coś się wydarzyło!

Rozbita filiżanka to oczywiście pryszcz.

Czułam mrówki na całym ciele.

Usiadłam obok książki. Otworzyła się samoczynnie na jakichś dziwnych rysuneczkach, a łyżeczka od cukru, moja spadkowa srebrna łyżeczka z wprawionym w uchwyt opalem leżała na tej otwartej stronie.

Moja spadkowa łyżeczka ma uchwyt zakończony taką stylizowaną strzałką. I ta strzałka wyraźnie pokazywała jeden z rysuneczków. Przypominał jakieś takie ostrokanciaste P.

Pochyliłam się i usiłowałam odczytać podpis pod rysuneczkiem. Niestety, był zasypany cukrem.

Strząsnęłam cukier.

Podpis, w przeciwieństwie do innych, pod innymi rysunkami, był bardzo krótki:

Radość i szczęście, zgoda i uzyskanie równowagi we wszystkim. Znak ten symbolizuje absolutne spełnienie.

Hura, hura, hura!!!

Wygląda na to, że chociaż samotność i wyobcowanie grożą mi, to jednak mnie nie dopadną!

A swoją drogą, co to za rysuneczek?

Pismo runiczne. Powinnam była wyciąć z kartonu takie kwadraciki, na nich wypisać runy, a potem je rzucać, tak jak do losowania.

No to chyba lepiej, że samo spadło i samo pokazało?

Gdyby nie to, mogłabym ulec załamaniu.

Jestem taka wrażliwa!!!

Poniedziałek. Nienawidzę poniedziałków!

Nigdy więcej nie pójdę do szkoły!!!

Blondynowaty szczeniak z pubu Szajbus, ten syn Liama Neesona, okazał się jednym z moich uczniów! Gorzej nawet: jestem jego wychowawczynią...

Nazywa się Jacek Pakulski.

Zajrzałam do dziennika. Liam Neeson naprawdę nazywa się Kamil Pakulski. A mamunia Jacka, czyli zapewne żona Liama, tfu, Kamila Pakulskiego, nazywa się Zdzisława Pakulska.

Boże święty, i co ja teraz zrobię?

Zapamiętałam akurat Jacka, ale coś mi się zdaje, że ta cała hałastra siedząca w Szajbusie obok faceta z granatami, rakietami i kałachem to też moi uczniowie.

Widzieli, jak polałam drinkiem spodnie Liama Pakulskiego!

Gorzej – słyszeli, jak planujemy zarobkowanie przy pomocy agencji towarzyskiej, utworzonej na bazie panienek z drugiej L! Bo, nawiasem mówiąc, okazało się ostatecznie, że jestem wychowawczynią drugiej, a nie trzeciej.

A w tygodniu pani wicedyrektor, ta, której się podobam, kazała przedłożyć programy nauczania przedmiotów w klasach autorskich.

Coś tam latem dłubałam w tej sprawie, ale bez fanatyzmu, wakacje bowiem spędzałam u rodziców w Karkonoszach i ani mi się śniło psuć sobie samopoczucia takimi sprawami. Będę teraz musiała ostro przysiąść fałdów.

Ale jak ja mam się skoncentrować na tworzeniu autorskiego programu nauczania, jeżeli mam w perspektywie wywiadówkę, czyli pierwsze zebranie rodziców z nową panią wychowawczynią, czyli ze mną, psiakrew! I na to zebranie przyjdzie Zdzisława Neeson, tfu, Pakulska, albo – co gorsza – Kamil Neeson, któremu wylałam drinka na spodnie i do którego odzywałam się w sposób świadczący o utracie kontaktu z rzeczywistością!

A klasa bystrzaków, o których z takim obrzydzeniem opowiadała koleżanka nauczycielka historii, okazała się wcale nie taka obrzydliwa.

Jest ich dokładnie dwadzieścia cztery sztuki. Fifty fifty, dwanaście dziewczyn mieszanej urody – ale co najmniej z czterech agencja towarzyska miałaby wielką pociechę – oraz dwunastu chłopaków. Urody też rozmaitej.

Prawdopodobnie ci, którzy byli w piątek wieczorem w pubie Szajbus, opowiedzieli tym, którzy tam nie byli, o spotkaniu *face to face* z nową panią wychowawczynią. Wszystkie bowiem młodzieńcze oczy w liczbie sztuk czterdziestu ośmiu (co ja tak wszystko przeliczam na sztuki? Wpływ świeżego zainteresowania numerologią?) wpatrywały się we mnie z pewnego rodzaju radosnym wyczekiwaniem.

Chyba nie wydaje im się, że w szkole będę robiła takie same sztuki jak w pubie Szajbus? A może czekają tylko na okazję, żeby rzucić jakąś aluzyjkę i zobaczyć, co ja z tym zrobię? Dobrze, kochani. Ostrzeżony, uzbrojony. Nie będziemy reagować histerycznie.

Przy odczytywaniu dziennika i dopasowywaniu nazwisk do konkretnych osób trochę otrząsnęłam się z szoku, w który wprawiło mnie rozpoznanie Jacka P. natychmiast po wejściu do klasy.

– Wiecie co, moi drodzy – powiedziałam uczciwie do moich nowych wychowanków – nie mam nadziei, że tak od jednego razu zapamiętam was wszystkich. Zwłaszcza że jestem nieco roztargniona.

Dobrze, że nie powiedziałam im o postępującej utracie kontaktu z rzeczywistością!

– Nie szkodzi – wyrwał się sąsiad Jacka P., wysoki pryszczaty. Chyba był w Szajbusie. – My panią zapamiętamy. Już panią pamiętamy. Od piątku. Od pierwszych zajęć – dodał po sekundzie namysłu.

– Dobrze. Czy macie jakieś specjalne życzenia, jeżeli chodzi o wychowywanie was?

– Chcielibyśmy mieć zajęcia na temat, jak się należy zachowywać w miejscach publicznych – pisnęła lalunia z myszowatym uwłosieniem. – Pani rozumie: w teatrze, w restauracji, w pubie...

A to mała żmija. Trzeba ją sobie zapamiętać. No i odeprzeć cios.

– Macie u mnie jak w banku. Dzisiaj proszę tylko zakonotować: w pubie wystrzegajcie się wylewania wódki na spodnie obcym facetom. Jacek, przeproś tatusia ode mnie.

– Tatuś nie miał za złe – wyszczerzył się Jacek. – Sprało się. Dobrze, że pani nie pije kolorowych albo z sokiem pomidorowym, bo mogłoby być gorzej...

Poczułam, że dyskusja rozwija się w niepożądanym kierunku. Poczułam również, że powinnam uczynić jakąś niepochlebną oraz wychowawczą uwagę na temat ilości wypitego przez nich w Szajbusie piwa (widziałam, ile kufli kelner nosił pod faceta z kałachem), ale dałam sobie z tym spokój. W końcu oni widzieli, ile my wychlałyśmy.

Trudne jest wychowywanie młodzieży.

Resztę lekcji wychowawczej poświęciłam takim rzeczom jak składki, zajęcia nieobowiązkowe i inne dyrdymały. Wybraliśmy też samorząd klasy. Same nieznajome osoby. Jeżeli nawet były w Szajbusie, to siedziały w jakimś kącie.

Jutro mam z nimi polski.

A dziś jeszcze miałam polski w dwóch innych klasach, obu pierwszych. Są to, na szczęście, normalne klasy, nie dla bystrzaków. I mam nadzieję, że żaden uczeń z tych klas nie był w piątek w Szajbusie.

Za tydzień zapowiedziałam wywiadówkę. Ciekawe, czy przyjdzie Liam Neeson (jeśli używam świadomie tego nazwiska, to czy oznacza to utratę kontaktu z rzeczywistością?), czy może pani Pakulska?

Laura i Beata dzwoniły, że przyjdą jutro pogadać. Zapowiedziałam im, że pić możemy wyłącznie u mnie w domu, bo w pubie mogą przebywać moi uczniowie. Zapewniły mnie, że do Atlanticu uczniowie nie chodzą. Obsługa ich nie wpuszcza.

5 września, wtorek

Nie wiem, kto moje dzieci uczył polskiego do tej pory, bo świadomość przedmiotu mają raczej dziwną. Miałam z nimi dwie lekcje, pierwszą poświęciliśmy luźnej rozmowie o literaturze (stąd pytanie na wstępie), na drugiej kazałam im wyciągnąć kartki i podpisać u góry.

Rozległ się ryk niezadowolenia.

– Klasówka na pierwszej lekcji?

– Pani nie zna Kodeksu Ucznia – zasyczała myszowata żmijka z wczoraj. – Nie wolno robić klasówek bez zapowiedzi!

– Milcz, dziecko – powiedziałam stanowczo. – W nosie mam Kodeks Ucznia. Zamierzam kierować się wyłącznie własnym zdrowym rozsądkiem. Poza tym to nie będzie klasówka w pełnym znaczeniu tego słowa. Zamierzam się zorientować w waszych predyspozycjach polonistycznych. Oraz samoświadomości. Piszcie...

– Pani nie może ignorować Kodeksu Ucznia – pruła się dalej żmijowata. – Nasz samorząd będzie interweniował u dyrekcji!

– Nie traćmy czasu. Samorząd niech sobie interweniuje, a wy piszcie: „Książki najbardziej moje – refleksja niespodziewana".

– Dlaczego niespodziewana? – zainteresował się Jacek P.

– A co, spodziewałeś się tej kartkówki?

– No, nie.

– Sam widzisz, że niespodziewana. Ale takie spontaniczne wypowiedzi bywają bardzo wartościowe.

– Dlaczego? – drążył syn Liama Neesona.

– Jutro wam wyjaśnię, jeżeli będziesz pamiętał, żeby mnie o to zapytać. Teraz piszcie, bo czas leci.

Żmijowata jeszcze coś próbowała mruczeć, ale zamknęli ją najbliżsi koledzy.

Miałam czterdzieści minut spokoju. Za to będę musiała te wszystkie zwierzenia przeczytać. Boże, zawód polonistki zastawia różne pułapki na człowieka...

W domu zrobiłam sobie grochówkę z papierka i zasiadłam do czytania kartkówek. Nie jest tak źle z tymi moimi bystrzakami. Niezależnie od stanu ich wiedzy teoretycznej, same czytają to i owo. Oczywiście, literatura jest na różnych poziomach... Żmijowata kocha Dostojewskiego, Whartona, Prousta, Szekspira – koniecznie w przekładzie Barańczaka, bo ten Paszkowski – pani to chyba rozumie – to już piosnka absolutnie przebrzmiała (coś podobnego, mój ukochany tłumacz!), ponadto Hłasko i Wojaczek. I oczywiście „Mały Książę". Jacek P. napisał, że jego ukochaną książką jest „Lesio" Joanny Chmielewskiej. I „Sensacje XX wieku" Bogusława Wołoszańskiego. Bo Wołoszański go ciekawi, a „Lesio" śmieszy.

No to mamy rozpiętość.

Jakoś mi się zrobiło przyjemnie, że młody Neeson, to jest młody Pakulski, nie będzie mnie egzaminował z Prousta, Whartona i Wojaczka. Ze żmijowatą sobie poradzę. Najwyżej rozgniotę jak robala.

A Jacka bym nie chciała rozgniatać jak robala.

Przyszły przyjaciółki i wyciągnęły mnie do pubu Atlantic. Faktycznie, dosyć się zasadniczo różnił od Szajbusa.

– W ogóle nie będziemy z tobą rozmawiać w domu – powiedziała Laura, kiedy już złożyły obfite zamówienia panu kelnerowi. – Chyba że będziesz obłożnie chora. To będzie jeden z elementów twojej reformacji duchowej.

– Przesiadywanie w knajpie? – zdziwiłam się. Ale okazało się, że tak, siedzenie w knajpie działa niesłychanie wzbogacająco na osobowość. Oczywiście nie w takim pubie jak Szajbus, gdzie przychodzą same małolaty, żeby złopać piwo, tylko w takich pubach jak Atlantic, do którego wstęp mają jedynie goście na poziomie. Bo tutaj można spotkać różnych nadzwyczaj interesujących znajomych Laury oraz Beaty. O, na przykład ta facetka, która teraz wchodzi, to bardzo znany lekarz psychiatra. Może nawet zgodziłaby się mnie zdiagnozować i leczyć hipnozą.

– Z czego leczyć? Ja się dobrze czuję!

– Niemożliwe! Masz całe mnóstwo zahamowań. Sama mówiłaś! Natalio, chodź do nas, chodź, mamy wolne miejsce!

– Laura, Beata, witajcie, kochane! My się jeszcze nie znamy, Natalia Hollander, nie Holender, tylko Hollander, przez dwa el. Dla mnie Krwawą Mary poproszę, podwójną. Co u was słychać, dziewczynki? Ja tu się umówiłam ze znajomymi, ale oni przyjdą dopiero za jakieś dwadzieścia minut, a mnie wypadło jedno spotkanie z pacjentką, więc przyszłam. I proszę, jak dobrze, zawsze tu się kogoś miłego spotka... Wyobraźcie sobie, otwieram nowe dwie filie mojego Centrum Mentalnego, w Gdańsku i we Wrocławiu, czy to nie świetnie? Jak mi się jeszcze uda wejść do Warszawy i Krakowa, to już będzie pełny sukces. Czy koleżanki pani może mówiły, czym ja się ostatnio zajmuję? Sukcesem, proszę pani, sukcesem w każdej jego postaci. Ludzie są stworzeni do sukcesu, tylko nie mają odwagi, aby się do tego przyznać. Czy pani, na przykład, jest kobietą szczęśliwą? Nie, na pewno nie, widzę to po tym maleńkim skrzywieniu lewego kącika ust, poza tym wiele mówi mi o pani to kurczowe zaciśnięcie dłoni na kieliszku...

To kurczowe zaciśnięcie dłoni na kieliszku mówiło tylko o tym, że zaraz ją tym kieliszkiem rąbnę, ale na razie jeszcze się powstrzymuję. Natalia Hollander leciała dalej.

– Od razu mogę pani jedno powiedzieć: pani jest ofiarą wielu zahamowań. Niech zgadnę: brak mężczyzny, prawda? Proszę nie zaprzeczać, nie byłaby pani tu z przyjaciółkami, gdyby miała przyjaciela! Mężczyźni od pani odchodzą? Nie może pani trafić na miłość swego życia, a może w ogóle nie dane pani było przeżyć prawdziwej miłości? A przecież jest pani kobietą wartościową, o wiele bardziej wartościową od wielu pani znajomych, prawda? Blokada, klasyczna blokada! Powinnyśmy się tymi zahamowaniami poważnie zająć, ja to mogę zrobić dla pani osobiście, ze względu na moją długoletnią znajomość z Beatką, w zasadzie już nie przyjmuję teraz nowych pacjentów, zajmuję się moim Centrum i jego filiami, razem jest ich już cztery. Robimy niesamowite rzeczy. Ludzie o kompletnym braku wiary w siebie wychodzą od nas całkowicie odmienieni. Nie wyobraża pani sobie, do jakich czynów jesteśmy zdolni, kiedy tylko uwierzymy w istniejące głęboko w nas pokłady niezwykłej energii...

3. Jestem nudziarą

Zamknęła się, bo kelner przyniósł jej tę podwójną Krwawą Mary, a ona dobrała się do niej z prawdziwą pasją. Podczas kiedy moje przyjaciółki zaczęły się prześcigać w wyrażaniu zachwytów dla fenomenalnej Natalii, ja myślałam o tym, jaką głęboką rację miał Jacek Pakulski, syn Liama Neesona, kiedy mówił, że po soku pomidorowym plamy nie zeszłyby tak łatwo...

Nie, Agato!

Kiedy tak walczyłam z pokusą trącenia jej niechcący i wylania tej pomidorówki na kremowy żakiecik, zobaczyłam nagle znajomą sylwetkę, przeciskającą się pomiędzy stolikami.

Liam Neeson!

Znaczy Pakulski, Kamil Pakulski!

Rozglądał się, jakby szukał kogoś, z kim się umówił. Może z tą rozjazgotaną lekarzycą? Nasze spojrzenia się skrzyżowały i w oczach Liama Neesona błysnął uśmiech, a właściciel uśmiechu wykonał coś jakby początek ukłonu w moją stronę. W tej samej chwili jednak spostrzegł wybitną Natalię i znieruchomiał na ułamek sekundy. Natalia też go zobaczyła, wyszczerzyła duże białe zęby, uniosła pazurzastą łapkę w geście radosnego powitania. Liam Pakulski kiwnął głową, bardzo sztywno, po czym odwrócił się plecami i poszedł dalej szukać tego kogoś, z kim się umówił.

Jak to miło, że nie z nią...

Zauważyłam, że siada przy stoliku zajętym przez trzech facetów.

Gej?

No nie, bzdury, ma przecież syna...

Czasem to nie przeszkadza.

Ach. Natalia coś do mnie mówi. I Laura coś do mnie mówi. A Beata mną potrząsa.

– Tak?

– Sama widzisz, Natalio, coś się z nią dzieje. Jeszcze wczoraj była zupełnie inna. Ona się robi nieprzewidywalna. Poza tym przechodzi jakiś przełom! Może dlatego, że musiała zmienić pracę...

– Potrzeba mężczyzny, dobrze zgaduję? Niemożność rozładowania tych pokładów uczucia, które nagromadziły się w pani przez lata! Myślę, że dobrze panią wyczuwam... Chociaż tak pobieżnie, dopiero się poznałyśmy...

– Dobrze zgadujesz, Natalio. – To Beata, zdradziecka zołza. – Nie wiem, jak ty to robisz, że wszystko wiesz od jednego rzutu oka! Agacie nigdy się tak naprawdę nie udało. Ale nigdy tak nie przeżywała braku chłopa.

– Kryzys wieku średniego? – Natalia spojrzała na mnie krytycznie. – Za młoda. A może się mylę? Ile pani ma lat?

Jeszcze tego brakowało, żeby mi baba pełnym głosem w pełnym pubie imputowała kryzys wieku średniego! I odpytywała, ile mam lat!

Wylałam na nią resztkę tej Krwawej Mary.

Szkoda, że tak dużo już zdążyła wytrąbić.

Zerwała się z wrzaskiem. Wszyscy obecni spojrzeli w naszą stronę. Zobaczyli podskakującą Natalię. Zobaczyli, jak odstawiam szklankę, ufaflaną na pomidorowo.

Pub Atlantic wybuchnął zdrowym śmiechem.

Najradośniej, nie da się ukryć, śmiał się Liam Neeson.

Zapewne odczuwał w tej chwili typową *Schadenfreude*. A może cieszył się tylko, że tym razem nie na niego padło...

Beata wypchnęła Natalię H. z sali, pewnie poleciały do wychodka, szukać wody. Tak łatwo tego pomidora z kremowej wełenki nie spiorą, o nie!

Laura z zagadkowym wyrazem twarzy sączyła swojego drinka.

– Nie wiem, czy dobrze zrobiłaś.

– Ja też nie wiem, ale, jak same zauważyłyście, ostatnio nie jestem sobą... Kryzys wieku średniego. Słuchaj, Laurka, ja chyba nie najlepiej znoszę kurację pubami.

– Może i masz rację. Ale jakieś życie towarzyskie przecież musisz prowadzić!

– To wymyślimy inne formy. Zresztą pubów nie wykluczam, tylko może nie w takiej częstotliwości. Wy też przecież nie latałyście kiedyś tak po tych pubach, jak ostatnio...

– No nie, ale chciałyśmy się poświęcić dla twojego dobra.

– Zapomnij. Poświęcanie się jest rzeczą obrzydliwą z samej głębi swojej istoty. O, popatrz, wracają Beata z Natalią.

Natalia miała z przodu wielką, piękną plamę od wody, ładnie zaróżowioną pomidorkiem na środku. Na jej policzkach kwitły rumieńce, będące z całą pewnością wynikiem ciężkiej wściekłości. Ale dzielnie trzymała fason.

– No jak tam, pani Agato, już dobrze, prawda? Widzę, że lepiej. Zalecałabym parę seansów hipnozy u mnie. To nam pozwoli odkryć, co panią blokuje, co wywołuje u pani takie poczucie winy.

Jakiej winy, do ciężkiej cholery?

– Potem może trochę terapii grupowej, może jakiś turnus wyjazdowy z moim Centrum. Najważniejsze, żeby pani uwierzyła w siebie i możliwości swojego własnego ja. Nam, kobietom, wydaje się, że musimy koniecznie zwisać z ramienia jakiegoś mitycznego silnego mężczyzny, a tymczasem tak naprawdę wcale on nam nie jest konieczny do życia, ponieważ posiadamy – podobnie zresztą jak i mężczyźni, to dotyczy całej ludzkości – niewyobrażalny geniusz, którym jednak nie potrafimy dysponować...

– Kto posiada? Pani i pani ludzie?

– Nie rozumie pani, co mówię! – Natalia roześmiała się dobrotliwie. – Wszyscy go posiadamy! Pani również! Tylko nie umie pani nim dysponować!

– A pani uczy, jak nim dysponować?

– Oczywiście. Uczę ja i moi współpracownicy. Zobaczy pani, że niemożliwe stanie się możliwym, będzie pani chodzić po rozżarzonych węglach...

– A to po jaką cholerę?

– Właśnie po to, żeby sobie uprzytomnić, jak dalece niemożliwe może stać się możliwym. Kiedy to do pani dotrze, poczuje pani, że jest istotą samowystarczalną! Że te uczucia, które w pani wibrują, wcale nie potrzebują mężczyzny, aby mogły się wyładować. Dopiero wtedy zrozumie pani, że miłość, radość, empatia to są siły napędowe naszego organizmu! To nośniki energii, za pomocą których możemy zmienić na lepsze własne życie i pomóc innym w dokonaniu tego samego!

Sama to wymyśliła czy może cytuje kogoś? Może zresztą taką sobie opracowała reklamówkę i nauczyła się jej na pamięć.

Już chciałam jej odpowiedzieć, że wiem, iż miłość, radość i empatia są generalnie w porządku, ale nie zdążyłam, bo nagle zerwała się, jakbym znowu ją czymś oblała.

– Och, są już moi znajomi! Dziękuję wam za towarzystwo, dziewczęta! Tu jest moja wizytówka, pani Agato, gdyby pani chciała się do mnie zgłosić, zapraszam, pani naprawdę potrzebna jest profesjonalna pomoc!

Posłała nam promienny uśmiech na wszystkie trzydzieści dwa (numerologia!) duże zęby i odfrunęła do ludzi, którzy właśnie przyszli.

– Czy ona nie jest fantastyczna? – spytała Beata.

– Jest fantastyczna jak nie wiem co – powiedziałam. – Skąd ją wytrzasnęłyście?

– A to przez jedną naszą znajomą. Leczyła się u niej hipnozą, bo była za gruba i chciała schudnąć.

– Schudła?

– Nie za bardzo. Natomiast dogadały się co do psychoterapii. Natalia zauważyła u niej mnóstwo blokad i zahamowań. Poza tym Dzidzia, ta nasza znajoma, miała męża, który szalenie jej przeszkadzał w samorealizacji. A ona wcale sobie tego nie uświadamiała.

– I ta cała Natalia jej to uświadomiła?

– Tak, wyobraź sobie. Oczywiście nie od razu. Musiała przejść terapię grupową, potem cały kurs samodoskonalenia mentalnego, różne ćwiczenia, w końcu osiągnęła taki poziom samowiedzy, że Natalia uznała, że można ją wypuścić spod skrzydeł. No i od tej pory Dzidka radzi sobie doskonale. Zmieniła pracę, nie klepie już w biurze w komputer, tylko pracuje u Natalii w Centrum Mentalnym, pomaga jej w prowadzeniu kursów, oczywiście od strony administracyjnej. Poza tym dosłownie promienieje, powiadam ci, Agata, gdybyś ją widziała przed kuracją i po – nie ta sama kobieta!

– A co zrobiła z tym mężem, co to jej przeszkadzał w samorealizacji?

– Jak to co? Rozwiodła się z nim.

– Tak po prostu?

– Oczywiście! Natalia zawsze mówi: Nie trzymajcie się kurczowo waszych mężczyzn! To wy jesteście ważne, nie oni! Nie możemy dopuszczać, aby w naszym życiu był ktoś, kto nam przeszkadza w odnalezieniu i realizowaniu siebie samego.

– Ty, Beata, a co to w ogóle znaczy: odnaleźć siebie?

– Nie czepiaj się, Agata, sama chyba wiesz takie rzeczy! To przecież podstawa!

– Podstawa czego?

– Och, Agata, a ty wiesz, kim jesteś?

– Z grubsza wiem...

– No widzisz. Z grubsza. Tak naprawdę nie wiesz o sobie nic. A tacy ludzie jak Natalia pomagają to w sobie odkryć! Nie próbuj jej deprecjonować w naszych oczach, bo ci się to nie uda! Dałam spokój. Robiło się późno. A ja mam jutro lekcje od ósmej. I muszę wyglądać przyzwoicie, żeby się mnie moje dzieciaki nie musiały wstydzić.

Na do widzenia zadysponowałam jeszcze po jednym malutkim drineczku. Należy kończyć spotkania towarzyskie w beztroskim nastroju, ażeby radość, siła napędowa naszego ja, mogła stać się nośnikiem energii, za pomocą której zmienimy na lepsze swoje życie. I cudze też, jak najbardziej.

7 września, czwartek

W ogóle nie mam czasu, żeby pomyśleć o zmianie swojego image'u! A przecież w ramach unicestwiania tkwiącej we mnie głęboko nudziary miałam pomyśleć o zastąpieniu moich głębokich czerni jakimiś kolorowszymi ciuchami!

Piątek

Kosmetyki miałam kupić! I nauczyć się od Beaty, jak się nimi posługiwać!

Sobota. Dzień zasłużonego odpoczynku

Pracowity był to tydzień.

Moje małolaty zdecydowanie nie są tak straszne, jak mi je próbowano przedstawić. Niewątpliwie posiadają baaaaardzo rozwiniętą jedną zasadniczą cechę, powszechnie znienawidzoną przez wszystkich normalnych (to znaczy tych, którzy uczciwie zdali egzamin z pedagogiki) nauczycieli: uwielbiają dyskutować. Na wszystkie tematy. Odnoszę przy tym wrażenie, że nie chodzi im tylko o obsunięcie czasowe zasadniczej lekcji. Oni po prostu lubią sobie pogadać.

No i świetnie!

Ja też lubię sobie pogadać. Rozmowy dają nam dużą wiedzę o otaczającym nas świecie – jak powtarzał mój ukochany wykładowca filozofii na pierwszym roku: a może na drugim? Rozmowa zaś z bystrzakiem – a ja mam przecież klasę bystrzaków – to już sama przyjemność. Nawet jeżeli jest to bystrzak dopiero w fazie rozwoju.

Inne klasy, które uczę, też to mają, może nieco mniej rozbuchane, i też miło się tam gawędzi. Jednakowoż do moich dzieci zaczynam mieć stosunek matczyny.

Czyżby zaczynały znajdować sobie ujście pokłady nagromadzonych we mnie uczuć?

Jeżeli tak, to żmijowatą wyłączam.

Żal mi jej, że taka jadowita, a jednocześnie ta jej jadowitość po prostu mnie przeraża! Dziewczyna w wieku lat szesnastu nie powinna tak pogardzać resztą świata! Nawet jeżeli uważa, że wszyscy ludzie poza nią to głąby. W tym wieku często się tak mniema, a jednak ma się jakąś tolerancję, pobłażliwość, że takie głąbiaste!

Żmijowata zaś nic z tych rzeczy. Zimna nienawiść połączona z agresją, coś okropnego!

Próbuję się do niej przekonać, ale ciężko mi idzie. Usiłuję myśleć o niej pozytywnie, że na pewno jakieś okoliczności od niej niezależne uczyniły z niej taką małą zmorę. Nie pozwalam się sprowokować. Rozmawiam z nią uprzejmie, ale czasami miałabym ochotę ją zabić.

Czy ktoś prowadzi terapię grupową dla nauczycieli chcących zabić jedno ze swoich uczniów?

Jeśli nie, to należałoby podpowiedzieć to pani Natalii Hollander. Wyciągnęłaby z tego niezły szmal. Oczywiście pod warunkiem, że zapłaciłby jakiś sponsor. Belfrów nie byłoby stać na honorarium pani doktor.

Spośród pozostałych uczniów najbardziej polubiłam Jacka P., syna Liama Neesona, oraz jego najbliższego kolegę, z którym się prawie nie rozstaje, niejakiego Maćka Milskiego. Milski, nomen

omen! Uroczy człowiek, największy gaduła, jakiego w życiu widziałam, pełen radosnego zainteresowania światem – zupełnie jak młody psiak. Z Jackiem uzupełniają się harmonijnie, tworząc duet zdolny wykończyć każdego mniej odpornego pedagoga.

Ze żmijowatą, która nazywa się Renata Hrydzewicz, prowadza się niejaka Basia Hoffmann, osoba o mikrej postawie i tubalnym głosie, której zupełnie nie rozumiem. Dla mnie byłaby idealnym kompletem z Maćkiem i Jackiem, reprezentuje bowiem zbliżony typ uroku osobistego.

Uwielbia zadawać kłopotliwe pytania, po czym stoi i świdruje człowieka oczkami, dopóki jej się nie udzieli odpowiedzi. Basiunia kiedyś sobie napyta biedy tym zwyczajem, już słyszałam o niej kilka niepochlebnych opinii w pokoju nauczycielskim. W stosownym momencie trzeba będzie dziewczynie przemówić do rozsądku.

Reszta klasy jeszcze mi się trochę zlewa. Jest to jednak w sumie przyjemne zjawisko, ta moja klasa bystrzaków.

A na poniedziałek zapowiedziałam wywiadówkę! Podobnie jak cała szkoła zresztą.

Zobaczymy, jak się prezentuje pani Liamowa Neesonowa, czyli Pakulska Zdzicha.

Jestem nieżywa ze zmęczenia! Idę natychmiast lulu!

Niedziela

Odespałam.

Laurencja z Beatą koniecznie chciały mnie wyciągnąć do pubu Atlantic, ale odmówiłam stanowczo. Pierwszą niedzielę po pierwszym tygodniu przepracowanym w charakterze pani nauczycielki i pani wychowawczyni zamierzam spędzić na absolutnym bałwanieniu się. Może nawet do kwadratu.

Mało brakowało, a byłabym zaniedbała wiedzę tajemną.
Weekendowe wydanie gazety leży od piątku, a ja jeszcze nie przeczytałam horoskopu!

Bliźnięta – tydzień wytężonej pracy. Nowe perspektywy. Osoba życzliwa znajdzie się w pobliżu, nie zaniedbaj. Uważaj na sytuacje drogowe. Nie szalej finansowo, bo pożałujesz.

No proszę! Sama wiem, że nie mogę szaleć finansowo, bo mi się kończą zasoby, które zgromadziłam pracując w dziekanacie politechniki i udzielając na boku korepetycji z niemieckiego. Jako stuprocentowa nudziara nastukałam sobie tych godzin straszliwe ilości i zrobiłam się od tego prawie bogata. Ale sporo poszło na beztroskie wakacje w Karkonoszach (uwielbiam!), poza tym, będąc od czerwca bez pracy, musiałam z czegoś żyć, ba – dalej z tego żyję, bo pensja będzie dopiero pod koniec września. Niemniej, niemniej, proszę państwa, na parę szmat i trochę kosmetyków jeszcze się szarpnę...

Trzeba będzie wrócić do korepetycji. Ale to i tak dopiero od października, na razie moi zaprzyjaźnieni studenci, których dokształcałam, żeby mogli zdać lektorat, mają wakacje.

Osoba życzliwa. Ciekawe kto. Ale, zapewne, jak spotkam, to rozpoznam.

Ach, miałam sobie jeszcze kupić wahadełko!

Coś tu jeszcze mnie kusi...

Kamil Pakulski... Brakuje mi daty urodzenia, czyli tej zasadniczej liczby, ale policzmy chociaż to, co mamy.

Samogłoski – dwadzieścia cztery, czyli liczba ekspresji jest sześć – osoby pełne wdzięku, miłe i zrównoważone. Jasne! Gdyby nie był zrównoważony, toby mnie mógł rąbnąć, kiedy wylewałam mu drinka na spodnie. Lubi przyjemne strony życia – kino, teatr i pięciogwiazdkowe restauracje. To czemu łazi do pubu, zamiast do Radissona! Może chwilowo nie ma pieniędzy. Poszukują spokoju i harmonii, nie wszczynają sporów – no, przecież mówiłam o tym wylewaniu, niczego takiego nie wszczął. Dalej – egocentrycy... Ale skoro mają ten miły charakter, to nie przeszkadza. Idą przez życie łatwą drogą.

Coś podobnego! Nie wyglądał na takiego, co by chodził na łatwiznę!

Dobra.

Samogłoski – liczba serca – pięć.

Coś takiego! Osobowość awanturnicza, dynamiczna i pełna fantazji. Ależ to mi się kłóci z tym misiowatym sybarytą! Mówiłam! No, no. Skomplikowana jednostka.

Może uczyć się wielu przedmiotów naraz, nie uznaje jednak dyscypliny i woli zgłębiać tajemnice wiedzy indywidualnie.

To zupełnie jak ja! Dam sobie głowę uciąć, że też nie chodziłby na wykłady z pedagogiki i musiałby uczyć się jej praktycznego zastosowania na żywym ciele drugiej L.

Nie są stali w uczuciach.

Ciekawe, jak mu wychodzi ze Zdzichą.

Mają wielu przyjaciół i znajomych.

Do jego znajomych należy z pewnością doktor Natalia Hollander, tylko wyglądało mi na to, że nie bardzo ją lubi. Ale to o nim tylko dobrze świadczy.

Satysfakcję przynosi mu wymiana poglądów z innymi.

Ach, to już wiem, po kim Jacuś ma to umiłowanie dyskusji!

No to jeszcze mogę dodać spółgłoski i samogłoski i wyjdzie mi liczba przeznaczenia.

Auć! Jedenaście! Mistyczna liczba.

Twórczy i sugestywny.

To miło.

Często znajdują zatrudnienie w mediach... Chcą przekazać ludzkości swoje przesłanie... Fascynujące! Może jest dziennikarzem telewizyjnym – z tą chmurną gębą, ale bardzo interesującą, bardzo, doprawdy... Powinien czynić to mądrze, bo wszyscy będą słuchać, co głosi.

No, no.

Jak by tu z niego wydusić datę urodzenia?

11 września, poniedziałek

Liam Neeson na wywiadówce się nie pojawił. Ani ta jego Zdzicha Pakulska.

Pojawiła się za to mamuńcia mojej żmijowatej. Pani doktor Hrydzewicz. Chyba jej nie polubię. Dała mi popalić. To znaczy, koniecznie chciała mi dać popalić.

– Pani Agatko – powiedziała, protekcjonalnie podnosząc brew, kiedy skończyliśmy już część oficjalną, te wszystkie plany zajęć, składki, komitety, trójki klasowe i tak dalej. I od razu mnie rozzłościła. Co to znaczy „pani Agatko"? Czy my się znamy do tego stopnia, żebyśmy były na „pani Agatko"?! – Pani Agatko – powtórzyła, chrząknąwszy. – Wprawdzie nie weszłam do trójki klasowej, ale widzę, że państwo z trójki jakoś się nie kwapią do spełniania swoich obowiązków. A przecież my pani praktycznie nie znamy. Jest pani osobą młodą, to miło, ale radzi byśmy usłyszeć, jakie pani posiada kwalifikacje do tego, aby przyjmować na siebie zadanie tak ważne i trudne jak wychowawstwo w klasie dla wybranych. Zdaje pani sobie chyba sprawę, że nasze dzieci nie są zwykłymi dziećmi, są obdarzone wybitnymi zdolnościami, co zostało potwierdzone swojego czasu niezwykle trudnym egzaminem wstępnym. Oczekujemy od szkoły, że okaże minimum rozsądku i nie powierzy ich wychowywania osobie nieodpowiedzialnej, bez doświadczenia pedagogicznego. Nie sugeruję, oczywiście, że pani się nie nadaje, ale pani wiek, doprawdy... Jest pani od nich niewiele starsza, prawda? Słucham.

Już od połowy tego przemówienia coś mi się robiło w żołądku, ale zachowałam kamienną twarz i wysłuchałam baby w skupieniu, patrząc jej w bure oczka. Poczekałam, aż skończy, po czym otworzyłam dziennik i sprawdziłam, co chciałam sprawdzić.

Rodzice reszty wybrańców czekali z pewnym zaciekawieniem na ciąg dalszy.

– Słucham – powtórzyła niecierpliwie pani doktor H.

Zamknęłam dziennik.

– Pani Grażynko – zaczęłam i z przyjemnością ujrzałam, jak baba czerwienieje. Zakasłałam więc, żeby móc powtórzyć. – Pani Grażynko! Wprawdzie dyrektor tej szkoły, który mnie angażował, był najzupełniej usatysfakcjonowany moimi kwalifikacjami, ale rozumiem pani uczucia. Abyśmy jednak mogły znaleźć wspólną płaszczyznę do rozmowy, proszę mi zdradzić: pani jest doktorem jakiej specjalności?

– Jestem doktorem nauk ekonomicznych – powiedziało godnie babsko. – Szczycę się zarówno dyplomem, jak i doktoratem Uniwersytetu Jagiellońskiego.

No to świetnie. To już wiem, na co sobie mogę pozwolić. Zrobiłam równie godną minę.

– Rozumiem. Ponieważ jednak interesuje się pani moimi kwalifikacjami, orientuje się pani zapewne w osiągnięciach polskiej i światowej pedagogiki. Zna pani zatem prace pani profesor Zawadkowej z Poznania, w której seminariach miałam honor uczestniczyć, oczywiście poza normalnymi zajęciami na uniwersytecie. Również w zespole pani profesor Zawadkowej opracowywaliśmy zagadnienia dotyczące pracy z dzieckiem zdolnym w klasach licealnych, ze szczególnym uwzględnieniem przedmiotów humanistycznych w korelacji z ogólnym rozwojem psychospołecznym młodego człowieka. Również młodego człowieka z pewnymi określonymi zaburzeniami w sferze emocjonalnej, a cały czas mam tu na myśli dziecko szczególnie uzdolnione. Jeżeli pani sobie życzy, mogę postarać się o ściągnięcie z Biblioteki Uniwersyteckiej w Poznaniu kopii tych opracowań. Zresztą były one publikowane w „Zeszytach Pedagogicznych”, można ich tam poszukać. Współpracowali wtedy z nami dwaj wybitni pedagodzy – musiała pani o nich słyszeć – profesor Alan Bates z Harvardu i doktor Liam O'Hara z Dublina.

– Powiedziała pani: Alan Bates? Tak jak ten aktor z „Greka Zorby”? – zapytał jakiś dociekliwy rodzic.

– Alan Gates – odpowiedziałam zimno. – G jak Genowefa. Gates. G-a-t-e-s. Imię jak z „Greka Zorby”, a nazwisko jak tego gościa od Microsoftu. Ale to żaden z nich. Pani doktor oczywiście zna te nazwiska, prawda?

Trochę się spociłam w tym momencie.

– Oczywiście – powiedziała pani doktor, pogardliwym spojrzeniem obrzucając niedouczonego i nieodpowiedzialnego tatusia, który nie znał najwybitniejszych pedagogów Europy oraz Ameryki. – Dziękuję, pani magister.

– Wystarczy „proszę pani” – rzuciłam lekko, uśmiechnęłam się łaskawie i zakończyłam zebranie.

No to teraz mam babę w garści. Chyba że sprawdzi na moim uniwersytecie, że nigdy żadna pani profesor Zawadkowa nie istniała, że nie wspomnę o dwóch wybitnych Anglosasach.

Rodzice sobie poszli, a ja jeszcze zostałam w pustej klasie. Otworzyłam okno, przez które wpadło świeże powietrze (przedtem rodzice skrzętnie wszystkie pozamykali, zupełnie nie rozumiem dlaczego). Popatrzyłam sobie na zieleń, bardzo lubię zieleń, a już niedługo jej nie będzie, bo zacznie się ponura jesień...

Odetchnęłam parę razy głęboko i zabrałam się do uzupełniania papierologii. Wpisałam ładnie w odpowiednie rubryczki nazwiska rodziców z trójki klasowej. Podliczyłam forsę, którą dostałam na poczet różnych obowiązkowych opłat.

Ktoś nieśmiało uchylił drzwi. Powiedziałam:

– Proszę.

Wszedł Liam Neeson i zatrzymał się, zdziwiony.

– Dzień dobry – powiedział głosem Liama Neesona (a czyim miał mówić?). – Bardzo przepraszam, myślałem, że się spóźnię, a chyba przyszedłem jako pierwszy, czy to możliwe?

– Dzień dobry – odpowiedziałam grzecznie, zastanawiając się, czy on teraz myśli o swoich spodniach. – Niemożliwe. A w którą godzinę pan celował?

– W siódmą. To znaczy, dziewiętnastą. A co, źle zapamiętałem? Już widzę, że źle...

– Niestety. To miała być siedemnasta. Stracił pan fascynujące zebranie.

– Naprawdę? Bardzo przepraszam. To niechcący.

Podszedł i gibnął się w charakterystyczny sposób w moim kierunku. Podałam mu rękę, a on ją uścisnął z miłym uśmiechem.

– Nazywam się Kamil Pakulski. Jestem ojcem Jacka.

– Wiem, proszę pana. A ja się nazywam Agata Czupik i najmocniej pana przepraszam za te spodnie wtedy w pubie. Obawiam się, że nie byłam wtedy w formie... to znaczy, zalałam się. Ale potem było mi strasznie głupio. Czy pan mi wybaczy?

– Wyłącznie pod warunkiem, że Jacek będzie miał same piątki...

– Teraz to szóstki są najwyżej w tabeli.

– Racja. Kiepski ze mnie ojciec, nie umiem zadbać o interesy własnego dziecka. Szóstki, ma pani rację.

– No to niech mnie pan od razu zabije, bo szóstki z gramatyki Jacek mieć nie będzie. On jej nienawidzi i ja go całkowicie rozumiem, ale to nie zmienia postaci rzeczy. Ostatnio haniebnie zlekceważył imiesłowy.

– Prawdę mówiąc, ja też lekceważę imiesłowy...

– A niesłusznie, bo akurat imiesłowy są milutkie. Zwłaszcza gdy się je porówna do takich na przykład partykuł. Czemu pan nie siada?

45

– Bo tu są strasznie niewygodne krzesełka. Jedyne wygodne należy do pani. W tych dla pospólstwa ja się nie mieszczę.

Przesadzał. Choć, niewątpliwie, jako postawnemu mężczyźnie byłoby mu trudno wpasować się w szkolny mebel i nie rozwalić go.

– Ale ja nienawidzę stać, a usiąść nie mogę, kiedy pan stoi, bo jest pan w pewnym stopniu moim gościem. A pan na pewno chciałby pokrótce usłyszeć, co było na zebraniu.

– Prawdę mówiąc, nie chciałbym. Czy Jacek może jakoś narozrabiał?

– Nie, skąd. Jest w porządku. A tu jest wykaz jego ocen. Jest ich oczywiście niewiele, to dopiero początek roku...

– O, dziękuję. Mam coś zapłacić?

– Pewnie. Na radę rodziców, za dodatkowy angielski, za basen, za siłownię... Chyba że pan nie chce, żeby Jacek chodził na siłownię, bo basen jest obowiązkowy...

– Na wszystko ma chodzić. A czy on może za to zapłacić jutro?

– Oczywiście, niekoniecznie nawet tak od razu...

– Bo wie pani, ja mam przy sobie trochę pieniędzy, ale wolałbym je wydać jakoś przyjemniej. Na przykład zaprosiłbym panią na niezobowiązującą kolację. Do pubu.

– Nie boi się pan o garderobę?

– Trochę się boję, ale byłbym skłonny zaryzykować.

– Wie pan... nie miałam tego w planach... to dosyć niespodziewana propozycja...

– A czy pani czuje do niej obrzydzenie?

– Do czego?

– Do tej propozycji.

Zwariował. Jakie obrzydzenie?! Nie obrzydzenie, tylko mi głupio, wstydzę się go, wciąż pamiętam, jak mu wylewałam tego drinka na spodnie i co gorsza, jak mu go moje przyjaciółki usiłowały wytrzeć i co przy tym o mnie mówiły!

– No i jak? Co z tym obrzydzeniem?

– Nie, nie, obrzydzenie, skąd... Po prostu, to dosyć niespodziewane.

– Miała pani dziś w planach kolację z jakimś innym facetem?

– Nie miałam.

– To niech pani posklada te kwity i pójdziemy.

– Ale nie do Szajbusa!

– Wykluczone!

– Do Atlanticu?

Powiedziałam to z powątpiewaniem.

– Nie? To może do Chińczyka na kaczkę?

– Kaczka na noc?

Boże, co ja za głupoty gadam! Liam Neeson mnie zaprasza na kolację, a ja jak ostatnia, beznadziejna, stara nudziara myślę o wydolności układu trawiennego, zamiast o romantycznych możliwościach!

Teraz położy na mnie krechę!

Pójdzie sobie sam na tę kaczkę!!!

Nie położył krechy.

– Kaczka, proszę pani – powiedział – najlepiej smakuje o ósmej wieczorem. Idziemy?

– Na pana odpowiedzialność – powiedziałam, myśląc znowu o jego spodniach.

Zrozumiał to inaczej.

– Kupię pani ziółka na trawienie. Chodźmy wreszcie!

Poszliśmy.

Chińczyk był za rogiem, więc po drodze nie zdążyliśmy rozwinąć żadnej inteligentnej konwersacji.

U Chińczyka od razu mu powiedziałam, że żadnych robaków ani trawy jeść nie będę, ma być ta kaczka. W związku z tym zamówiliśmy po prostu dwie porcje kaczki chrupiącej w sezamie (a cóż to za wynalazek?) oraz pół butelki najnormalniejszego francuskiego wina. Jako poczekałko dostaliśmy jakieś chrupanki, wolałam nie wiedzieć z czego, ale dobre.

– Nie lubi pani chińskiego zielska – stwierdził z ustami pełnymi chrupek.

– Jakoś nie. I te wszystkie zdechłe żyjątka też mnie nie pociągają. Ale o chińskich kaczkach słyszałam wiele dobrego. Czemu pan mnie właściwie zaprosił na kolację? Wszystkie wychowawczynie Jacka pan zapraszał?

– Ależ skąd. Pani zna swoje poprzedniczki?

– Jedną znam. Taka wytworna dama od historii.

– I co, widzi mnie pani z nią u Chińczyka na kaczce?

47

– Miałby pan przynajmniej dodatkową wywiadówkę.

– Nienawidzę wywiadówek. Bardzo się cieszę, że się dzisiaj spóźniłem.

Chciałam zapytać, dlaczego w takim razie nie wysyła do szkoły Zdzichy, ale się powstrzymałam.

– No to teraz niech pan odpowie na moje pytanie.

– Dlaczego panią zaprosiłem na kolację? Pora jest kolacyjna. Pani wyglądała na głodną. Ja jestem głodny. Dobre te frytki. No tak. Ja pani odpowiedziałem, a teraz kolej na panią.

Oszust! Nic mi nie powiedział, a w dodatku teraz zapyta o te cholerne spodnie!

– W pubie Szajbus zapytałem panią, czy się skądś nie znamy. Teraz wiem, że widziałem panią przelotem w szkole, kiedy zabierałem Jacka po inauguracji roku. Ale pani mi wtedy powiedziała, że widziała mnie pani w „Liście Schindlera". W życiu niczego nigdzie nie grałem, nie mam talentu. Jacek ma, a ja nie. Więc dlaczego?

– Ach... Schindlera grał facet podobny do pana. Taki amerykański Irlandczyk, Liam Neeson.

– I pani myślała, że to ja?

– Ależ skąd. Tylko że ja czasami tracę kontakt z rzeczywistością. O, kaczka!

Kaczka wyglądała jak kaczka. Po degustacji okazało się, że również smakuje jak kaczka. Sprawiła nam wiele przyjemności. Chrupała w tym sezamie rzeczywiście.

Chrupiąc drób, zastanawiałam się intensywnie, jak by tu się dowiedzieć o nim trochę więcej. Kim jest, co robi, z czego żyje, dlaczego nie lubi Natalii Hollander. No i oczywiście jak tam Zdzicha.

Co do Zdzichy, sprawa jest wysoce podejrzana. Gdyby był porządnym i wiernym mężem, toby się nie pałętał z obcymi babami po Chińczykach, tylko wrócił do domu i opowiedział żonie, co było na wywiadówce. Przepraszam, na zebraniu rodziców, bo to się teraz tak nazywa. Zapewne po to, żeby nie mylić nauczycieli z funkcjonariuszami sił specjalnych.

Zeżarliśmy tę kaczkę, wypiliśmy wino, cały czas pogadując na tematy neutralne, głównie związane z jedzeniem. Chyba naprawdę oboje byliśmy głodni, bo poszło nam błyskawicznie.

Przyjrzałam mu się dokładniej.

Co tu dużo mówić: nadal cały Liam Neeson. Nawet sposób mówienia ma podobnie mrukliwy. Ale nie ponury ani nieuprzejmy, broń Boże. Taki jakiś... Czułam się przy nim, jakbyśmy od połowy życia co najmniej raz w tygodniu jadali razem kaczkę w sezamie. Paradoksalnie, to właśnie zjawisko sprawiało, że nie umiałam poddać go podstawowemu badaniu! No bo nie będę przecież starego znajomego, z którym raz w tygodniu od połowy życia jadam chińskie kaczki, pytała, kim jest i kiedy się urodził, bo wie pan, chętnie bym sprawdziła pańskie numerologiczne „ja"!!!

Sam dał mi okazję.

Odstawiwszy kieliszek, z którego wysączył ostatnie krople tego bordeaux, popatrzył na mnie wnikliwie i znienacka zapytał:

– A pani jest jaki znak zodiaku?

– Bliźniak – odpowiedziałam natychmiast, nie bacząc na okropną formę gramatyczną jego pytania. – A bo co?

– A bo tak się pytam. Byłem ciekaw.

– A pan co jest?

Boże, też już mówię zupełnie niegramatycznie.

– Strzelec. Może być?

Strzelec – wariat. Łaska boska, że nie Panna, z Panną trudno wytrzymać, strasznie upierdliwa. Te różne Ryby i Raki też chyba nie najciekawsze. Takie poplątane. Ja tam lubię prostolinijnych. Strzelec może być.

– A swoją liczbę pan zna?

– Jaką liczbę?

Wyjaśniłam mu.

– Pierwsze słyszę.

– Kiedy pan się urodził?

– Siódmego grudnia.

– Roku?

– Sześćdziesiątego trzeciego.

To znaczy, że ma trzydzieści siedem lat. Szybko tego Jacusia spłodził. Ledwo co po dwudziestce. Napisałam datę jego urodzin na serwetce. Podliczyłam cyfry. 7.12.1963 razem w kupie to daje dwadzieścia dziewięć, dwa i dziewięć to jedenaście. Jedenastka!

– I co pani wyszło?

– Że pan jest jedenastką. To jakaś szalenie mistyczna liczba, tylko ja nie pamiętam, o co dokładnie chodzi. W każdym razie jest pan wybitny.

– Ach, to świetnie po prostu. Zawsze coś takiego czułem podświadomie. Czy pani mi to kiedyś wytłumaczy dokładniej?

– Mogę nawet skserować panu stosowną kartkę z książki o numerologii i dać Jackowi, to panu przekaże.

Co ja gadam?! A jeśli się zgodzi?

– Wykluczone. Nie może szczeniak za dużo wiedzieć o tatusiu. Sam się do pani zgłoszę. Ma pani jakiś telefon?

– Komórkę?

– Najlepiej by było.

Dałam mu numer mojej komórki, a on dał mi swoją wizytówkę, też z numerem komórki. Rzuciłam na nią okiem w przelocie i zauważyłam coś ciekawego.

– Pan jest pilotem? Takim od samolotów?

– Od śmigłowców też.

– I gdzie pan tym lata? W wojsku?

– Wykluczone. Strzelcy to urodzeni pacyfiści. Wbrew nazwie. W każdym razie ja jestem pacyfistą i nie znoszę wojska. Latam w zespole sanitarnym. Jestem kierowcą karetki pogotowia.

– Coś podobnego. Jest pan pierwszym żywym pilotem w moim życiu.

– A nieżywych pani miała w życiu?

– Mnóstwo. Sami literaccy. Pan jest pierwszy prawdziwy.

– To pewnie chciałaby się pani przelecieć?

– Masz! Jeszcze pan pyta!

– Kiedyś to było łatwiejsze... – Zastanowił się. – Ale i teraz da się zrobić. Tylko to wymaga czekania. Chciałoby się pani czekać parę godzin, bez gwarancji, że pani poleci?

– Chciałoby mi się. Tylko... ja przecież pracuję.

– Nie szkodzi. My w weekendy też latamy. Weekendy pani miewa wolne?

– Miewam...

– No to świetnie. Umawiamy się, że jak pani będzie miała i wolne, i ochotę, zadzwoni pani do mnie i umówimy się na lotnisku. A teraz chyba odwiozę panią do domu, bo się pani nie wyśpi. A tak naprawdę, to jeszcze dzisiaj czekam na jeden ważny dla mnie telefon, ma być po dziesiątej na mój domowy numer. Gdybym wiedział, że będę tak sympatycznie spędzał wieczór, tobym się na ten telefon nie umawiał. Wybaczy mi pani?

Zerwałam się z miejsca. Gdyby stolik był mniej solidny, toby się pewnie przewrócił. Kamil P. przytrzymał go i uchronił od katastrofy.

– Nie tak nerwowo. Jeszcze nie ma dziesiątej. To co, podejdziemy do mojego samochodu? Stoi pod szkołą.

– Ale pan pił wino!

– A ileż ja go tam wypiłem? Dwa kieliszki.

– Nie musi mnie pan odwozić. Mieszkam blisko. Przejdę się.

– Muszę. Inaczej musiałbym panią odprowadzić, bo nie zostawię kobiety samej w nocy na ulicy. A dziś naprawdę mi się spieszy.

Pod szkołą miał rzęchowatego hyundaia w kolorze pomidorowym – w każdym razie w świetle latarni na taki wyglądał. Hyundai był strasznie ubłocony z wierzchu, a na masce z przodu miał wypisane dużymi literami „brudny Harry". Za to w środku był idealnie czysty i wręcz pachnący. Ponadto zapalił od jednego dotyku. Znaczy, jego pan nie przejmuje się powierzchowną stroną życia, zwracając baczną uwagę na wnętrze. Bardzo dobrze, nudzą mnie osoby powierzchowne płci obojga.

Liam Neeson wpuścił mnie do środka, obleciał samochód, sam wsiadł, po czym zawiózł mnie te trzy przecznice dalej, znowu wyleciał z samochodu, obleciał go w kółko, otworzył mi drzwi od zewnątrz i pomógł wysiąść. Takie sztuki widywałam na amerykańskich filmach. U nas faceci nagminnie wsiadają pierwsi i otwierają damie od środka, a potem wypuszczają kobietę z samochodu i każą jej pamiętać o tym przytyczku do zamykania drzwi. Chyba że mają centralne zamki, wtedy po prostu machają ręką i odjeżdżają, zostawiając damę na chodniku.

Zostałam odstawiona aż do drzwi wejściowych. Liam Neeson poczekał, aż sobie otworzę, i dopiero wtedy powiedział „do widzenia".

Natychmiast sprawdziłam tę jedenastkę. Miałam rację! Liczba mistrzowska. Doskonała. Wielka charyzma, idealizm i marzycielstwo, zdeterminowani, odważni i energiczni, urodzeni przywódcy, poeci, wizjonerzy, mistycy. Na cholerę mi mistyk? Ale to nie jest obowiązkowe. Wielkoduszni i bezstronni. Mogą być wzorem do naśladowania lub źródłem inspiracji dla innych. Pięknie, pięknie.

Posiadając tak wiele zalet, jedenastki otoczone są miłością, przyjaźnią i podziwem innych.

No, no! Ciekawa jestem, ile też bab otacza go podziwem i miłością!

12 września, wtorek

Nie mogłam skupić się na lekcjach, bo cały czas myślałam, że muszę lecieć Pod Gwiazdy i kupić sobie porządne wahadełko. Może kryształowe? Ciągnie mnie do kryształu, a to znaczy, że przemawia intuicja, której nie należy lekceważyć.

No i coś trzeba zrobić z czarnym ubrankiem. Ale kto mi doradzi? Sama się nie odważę.

Niewiele myśląc, spytałam o to moją klasę.

– Słuchajcie, moi drodzy – powiedziałam, zerknąwszy pobieżnie na listę obecności. – Zamierzam dokonać zmian w swojej osobowości...

– Na jaką? – zapytał natychmiast Maciek Milski.

– Na lepszą, generalnie rzecz biorąc. – Westchnęłam. – Najwyższy czas. Każdy człowiek co parę lat powinien zmieniać się na lepsze. Potrzebna mi wasza pomoc...

– Tu już nic nie pomoże – szepnęła szeptem scenicznym żmijowata Renatka.

– Pomożecie? Pomożemy! – zacytowała szybciutko Basia, najwyraźniej chcąc zatuszować wrażenie po Renacie. – A co mamy zrobić?

– Na początek muszę zmienić kolorystykę. Znudziła mi się czarna wdowa. W jakim kolorze byście mnie widzieli?

– W czerwonym! – ryknęła klasa ochoczo i jednogłośnie.

– W czerwonym... – zastanowiłam się – trochę bym się jednak bała...

– Mysz wychodzi z nory, ale ma opory – zasyczała niezawodna Renatka.

52

– Nie pesz mnie, dziecko – powiedziałam łagodnie, wiedząc, że nazwanie jej dzieckiem doprowadzi ją do furii. – I nie przeszkadzaj koleżankom i kolegom w wykazywaniu dobrej woli. A jeśli nie czerwony, to jaki?

– A jakie pani ma oczy? – wyrwał się taki jeden Krzysztof Dziubski.

– Pani się odwróci do światła – zażądała Basia. – Szarozielone! – obwieściła klasie.

– Ja bym widział brązy – orzekł fachowo Maciek. – Z domieszką zieleni i odrobiną żółtka, takiego od jajka, naprawdę żółtego.

– Myślisz? – Basia oglądała mnie jak manekin. – Może i masz rację. Pani spróbuje tak, jak on mówi. Brązy mogą być z szarym, ale zieleń niech będzie zdecydowana. Jasna, nie ciemna. I żadne oliwki. Wszystko zimne. Bo inaczej będzie pani wyglądała myszowato.

– Więc jednak wyglądam myszowato?

– Nie da się ukryć, że trochę tak – powiedziała bezwzględna Basia. – Ja przepraszam, że tak mówię, ale prosiła nas pani o radę.

– Nie, nie, w porządku. I co dalej?

– No więc to żółtko nie za ciepłe też, rozumie pani. Może raczej kanarek. Cytrynka, taka dojrzała, ale zawsze zimna. Będzie bardzo dobrze.

– Ja bym jeszcze trochę srebra na pani powiesił – dorzucił syn Liama Neesona, mierząc mnie okiem artysty. – I też tak umiarkowanie. Nie, żeby takie łańcuszki, co to ich nie widać, ale i nie pierścienie jak kastety.

– Nieduże wisiorki – dodała któraś z dziewczyn. – Niekoniecznie tylko srebrne, mogą też być z kamieniami.

– Macie na myśli diamenty i rubiny? – jęknęłam.

– Nie, mamy na myśli różne zielone. Jakby pani miała szmaragdy, toby nie było źle.

– Coś ty – zaoponował Maciek – szmaragdy to ostentacja, a pani nie jest w ogóle ostentacyjna!

– Pppółszlachetne, proszę pppani – wyjaśniła zielonooka Kasia, która sama miała zawsze śliczne wisiorki z jakimiś kamykami, a poza tym jąkała się niemiłosiernie. – Nnnnajleppppiej ttteż zielone. Mmmalachit, nefryt może zzza nijaki, ale aw-aw-awenturyn! I żółte. Nnnie burszszsztyn, bo za-za-za ciepły. Cytttryn. Nnnieduże dzdzdzyndzyki.

– Dziękuję pokornie, że nie każecie mi nosić szmaragdów...

– I włosy by trzeba poprawić – rozszalały się dziewczyny. – Lekko szamponem koloryzującym, bo też myszowate! Tylko odrobinka koloru, żeby się świeciły na zakrętach.

– Na jakich zakrętach?

– No, na skrętach. Na loczkach. Pani się kręcą włosy?

– Kręcą się...

– Bardzo dobrze! I jeszcze jedno – gorączkowała się Basia – jak pani będzie kupowała te nowe ciuchy, to niech pani nie idzie w żadne kostiumiki! Najwyżej jeden, na oficjalne wyjścia. A tak na co dzień, niech pani zostanie przy tych fasonach, które pani nosi. Luźne spódnice, swetry. Tak trochę artystycznie!

– Zapamięta pani wszystko? – zatroszczył się Maciek. – Bo może by dziewczyny poszły z panią do sklepów...

– Kochani jesteście i bardzo wam dziękuję, ale na zakupy pójdę sama. Mam nadzieję, że wszystko zapamiętałam.

– Jutro panią ocenimy!

– Do jutra pewnie nie zdążę... ale postaram się najdalej do poniedziałku. I tak przecież nie stać mnie na odnowienie całej garderoby.

– To przynajmniej kolorowe apaszki do tych czerni – poradził Maciek.

– Boże, ależ ja muszę popracować nad sobą...

– Niech się pani nie martwi – pocieszyła mnie Basia. – Będziemy panią prowadzić za rączkę. Bo pani chyba naprawdę nie ma wprawy. Malować się też panią nauczymy.

– Trzymam za słowo. Ale nie w ramach lekcji, dobrze? Tak na forum to bym się nieco krępowała... A propos lekcji, popracujemy?

– Nie ma atmosfery – skrzywił się Maciek w imieniu klasy. – Bardzo się pani upiera?

– Trochę bym się upierała. A co, nie macie serca do Mickiewicza, wieszcza narodu?

– Niespecjalnie – powiedział szczerze Maciek. – Strasznie przynudza.

– Nie żartuj, chłopcze! Gdzie ci przynudza? Rozumiałabym,

gdybyś narzekał na „Pana Tadeusza", bo to rzeczywiście nie dla każdego strawne, ale „Oda do młodości"? Przeczytaliście dokładnie? – zwróciłam się do klasy.

– Taaak – niemrawo odrzekła klasa.

– I co, takie nudziarstwo?

– Straszne – orzekła zgodnie klasa.

– Ja się chyba zabiję! – wykrzyknęłam. – To wyście nie czytali chyba prawdziwego nudziarstwa!

– Czy pani nam sugeruje – Renatka podniosła na mnie żmijowate oczka – że literatura, którą omawiamy w szkole, którą umieścili w programie ludzie będący prawdziwymi autorytetami, może być nudna?

– Oczywiście, że może – powiedziałam niecierpliwie. – Ale do tego jeszcze wrócimy, a na razie dawajcie tę „Odę". Kto przeczyta?

– To może ja – zaproponował Maciek, klasowy talent recytatorski.

– Czytaj. Koleżanki i kolegów prosimy o skupienie.

Koleżanki i koledzy utkwili w Maćku wzrok wyrażający poczucie beznadziejności. Maciek zaczął czytać.

Wypadło to dosyć smętnie, mimo że Maciek nawet się starał.

– No, rzeczywiście – powiedziałam. – Nudziarstwo.

– Widzi pani! – zachwyciła się klasa.

– Ja bym nie była tego zdania – odezwała się żmijowata.

– Podobało ci się, jak Maciek czytał?

– Maciek czytał ze zrozumieniem, proszę pani – pouczyła mnie żmijowata. – To chyba jest najważniejsze.

– Dobrze – zgodziłam się. – Pogadajmy o tym zrozumieniu.

Przez następnych dwadzieścia minut wydusiłam z moich dzieci zeznania, z których wynikało, że owszem, naprawdę rozumieją, o co chodzi. Tylko za Boga to do nich nie przemawia.

Do końca lekcji zostało mi jeszcze dziesięć minut. Przez dziesięć minut, jak mawiała moja babcia, można diabłu łeb urwać.

Postanowiłam diabłu łeb urwać.

– A teraz, moi kochani – powiedziałam żwawo – proszę wszystkie ławki posunąć pod ścianę. Biegusiem! Krzesła też.

Dziki rumor wypełnił mury starej szkoły. Co jak co, ale hałasować moje kotki potrafią zawodowo.

Po chwili stali przede mną z zaintrygowanymi minami.

– A teraz uratujemy Mickiewicza – powiedziałam, nie zważając na dezaprobatywne buczenie. – Nieprawdą jest bowiem – dodałam z mocą – że „Oda" to nudziarstwo! I zaraz wam to udowodnię! Proszę mi tu zaraz stanąć w kółko! Pamiętajcie, że Mickiewicz był prawie w waszym wieku i dla takich samych małolatów to pisał! To musi do was trafić! Ale nie wtedy, kiedy Maciek to czyta jak zdychająca krowa! Maciek! Właź na moje biurko! Już!

Maciek, który najwyraźniej zaczynał chwytać, o co chodzi, wskoczył na katedrę. Podałam mu książkę, ale nie jego podręcznik z rysunkami gołych aniołków między tekstami (malował te aniołki przez całą lekcję), tylko mój egzemplarz Mickiewicza, oprawiony w rozkoszną wiśniową skórkę ze złotymi napisami.

– Kochani! – ryknęłam do otaczającej nas gromadki. – Zapomnijcie, że to stary, dawno nieżywy wieszcz, którym was męczą nauczyciele! Oto wasz przyjaciel, młody, natchniony, wspaniały, będzie wam czytał swoje wiersze! Napisał je tej nocy, a wy nie możecie się doczekać, kiedy je wam przedstawi! Maciuś! Leć, kochany! Daj z siebie wszystko!

I Maciek poleciał. Zagrzany moim dzikim rykiem, runął z tą „Odą" jak burza. Oczywiście, mówiąc językiem teatru, zagrywał się na śmierć, ale robił to wspaniale! Pierwsza strofa w jego nowej, euforycznej interpretacji spowodowała rumieńce na twarzach bliżej stojących panienek. Wybaczam mu, że czytając: „niechaj, kogo wiek zamroczy, chyląc do ziemi poradlone czoło", dramatycznym wyrzutem ramienia wskazał na mnie. Następne strofy kierował do swoich kolesiów, a ja patrzałam z radością, jak kolesie dają się ponieść wieszczemu entuzjazmowi Maciusia, jak im oczy zaczynają błyszczeć... Oczywiście, wody trupie i głaz w skorupie znowu były skierowane prościutko do mnie, ale za to kiedy doszedł do „Młodości! orla twych lotów potęga, jako piorun twoje ramię", udało mu się porwać za sobą publiczność, która z podręcznikami w dłoniach podjęła spontanicznie recytację. Maciek fruwał na katedrze, z rozwianym włosem i płonącymi oczami i przewodził natchnionemu chórowi. „Witaj, jutrzenko swobody, zbawienia za tobą słońce" wrzeszczeli już wszyscy, bez wyjątku. Na koniec Maciek wyrzucił ręce w górę (nie wypuszczając moje-

56

go drogocennego tomiku) i runął w dół, spadając na ramiona kolegów, którzy natychmiast zaczęli go podrzucać w szale radości.

Okrzyki „Wiwat Adaś" i „Wiwat Maciek" mieszały się z nieartykułowanym rykiem szczęścia.

Natalia Hollander byłaby zachwycona: młodzież się wyraźnie odblokowała.

W drzwiach stała pani wicedyrektor i dawała wyraz swojej dezaprobacie.

Uczniom udało się w ogóle jej nie zauważyć.

Ja ją zauważyłam, ale udawałam, że nie widzę.

Poszła sobie.

Pewnie nie chciała, żeby się jej autorytet nadwerężał.

14 września, czwartek

Kupiłam wahadełko. Teraz potrzebne mi jest zdjęcie Liama Neesona. To jest Kamila Pakulskiego. Neeson nic by mi tu nie dał.

Jakoś mi go brak, ale nie bardzo wiem, co mogłabym zrobić w tej sprawie. Zawracać mu głowę w pracy tym lataniem... Nie wypada, jednak nie wypada.

Kupiłam sobie też parę rzeczy do ubrania. Wszystko zgodnie z sugestią małolatów. Brązowa spódnica, taka szeroka, do zamiatania ulic, jasnożółty sweter z cienkiego kaszmiru, drogi potwornie, ale taki piękny, że dech mi zaparło. I wisiorek z awenturynem. Podobał mi się malachit w paski, ale był trochę drogi, a po tym swetrze już mi się zrobiło cienko z pieniędzmi.

Potrzebna mi jest praca! Nie misja, tylko praca, dla pieniędzy. Oczywiście szkoły nie rzucę, ale muszę trochę podorabiać.

Małolaty po ekshumacji Mickiewicza rozkoszne. O mały punkt powiększyło się ich zaufanie do literatury klasycznej.

Moje nowe ubranka znalazły uznanie w ich oczach. Kazały mi jeszcze kupić apaszkę. W brązach z żółtkiem – tak to określiły.

Pani wicedyrektor patrzy na mnie dziwnie.

15 września, piątek

Beata z Laurą zapowiedziały się na jutro. Powiedziały, że zabierają mnie do kogoś. Powiedziałam, że do Natalii Hollander na hipnozę nie pójdę. Powiedziały, że to nie ona. Powiedziałam, że do żadnego innego cholernego psychoanalityka też nie pójdę. Powiedziały, że nie chodzi o cholernego psychoanalityka i że nie powiedzą, o kogo chodzi. Na to już nic nie mogłam powiedzieć, ale wstępnie wyraziłam zgodę.

Zaproponowałam małolatom, żebyśmy zrobili sobie wieczór ballad romantycznych przy świecach.

– I piwie – wyrwało się Maćkowi.

– Romantycy piwa nie chlali – poinformowała go Basia. – Chlali wino. Zrobimy sobie wieczór przy winie, proszę pani?

– Niestety, wyłącznie przy literaturze. Pożyczymy kostiumy z opery.

Zgodzili się. Myślę, że będę z tym miała mnóstwo radości. I krzyku, rzecz jasna.

Sobota. Jakby przełomowa

Beatka z Laurką przyszły po mnie o szóstej. Moja nowa kolorystyka zyskała ich aprobatę.

– Czarny jest dla dwudziestek – zawyrokowała Beatka. – W naszym wieku czarny szkodzi na cerę. Bardzo ci dobrze w tych żółcieniach. No to wychodzimy.

Swoją cudną toyotą Laura zawiozła nas do nowej dzielnicy willowej. Zaparkowała samochód przed domem z daleka pachnącym wielką forsą. Kilka aut stało już połową na chodniku.

Zaparłam się przed wejściem.

– Nie pójdę, dopóki mi nie powiecie, w co mnie zamierzacie wmanewrować!

– Uspokój się – powiedziała Beata. – Narzekałaś ostatnio, że nie masz pieniędzy. Ja też nie mam. Laurze to dobrze, ona może dorobić u ciotki. A ja w tej głupiej Żegludze nie mam szans na żadne boki.

– A co, tu pieniądze dają?

– Dają, nie dają; mówią, jak zarobić. No chodźże!

Zadzwoniłyśmy do stylowych rzeźbionych drzwi, używając do tego celu dzwonka ukrytego w stylowej rzeźbionej kołatce z mordą lwa. Otworzyła nam – jak Boga kocham! – pokojówka, której funkcję symbolizował maleńki pasiasty fartuszek.

– Panie na mityng? Bardzo proszę, płaszczy panie nie mają? Proszę do salonu.

W drzwiach salonu stała wytworna facetka.

– Panie z polecenia...

– Pani doktor Natalii Hollander – pospieszyła z informacją Beata.

A jednak Natalia się tu pęta!

– Zapraszam serdecznie, proszę wejść, jest kawa, herbata, drinki, ciasteczka, za parę minut zaczniemy, chcemy, żeby państwo poczuli się u nas jak u siebie w domu...

Kawę i herbatę podawała kolejna pokojówka czy służąca, czy inna domowa funkcyjna w pasiastym fartuszku. Kilkanaście osób płci obojga, ale z niejaką przewagą kobiet, siedząc przy kilku stolikach i łażąc po salonie wielkości boiska do piłki nożnej, starało się udawać, że się świetnie czują i są na całkowitym luzie. Pomiędzy nimi kręcił się jakiś facet, najwyraźniej zadomowiony, i rozsiewał wokół siebie atmosferę swobodnej życzliwości.

Udało się nam zdobyć miejsca przy szerokim parapecie okna, wychodzącego na olbrzymi ogród cudownej urody. Po ogrodzie latało dziecko w towarzystwie wielkiego berneńczyka. Zapewne niańcia kryła się w jakimś kącie.

Na tym parapecie postawiłyśmy swoje filiżanki, po czym zażądałam – po raz kolejny – wyjaśnień.

– Beata, mów natychmiast, co to za impreza! Co to za dom! Co to za ludzie! Co ma z tym Natalia Hollander!

– Och, nie nudź. – Beata najwyraźniej była wniebowzięta, co zapewne sprawiła owa atmosfera życzliwości sztucznej jak pcv oraz nad wyraz autentycznej zasobności, żeby nie powiedzieć ostentacyjnego bogactwa. – To jest dom takich naszych tutejszych architektów, bardzo wybitnych. Nie mów, że nie znasz ich chociażby z nazwiska. Luiza i Daniel Pragasz.

Rzeczywiście, słyszałam o Pragaszach. Duże sukcesy, nagrody ogólnopolskie, w ogóle duma miasta. Zaprojektowali ostatnio te parszywe wieżowce dla Ubezpieczeń i Reasekuracji, poza tym dwa banki, kapiące szmalem od pierwszego wejrzenia. Widać mają takie upodobania, żeby od razu było widać, że na biednego nie trafiło.

– I ta facetka przy drzwiach to jest Pragaszowa?

– Nie, to chyba jej siostra. A ten facet to jakiś szwagier. Pragaszów jeszcze nie ma.

Pewnie zamierzają mieć efektowne entrée...

– No dobrze, a ci Pragaszowie teraz będą nam mówić, jak zostać wziętym architektem?

– Coś ty! Oni tej forsy wcale nie mają z architektury...

Byłaby może powiedziała wreszcie nieco więcej, ale właśnie otworzyły się na oścież drzwi, ukazujące znowu kawałek jakiegoś przecudnego wnętrza wypchanego antykami. W drzwiach stał glancuś w smokingu. Fioletowym.

– Witam państwa bardzo, bardzo serdecznie – powiedział głosem jak dzwon Zygmunta. Gwarek rozmów ucichł.

– Bardzo się cieszę, że przyjęli państwo nasze zaproszenie – kontynuował glancuś. – Proszę wybaczyć, że nie ma jeszcze mojej żony, zaraz powinna się zjawić...

Istotnie, w tym momencie zza jego ramienia wychynęła dama z niemowlęciem w powijakach i z promiennym uśmiechem na ustach.

– Już jestem, dzień dobry wszystkim – zagruchała radośnie. – To wszystko przez tego młodego obywatela. – Zachichotała wdzięcznie. – Panie pewno wiedzą, jak to jest, mieć trzymiesięcznego potomka. Proszę sobie nie przeszkadzać, Daniel wszystko powie, a ja tymczasem jeszcze muszę dopełnić jednego obowiązku matki... ale też chciałabym posłuchać Daniela, on jest naprawdę boski, sami się przekonacie... więc siądę sobie tu w kąciku, a wy się mną nie krępujcie!

Po czym istotnie siadła na foteliku, który usłużnie podsunął jej ów facet, pełniący uprzednio honory domu, bez żadnego skrępowania rozpięła bluzkę, wyłuskała lewą pierś i przystąpiła do karmienia niemowlaka. Niewykluczone, że go przedtem trochę przegłodziła, aby słodka scena dojrzałego macierzyństwa wypadła efektownie, bo ciągnął jak szalony.

Smokingowy Daniel Pragasz nalał sobie drinka i przystąpił do rzeczy.

– Drodzy państwo! Dziękuję wam za przybycie, ale być może czynię to niepotrzebnie...

– A to czemu – mruknęłam. – Grzeczności nigdy dosyć.

– Być może już niebawem państwo sami podziękujecie sobie za to, żeście tutaj przyszli – wyjaśnił boski Daniel. – Ja tylko postaram się otworzyć przed wami perspektywy, z istnienia których nie zdajecie sobie jeszcze w tej chwili sprawy. Będzie to dla mnie prawdziwą satysfakcją. Proponuję, żebyśmy od razu zaczęli sobie mówić po imieniu, w ten sposób będzie nam łatwiej.

Nie powiedział, co mianowicie będzie łatwiej.

Podszedł do pierwszej z brzegu kobiety, w naszym mniej więcej wieku.

– Jak masz na imię?

– Justyna – zaćwierkała, zachwycona nie wiedzieć czemu.

– O, jak pięknie! Justyno, powiedz proszę, czy zdarza ci się w życiu marzyć?

– Oczywiście – odparła Justyna.

– O czym marzysz, Justyno?

– O takim domu jak twój.

– Świetnie. A ty... – zwrócił się Pragasz do towarzysza Justyny, łysiejącego przystojniaka.

– Ja? Janusz – powiedział przystojniak.

– A ty, Januszu?

– O tym, żeby pospłacać wszystkie pożyczki i wyrównać debet w banku, tak raz na zawsze – wyznał Janusz.

– A ty? – Pragasz podleciał do mnie, zanim się spostrzegłam.

– A ja marzę o jednym takim, co mi się ostatnio podoba – poinformowałam go prawdomównie, ale chyba nie był z tego zadowolony, bo od razu pognał dalej.

Jeszcze ze trzy osoby odpytał o marzenia i uzyskał odpowiedzi, które go najwyraźniej satysfakcjonowały, a świadczyły bardzo dobitnie o postępującym kryzysie gospodarki państwowej i idącym za tym ubożeniem obywateli.

– No dobrze – oznajmił boski Daniel i odstawił drinka, co zapowiadało, iż dopiero teraz przystąpi do rzeczy. – Wszyscy myślicie podobnie.

Najwyraźniej postanowił mnie zignorować!

– Wasze marzenia mówią o was bardzo wiele. Bo dlaczego tylko marzycie o tym wszystkim? Dlaczego nie sięgniecie ręką i nie weźmiecie tego, co stanowi przedmiot waszego pragnienia?

Odpowiedzią był chóralny wybuch – trochę wymuszonego – śmiechu.

– Śmiejecie się! Uważacie, że gadam bzdury! Dlaczego śmiejecie się z własnych marzeń? Kto wam zabrania je realizować? Kto ukradł wasze marzenia?

Tu wykonał efektowną pauzę i zamarł z ręką wyciągniętą ku nam w dramatycznym geście.

– Kabotyn – szepnęłam Beacie do ucha, ale psyknęła na mnie niecierpliwie.

– Zapewniam was – podjął wątek gospodarz – że wszystko to, o czym mówiliście, jest w zasięgu waszych wyciągniętych rąk...

– Nawet mój potencjalny amant? – nie wytrzymałam.

– Wszystko – zawołał tryumfalnie Daniel Pragasz. – Wszystko, o czym pomyślimy, jesteśmy w stanie osiągnąć! Nie jesteśmy przyzwyczajeni do myślenia o sobie jako o ludziach sukcesu, ale zapewniam was: to można zmienić!

Audytorium zamarło.

– Pewne zasadnicze ograniczenia przyniosło nam już nasze domowe wychowanie – wyjaśnił Daniel P. – Musicie nauczyć się uwalniać od tych ograniczeń. Przejście w świat sukcesu możemy porównać do skoku z jednego trapezu na drugi, jak w cyrku. Widzieliście akrobatów, którzy tak skaczą, prawda?

Szmer potakiwania.

– Kiedy trzymasz się drążka, jesteś bezpieczny. Ale nagle skaczesz, zawisasz w próżni – i wy musicie tak skoczyć, zapomnieć o wszystkim, czego was dotychczas nauczono, o wpojonym wam przekonaniu, że sukces nie może być waszym udziałem, bo jesteście za słabi.

– A jak rąbnę o ziemię? – nie wytrzymałam ponownie.

Tym razem zareagowała matka karmiąca.

– Jeśli będziesz stale przerywała Danielowi, nie dowiesz się niczego – zawołała z radosnym uśmiechem. – Nie chcę myśleć, że przyszłaś tu ze złą wolą...

– Kochanie, jak możesz – dobrotliwie ofuknął żonę Daniel P. –

Jeżeli będziesz stosowała się do wskazówek – to do mnie – możesz się niczego nie bać.

Brawa. Zapoczątkowane przez wierną żoneczkę.

– Człowiek sukcesu to osoba pewna, że zawsze wygra, wchodząca bez lęku w nowe doświadczenia!

– Kretyn bez wyobraźni – szepnęłam tym razem Laurze do ucha. Zachichotała bezgłośnie.

– Takich ludzi jest na świecie coraz więcej – zawiadomił nas Daniel P. – Codziennie realizują odważnie swoje cele i codziennie odnoszą sukcesy.

Matka karmiąca schowała biust w ubranko i zastygła w bezruchu, spijając z ust męża każde słowo.

– Każde z was – obwieścił uroczyście Mistrz – jeśli tylko z pełnym zaangażowaniem rozpocznie świadomą przemianę własnej osobowości, na pewno stanie się tym, kim chce być. Natomiast ci wszyscy – tu spojrzał znacząco w moją stronę – którzy upierają się przy swojej racji, niechże nadal trwają w świadomości ubóstwa! Możemy im pomóc tylko służąc przykładem, osiągając swój indywidualny sukces!

Brawa, brawa, brawa.

Mistrz ukłonił się z niewypowiedzianym wdziękiem, po czym podjął wykład:

– Zastanówmy się razem, co powoduje, że niektórzy ludzie osiągają dobrobyt?

Zawiesił głos i potoczył spojrzeniem po sali. Audytorium wstrzymało dech.

– Są wśród nas ludzie mądrzy, posiadający rozległą wiedzę... Odpowiedzmy sobie na pytanie: czy to oni osiągają dobrobyt? Ci wszyscy profesorowie wyższych uczelni?

Śmiech.

– Otóż to. Już Platon w swoich rozważaniach oddzielił kwalifikacje zawodowe od umiejętności zdobycia pieniędzy. Wiedza bogactwa nie daje, jeśli nie jest podparta... Ale o tym za chwilę. Teraz zastanówmy się: czy bogaci są ludzie, którzy bardzo dużo pracują? Czy wasza ciężka praca na dwa etaty przynosi wam pożądane bogactwa?

Śmiech huraganowy.

– Otóż to, moi drodzy – powiedział ze smutkiem Daniel Pragasz. – Ale – podniósł głowę – powiem wam, co warunkuje posiadanie bogactwa. Zapamiętajcie tę prawdę: najważniejszą cechą wszystkich ludzi bogatych jest chęć posiadania majątku oraz niezachwiane poczucie, że właśnie im się on należy! Ten stan nazywamy świadomością obfitości. A czymże jest świadomość obfitości? Jest poczuciem zaspokojenia wszystkich naszych potrzeb, poczucie spełnienia, bezgraniczne zadowolenie z życia...

– Panie! – Potok wymowy Mistrza przerwał nagle jakiś facet, zrywając się z krzesła. – Czy pan zamierza mi tu wmówić, że wszystkie moje potrzeby zostaną zaspokojone za pomocą szmalu?

Ucieszyłam się, że to nie ja tym razem, i spojrzałam na faceta z sympatią. Był niewysoki, miał długi nos i czuprynę jak kopa siana.

– Mieliśmy mówić sobie po imieniu – koił Mistrz. – Niczego nie chcę wam wmawiać. Posłuchaj dalej...

– Chętnie posłucham – powiedział spokojniej Czupryniasty – tylko wyjaśnijmy sobie może od razu: czy to chodzi o network? Bo jeżeli tak, to nie ma o czym mówić!

– Jaki network? – spłoszył się nieco Daniel P.

– Jak to jaki? Zwyczajny! – Czupryniasty wyglądał, jakby coś do niego dotarło. – Proszę państwa – zwrócił się do nas. – Cała ta gadanina ma za zadanie zwerbować was do sieci! Jako cholernych sprzedawców domokrążnych! Komiwojażerów od proszku do prania! Ja się cały czas zastanawiałem, skąd oni mają ten cały szmal, bo coś tam słyszałem, że nie tylko z architektury, ale teraz już wiem! A takie gadki to ja dawno znam, już mi je próbowali wciskać! Jedna moja była narzeczona miała cały rządek kaset z przemówieniami zupełnie takimi jak te tutaj! Może nawet to były jego – tu wskazał Mistrza – przemówienia, w każdym razie takie same sformułowania. „Kto wam ukradł wasze marzenia, no kto?". Zapamiętałem, bo to akurat dosyć idiotyczne!

Daniel Pragasz stał przed nami, nie bardzo chyba wiedząc, jak zareagować. Jego żona natomiast zerwała się jak lwica broniąca miotu szczególnie udanych lwiątek.

– Przyszedł pan tu ze złą wolą! – wrzasnęła. – Tacy jak on – zwróciła się do publiczności, dramatycznym gestem wskazując Czupryniaka – tacy jak on właśnie nie pozwalają wam dojść do spełnienia marzeń! Sprawiają, że nie możecie oderwać się od ziemi!

– A na czym to oderwanie od ziemi ma polegać?! – wrzasnął tym razem Czupryniasty. – Na nachodzeniu ludzi w domach i wmawianiu im, że chcą kupić te cholerne proszki, których wcale nie chcą kupić? Na wciskaniu im kitu?

– To wcale nie jest kit – zaprotestowała odruchowo Luiza Pragasz. – To świetne kosmetyki, jedne z najlepszych na świecie!

– A więc jednak networking! – zawołał tryumfalnie Czupryniak, nie zwracając uwagi na rozpaczliwe znaki, które czyniła w jego stronę młoda kobieta siedząca przy tym samym stoliku. – I po co, kochana, opowiadacie te pierdoły o sukcesie! Co to za sukces, latanie z torbą chemikaliów od domu do domu!

– Chcesz pan mieć te pieniądze czy nie? – zapytała dramatycznie Luiza P. – Same do pana nie przyjdą! My z mężem porzuciliśmy architekturę dla pracy w networku! I proszę! Chciałbyś mieć taki dom, taki ogród, prawda? A dzieciom swoim co dasz? Wykształcenie? – Zaśmiała się z gryzącą ironią.

– O moje dzieci sam się zatroszczę!

– I co, poślesz je na nasz uniwersytet albo na naszą politechnikę? A gdybyś miał pieniądze, pojechałyby się uczyć na Harvardzie! Ten mały – wskazała na niemowlaka, porzuconego na fotelu i śpiącego spokojnie – ma już zagwarantowane miejsce w Eton! A potem w Oksfordzie!

– A moje będą się uczyć w ogólniaku na drugiej ulicy! I nie będą przez to czuły się gorsze! A o swoją przyszłość zatroszczą się same! Tak je wychowam, a nie na cholernych pasożytów, którym trzeba wszystko dać do rączki!

– Romanie – jęknęła Luiza P. do faceta, który przedtem czynił honory domu – dlaczego jeszcze nie pokazałeś panu, którędy się od nas wychodzi?

Roman natychmiast posterował w stronę Czupryniaka, ale ten już sam odwracał się w kierunku drzwi. Jego towarzyszka, która została przy stoliku, miała minę świadczącą o tym, że zaraz się rozpłacze. On jednak płakać nie zamierzał.

– Nie trzeba, znajdę drogę. Ale wam wszystkim jeszcze jedno powiem. – Powiódł spojrzeniem po publiczności. – Oni chcą was zwerbować, bo każde z was to dla nich wymierna korzyść. To jest

65

taka piramida, jedni werbują drugich, drudzy trzecich i tak dalej, im niżej, tym szerzej. Część tego, co wy zarobicie, chociaż wątpię, czy to będzie dużo, bo ta sieć już się mocno rozrosła, a więc część waszych zarobków pójdzie na konto państwa Pragaszów. Jeżeli wam się uda zwerbować kolejnych frajerów, dostaniecie z kolei część tego, co oni zarobią. Ale i te cwane Pragasze będą z tego miały kolejną działkę. Więc nie wierzcie w tę całą bezinteresowność... No już wychodzę, wychodzę... Idziesz? – zwrócił się do młodej kobiety, która jednak odwróciła się do niego plecami. – Ach nie? To powodzenia. Bawcie się dobrze – zawołał jeszcze w naszą stronę i zniknął nam z oczu, popychany przez gorliwego Romana.

Zapanowało kłopotliwe milczenie.

Boski Daniel pierwszy odzyskał kontenans.

– Moi kochani – powiedział filozoficznie. – Wszystko na tym świecie zależy od podejścia. Człowiek, który właśnie nas opuścił, nigdy nie będzie człowiekiem sukcesu. Brak mu odpowiedniego podejścia.

– Mnie też brak odpowiedniego podejścia – oświadczyłam. – Nie widzę siebie w roli wędrownej sprzedawczyni proszków do prania. Ani nawet do płukania. Dziękuję za kawę.

Wstałam, ale Daniel powstrzymał mnie władczym ruchem.

– Nie musisz sprzedawać – obwieścił tryumfalnie. – Możesz skoncentrować się na poszerzaniu sieci.

– To znaczy na werbowaniu kolejnych jeleni?

– Na zdobywaniu kolejnych stopni w naszej hierarchii. Oznaczamy je nazwami kamieni szlachetnych, wiesz? Wyznaczysz sobie cele, do których chcesz dojść, na przykład wakacje na wyspie Bali. Albo własne mieszkanie, potem własny dom... Będziesz stawać na coraz wyższych stopniach... Tak jak my, moja żona i ja.

– Czy wiesz – wtrąciła z dumą żona – że Daniel jest już Szmaragdem?

– Co oznacza prawdopodobnie, że zrobił już wodę z mózgu większej liczbie naiwnych ludzików. Ja się na to nie piszę. Powodzenia! Idziecie, dziewczyny?

– Ja bym jeszcze została – powiedziała Laura. – W celach informacyjnych. Beata chyba też. Poradzisz sobie z dotarciem do domu?

– Oczywiście. To na razie.

Wyszłam, kipiąc złością.

Co za bezczelność! I co za cholerne cwaniactwo!

A Beata z Laurą zamierzają dać się w to wciągnąć?

Za żadne pieniądze!

Widziałam, że jeszcze parę osób wyszło, ale niewiele. Większość została i teraz pozwala sobie robić wodę z mózgu.

A może ja mam złe podejście?

Wiadomo przecież, że jestem nudziara...

W ten sposób nigdy nie zdobędę pieniędzy. To znaczy, jeżeli będę odrzucała okazje.

Ale co to za okazja? Sprzedaż obnośna? Nigdy!

A sukces?

Proszę bardzo, mam sukces: małolaty kupiły Mickiewicza.

Jeżeli udało mi się wmówić małolatom Mickiewicza, to może bez kłopotu wmawiałabym ludziom te proszki? Oraz poszerzała sieć, pozyskując wciąż nowych i nowych jej członków?

A fuj!

Mickiewicza lubię, to zupełnie co innego niż namawianie ludzi do czegoś, do czego sama nie mam przekonania.

No więc będę dalej nauczycielką bez perspektyw finansowych.

Nudziara.

Tak sobie rozmyślając, byłabym się przewróciła o wystające spod samochodu odnóża. Potknęłam się jednak tylko i wydałam z siebie okrzyk nielicujący bynajmniej z powagą zawodu, którego jestem przedstawicielką.

– Cholera jasna!

– O, przepraszam – dobiegło mnie spod zielonego volkswagena z lat sześćdziesiątych. Głos wydał mi się znajomy, więc się zatrzymałam. Ale nie znam przecież nikogo z takim volkswagenem!

Już ruszałam dalej, gdy dobiegł mnie ów znajomy głos:

– Chwileczkę! To pani też nie chce być człowiekiem sukcesu?

Czupryniak!

Wypełzał właśnie spod wehikułu, zwijając modlitewny dywanik, na którym leżał.

– Złośliwość martwych volkswagenów – wyjaśnił, wstając na nogi. – Przepraszam. Byłaby pani się o mnie zabiła. Bardzo przepraszam.

– Nic się nie stało. Ależ pan się upaprał! Chce pan taką chusteczkę do umycia rąk?

– Taką mokrą? Ma pani? Och, dziękuję, uświniłbym sobie pokrowiec na kierownicy.

Starannie wytarł dłonie czterema chusteczkami odświeżającymi marki Johnson&Johnson. Potem wyciągnął w moją stronę czystą już prawicę.

– Nazywam się Wrzosek. Sławomir. A na drugie Daniel, niestety, tak jak ten dupek, Pragasz. Takie ładne imię mi deprecjonuje!

– Bardzo ładne, naprawdę. Ale Sławomir też ładne. A ja się nazywam Agata Czupik. Bardzo mi się podobało to, co pan powiedział tym Pragaszom. Ale obawiam się, że ani pan, ani ja nie zrobimy w życiu fortuny. Nastawienie mamy nieodpowiednie.

– Może jeszcze zrobimy. Nawet na pewno zrobimy, może niekoniecznie w sensie finansowym. A może i w finansowym. Nigdy nic nie wiadomo... Podwieźć panią?

– A nie rozleci się ten automobil?

– Nie powinien. On mi nawala średnio raz w tygodniu, a od poniedziałku już cztery razy fiksował, tak więc jakiś miesiąc spokoju mam przed sobą, statystycznie rzecz biorąc. To co, jedziemy?

– Jedziemy – odpowiedziałam i usadowiłam się w zielonym garbusie. Moje małolaty twierdziły, że w zielonym będzie mi do twarzy. Niemniej miałam uczucie, że siedzę wprost na ziemi.

– Tu się trochę śmiesznie siedzi. – Sławomir D. Wrzosek zauważył moją minę. – Ale to tylko jak się nie jest przyzwyczajonym. To bardzo dobra maszyna. Mam do niej stosunek ojcowski.

– Ale to nie jest maszyna człowieka sukcesu – powiedziałam nietaktownie.

– Do diabła z sukcesem polegającym na robieniu z ludzi wała. Bardzo przepraszam, nie powinienem się tak wyrażać, ale mi się adrenalina podnosi, kiedy ktoś mnie usiłuje oszwabić. Pani, jak widzę, też się do tego nie nadaje. O, tu jest taka przyjemna kafejka, może wypijemy kawę przygotowaną dla nas bez podstępnych zamiarów? Co pani na to?

Nie czekając na moją odpowiedź, już parkował na chodniku. Zanim wygrzebał się zza kierownicy, zdążyłam wysiąść. Przypomniałam sobie, jak dwornie wypuszczał mnie z samochodu Kamil Pakulski (o, nie Liam Neeson! Czyżby moje poczucie rzeczywistości wracało do równowagi?). Poczułam coś jakby tęsknotę, ale Czupryniak już był przy mnie i już wchodziliśmy do kafejki.

Przyjemna była, to prawda. Jakaś utalentowana rączka ozdobiła ją suchymi kwiatami i draperiami z worka. Nigdy bym nie przypuszczała, że stary worek może być taki dekoracyjny!

Zamówiliśmy kawę, herbatę i jakieś paszteciki tutejszego pieczenia. Czupryniak twierdził, że zna je osobiście i że jeszcze nigdy go nie rozczarowały.

Miał rację, były rewelacyjne, z drożdżowego ciasta, pięknie upieczone i napchane różnymi dobrymi rzeczami.

– Prawdę pan mówił – pochwaliłam jego i paszteciki za jednym zamachem.

– Ja zawsze prawdę mówię – powiedział. – Tylko nie wiem, czy to jest zaleta. Czasami bardzo bym się tego chciał pozbyć. Niekoniecznie jeśli chodzi o paszteciki.

Zastanawiałam się, ile może mieć lat. Wyglądał na trzydzieści, może dwa lub trzy lata w tę lub we w tę. Imponująca grzywa, opadająca na oczy, była koloru złocistego. A oczy miał po prostu nadzwyczajne: ciemnoniebieskie, okolone ciemnymi rzęsami, których długości mogłaby mu pozazdrościć każda dziewczyna. Po co facetom takie rzęsy, na Boga!

Mógłby być wyższy. To nie znaczy, że był jakimś kurduplem, ale lubię, żeby mężczyzna miał wzrostu więcej niż sto siedemdziesiąt pięć centymetrów. A on chyba nie miał.

Emanowała z niego jakaś sympatyczna wesołość. Te oczy mu się śmiały. Do paszteciků, niewątpliwie, bo pochłaniał je, jakby w życiu nic nie jadł. Brał je w palce – bardzo piękne dłonie, bardzo! – i dwoma, trzema kęsami unicestwiał.

– Z tą cholerną prawdomównością – kontynuował konwersację pomiędzy jednym a drugim pasztecikiem – to ja mam tak, że jeżeli mój pryncypał gada jakieś bzdury, to ja, niestety, nie mogę się powstrzymać, mówię mu, że to bzdury, i po drugim, trzecim razie zmieniam pracę. Pracowałem już w czterech zespołach projektowych. Bo ja jestem architektem, tak jak cholerne Pragasze. Przedtem mieszkałem w Krakowie i Poznaniu, ale to nie dla mnie miasta. Tam jest, panie, tradycja, tam są architekci z dziada pradziada. A ja takiej atmosfery nie lubię. Albo pracujemy, albo się adorujemy.

– A tutaj pan dawno jest?

– Drugi rok. Słyszała pani o pracowni Estakada? To ja i moi wspólnicy, a nazwa jest od naszych imion. Stanisław, Tadeusz, Karol i Daniel.

– Coś słyszałam. Wzięliście nagrodę za hotel?

– Wzięliśmy. I za domki szeregowe dla średnio bogatych.

– To po co panu jeszcze te Pragasze? Z całym tym sukcesem dla ubogich duchem?

– Dziewczyna się uparła. Siedziała koło mnie, zauważyła pani? Pewnie teraz ze mną zerwie. Z dziewczynami to ja mam jak z szefami. Boże, dlaczego obdarzyłeś mnie przesadną szczerością? Ale muszę pani powiedzieć, że nagrody nagrodami, a jeszcze trochę forsy by się przydało. No dobrze, może jako dzielni, zdolni architekci, poradzimy sobie bez proszków do prania. A pani pracuje w jakimś biurze?

– W szkole. Jeśli pan nie zarobi na to Eton dla potomków, może będę ich uczyła polskiego.

– Ach, polonistka? Świetnie! Jaki jest pani stosunek do poezji Miłosza?

– Prywatny czy służbowy?

– Prywatny, wyłącznie prywatny!

– Nie lubię.

– Naprawdę? Polonistka, która przyznaje, że nie lubi Miłosza! Pani Agatko, kocham panią za to! Dlaczego my nie mówimy sobie po imieniu? Jestem Sławek. Mam zamówić szampana?

– Niekoniecznie.

– Ach, dlaczego niekoniecznie? Tak niewiele mamy w życiu naprawdę przyjemnych chwil! Poprosimy szampana! Tylko żeby miał odpowiednią temperaturę, bo ostatnio dostałem tu ciepłego jak zupa!

Ten Czupryniak okazał się szaleńczo zabawnym człowiekiem. W dodatku zdolny architekt! No, no... I te niezwykłe oczy, i te przepiękne ręce...

Kelnerka, która najwyraźniej była jego wielbicielką, przyniosła nam szampana, należycie schłodzonego i w dodatku na lodzie. Wprawdzie nie była to wdowa clicquot, tylko sowietskoje igristoje, ale i takie bąble bardzo lubię. Wdowy, prawdę mówiąc, jeszcze nikt mi dotąd nie postawił.

Przy szampanie Sławek wdał się w opowieści o sobie, a ja pękałam ze śmiechu. Zwłaszcza kiedy opowiadał mi o latach spędzonych w Krakowie i Poznaniu, gdzie ze swoim szalonym temperamentem męczył się jak potępieniec w zespołach składających się z szacownych architektów z dziada pradziada.

– Bo ja, moja kochana Agatko, jestem architektem z awansu społecznego. Tatuś z mamusią prowadzili pod Wrocławiem gospodarstwo rolne, prywatne, to znaczy pieczarkarnię. Potem do pieczarek dołączyli kwiaty, potem jeszcze stawy hodowlane. I strasznie chcieli, żeby synek został prawdziwym inteligentem. No więc zostałem. Ale poza sprawami zawodowymi, w których jestem naprawdę niezły, to ja z tymi moimi zasiedziałymi kolegami w Krakowie czy Poznaniu nie miałem o czym gadać. Rozumiesz, oni mi o swoich przodkach hrabiach albo o przodkach powstańcach wielkopolskich... a moi dziadkowie to byli prości kmiotkowie spod Wilna i Stanisławowa! Dopiero rodzice okazali się biznesmenami... a i to nie udało im się nigdy zrobić prawdziwej forsy. Pewnie też nie mieli właściwego podejścia. – Zachichotał.

– To tak jak moi – też zachichotałam. – Mój tato jest panem nadleśniczym i siedzi w lesie całe życie. A mama, mając studia ekonomiczne, pracuje u taty w nadleśnictwie jako księgowa. I też nie lubi nosa wyściubiać z lasu. Ale ja lubię miasto. Przynajmniej na razie. Może kiedyś mi się znudzi.

Tak sobie gwarzyliśmy przyjemnie dosyć długo. Kiedy skończył nam się szampan, Sławek zamówił jeszcze po lampce koniaku, w wyniku której to lampki strąbiłam się do tego stopnia, że w ogóle nie protestowałam, kiedy postanowił odwieźć mnie do domu tym zielonym volkswagenem z siedzeniami na ziemi. Na jego miejscu bałabym się policji, bo też sporo wypił, ale był najwyraźniej nieustraszony.

Lubię nieustraszonych!

Wymieniliśmy, oczywiście, numery telefonów. Mam nadzieję, że nasze lekutkie zawianie nie miało wpływu na prawidłowość zapisu!

Niedziela. Przełomowa z całą pewnością

Nie miało.

Sławek zadzwonił o siódmej rano i spotkał się z jedyną przewidywalną reakcją, to znaczy zapytałam go, czy przypadkiem nie oszalał.

– Nie jest to wykluczone! Ale to przecież nie kwestia tych paru godzin, od kiedy się znamy! Chciałem cię zawiadomić, że moja dziewczyna zerwała ze mną!

– Jezu! I zrywasz mnie w środku nocy, żeby mi o tym powiedzieć?

– Miałem nadzieję, że się ucieszysz – zawiadomił mnie radośnie. – Bo ja jestem teraz do wzięcia!

– Czy to znaczy, że mam się zerwać z łóżka i lecieć do ciebie?

– Nie, nie, nie zrywaj się, przeciwnie! To ja lecę do ciebie! Jaki masz numer mieszkania?

– Zwariowałeś! Czwórka, ale ja jeszcze śpię...

Ale już się wyłączył.

Klnąc bardzo brzydko, jak absolutnie nie powinna kląć nauczycielka, wyskoczyłam z łóżka i poleciałam pod prysznic. Kiedy zakręciłam hałasującą wodę, usłyszałam alarmowy dzwonek do drzwi.

W szlafroku otworzyłam. Stał sobie za drzwiami, szalenie zadowolony z siebie i z życia. W objęciach dzierżył pakuneczek, z którego wystawały dwie świeże bagietki i dwie szyjki butelek w charakterystycznym sreberku.

– Cześć, kochanie! – zawołał radośnie i pocałował mnie w policzek. – Ślicznie wyglądasz. Miałaś nie wstawać! Podałbym ci śniadanie do łóżka! Lubisz jajka w szklance?

– Nienawidzę – odparłam zgodnie z prawdą. Nienawidzę tych różnych śliskich i pływających produktów żywnościowych. Oraz puchatych i pienistych. Jajecznicę robię twardą jak kamień. Kawa cappuccino rośnie mi w ustach. Robi mi się słabo na myśl o ostrygach i ślimakach. Kocham za to grzyby, ale to jest jedyny wyjątek potwierdzający regułę.

– Ach, nic nie szkodzi. – Pogoda ducha Sławka była rozbrajająca. – Popatrz tylko, jakie cudne bagieteczki dostałem w tym twoim sklepie na dole. Świeżutkie i chrupiące. Jak w Paryżu. Gdzie masz kuchnię?

Lekko oszołomiona, wskazałam mu drogę. Oczywiście, zupełnie niepotrzebnie, bo już ku niej podążał, podśpiewując wesoluto, acz niezmiernie fałszywie. Na wstępie umieścił butelki w zamrażalniku. Ich widok nasunął mi pewne skojarzenia.

– Czy ty w ogóle, mój kochany, zdążyłeś wytrzeźwieć od wczoraj? Powiedziałam to i ugryzłam się w język. Kto tak reaguje? Nudziara cholerna, stuprocentowa! Sławek nie przejął się jednak.

– Ale skądże! Kiedy się wczoraj rozstaliśmy, pojechałem do mojej dziewczyny, pamiętasz, ona wczoraj była ze mną na tym zebraniu u niebotycznych Pragaszów... Ale zostałem gwałtownie odstawiony od piersi, ponieważ stwierdziła, że nie będzie się zadawała z facetem, który marnuje szansę życiową sobie i jej. Poza tym była na mnie zwyczajnie obrażona za to, że wyszedłem i zostawiłem ją tam samą... samą, zauważ! W towarzystwie trzydziestu neofitów sukcesu!

Przypomniało mi się, że ja zostawiłam tam wczoraj Beatę i Laurę.

Sławek kontynuował, wypakowując zakupy na mój stół kuchenny.

– No więc skoro ona nie chciała ze mną gadać, poszedłem do Klubu Plastyka, gdzie spotkałem paru kolegów, z którymi siedzieliśmy do szóstej rano. Wiesz, że przy okazji wymyśliliśmy jedną bardzo fajną koncepcję i pewnie będziemy ją rozwijać. O szóstej obsługa nas wyrzuciła. Doceń, że czekałem całą godzinę, żeby cię nie budzić za wcześnie!

– Siódma rano w niedzielę to nie jest za wcześnie?

– Mniej za wcześnie niż szósta, musisz przyznać. Czekałem na dworze całą godzinę! Łaziłem po ulicach! A mogłem iść do domu i zalec w łóżku!

Rozśmieszył mnie. Poświęcił się, żeby mnie nie wyrwać ze snu! A mógł iść spać!

– Agatko, ty się już nie denerwuj, usiądź sobie tu wygodnie, a wujek Sławek wszystkim się zajmie. Ten szampan już się na pewno wychłodził dostatecznie...

Wyciągnął z lodówki butelkę, którą dopiero co tam umieścił. Wprawnie potraktował drucik i korek, po czym, nie bawiąc się w takie subtelności jak szukanie stosownych kieliszków, nalał spore porcje do filiżanek.

– Piłaś kiedy szampana na pierwsze śniadanie?

– W każdym razie nie na takie wczesne śniadanie...

– Och, już nie wypominaj! Za sukces!

Rzecz jasna, po filiżance szampana na czczo wszystko się zrobiło o niebo sympatyczniejsze. Przestałam się też martwić o to, że pokazuję się gościowi mało że w dezabilu, to nieumalowana. Zreformowana ja nie powinna się pokazywać facetom bez makijażu! Gość tymczasem zabrał się poważnie do przyrządzania śniadania w postaci kanapek z bagietki posmarowanej masłem i udekorowanej nad wyraz apetycznym łososiem. W ciągu paru minut naprodukował ich całą górę, po czym przystąpiliśmy do konsumpcji, popijając szampanem z filiżanek.

Toczyliśmy przy tym rozmowy na tematy coraz bardziej ogólne.

Kiedy doszliśmy do platońskiej koncepcji szczęścia, czułam bardzo wyraźnie, że nie ma przede mną granic ni kordonów i że bramy sukcesu stoją przede mną otworem.

Powiedziałam o tym Sławkowi.

– Wspaniale! – ucieszył się i dolał szampana. – To znaczy, że ty otworzyłaś się na sukces i teraz on przyjdzie, jak amen w pacierzu. Powinniśmy zawiadomić o tym Pragaszów!

– Nie warto – zaoponowałam. – Oni się nie ucieszą. Słuchaj, chyba powinnam się już ubrać...

– A co, zimno ci? – zapytał, przysuwając się do mnie z krzesłem. – Bo innego powodu nie zauważam. A nawet podoba mi się ten dekolt...

Tu zajrzał nieco w głąb mojego szlafroka.

– Bardzo ładne jest to, co widzę – zaraportował.

No proszę! A mój były narzeczony twierdził, że są za małe!

– Nie za małe? – zapytałam, zanim zdążyłam pomyśleć.

Po jakiejś godzinie Sławek usiadł na łóżku i oświadczył:

– Moja droga! Nie wiem, kto cię wpędził w kompleksy związane z jakością twojego ciała. Nie znam faceta, ale z całą pewnością był to idiota. Możesz mu to ode mnie powtórzyć.

– Skąd wiesz, że to facet wpędził mnie w kompleksy?

– A czyją opinią byś się jeszcze przejmowała? Musiał to być facet, i to facet, na którym ci zależało. Co z nim zrobiłaś?

– Zerwałam z nim bezpowrotnie. Dosyć dawno temu.

– Bardzo słusznie. Nie należy wiązać się z profanami niezdol-

74

nymi docenić tego, co naprawdę piękne i wartościowe. Słuchaj, która godzina? Boże, dwunasta!

Wyskoczył z łóżka dość impetycznie i wykonał kilka rozprężających ćwiczeń gimnastycznych przed uchylonym oknem. Dzięki temu mogłam mu się dokładniej przyjrzeć i stwierdzić, że ma sylwetkę sportowca.

– Spieszysz się gdzieś?

– Teraz już tak. Mówiłem ci, że spotkałem w Klubie Plastyka kolegów i że wymyśliliśmy coś ciekawego? Umówiliśmy się o dwunastej, bo oni się chcieli przespać, rozumiesz, nie mieli siły już myśleć, a teraz mamy się spotkać, żeby rozwijać koncepcję. Jest jeden konkurs, w którym chyba wystartujemy, termin niedaleko, a my dopiero w fazie najwstępniejszej z możliwych.

Pospiesznie narzucił na siebie ubranie.

– Agatko, to był najpiękniejszy poranek w moim życiu! Lecę! Daj śmieci, wyrzucę przy okazji, żebyś nie musiała biegać z tymi butelkami! Pa, kochanie! Zadzwonię w tygodniu!

I już go nie było. Worka ze śmieciami również.

Jakby tajfun przeleciał przez moje spokojne życie!

Przeze mnie też, nie da się ukryć!

Czyżby reforma dawała rezultaty?

A, to już chyba w zależności od tego, czy mi się ten tajfun podobał czy nie!

Zastanowiłam się uczciwie.

Owszem, podobał mi się.

Mam nadzieję, że nie będzie wiadomych konsekwencji, bo nie zabezpieczyliśmy się nijak. Za szybko to wszystko poszło. Poszło? Pognało!

Teoretycznie nie mam się czego obawiać, ale miło będzie powitać tym razem ciocię-komunistkę, jak to zjawisko, nie wiedzieć czemu, określała moja babcia.

W łazience stanęłam przed lustrem i obejrzałam się dokładnie. Partiami, bo to nieduże lustro, trzeba będzie kupić większe, koniecznie.

No faktycznie. Nie jest źle. Jest nieźle, nawet bym powiedziała.

Mam trzydzieści lat i nie wiedziałam o tym tak naprawdę.

Trzeba było stukniętego architekta, żeby mi to uprzytomnił!

Zmywając naczynia po naszym szampańskim śniadanku, zastanawiałam się, czy coś w moim życiu się zmieniło

Nie potrafiłam jednak dojść do jakiejkolwiek inteligentnej konkluzji.

Na dobrą sprawę – po co zaraz jakieś dogłębne analizy? To te pozostałości zastarzałego nudziarstwa, którego pokłady we mnie zalegają. Kobieta bez zahamowań, jaką właśnie zamierzam się stać, nie będzie przeprowadzała dogłębnych analiz! Będzie przyjmowała życie takim, jakie ono jest, bez komplikowania sytuacji prostych i bez zawracania sobie głowy przesądami.

O drugiej zadzwoniła Laura.

– Co u ciebie? Tak nagle wyleciałaś wczoraj z tego zebrania...

– Och, nic takiego – powiedziała obudzona właśnie we mnie kobieta bez zahamowań. – Od wczoraj prawie bez przerwy piję szampana z tym przystojnym blondynem, który pierwszy się sprzeciwił Pragaszowi.

– Nie żartuj – ożywiła się Laura. – Ty go znałaś?

– A czy to jest konieczne do picia szampana?

– Nie wygłupiaj się! Przyjeżdżamy do ciebie z Beatą! Będziemy za godzinkę!

Były po kwadransie.

– Przyjechałam do Laury właśnie jak odkładała słuchawkę po rozmowie z tobą – wyjaśniła Beata. – Rozumiesz, że nie mogłyśmy czekać. Wybaczam ci, że znowu nas skompromitowałaś. Opowiadaj natychmiast, co to za jeden!

Opowiedziałam.

– No, no – zadziwiła się Beatka. – A taki z ciebie ścichapęsio! Co się dzieje?

– Sama chciałaś mnie reformować...

– Ale coś za dobrze ci to idzie. To znaczy nie, oczywiście, bzdury gadam. Bardzo dobrze. I mówisz, że było przyjemnie?

– Przyjemnie to nie jest odpowiednie słowo. Było wstrząsająco. Zabawnie. Uroczo. On jest... oszałamiający.

– Będziecie się spotykać?

– Pewnie tak. Mówił, że spotkamy się w tygodniu. Nie, że zadzwoni w tygodniu. A jak tam było na mityngu?

Beata skrzywiła się, a Laura jęknęła.

– Rzeczywiście okazało się, że oni tak naprawdę potrzebują ludzi do sieci sprzedaży jakichś cholernych kosmetyków czy innych proszków do szorowania klozetu. Wyobrażasz sobie Beatę albo mnie, jak chodzimy po ludziach i prezentujemy im siłą w ich własnych mieszkaniach, jak rewelacyjnie działa proszek do czyszczenia zaświnionej kuchenki?

– U mnie była kiedyś taka jedna – jęknęła Beata. – Konsultantka. Koniecznie chciała mi wyszorować piecyk gazowy. Pogoniłam ją.

– Ja nawet kiedyś pozwoliłam na taki eksperyment – dodała ponuro Laura. – Ale okazało się, że ten patentowany proszek nie dał rady mojemu piecykowi. Bo wiecie, że ja mogę jeszcze upiec, ale na pewno nie lubię szorować... Trochę zarosło, to fakt. W każdym razie doszłyśmy do wniosku, że nie dla nas taki interes.

– Bardzo nas tam jeszcze mamili i namawiali, ale chyba trochę dzięki wam, czy może przez was, nie wiem, w każdym razie nikogo nie udało im się tym razem zwerbować; może z wyjątkiem jednej takiej panienki, która chyba siedziała z tym twoim architektem. Ona tam jeszcze została, kiedy my wszyscy już wyszliśmy.

– A na rozszerzanie sieci też się nie dałyście złapać? – zaciekawiłam się.

– A dajże ty spokój. To się nazywa wciskanie choremu jajka. Nie, nie, zapomnijmy o tym w ogóle. Pragaszowie dla nas już nie istnieją.

– To znaczy, że nie chcecie dążyć do sukcesu według recepty pani doktor Natalii Hollander? – zapytałam nieco złośliwie.

– Och, przestań! Natalia się przecież tym nie zajmuje. Ona nas tylko poleciła swoim znajomym, co w tym złego. To bardzo życzliwie z jej strony! A teraz opowiem jej, jakie korzystne zmiany zachodzą w tobie, na pewno się ucieszy.

– Omawiasz mnie z doktor Hollander? Nie wiem, czy mi się to podoba!

– Zaraz: omawiasz! Tak tylko czasem rozmawiamy, wiesz, jak to z przyjaciółkami o przyjaciółkach...

Właściwie niech sobie rozmawiają, jeśli im to sprawia przyjemność. Poczułam się nagle zmęczona. Wstałam stanowczo zbyt wcześnie.

Na szczęście moje koleżanki zaczęły się zbierać do odejścia. Proponowały mi jeszcze wspólny wypad do Atlanticu, ale podziękowałam.

Poszły.

A mnie nagle coś się przypomniało.

Liam Neeson.

Kamil Pakulski.

O cholerna dżuma!

Odechciało mi się spać.

Przecież prawie już się w nim zakochałam! I co teraz?

A co ma być? Przecież on i tak ma tę swoją Zdzichę.

Ale, na miłość boską, Sławek nie zdążył mi się jeszcze nawet spodobać!

No bo przecież fakt przespania się ze sobą niczego nie oznacza! To było spontaniczne i wcale nie musi do niczego prowadzić...

Ciekawe, jaki jest w łóżku Kamil?

Na pewno nie jest takim wariatem jak Sławek. Ale trzeba przyznać, że ze Sławkiem było wspaniale. No nic, trzeba wszystko przemyśleć.

Poniedziałek. Mówiłam, że nie lubię

Dużo wczoraj nie przemyślałam. Popadłam w dziwny stan, wykluczający myślenie. Mam nadzieję, że to przejściowe.

Dziś mam to samo. Z tym że dotyczy to jedynie mojej osoby. Jeżeli chodzi o funkcjonowanie w szkole, to, na szczęście, jakoś działam umysłowo. Może bez fajerwerków, ale nie co dzień Święto Morza.

19 września, wtorek. Pracowity

Bez zmian. Nadal nie ma mowy o prywatnym myśleniu. Nieźle to wpływa na moją wydajność umysłową w szkole. Szatan ze mnie, a nie pani od polskiego.

Odblokowało się.

Wieczorem zadzwonił Sławek.

– Agatka! Cześć, kochanie! Tęsknisz za mną, mam nadzieję?

– Sama się zastanawiam – odpowiedziałam ostrożnie.

– Nie zastanawiaj się – powiedział stanowczo. – Tęsknisz. Idziemy na kolację. Do tej knajpetki, gdzie byliśmy ostatnio. Ubieraj się, już jadę.

No, no. Z takim mężczyzną nie będzie mi potrzebna żadna osobowość. On sam zadecyduje o wszystkim, co dotyczyć będzie zarówno jego, jak i mnie.

Nie zdążyłam nawet przemyśleć, czy mi to odpowiada czy raczej nie, kiedy już dzwonił do drzwi.

– Agatka! Śliczna jesteś! Kocham cię w tym żółtym sweterku!

Nie powiedziałam mu, że na razie nie mam innego. To znaczy mam, ale wszystkie czarne. Zresztą niczego mu nie zdołałam powiedzieć, bo już tonęłam w jego ramionach, obsypywana pocałunkami. Lekko zakręciło mi się od tego w głowie.

– Boże, jak ja się za tobą stęskniłem! Chodź, idziemy, zjemy coś szybko, a potem wrócimy do ciebie i będziemy się kochać! Nie! Do diabła z jedzeniem!

Tym razem pomyślałam wcześniej o pigułce, więc obyło się bez nerwów.

Do knajpki już, oczywiście, nie poszliśmy. Zrobiłam naprędce coś do jedzenia, zjedliśmy to w kuchni, popijając czerwonym winem, które kupiłam z uwagi na to, że dobrze robi na serce, a profilaktyka lepsza jest od leczenia.

Po czym kontynuowaliśmy ekscesy.

21 września, czwartek

Sławek odwiózł mnie do szkoły na ósmą rano i zapowiedział, że przez jakiś tydzień go nie będzie dla świata, bo zamierza się oddać tej konkursowej pracy, którą wymyśla z kolegami.

Może to i dobrze. Za jakieś dwa dni ochłonę (w krótszym czasie nie da rady ochłonąć ze Sławka), to przemyślę sprawę dogłębnie.

Małolaty upomniały się o ballady i romanse. Obiecałam im jutro przynieść. Będziemy rozdzielać role.

22 września, piątek

Oczywiście, wyjdzie nam kieszonkowy thriller. Moje kochane dzieci nie życzyły sobie inscenizować niczego, co by nie pachniało dreszczowcem. Po zażartej dyskusji wybrały „Lilie", „Rękawiczkę" (szalenie pouczające, nie uważa pani?), „To lubię", „Świteź" i „Kurhanek Maryli" – ten ostatni ze względu na rozbuchaną romansowość (określenie Basieńki, która twierdzi, że w gruncie rzeczy jest osobą nader uczuciową). Namówiłam ich na „Panią Twardowską" i „Powrót taty", dla rozmaitości.

Oczywiście Maciuś zapragnął być narratorem, reszta zaś, pamiętna, że narrator ma zawsze najwięcej roboty, zgodziła się ochoczo. Żeby Maciusia nie skatować zanadto, oświadczyłam, że wolno mu będzie posiłkować się książką. Cała reszta ma się nauczyć swoich ról na pamięć.

Renatka, jako jedyna, odmówiła udziału w przedstawieniu.

– Dlaczego, Renatko, ach, dlaczego? – spytałam ją w stylu romantycznym i balladowym.

– Dlatego, że nie widzę sensu w takim deprecjonowaniu genialnych utworów – wypaliła, zapewne czekając na taką okazję. – To żałosne, żeby wiersze godne recytacji przez najlepszych aktorów były oddane w ręce dyletantów, jakimi jesteśmy, przy najlepszej woli, my, licealiści! Mickiewicz przewróci się w grobie!

– Ależ skąd – zaprotestowałam. – Mickiewicz będzie zachwycony, jeżeli tylko zagramy go z sercem.

– Pozwoli pani, że będę innego zdania – prychnęła Renatka.

– Ależ pozwolę. Czy jednak nie chciałabyś nas wesprzeć w zbożnym dziele?

– Mowy nie ma! Naturalnie zdaję sobie sprawę, że zaważy to na mojej ocenie semestralnej, ale nie będę robiła czegoś, co kłóci się z moimi przekonaniami!

– Chwała ci za to, że masz przekonania. Szkoda tylko, że tak głęboko niesłuszne w tym przypadku. Na ocenę twoją nie wpłynie twoja nieobecność na naszej scenie, nie mogę cię zmuszać do robienia czegokolwiek wbrew sobie. Ale powtarzam: szkoda.

– Renata! Tylko krowa nie zmienia poglądów! – zaapelowała gromko Basia. – Zagraj!

Ale Renatka była nieugięta. Zablokowała się na amen.

Pierwsze próby już w poniedziałek.

23 września, sobota

Miałam zamiar odespać wszystkie emocje tygodnia, ale się nie udało.

O dziewiątej obudził mnie telefon.

– Dzień dobry pani. Tu Kamil Pakulski. Przepraszam, że tak wcześnie dzwonię.

– Nic nie szkodzi...

Boże! Czy on też ma zamiar przyjść do mnie na śniadanie złożone z szampana?

– Wspominała pani, że chciałaby polatać. Czy to jeszcze aktualne?

– Jasne! A co? Lecimy? Już pan wie?

– Będę dzisiaj na pewno leciał koło jedenastej. Mogę panią zabrać.

– To bardzo miłe z pana strony... I to, że pan dzwoni.

– Myślałem, że może pani sama zadzwoni, czekałem tydzień temu, mówiliśmy, że w weekendy latamy, więc myślałem... – zaplątał się trochę. – W każdym razie dzisiaj lecę na pewno, wieziemy krew do Gorzowa. Trafi pani na lotnisko? Niestety, nie mogę po panią przyjechać.

– Rozumiem, oczywiście! Trafię. Gdzie mam się zgłosić?

– Proszę iść prosto do hangaru i powiedzieć mechanikom, że już pani jest. Oni mnie zawiadomią.

– Dobrze, do widzenia zatem.

Wyłączył się.

Mój żółty sweter nieco się znieświeżył, więc ubrałam się w czarne ciuchy. Sweter i spodnie. Zapomniałam spytać, czym lecimy: samolotem czy śmigłowcem. Tak czy inaczej spodnie będą wygodniejsze.

Kiedy już byłam całkiem gotowa, z moim śladowym makijażem włącznie, wezwałam taksówkę. Bo jeśli autobusu nie będzie? Albo zmylę przystanki? A ja naprawdę chcę polecieć. Czymkolwiek!

Taksówkarz wysadził mnie przed lotniskiem aeroklubowym. Nigdy tu nie byłam, przejeżdżałam natomiast autobusem wiele razy i widziałam samoloty stojące w rządku albo helikoptery przed hangarem. Zawsze mnie fascynowały. Może to skutek licznych książek i filmów o tematyce lotniczej, które uwielbiałam od szczeniaka. To ojciec zaszczepił we mnie tę miłość do lotnictwa i lotników. Sam chciał latać swojego czasu, ale odpadł na komisji lekarskiej. W rezultacie kiedy byłam jeszcze mała i mama opowiadała mi bajki, on opowiadał mi o pilotach polarnikach z początku wieku albo o bitwie o Anglię.

To też zresztą jakieś zboczone zainteresowania! Prawdziwa mała kobietka interesuje się kieckami i szminką mamusi, a nie Dywizjonem 303!

Bez problemu przeszłam przez bramę i ruszyłam wzdłuż hangaru. Na betonce przed hangarem stał śmigłowiec pomalowany w barwy pogotowia lotniczego. Zachwycająca maszyna! Odniosłam wrażenie, że ma łagodny pysk oraz że spogląda na mnie życzliwie i zachęcająco.

Minęłam zachwycającą maszynę i natrafiłam na otwarte wrota.

Hangar pełen był innych zachwycających maszyn.

A jego środkiem zbliżał się ku mnie Kamil Pakulski.

No, jednak cały Liam Neeson!

Czy Liam Neeson grał kiedy jakiego lotnika?

Oczekiwałam, że będzie miał na sobie jakiś malowniczy kombinezon, ale ubrany był zupełnie zwyczajnie, w dżinsy i kurtkę. Ciemne włosy wymagały interwencji fryzjera. Uśmiechał się. Wyglądał solidnie, ale, broń Boże, nie ciężko. Duży, uśmiechnięty (nieco krzywo) facet.

Całkowite przeciwieństwo Sławka, który zapewne już by do mnie leciał cały w okrzykach, z chłopięcą radością.

Ach, właśnie. I tu ich mamy.

Sławek zapewne do końca życia będzie jasnowłosym chłopcem, podczas gdy Kamil P., odkąd przestał jeździć na kolonie letnie, jest mężczyzną. Owszem, jest starszy od Sławka, ale to nie ma nic do rzeczy. Sprawa nie polega na zapisach metrykalnych. Charakter! Taki mają charakter i już.

Przy czym pamiętajmy, że Kamil P. jest Strzelcem! Nie może zatem być ani nudziarzem, ani zasadniczkiem. Co, oczywiście, nie oznacza, że jest facetem bez zasad. Przeciwnie. Strzelcy to ludzie z zasadami. Zero małostkowości. Rozmach. Szerokie horyzonty... Ach, i do tego przecież jedenastka!

– Co panią tak zajmuje?

– Och, przepraszam. Myślałam sobie o różnych rzeczach. Dzień dobry!

Uścisk dłoni Kamila P. był ciepły i mocny.

Przypomniał mi się taki jeden poemat Keatsa, który bardzo lubię. „Lamia". Zanim się tam akcja porządnie rozwinie, jest opisany bóg Hermes, który ugania się za jakąś nimfą. Hermes to w ogóle jeden z moich ulubionych bogów, a w tym poemacie jest szczególnie sympatyczny. I w jakiś sposób przypomina mi właśnie Kamila P., takiego ciemnowłosego, budzącego zaufanie, chociaż uśmiechającego się stosunkowo rzadko. No i ten uścisk dłoni! Musiał być taki sam. Nimfa z „Lamii" poczuła na swej chłodnej dłoni „ciepłą dłoń boga" i poszła za nim jak w dym.

Cholera! A Sławek?

Kamil P. stał przede mną i czekał, aż się odezwę.

On ma co najmniej metr dziewięćdziesiąt!

– Panie Kamilu – powiedziałam wreszcie. – Jeżeli mamy jeszcze chwilkę czasu, może mógłby mi pan pokazać te wszystkie maszyny latające? Bo ja odróżniam śmigłowiec od samolotu, ale samolot od szybowca już nie...

– Szybowiec nie ma silnika – powiedział Kamil P., najwyraźniej zdumiony, że można tego nie wiedzieć.

– To wiem! Ale po czym poznam, że on nie ma silnika?

– Po braku śmigła – wyjaśnił. – Oczywiście, nie mamy na myśli samolotów odrzutowych. One też nie mają śmigła. Chodźmy, pokażę pani, co tu stoi.

Różne latadła były w tym hangarze, szybowce (rzeczywiście, dość łatwo odróżnialne), samoloty akrobacyjne, jakieś wielozadaniowe Wilgi, wielki jak krowa An-2, służący tu do wożenia skoczków spadochronowych. Ale największy mój zachwyt wzbudził mały dwupłatowiec z dwoma odkrytymi siedzeniami, dla pilota i pasażera. Najwyraźniej był z drewna. Pokrytego płótnem!

– Boże, jaki on piękny! – zawołałam impulsywnie. – Co to jest?

Chmurne oblicze mojego przewodnika rozjaśniło się wyraźnie.

– Podoba się pani?

– Szaleńczo! Czy to jeszcze lata?

– Lata, lata. Z prędkością stu kilometrów na godzinę. To taka konstrukcja z pierwszej połowy dwudziestego wieku. Po-2. To znaczy – u Rosjan. U nas on się nazywa CSS 13. Prawda, że śliczny?

– Pan go kocha! – dokonałam odkrycia.

– Kocham. Teraz już rzadko się na nim lata, przeważnie wynajmują go do reklam. Chce pani usiąść za sterami?

– A można?

– Można. Tędy. Ostrożnie, pomogę.

„Ciepła dłoń boga". Oparłam się na jego ręce i wdrapałam na przednie siedzenie samolotu. Trzy zegary na krzyż. Wychyliłam się z gondoli.

– Chyba jest mało skomplikowany?

– W stosunku do dzisiejszych maszyn, oczywiście. Ale to bardzo dobry samolot. Jeżeli mu się zbytnio nie przeszkadza, leci sam...

– Nie śmiem pytać...

Kamil P. spoglądał na mnie spod oka. Może to dziwnie brzmi, bo stał niżej ode mnie, ale tak było.

– Wiem, o czym pani myśli. Może kiedyś się uda.

Przymierzyłam się do drążka sterowego. Pod nogami też coś wyczułam. To się chyba nazywa orczyk.

– Dokąd to pani leci?

Głos był nieznajomy, ale przyjazny.

Jakiś mężczyzna stał obok nas. Wysoki, bardzo szczupły. Sympatyczny.

– Kamil, karetka już jedzie. Zabieraj panią do śmigłowca, a ja o niczym nie wiem.

Odszedł. Zaczęłam wygrzebywać się z samolotu.

– Niech pani nie kombinuje. Hopla!

Wpadłam w wyciągnięte ramiona. Postawił mnie na ziemi.

– Chodźmy, zaraz będzie karetka.

Ruszyliśmy szybkim krokiem w stronę śmigłowca stojącego przed hangarem. Kręciło się wokół niego kilku ludzi.

– Ktoś z nami leci?

– Sanitariusz ze szpitala. I jeszcze jeden kolega. Ale obiecał, że puści panią do przodu.

– Kochany człowiek – mruknęłam, wsiadając do śmigłowca z prawej strony.

Kamil P. wsiadł z lewej, po czym zaczął przełączać miliony prztyczków. W miarę jak działał, maszyna zaczęła ożywać. Z dziwnym wizgiem, podobnym do zwielokrotnionego ryku mojego odkurzacza, ruszyły łopaty wirnika. Śmigłowiec lekko zadrżał.

Podjechała karetka. Wysiadł z niej facet w białym uniformie, z walizeczką w ręce. Machnął Kamilowi ręką na powitanie i rozsiadł się z tyłu w kabinie.

Dostałam słuchawki, dzięki którym słyszałam, jak Kamil rozmawia z wieżą i prosi o pozwolenie na start. Zapięłam pas. Ktoś – nie wiem, kto – zatrzasnął drzwi.

Na krótką chwilę Kamil odwrócił twarz w moją stronę i popatrzył na mnie uważnie. Może sprawdzał, czy nie zdradzam pierwszych objawów histerii. Uśmiechnął się tym swoim krzywym uśmiechem.

– Możemy lecieć, pani Agato? – usłyszałam w słuchawkach.

– Tak – powiedziałam rozemocjonowana.

– Jeśli pani chce, żebym panią słyszał, proszę tu naciskać, kiedy pani mówi – pokazał mi jakiś guziczek i przestał zwracać na mnie uwagę.

I nagle byliśmy już w powietrzu! Śmigłowiec unosił się nad betonowym placykiem! Po chwili jakoś tak zabawnie opuścił nos i poleciał do przodu, jednocześnie się wznosząc. Cały czas miał ten dziób do dołu! Bardzo śmiesznie.

Po mniej więcej piętnastu sekundach miałam absolutną pewność: uwielbiam latać!

Powiedziałam mu to, nie zapominając nacisnąć guziczka.

Roześmiał się.

Naprawdę. Nie był to żaden krzywy uśmiech półgębkiem, tylko rzetelny, prawdziwy śmiech.

– Czemu pan się ze mnie śmieje? – zapytałam, nie wiedząc, czy powinnam już być urażona.

– To nie z pani – odpowiedział. – Ja też czuję coś w tym rodzaju. Szybko się pani zorientowała.

– W czym?

– W tym, że pani to lubi. To pani pierwszy lot przecież?

– Pierwszy. To się nazywa miłość od pierwszego razu...

– W takim razie postaram się, żeby to był przyjemny pierwszy raz.

Postarał się.

To znaczy leciał jak w tym głupim dowcipie – nisko i powoli. Taka sztuczka możliwa jest do wykonania, jak się mi zdaje, wyłącznie śmigłowcem. Samolot spadłby na ziemię.

Oczywiście, sztuki robił dopiero w drodze powrotnej, kiedy krew została już dostarczona bezpiecznie do szpitala. I w chwili, kiedy ją zapewne pompowano do żył nowego właściciela, my zataczaliśmy kręgi tuż nad koronami drzew. Oraz bujaliśmy się dwa metry nad jakimś jeziorkiem po drodze. Oraz wznosiliśmy się znienacka z dużym szwungiem pod najniższą chmurkę. Ta najniższa płynęła jakiś tysiąc metrów nad ziemią, więc i tak było fajnie...

– Chce pani zobaczyć, jak jest w środku?

– W środku czego?

– Chmury.

– Och!

Kamil P. skinął głową, znów z tym swoim dyżurnym, nieco krzywym, śladowym uśmiechem Liama Neesona i podniósł maszynę trochę wyżej. Wlecieliśmy w tę chmurę. Jasne słoneczko, które nam do tej pory ładnie przyświecało, ustąpiło miejsca brudnoszarej, kłębiącej się mgle, pomieszanej z deszczem, który walił o przednią szybę.

– Nie do wiary!

– Prawda? Ale chyba jednak wrócimy do ładniejszej pogody. Zresztą już musimy lecieć do domu.

Po małej chwili słońce zaświeciło nam jak poprzednio. Nad nami unosiła się ładna, różowa chmurka.

– Tam byliśmy?!

– Tam. Jest różnica?

– To niesamowite! Nigdy bym nie uwierzyła, gdyby mi ktoś opowiadał!

– Teraz nie musi pani wierzyć na słowo.

Przyglądałam mu się spod oka, kiedy lądował na betonowym placyku przed hangarem. Miał wygląd mężczyzny, któremu mogłabym zaufać. Oszczędnie manipulując tym czymś, co trzymał w ręce (drążek sterowy?), posadził śmigłowiec na ziemi tak delikatnie, że przeoczyłam moment, kiedy dotknęliśmy kołami ziemi. Powiedziałam mu to, gdy wyłączał wyjące silniki.

– Miło mi to słyszeć. To znaczy, że się udało.

– A bywa, że się nie udaje?

– Czasami. – Znowu się uśmiechnął. – Jest pani zadowolona?

– Ogromnie. Nie wiedziałam, że latanie jest takie przyjemne. Podejrzewam, że to wszystko zależy od pilota.

– Zawsze wszystko zależy od pilota – powiedział filozoficznie.

– W śmigłowcu, samolocie i w życiu też.

– Każdy bowiem jest pilotem własnego życia – zabrzmiał wesoły głos obok mnie. Kolega Kamila, który leciał z nami, otworzył moje drzwi i właśnie czekał, aż wysiądę, podając mi wytwornie rękę, abym mogła się wesprzeć. – I każdemu może się zdarzyć twarde lądowanie. Niektórym nawet przeważnie... Proszę uważać na śmigło ogonowe, bo może uciąć głowę.

Wysiadłam. Kamil P. jeszcze wyłączał jakieś urządzenia.

W końcu zrobiło się całkiem cicho. Łopaty przestały się kręcić. Poszliśmy w stronę hangaru, a potem wzdłuż murów do bramy wyjazdowej. Kolega pożegnał się i zniknął w czeluściach hangaru. A my szliśmy powoli, ciesząc się (mam nadzieję wzajemnie) swoim towarzystwem i coraz bardziej anemicznym słońcem, które jednakowoż robiło, co mogło. Dochodziła czternasta.

– Zaprosiłbym teraz panią na jakiś obiad, ale muszę tu siedzieć do szóstej.

Na usta mi się cisnęło, że może w takim razie po szóstej, ale zmilczałam. Gdyby to wszystko rozgrywało się w epoce przedsławkowej, prawdopodobnie nie miałabym oporu. Czułam albowiem, że proces mojej reformacji zdecydowanie postępuje. Ale teraz wszystko wyglądało jakoś inaczej. Stanęliśmy przy bramie.

– Bardzo panu dziękuję – powiedziałam cicho. – To było naprawdę wspaniałe. Zawsze wiedziałam, że latanie jest wspaniałe, ale do tej pory był to sentyment wyłącznie książkowy.

– „Mały Książę" i jego pilot? Czy może „Nocny lot"?

– Nie znoszę Saint-Exupéry'ego – wyrwało mi się z głębi serca. – Mam nadzieję, że nie ranię pańskich uczuć? Ale on jest taki strasznie czułostkowy!

– Ach, tak go pani postrzega? Kobiety na ogół go lubią.

– Zwłaszcza „Małego Księcia". To nie dla mnie. Ja wiem, że on był świetnym pilotem, ale dla mnie jest za bardzo... rozmazany literacko.

– No to niech pani się nie przejmuje moimi uczuciami. Ja też za nim nie przepadam. Musimy kiedyś porozmawiać o tych lotniczych lekturach.

– Na pewno. A teraz już biegnę. Nie będę panu dzisiaj więcej zawracać głowy...

– Służę głową. Dzisiaj... i kiedykolwiek pani zechce.

Uścisnął moją rękę i chwilę przytrzymał ją w swojej. Zrobiło mi się dziwnie.

Sławek tak na mnie nie działa! A ten postawny, mrukliwy facet, który przed chwilą leciał ze mną w powietrzu, jakoś mnie onieśmiela!

Czułam, że się rumienię jak stuprocentowa osiemnastowieczna dziewica! Taka z Marii Wirtemberskiej z Czartoryskich. „Malwina, czyli domyślność serca"!

Uciekłam.

Nie biegiem, oczywiście, ale szybciutko.

Odwróciłam się jeszcze na chwilę – stał tam, gdzie go zostawiłam. Wysoki, ciemnowłosy, bez uśmiechu. I patrzył za mną.

Siedziałam w autobusie wiozącym mnie do miasta i cały czas czułam ten ciepły uścisk jego szerokiej dłoni. Widziałam też to spojrzenie spod oka... Żadna sztuka, kiedy się ma prawie dwa metry wzrostu. On ma takie badawcze spojrzenie. A jednocześnie lekko nieobecne.

Bzdury plotę! Albo badawcze, albo lekko nieobecne!

Czy można mieć lekko nieobecny wzrok, kiedy się prowadzi śmigłowiec? Katastrofa lotnicza jak w banku!

No i nie miał. Wtedy nie miał. Patrzył w ten cały pejzaż horyzontalny całkiem bystro. Dopiero ze mną mu się zmieniało!

Kiedy wysiadałam z autobusu, miałam zapewne spojrzenie lekko nieobecne, albowiem wpadłam na jedną panią i omal jej nie przewróciłam. Źle się o mnie wyraziła i to mnie doprowadziło do jakiej takiej przytomności. Inaczej mogłabym nie trafić kluczem w dziurkę.

Trafiłam jednak i nawet zamknęłam za sobą. Po czym padłam bezwładnie na fotel, jakbym się nie wiadomo jak zmęczyła tym całym lotem.

Siedziałam tak i siedziałam. I wciąż przesuwały mi się przed oczami obrazy kabiny z milionem prztyczków, koron drzew tuż pod brzuchem maszyny, jeziorka, w którym fale marszczyły się od podmuchu łopat naszego śmigłowca, uciekających w popłochu kur na jakimś podwórku... I tego deszczu padającego na szyby, kiedy wlecieliśmy w chmurę. I tego jasnego nieba na wyciągnięcie ręki. I tego skupionego profilu z ciemnymi włosami wymagającymi ręki fryzjera. I tej ręki na drążku. I tej ręki przytrzymującej moją rękę... tak delikatnie, a jednocześnie zdecydowanie. Hermes. Metr dziewięćdziesiąt wzrostu. Z hakiem.

A jednocześnie trapiły mnie zupełnie inne wizje. Sławek wpadający do mojego mieszkania – i życia – jak burza, rujnujący moją szarą codzienność, przynoszący szampana o wpół do ósmej rano, kochający się ze mną z impetem tejże burzy, względnie tajfunu zgoła.

To są właśnie dylematy cholernej nudziary. Jak nie miałam chłopa, to nie było w promieniu stu kilometrów żadnego takiego, co by chciał na mnie popatrzeć. Jak się odwróciło, to mam dwóch. Przy czym żaden z nich nie jest chyba tak naprawdę?

Z tego zamyślenia wyrwał mnie dźwięk telefonu, więc rzuciłam się szukać torebki. Zanim ją znalazłam, przestał dzwonić. No i trudno.

Po chwili jednak odezwał się znowu.

– Słucham.

– To jeszcze ja, pani Agato. Tak myślałem, że pani nie zdążyła znaleźć telefonu.

Inteligentnie to sobie wykombinował!

– Jestem!

– Pani obecność na lotnisku podziałała na mnie tak piorunująco, że zapomniałem panią o coś zapytać.

Słyszę ten krzywy uśmiech, słowo daję!

– O co, mianowicie?

– Obiecała mi pani wyjaśnić, co to znaczy, że jestem jakimś tam numerem. Czy mam umrzeć w nieświadomości?

– Och, nie, oczywiście, zaraz panu przeczytam!

– A nie moglibyśmy w tej sprawie zjeść kolacji?

– Dzisiaj?

– Dlaczego nie?

No właśnie. Dlaczego nie.

– U Chińczyka?

– Może być. Albo w Atlanticu. Tam też dobrze karmią. Mógłbym przyjechać po panią o siódmej.

W ostatniej chwili stchórzyłam. Prawdopodobnie z czystej głupoty.

– Zupełnie zapomniałam – skłamałam nerwowo – dziś wieczorem czekam na przyjaciółki. Zapomniałam, że się z nimi umówiłam. Przepraszam.

– A co będzie z naszą numerologią?

– Przez telefon pan nie chce?

– Nie, nie chcę. W ostateczności przyjdę na wywiadówkę i wtedy mi pani powie. Kiedy jest jakaś wywiadówka?

– Teraz to raczej nieprędko, mam nadzieję. Przed końcem semestru. – Jednak załamałam się. – To może lepiej jutro...

– Jutro ja nie mogę. Poniedziałek?

– Mam próbę z dziećmi w szkole.

– Ach, wiem. Ballady i romanse. Mógłbym przyjść, posłuchać?

– Próby? Zapraszam na przedstawienie.

– Podejrzewam, że to już będzie nie to samo.

Tu na pewno miał rację.

– Jeżeli małolaty nie będą miały nic przeciwko temu...

– Przekupię je. Obiecam im, że wszystkie po kolei będę woził śmigłowcem.

– Mógłby pan?

– Szczerze mówiąc, nie. Ale chciałbym się wreszcie dowiedzieć

90

prawdy o sobie. Poza tym chętnie popatrzę na dzisiejszą młodzież. Tak naprawdę mało wiem o kolegach i koleżankach mojego syna. A on już jest prawie dorosły.

– Jeszcze mu trochę brakuje. Dobrze, niech pan to z nim załatwi.

Trochę się czułam oszołomiona tym telefonem. Za dużo tych wrażeń, jak na mnie. Co to jest, żeby dwóch chłopów jednocześnie zawracało mi głowę? Poza tym oni zawracają mi tę głowę jakoś tak niesymetrycznie. Sławek nie daje mi żadnych szans na złapanie oddechu, a Liam N.... Właściwie to sama nie wiem: podrywa mnie czy nie? We wszystkim, co robi i mówi, jest tak beznadziejnie rzeczowy!

Pomaszerowałam do lodówki i zrobiłam sobie sporego drinka. Dużo lodu, dużo whisky i trochę wody.

Nudziara!

Każda inna baba byłaby zadowolona. A ja co? Mam problemy moralne? Że niby spałam z jednym, to już nie mogę umówić się z drugim?

Ten drugi ma żonę Zdzichę Pakulską! Więc o co mu właściwie chodzi? Tania podrywka?

A znów jeżeli chodzi o Sławka, to chyba nie szalona miłość? To się nie dzieje tak od razu! A może jednak? Może zakochał się od pierwszego wejrzenia? Powtarzał wiele razy, że mnie kocha!

A ja, czy ja któregoś z nich kocham?

Nie mam pojęcia!

Och, kretynka skończona! A po co ja sobie kupiłam wahadełko?

Powinnam mieć zdjęcia obydwu, ale nie mam żadnego. Nic, jakoś sobie poradzimy.

Napisałam dwa imiona na dwóch świstkach papieru i każdy świstek złożyłam, starając się nie pamiętać, na którym napisałam „Kamil", a na którym „Sławek". Potrząsnęłam nimi w dłoni, rzuciłam na stół. Nie umiałabym zgadnąć, gdzie jest które imię.

Wyjęłam wahadełko.

Niech ono rozstrzygnie.

Zadałam pytanie:

– Którego z nich powinnam wybrać, żeby być szczęśliwą?

Wahadełko w mojej ręce poruszyło się. Z zapartym tchem obserwowałam, jak się kiwa najpierw z boku na bok, potem zaczy-

91

na zataczać drobne kółka, aż wreszcie wyraźnie kieruje się ku jednemu ze świstków.

Rozwinęłam papierek.

Kamil.

Poczułam jakby ulgę. Ale i żal. Nic, chyba trzeba będzie sprawdzić.

Zwinęłam papierek, aby wyglądał jak poprzednio. Rzuciłam oba i uruchomiłam wahadełko.

Po chwili skierowało się znowu bardzo wyraźnie ku jednemu z kwitków.

Rozwijałam go z bijącym sercem. Wynik powinien się powtórzyć. Ale się nie powtórzył. Na kwitku jak byk stało: „Sławek". Wahadełko oszukuje. Albo coś jest nie tak. W każdym razie na nic mi taki wynik.

Chyba to jednak ja coś zrobiłam nie tak. Nie według prawideł sztuki. Muszę jeszcze przeczytać to i owo.

À propos przeczytać! Horoskop w gazecie! Jeszcze nie czytałam!

Bliźnięta – nie ufaj przesadnie wrażeniom. Twoja intuicja będzie w tym tygodniu nieco zachwiana. Zdrowie w normie, ale nie bądź taki rozrzutny.

Ciekawe, czemu oni używają rodzaju męskiego? Wiadomo, że to głównie kobiety czytają horoskopy. Seksizm jakiś czy co?

24 września, niedziela

Bardzo porządnie przygotowywałam się do lekcji na cały tydzień. Moje bystrzaki są wymagające. A poza tym, skoro już zdarzył się taki dzień, że nie prowadzę żadnego życia towarzyskiego...

Poniedziałek

Ten żółty sweter strasznie długo schnie. Włożyłam go dzisiaj w stanie lekko wilgotnym. Jeżeli się przez to przeziębię, to odpowiedzialność moralna spadnie na Kamila P., zapragnęłam bowiem, żeby mnie zobaczył w nowej wersji kolorystycznej.

Mam wrażenie, że mu się ta wersja spodobała, bo chociaż nic nie powiedział, błysnął okiem. Taki błysk w oku miewają wyłącznie faceci, którym się w to oko wpada.

Z małolatami – pewnie za pośrednictwem Jacka – musiał wszystko wcześniej załatwić, bo klasa nie okazała zdziwienia, że na całkowicie wewnętrznej próbie o trzeciej po południu, tuż po lekcjach, pojawia się jakiś ojciec i swobodnie rozgaszcza w ostatniej ławce pod oknem. Tam go zastałam, kiedy pospiesznie wchłonąwszy kawałek obrzydliwej pizzy – nienawidzę pizzy, a ta śmierdziała kartonowym pudłem i cała była wymazana keczupem – z kubkiem kawy w ręce weszłam do sali, gdzie ławki i krzesła zsunięto już do kątów. Moje dzieci rozwalały się w pozach swobodnych na krzesłach, ławkach i parapetach. Miały ten zwyczaj od samego początku, zmieniło im się tylko to, że teraz na mój widok podrywały się z miejsca. Przedtem się nie podrywały, tylko tkwiły w tych swoich pozach jak zamurowane. Wyjaśniłam im dobitnie, na czym polega wzajemne poszanowanie, i osiągnęłam pożądane rezultaty. Zdaje się głównie dzięki temu, że odruchowo odpowiadałam ukłonem na ukłon. Zdumiewające, jak rzadko nauczyciele kłaniają się swoim uczniom, mówiąc nawiasem. Było to źródłem moich nieustannych zadziwień, kiedy zaczęłam pracować w szkole.

Przywitałam gościa, usiłując jednocześnie uścisnąć mu rękę i nie rozlać kawy.

– No i po co pani z tą kawą lata po całej szkole – skarciła mnie Basia, odbierając mi kubek. – Przecież możemy zrobić pani kawę w klasie!

– Stale zapominam. Ale zróbcie w takim razie panu Pakulskiemu.

– Nie chciałbym sprawiać kłopotu – powiedział oczywiście pan Pakulski.

– Żaden kłopot. Tylko niech pan mówi uczciwie, ma pan ochotę czy nie, bo szkoda, żeby się zmarnowało, jak zrobię – zachęciła go szczerze Basia.

– Uczciwie, bardzo chętnie. Nie musi być mało. I nie musi być słaba.

– To lubię – pochwaliła Basia i włączyła dzbanek.

93

Po chwili, zaopatrzeni w świeżą kawę (dostałam dolewkę), przystąpiliśmy do pracy.

Słusznie przewidziałam, że moje dzieciaki, kupiwszy „Odę do młodości", kupią też całą resztę. Maciuś jako dyżurny narrator wykazał talenty godne Teatru Narodowego – co najmniej. Basia w „Rękawiczce" jako cyniczna amantka wykorzystała wreszcie twórczo to pogardliwe spojrzenie, które ze szkodą dla siebie ćwiczyła dotąd na nauczycielach. Nieoczekiwanym geniuszem aktorskim zabłysnął Krzysio Dziubski, zwany przez kolegów Dziubasem. Grał Janka, kochanka w „Kurhanku Maryli"; Marylę nieboszczkę uosabiała śliczna zielonooka Kasia, która musiała poprzestać na roli niemej z powodu nieopanowanego jąkania. Dziubas jęczał i narzekał z niesłychaną prawdą w głosie. Musiałam mu tylko przypominać, żeby spoglądał raczej na widmo Maryli aniżeli na mnie. Krzysio wzdychał i próbował, ale jakoś mu nie wychodziło. Nic to, z czasem się przestawi. Może przeszkadzał mu nazbyt współczesny ubiór kochanki. Jak się ją wbije w całun, będzie lepiej.

Jacek Pakulski, dysponujący urodą rycerza Okrągłego Stołu, z wdziękiem i godnością odegrał szlachetnego Emroda, upokarzając spektakularnie Basię – już nie pogardliwą, ale głęboko zrozpaczoną.

Przy okazji odbyła się żywa dyskusja na temat, czy w ostatniej scenie „Rękawiczki" Basia powinna zastosować rozpacz do tyłu, czy rozpacz do przodu.

Po raz pierwszy siedzący dotąd cicho Kamil Pakulski zdradził objawy zainteresowania połączonego z pewną konsternacją. Nic wprawdzie nie powiedział, ale Basia, widząc jego podniesioną brew, pospieszyła z wyjaśnieniem.

– Pan nie rozumie, o czym mówimy, prawda? A to proste! Chyba pan chodził do teatru? A zwłaszcza do opery?

– Parę razy się zdarzyło – mruknął gość w sposób bardzo neesonowski.

– No więc kiedy bohaterka ma być w rozpaczy – kontynuowała wykład Basia – to albo może się gibnąć do przodu – tu sama wykonała nagłe wychylenie do przodu, zasłaniając sobie oczy rękami – ale widzi pan, tak jest gorzej mówić, a co dopiero śpiewać. Można też gibnąć się do tyłu – zademonstrowała, łapiąc się jednocześnie za głowę – wtedy łatwiej się śpiewa, wygląda to też dramatycznie, ale jednak taka prawdziwa rozpacz załamuje człowieka raczej do przodu...

– Baśka, o co ci chodzi – wtrącił Jacek – przecież ty już nic więcej nie mówisz! Ja cię olewam i odchodzę...

– Nie wyrażaj się!

– Ja cię zlekceważam i odchodzę – poprawił się Jacek – a ty już nie gadasz! Nie gadasz, popatrz do tekstu! Możesz spokojnie się gibać do przodu!

– Ale ja myślę, że to nie jest wytworne – oświadczyła Basia. – Prawdziwa dama powinna raczej do tyłu.

– To gibaj się do tyłu. – Jacek wykazywał pewne zniecierpliwienie.

– Jak się gibnę do tyłu bez okularów – przyznała z westchnieniem Basia, która miała potworną wadę wzroku i nosiła nader specjalistyczne szkła – to mogę dostać zawrotu głowy...

– To graj w okularach!

– Zwariowałeś! To jest średniowiecze!

Postanowiłam wkroczyć.

– Nie utrudniaj, Basiu – powiedziałam stanowczo. – Możesz się cofnąć, łapiąc się za serce. Cały czas równo w pionie. Dobrze będzie. Spróbuj.

Basia spróbowała i omal nie przewróciła stolika.

– Delikatniej. Jesteś damą. Zrób to prawie w miejscu.

Basia poćwiczyła jeszcze kilka razy, aż wreszcie osiągnęła jaki taki rezultat. Wysiłki włożone w okazanie rozpaczy bez gibania wyczerpały jednak zespół, który zaproponował zakończenie próby.

Dochodziła piąta. Coś takiego! Ćwiczyliśmy te romantyczne wzloty dwie bite godziny!

Pozostawało już tylko pożegnać się do jutra. Zanim się spostrzegłam, małolaty pozmywały kubki po kawie i zwinęły żagle. Zostaliśmy w opustoszałej nagle klasie we dwoje.

Liam Neeson i ja.

Siedział sobie w tej ostatniej ławce pod oknem i spoglądał na mnie z krzywym uśmiechem. Poczułam, że absolutnie nie mogę zrobić z siebie żadnej cholernej idiotki. Przybrałam ton światowy.

– No i jak się panu podoba dzisiejsza młodzież przy bliższym poznaniu?

– Sympatyczna. Nie wiedziałem, że oni tak lubią Mickiewicza.

– Oni też nie wiedzieli do niedawna. Biedny ten Mickiewicz, ofiara polonistów. Jacek ma talent aktorski, zauważył pan?

– Mówiłem pani kiedyś, że ma. Nie miał tylko okazji, żeby go jakoś użyć zgodnie z przeznaczeniem. Ta panienka w okularach też mi się podoba. I narrator, jak mu tam, Maciek. A ten kurhanek Maryli zakochał się w pani.

– Kochanek, nie kurhanek. We mnie? Co pan opowiada?

– Kochanek w „Kurhanku". Zarumieniła się pani, bardzo ładnie. Zakochał się. Wiem, co mówię. To się rzuca w oczy.

– Młodzieńcze fascynacje. Przejdzie mu.

– Jeżeli nie skoczy w nurty Elstery. „Cierpienia młodego Wertera"? Tak?

– Trochę pan pomieszał. W nurty Elstery to nie Werter. I niech pan lepiej odpuka te głupoty...

Odpukałam sama, w ramkę portretu Marii Konopnickiej, bo wisiała najbliżej. Co to znaczy „zarumieniła się" – ja się zarumieniłam? Swoją drogą, jeżeli Dziubski się rzeczywiście zakochał, to miejmy nadzieję, że w stopniu niewielkim. Niepotrzebne mi komplikacje uczuciowe nastolatka, którego jestem wychowawczynią! Nie, to bzdura.

Kamil P. wykaraskał się z pewnym trudem ze szkolnego mebla.

– Pójdziemy na jakiś obiad? Może powtórzymy chińską kaczkę? Bo mam u pani obiecaną tę numerologię...

Miałam nadzieję, że zaproponuje Chińczyka, bo spodobały mi się przytulne, nastrojowo oświetlone loże, w których siedziało się jakby tyłem do całego świata. W tych ciemnawych wnętrzach będę mogła czerwienić się do upojenia, nic nie będzie widać.

Kiedy wychodziliśmy ze szkoły, wydawało mi się, że widzę czającą się pod murem sylwetkę, jakby Krzysztofa Dziubskiego.

Oczywiste bzdury. Skutek przejęcia się romantycznymi wizjami nadprzyrodzonymi, duchami i tak dalej.

Bardzo realistycznie natomiast wyczuwałam obecność idącego tuż obok mnie wysokiego faceta, przy którym dreptałam prawdopodobnie jak nimfa przy Hermesie prowadzącym ją w głąb lasu.

Dziwna sprawa. Przy nim ogarniało mnie jakieś takie nie bardzo definiowalne poczucie bezpieczeństwa, a świat wydawał się wyraźniejszy i bardziej przyjazny jednocześnie. Nie wiem, o czym to może świadczyć, jeżeli chodzi o moje poczucie rzeczywistości; może znowu narażam się na utratę kontaktu z tymże poczuciem, bo przecież od dawna wiem, iż świat jest w swojej istocie mętny oraz bynajmniej nie przyjazny. Raczej wprost przeciwnie. Nic zatem nie usprawiedliwia tego radosnego uśmiechu, który – wiedziałam o tym! – pojawił się bez najmniejszego uzasadnienia na moim obliczu. A przecież miało to być oblicze światowej damy! Chłodne i nieprzeniknione.

Zanim zdążyłam zreformować wyraz twarzy, doszliśmy do Chińczyka i zajęły nas takie prozaiczne czynności jak wynajdywanie odpowiednio przytulnego miejsca do posiedzenia, karta dań – niepotrzebny rekwizyt, bo przyszliśmy z wizytą do kaczki, ale jednak przyjemny rytuał! – skomplikowane językowo składanie zamówienia kelnerowi, który nie władał żadnym językiem poza chińskim... i tak dalej. Zamówiliśmy również butelkę wina i było to tym razem czerwone wino hiszpańskie, w zasadzie wytrawne, ale nie cierpkie, broń Boże, raczej łagodnie aksamitne.

– Czyje zdrowie wypijemy na początek? – zapytałam, zaglądając do wnętrza kieliszka, połyskującego ciemną czerwienią.

– Wróżek i numerolożek. Zwłaszcza tu obecnej – powiedział mój towarzysz i podniósł swój kieliszek.

– Wszystkich, którzy potrafią unieść się nad ziemią – odrzekłam uprzejmie. – Zwłaszcza tu obecnego.

– Dziękuję. Rozszerzmy ten toast na tych, którzy potrafią unosić się nad ziemią nie tylko w dosłownym znaczeniu...

Wychyliliśmy kielichy.

– A teraz niech mi pani powie wreszcie, o co chodzi z tą jedenastką. Nie mam sił na przeczekiwanie kaczki, zresztą zanim ten Chińczyk ją upiecze...

– Bardzo proszę. – Wyciągnęłam z torebki księgę wróżb. Mieściła się w niej swobodnie, bowiem moja torebka, jak większość torebek kobiet pracujących, ma wielkość średniego sakwojaża globtrotera odbywającego właśnie kolejną wycieczkę dookoła świata. – Przeczyta pan czy ja mam ją panu uroczyście odczytać?

– Oczywiście pani. Ale ja mam teraz wyrzuty sumienia... taszczyła pani taką wielką księgę... Bardzo przepraszam, to był z mojej strony niewybaczalny egoizm...

– Nic nie szkodzi. Zazwyczaj noszę różne rzeczy przy sobie. Niech pan słucha uważnie.

Przeczytałam mu, jaką nadzwyczajną jest osobowością. Przy „liczbie mistrzowskiej, czyli doskonałej" drgnął mu kącik ust. Prawy – to na pewno coś znaczy, tylko nie wiem co; szkoda. Przy wielkiej charyzmie podniósł brew. Zapewne dla równowagi lewą. Idealistę, marzyciela, zdeterminowanego, odważnego i energicznego zniósł bez mrugnięcia okiem. Respekt, podziw ludzkości i własne zdolności przywódcze nie zrobiły na nim większego wrażenia. Dopiero kiedy usłyszał, że jest poetą, wizjonerem i mistykiem, wykonał swój krzywy uśmiech numer jeden. Pozostał mu ten uśmiech przy wielkoduszności i byciu wzorem do naśladowania dla innych, mniej doskonałych istot.

– Sam pan widzi – kończyłam definiowanie w zgodzie z księgą – że „posiadając tak wiele zalet", otoczony pan jest „miłością, przyjaźnią i podziwem innych"...

– Szkoda, że nie mam tego na piśmie – powiedział z zastanowieniem. – Pokazałbym mojemu szefowi, może dałby mi podwyżkę...

– Nic z tego. Idealiści i poeci pracują przeważnie za darmo. Misja dziejowa ich popycha.

– Nic takiego mnie nie popycha – zaprotestował. – Ale co to pani wymieniła na zakończenie? „Miłość, przyjaźń i podziw innych"? Dobrze zapamiętałem?

– Doskonale – pochwaliłam.

– Czy z pani strony też mógłbym liczyć na coś z tych rzeczy?

Powinien przy tym pytaniu spojrzeć mi głęboko w oczy, ale nic takiego nie zrobił. Patrzył intensywnie w głąb swojego kieliszka z resztką wina. Oblicze miał stuprocentowo kamienne. Błyskawicznie więc przemyślałam odpowiedź dyplomatyczną – zawierającą samą prawdę, bo nie umiem kręcić, jakby się kto pytał.

– Ma pan mój bezwzględny podziw od momentu, kiedy zabrał mnie pan w chmury... Bo, proszę pana, piloci zawsze strasznie mi imponowali...

– Podziw... – powiedział powoli. – Dzięki i za to... na początek.

Myślałam, że teraz zaczepi jakoś o ciąg dalszy po tym początku, ale nic takiego się nie stało. Nagle zasępiony, siedział i gapił się w ten kieliszek, nic nie mówiąc. Miałam ochotę go zapytać, dlaczego tak posmutniał, ale się nie odważyłam.

Ludzie kochani, czy on mnie podrywa czy nie?!

I co zrobił ze Zdzichą? Taka tolerancyjna z niej żona, że znosi bez szemrania to, że mąż zabiera na obiadki wychowawczynię syna? Oraz w powietrze ją zabiera! Boi się o stopnie Jacka? Bzdura. Jacek to zdolny chłopak i ma dobrze poukładane w głowie.

A właśnie – Jacek! Czy Jacek nie wie, że tatunio gdzieś polazł z panią wychowawczynią? Musiałby być niedorozwinięty! Tatunio przyszedł na próbę i już z niej nie wyszedł, poczekał na panią... To Jacuś nie czuje solidarności z mamunią?

A znowuż pani wychowawczyni – czy nie powinna pamiętać o niejakim Sławku? Sławku, który teraz prawdopodobnie ciężko pracuje twórczo, pewien, że czekam na niego, poprawiając prace domowe moich uczniów!

Chińczyk przyniósł kaczkę, do której zabraliśmy się pospiesznie jak dwoje winowajców, którzy usiłują odwrócić czas i zmazać wrażenie, że przekroczyli jakąś granicę.

Ciąg dalszy konwersacji dotyczył głównie programu nauczania w szkole ponadpodstawowej, ze szczególnym uwzględnieniem liceum oraz poezji romantycznej i postromantycznej, w której pilot Kamil Liam N. okazał się nadspodziewanie oblatany. Wyrecytował nawet – między kaczką a owocami – fragment mojego ulubionego poematu „Don Juan" Byrona w przekładzie Porębowicza, przy czym był to fragment dotyczący leczenia kaca za pomocą reńskiego wina i wody sodowej. Nie wiem, czy nie wolałabym usłyszeć raczej kawałka jakiegoś sonetu miłosnego, z drugiej jednak strony to nie był *entourage* stosowny do cytowania miłosnej poezji. No i może pan pilot chciałby być z mojej strony otoczony podziwem i przyjaźnią, miłością zaś niekoniecznie.

Zakończyliśmy nasze kacze posiedzenie w nastroju pogodnym. Nie próbowaliśmy już definiować wzajemnych uczuć. Pan pilot zapłacił, upierając się, że to honorarium za analizę numerologiczną.

– O do licha – powiedziałam, uświadamiając sobie, że nie wspomniałam mu nawet o liczbach ekspresji, pragnienia, czyli serca, oraz przeznaczenia. – Ta cała analiza była mocno fragmentaryczna. Zagadaliśmy się i zapomniałam panu powiedzieć o liczbach, które wynikają z pańskiego nazwiska! Jest tego jeszcze całe mnóstwo! Bardzo przepraszam! Może ja jednak panu pożyczę tę książkę...

– Nie, dziękuję. Wolałbym usłyszeć to wszystko w pani interpretacji. Może jeszcze gdzieś razem polecimy albo ja przyjdę na wywiadówkę, to będzie okazja. Zgoda?

Powinnam teraz skorzystać z okazji i zapytać go, dlaczego na wywiadówki nie przychodzi Zdzicha, przecież to na ogół mamusie przychodzą. Ale jakoś zabrakło mi odwagi. Skinęłam tylko głową, że owszem, zgoda, kiedyś mu powiem całą resztę o tym jego niezwykłym charakterze.

Podał mi kurtkę. Moja kurtka w najmniejszym stopniu nie przypomina etoli z nurków, przeciwnie, jest z mikrowłókien, a jej kaptur otacza wyliniały aksamit, czarny, oczywiście, mimo to podał mi ją, jak gdyby była tą etolą. Przez moment zobaczyłam nasze odbicie w kawałku lustra umiejscowionego za potwornej wielkości kompozycją z suchych gałęzi. Nasze oczy spotkały się w tym lustrze.

– Ślicznie pani wygląda w tym żółtym sweterku. Odwieźć panią do domu czy odprowadzić?

– Może się przejedziemy?

Przeszliśmy się. Jak na końcówkę września było dość zimno. Zmarzły mi ręce. Zauważył to, kiedy mówiliśmy sobie do widzenia przed moim blokiem, i przytrzymał je chwilę w swoich szerokich ciepłych dłoniach.

Hermes nie miał trzydziestu siedmiu lat. Bogowie są wiecznie młodzi!

Ale pomyśleć tylko, jakim przyjemnym bogiem byłby Hermes dobiegający czterdziestki...

28 września, czwartek

Postanowiliśmy z małolatami ćwiczyć ballady i romanse w poniedziałki i piątki, bo mają wtedy korzystniejszy plan lekcji. One w ogóle sporo muszą pracować, te moje małolaty, bo oprócz tego, co mają w szkole, zaliczają tysiące godzin rozmaitych udoskonalających kursów, szkółek językowych, siłowni, zajęć takich i śmakich. Ponadto dyrektor naszej szkoły, Tadeusz Kamieński, zwany Twardeuszem Kamiennym – powiedziały mi to w zaufaniu małolaty na lekcji wychowawczej – uważa, że młodzieńcze zamiłowanie do nauki najlepiej ukształtują olimpiady przedmiotowe. Każdy więc uczeń naszej szkoły ma obowiązek przygotowywać się do jednej co najmniej olimpiady. Niektórzy nawet to lubią. Z moimi jest różnie, o czym dowiedziałam się też na lekcji wychowawczej.

– Nieważne, lubią czy nie – poinformowała mnie na dużej przerwie Julia Zamoyska, starsza koleżanka historyczka, była wychowawczyni moich dzieci, wciąż ucząca ich historii i szczerze przez nich nielubiana. – Oni nie są w stanie tak naprawdę ocenić, co jest dla nich korzystne. Są za młodzi. Musimy im służyć naszym doświadczeniem i życiową mądrością.

– Ale przecież można nie lubić ścigania – zaprotestowałam. – Ja to rozumiem, bo sama nie znoszę rywalizacji, konkursów i egzaminów.

– To nie ma znaczenia, droga pani Agatko – orzekła i uśmiechnęła się, wciąż dobrotliwie (takie dobrotliwe uśmiechy doprowadzają mnie do szału, bo sugerują, że jestem kretynką – tak to w każdym razie odczuwam). – Znany jest pani termin „wyścig szczurów", prawda? Oni muszą wziąć udział w tym wyścigu, inaczej przepadną.

Robiłyśmy sobie właśnie kawę w pokoju nauczycielskim. Dopadłyśmy czajnika na samym początku przerwy i była szansa, że zdążymy wypić tę kawę gorącą, a nie dopiero za godzinę, obrzydliwie wystygłą.

– Nie rozumiem, dlaczego muszą się ścigać? Co to znaczy „przepadną"? Czy my nie stwarzamy tu jakiejś psychozy?

– Pani Agatko – wtrącił się do dyskusji niedomyty jak zwykle filozof Edward Ziejko – ja myślę, że to jest rzecz, która nie podlega w ogóle dyskusji. Dzisiejszy świat jest w ten sposób skonstruowany, że drudzy i trzeci na podium nie liczą się wcale. *Aut Caesar, aut nihil.* Wszyscy muszą przynajmniej dążyć do tego, żeby być najlepszymi. Inaczej całe życie tylko do siebie będą mieć pretensje.

-- Dlaczego mają mieć pretensje? Mówi pan jak *headhunter*, a nie jak wykładowca etyki w liceum – zauważyłam, parząc się kawą. – Na rynku się może nie liczą, w sporcie się nie liczą, ale mam wrażenie, że życie to nie tylko wolna amerykanka! Czy bycie przyzwoitym człowiekiem z przyzwoitym wykształceniem, wykonującym przyzwoicie swoją pracę i wychowującym dzieci na przyzwoitych ludzi to mało dla pana?

– Moje prywatne zdanie nie ma tu znaczenia. – Filozof uśmiechnął się pobłażliwie. – Podobnie jak pani zdanie. Świat zdecyduje o ich losie, tak jak o ich miejscu w szeregu. I proszę mi wierzyć, najlepiej dla nich będzie, jeśli staną na czele tego szeregu.

– Przecież wszyscy nie mogą stać na czele szeregu! Ktoś musi być z tyłu! Oraz w środku! Czy mamy tych wszystkich spoza pierwszego miejsca wpędzić we frustrację?

– We frustrację nie, tylko w rywalizację. A rywalizacja zazwyczaj oznacza dążenie do doskonałości, a więc, przyzna pani, cel jest szczytny, czy nam się to podoba czy nie.

– Byłby szczytny – wtrącił ku mojemu zaskoczeniu wuefista, którego miałam dotąd jedynie za przystojną kupę mięśni – gdyby walka była uczciwa. Wiem coś o tym, bo mam paru przyjaciół w kadrach narodowych kilku różnych dyscyplin. Poza tym gdybym kazał moim uczniom dorównywać tym najlepszym, to bym ich prawdopodobnie pozabijał. Jestem z panią, pani Agatko.

– Och, dziękuję, panie Piotrze! Ładnie pan to powiedział, o tym zabijaniu! Ja też uważam, że w takim zmuszaniu do rywalizacji jest coś z zabijania. Niekoniecznie dosłownie.

– Oczywiście. Jeżeli ktoś nie ma wystarczających zdolności, to zmuszając go do rywalizacji skazanej z góry na przegraną, zabijamy mu wiarę w siebie i w sens robienia tego, co robi.

Już nigdy nie pomyślę pochopnie o nikim – nikim! – że jest kupą mięśni albo czegokolwiek!

Wuefista rzadko bywał w pokoju nauczycielskim. Podobnie jak trzy jego koleżanki wuefistki przerwy spędzał na ogół w magazynku sprzętu sportowego, przytulnie urządzonym przez owe koleżanki (byłam tam raz, szukając dziennika pierwszej B, i widziałam na własne oczy, że naprawdę jest przytulny, no i odosobniony, co miało swój wdzięk). Tym razem grzebał w dziennikach, pewnie wpisywał jakieś zaległe oceny.

Dyskusję przerwała pani wicedyrektor, przysiadając się do naszego stolika i przysuwając z krzesłem blisko mnie. Poczułam zapach jej wody toaletowej. Cytrus i coś jeszcze. Paczula? Za dużo tego wylała na siebie.

– Pani Agatko, musimy porozmawiać.

Przysunęła się jeszcze bliżej i położyła delikatną rączkę na moim ramieniu. Poczułam się nieswojo.

– Bardzo proszę. Może zrobić pani kawy?

Chciałam się jakoś od niej odsunąć, ale uniemożliwiła mi to, przytrzymując moją rękę.

– Nie, dziękuję, nie zdążyłabym wypić, mam zaraz lekcję. Może raczej umówimy się w moim gabinecie? Kiedy pani kończy?

– Mam jeszcze dwie lekcje. A o czym będziemy rozmawiać?

– Och, mam kilka spraw. Ale proszę się nie martwić, to nic złego.

Ścisnęła mój przegub, co mnie trochę zbrzydziło. Nie był to bowiem uścisk płynący z czystej życzliwości – takie nawet lubię – tylko taki jakiś dwuznaczny. A może mi się tylko wydawało. Ale wrażenie było silne.

– Oczywiście, pani dyrektor. Przyjdę do pani za dwie godziny.

Zadzwonił dzwonek i wyrwałam się z uścisku miękkiej łapki.

Obie lekcje miałam w trzeciej klasie, w której, chcąc nie chcąc, zawalałam młodzieńcze umysły straszliwymi ilościami literatury umieszczonej w programie. Muszę pamiętać, żeby moim osobistym malolatom przykazać czytanie w czasie wakacji, bo inaczej się poprzewracają pod brzemieniem – jakiekolwiek by ono było szlachetne. Może nawet uda mi się kilka rzeczy przerobić jeszcze w tym roku.

Tę trzecią klasę bardzo lubię – mam nadzieję, że z wzajemnością. To też, jak moja, klasa L, co oznacza, że są w tym liceum już od wstępnej i stanowią klasę bystrzaków. Mogę sobie zatem pozwolić na traktowanie ich stosownie do ich zdolności, czyli nieco docisnąć intelektualnie. Uwielbiam uczyć bystrzaków!

Bystrzaki z trzeciej właśnie przeczytały „Ogniem i mieczem", a wczoraj miały obejrzeć film, spodziewałam się więc ożywionej dyskusji.

– Nie ma o czym dyskutować, proszę pani – powiedziała niejaka Lidzia Kowalczykówna, postawna blondynka z nogami do nieba i tipsami w groszki na paznokciach. – Myśmy już wczoraj omówili tę chałę. Zaraz po wyjściu z kina.

– Ach, chałę, powiadacie? Świetnie – ucieszyłam się. – A nie mówicie tak po to, żeby sprawić przyjemność pani od polskiego? Klasa mruknęła pogardliwie.

– Nie, proszę pani – odpowiedziała godnie Lidzia. – Stać nas na własne zdanie. I ono jest właśnie takie.

– Bardzo się cieszę. No to teraz będziemy je uzasadniać.

Gdyby reżyser Hoffman był obecny na naszej lekcji, nie miałby innego wyjścia, jak tylko popełnić rytualne samobójstwo.

Nasza rozmowa o tej ekranizacji przekształciła się w małe seminarium na temat współczesnego kina. Uczniowie wykazali daleko idącą orientację. W niektórych przypadkach lepszą ode mnie. Powiedziałam im o tym uczciwie, co wywołało cichą aprobatę.

– Bardzo było miło dzisiaj – ogłosiłam, zbierając się do wyjścia, kiedy zadźwięczał dzwonek po ostatniej lekcji. – Albowiem zawsze miło jest rozmawiać z ludźmi, którzy mają coś do powiedzenia. Nie chcielibyście tego napisać?

– Niechętnie, proszę pani – odrzekła klasowa gospodyni Asia Jakubik, kolejna postawna blondynka, bez tipsów, za to z obgryzionymi paznokciami. – Mamy bardzo dużo pracy.

To mi przypomniało dużą przerwę i rozmowę z panią dyrektor, która zapewne już na mnie czeka.

– Rozumiem. Ale to nie będzie na jutro ani na pojutrze, ani nawet dla wszystkich. Jeśli ktoś z was chce zdobyć dobry stopień, niech napisze małą rozprawkę o superprodukcji „Ogniem i mieczem" na tle polskiej kinematografii. Obecnej. A jeśli ktoś chce, może napisać o tej superprodukcji na tle światowych superprodukcji. Do wyboru.

– A jaki termin? – zapytała Lidzia.

– Dowolny, byle do końca semestru. No to wszystkiego najlepszego.

– Do widzenia – powiedziały grzecznie bystrzaki z trzeciej.

Pani wicedyrektor istotnie już czekała. Czajnik z wodą syczał zachęcająco i właśnie prztyknął, kiedy wchodziłam.

– Kawy? Właśnie chciałam sobie zrobić, będzie mi miło, jeżeli wypije pani ze mną, pani Agatko.

– Z przyjemnością.

– A może cappuccinko? Z pianką?

Nienawidzę pianki. Rośnie mi w ustach.

– Nie, nie, dziękuję, zwykła rozpuszczałka wystarczy.

– Może jednak? Mam świetne cappuccinko, dla specjalnych gości.

Jeśli odmówię, będzie prawie afront. Jeśli nie odmówię, puszczę pawia.

Paw gorszy.

– Bardzo proszę, nie cappuccino. Przepraszam, pani dyrektor, ale ja nie przepadam...

– Och, oczywiście... Będzie zwykła, ale za to zrobię protekcyjną, bardzo dobrą...

Ciekawe, jaki też ma patent na tę bardzo dobrą.

Przyglądałam się pani dyrektor, robiącej kawę. Przystojna. Niewątpliwie w typie męskim. Czarna. Koło czterdziestki. Może starsza, ale takie jak ona wyglądają jednakowo od trzydziestego do siedemdziesiątego (pod warunkiem, że od pięćdziesiątki już konsekwentnie farbują włosy) roku życia. Musi mieć niezłego fryzjera. Zrośnięte brwi. Nie znoszę – nawet u facetów, a co dopiero u kobiet. No, ale to przecież mężczyzna w każdym calu. Garniturek szary z kamizelką. Bluzka typu koszulowego, biała. Wielobarwny fontaź. To może jednak więcej niż czterdziestka, pewnie jej się już szyja marszczy i zakrywa ją sobie tym fontaziem. Ale ręce ma dosyć młode. I zadbane. No a żadne zadbanie nie pomoże starym rękom.

Pani dyrektor postawiła na stoliku dwie białe filiżaneczki. Niech pęknę! Ona trzyma w szkole rosenthalowską Białą Marię!

– Jakie śliczne – zachwyciłam się szczerze.

– Prawda? To Rosenthal. Nie wszystkim gościom podaję w nim kawę... Ach, mówiłam, że będzie specjalna. Po irlandzku!

Zanim zdążyłam zaprotestować, ze zręcznością prestidigitatora wyciągnęła z szafki butelkę Jasia Wędrowniczka i chlupnęła do obydwu filiżanek.

Rany boskie! Pani wicedyrektor w renomowanym liceum! A jeżeli wejdzie tu jakiś uczeń? Nawet jeżeli nie zdąży zobaczyć, to przecież wywącha!

– Pani Agatko – powiedziała moja zwierzchniczka uroczyście

(jaś zniknął, jakby go nigdy nie było, zostawił jednak po sobie zdecydowany aromat) – cieszę się, że wreszcie możemy sobie porozmawiać tak po prostu. Proszę, tu jest cukier. Po irlandzku trzeba koniecznie posłodzić.

Hojną ręką sypnęła mi cukru do filiżanki. Spróbowałam. Kawa była okropnie przesłodzona, ale miała swój wdzięk.

– Chciałam porozmawiać o pani klasie – powiedziała dyrektorka, łyknąwszy ze swojej wytwornej Białej Marii. – Jak ją pani znajduje?

– Sympatycznie – odrzekłam z pełnym przekonaniem. – Bardzo przyjemne dzieciaki. Myślące. Dobrze wychowane.

– Dobrze wychowane? – Pani wicedyrektor spojrzała na mnie z niedowierzaniem. – Pani chyba żartuje!

– Ależ skąd. Nie mam do nich żadnych zastrzeżeń.

– A ja bym miała na pani miejscu. Przypominam poza tym, że nie jest pani ich pierwszą wychowawczynią, a poprzednie miały tych zastrzeżeń bardzo wiele.

– Nic na to nie poradzę – powiedziałam niedyplomatycznie.

Moja zwierzchniczka uśmiechnęła się pobłażliwie.

– A może pani jest dla nich zbyt tolerancyjna? Pozwala im pani na dużą swobodę... Pamiętam, że weszłam niedawno do pani klasy, a młodzież po prostu szalała... Pani zaś spoglądała na to z całkowitą obojętnością...

Tu się myliła. Jeżeli miała na myśli sławetny moment odblokowania przy okazji natchnionej recytacji Maciusia, to ja nie byłam wtedy obojętna, tylko zachwycona. Powiedziałam jej to, a ona wyraźnie się zmartwiła.

– Cóż... Tak mi się wydawało, ale nie chciałam nawet dopuścić tej myśli do siebie. Pani Agatko, tak nie można. Proszę mi wierzyć, jestem doświadczonym pedagogiem, oczywiście, znam pani uniwersyteckie osiągnięcia, zresztą rodzice mi wspominali...

Ach, mama żmijowatej mówiła jej o moich seminariach u pani profesor Zawadkowej!

– Ale co innego teoria, a co innego praktyka. Jeżeli pozwoli im pani wejść sobie na głowę, to oni potem nie zechcą tak łatwo oddać pola. Poza tym, no cóż, to przykre... nie będą pani szanować.

Poczułam, że należy delikatnie rozpocząć bój o swoje. Prawdopodobnie dodał mi odwagi drugi łyk bogato zaprawionej kawy.

– Za pozwoleniem, pani dyrektor, tu nie mogę się z panią zgodzić. Moje małolaty i ja szanujemy siebie nawzajem. Tego jestem absolutnie pewna.

Powiedziałam to z wielkim wewnętrznym żarem, po czym dotarło do mnie, że to chyba nieprawda. Żmijowata Renatka na pewno mnie nie szanuje. A ja próbuję ją szanować ze względów zasadniczych, ale nie odnoszę w tej dziedzinie zbyt wielkich sukcesów. Mam nadzieję wszelakoż, iż udało mi się dotąd nie pokazać tego po sobie – w przeciwieństwie do Renatki, która pokazuje to po sobie z dużym upodobaniem. Nie będę się do tego przyznawać – tak czy inaczej.

Wicedyrektorka kręciła z powątpiewaniem głową.

– Na czym polega szacunek, pani Agatko? Na tych strasznych wrzaskach w obecności nauczyciela? Na tym, że poza oczami mówią o pani po prostu „Agata"? Jak o koleżance?

Ucieszyłam się.

– Tak mówią? Świetnie, to znaczy, że mnie lubią.

– Pani Agatko, nadmierne fraternizowanie nie prowadzi do niczego dobrego! Uczniowie muszą wiedzieć, że nauczyciel stoi wyżej od nich pod każdym względem.

– Przykro mi, ale nie mogę się z panią zgodzić. Spotkałam już uczniów, którzy górowali charakterem nad nauczycielami, i nauczycieli, którzy mieli osobowość jak kisiel z papierka...

– Ależ pani ma porównania! To znaczy jaką właściwie?

– Rozlazłą, niekonsekwentną, sfrustrowaną, przepełnioną niechęcią do świata – odpowiedziałam natychmiast, bo rzeczywiście pamiętałam takich nauczycieli z własnych szkolnych lat, kilku zaś widziałam w swoim nowym otoczeniu. – Szkoła jest dla nich jedynie miejscem do rozładowania frustracji i kompleksów narosłych od lat. Nie lubią ludzi, nie lubią w szczególności tych swoich uczniów, którzy górują nad nimi bystrością umysłu, nie potrafią wybaczyć im tego, zwłaszcza jeżeli uczniowie w swojej dziecinnej głupocie dają im do zrozumienia, że są od nich bystrzejsi.

– A pani zdaniem nauczyciel powinien pozwalać uczniowi, żeby ten uważał, że jest lepszy w czymkolwiek? Przecież w ten sposób tracimy autorytet, moja droga młoda koleżanko...

Tu pani wicedyrektor niby przypadkiem położyła rękę na mojej i ścisnęła mi lekko palce.

Chciałam jej powiedzieć, że moim zdaniem autorytet traci się od czego innego, ale nie dała mi szansy.

– Agatko – powiedziała gorącym szeptem – jest pani jeszcze bardzo młodą i bardzo niedoświadczoną nauczycielką... proszę, niech pani nie pozwala się zwieść tym wszystkim pozorom... Uczniowie to tylko uczniowie, to żywioł, w gruncie rzeczy wcale nam nie przyjazny... – ścisnęła mnie mocniej – przeciwnie, oni tylko czekają na nasze potknięcia, na nasze słabości, w razie czego wykorzystają każdą naszą niedoskonałość... Proszę, niech pani mi zaufa, najważniejsze jest, aby nauczyciele stanowili wspólny front...

Myślałam, że śnię. Dyrektorka wstała ze swojego krzesła, objęła moje ramiona i wtuliła twarz w moje włosy.

– Agatko...

Wyswobodziłam się z objęć mojej pani wicedyrektor i odskoczyłam na bezpieczną odległość.

– Czy pani oszalała?

Moja pani wicedyrektor, oparta o regał z rocznikami Dziennika Ustaw, oddychała ciężko.

– A ty czemu tak uciekasz? Boisz się... Próbowałaś kiedyś zrobić to z kobietą? Skąd wiesz, czy nie polubisz?

– Naoglądała się pani pornosów – powiedziałam stanowczo. – Jeżeli już pani musi, to niech pani nie próbuje robić tego w pracy. Przepraszam, ale chyba lepiej będzie, jeżeli się oddalę! Dziękuję za kawę, tylko niech pani z tym uważa, bo kiedyś ktoś panią na tym nakryje!

Obciągnęłam na sobie ubranko i wyszłam krokiem spokojnym i zdecydowanym.

Pod moim spokojem i zdecydowaniem, z których byłam bardzo dumna, kłębiła się masa sprzecznych uczuć.

Sprzecznych, bo było mi trochę żal mojej pani wicedyrektor, która ewidentnie zrobiła z siebie kretynkę i odkryła skłonności prawdopodobnie starannie ukrywane (swoją drogą, dlaczego, na litość boską, zakochała się właśnie we mnie? Co ja mam takiego, co przyciągałoby lesbijki?), jednocześnie zaś byłam na nią wściekła. Co to za niesmaczne sceny w miejscu pracy?! Czy ona zamierzała mnie zgwałcić, czy tylko się ze mną umówić? Musiało ją, swoją drogą, nieźle trafić, skoro ryzykowała swoją i moją pracę – przecież w każdej chwili mógł tam ktoś wejść i nas zobaczyć.

Pospieszyłam do domu i natychmiast wskoczyłam do wanny, nasypawszy do niej uprzednio wonnych soli. Niech się ciałko ujędrnia.

29 września, piątek

Pani dyrektor w szkole nie było.

1 października, niedziela

Weekend spędziłam ze Sławkiem. Przyjechał znienacka w sobotę i zabrał mnie jak swoją na jesienną przejażdżkę po lesie, po czym odwiedziliśmy delikatesy. Sławek nakupował różnorodnych produktów spożywczych, wróciliśmy do mnie i mój amant oddawał się z upodobaniem produkowaniu skomplikowanych potraw. Ogłosił przy tym, że prawdziwie dobrym kucharzem może być jedynie artysta. Nie jest to wykluczone. Ja gotuję raczej konkretne rzeczy, niezłe, ale bez polotu, zwłaszcza jeżeli je porównać z tymi wyrafinowanymi daniami, jakie umie przygotować mój *amanto furioso*.

Bo nadal jest *furioso*. Trudno mu się przy tym oprzeć. Potrafi porzucić w połowie konsumpcji *coq au vin* przyrządzone na młodym beaujolais, według prawdziwej prowansalskiej receptury jednej francuskiej ciotki swojego ojca (tak przynajmniej twierdzi), żeby zapałać znienacka namiętnością, zaciągnąć mnie na kanapę i dać tej namiętności upust.

– Może dlatego nie tyjesz – powiedziałam, kiedy już powróciliśmy do odgrzanego dania, które straciło nieco na wykwintności, ale nie na smaku. – Jeżeli nie dasz rady zjeść do końca tego, co gotujesz w takich strasznych ilościach...

– Ależ ja to w końcu zjadam – stwierdził pogodnie, popierając słowa czynem. – To kwestia spalania. I zapewne genów. Moja cała rodzina jest chuda. Mam nadzieję, że ci smakuje? Bardzo lubię gotować, ale musi mnie ktoś chwalić.

Pochwaliłam jak najbardziej szczerze. Jakoś jednak nie mogłam się całkiem skupić na tym kurczaku. Ani nawet na naszych kanapowych ekscesach.

Nie wiem tak naprawdę, jakie były przyczyny tego mojego roztargnienia. Sławkowi zdawało się ono nie przeszkadzać. Chyba wcale go nie dostrzegł.

On jest dosyć skupiony na sobie, ten Sławek.

2 października, poniedziałek

Pani wicedyrektor jest na zwolnieniu lekarskim. Ma grypę.
Ha, ha, ha.

Obrzydliwa środa

Pada deszcz.

Byłabym się załamała, bo chandra mnie męczy (jeszcze niesmak po pani wicedyrektor, czy może jakaś inna przyczyna – nie wiem, nie mogę się skupić na przyczynie, bo chandra wyłącza moje władze umysłowe), gdyby nie to, że dostałam moją cienką pensję i część jej beztrosko wydałam na kolejny ciuch – cudownie piękną kieckę z cienkiej rudej dzianiny. Właściwie nie tyle rudej, ile takiej bursztynowej. Jest mięciutka i jest jej dużo. Czuję się jak otulona kocykiem. Brakuje mi tylko misia do przytulenia i mogłabym iść spać.

Czwartek. Lepszy

Moja kiecka zdobyła uznanie małolatów. Zauważyły ją natychmiast i wydały z siebie pomruk aprobaty.

– Ma pani nową sukienkę! – zawołała Basia. – Śliczna! Powinna pani do niej nosić gruby srebrny łańcuch!

– Nie mam – zmartwiłam się. – Będę musiała dopiero kupić.

– I musi pani wreszcie zmienić makijaż. Mieliśmy panią wziąć na przeszkolenie!

– Mmmożemy z ppppanią iśśść ppppo lekcjach, kkkupić odpowwwwiednie kosmetytyki – zaofiarowała się Kasia.

Strasznie się jąka, biedaczka. Czy nikt jej jeszcze nie zaprowadził do logopedy? Trzeba będzie to zrobić jak najszybciej. Taka ładna dziewczyna i niegłupia, szkoda jej...

– Bardzo dobrze. Umawiamy się o wpół do trzeciej, możecie?

Dziewczyny mogły.

W trzeciej ławce koło okna siedział Krzysztof Dziubski i nie odrywał ode mnie oczu. Czyżby Kamil P. miał rację z tym kurhankiem? Oj, niedobrze.

Swoją drogą, co to jest? Pracowałam sobie spokojnie w moim dziekanacie, przewijały się tam setki studentów, obiecujący młodzi pracownicy naukowi – w ogóle tabuny ludzi – i pies z kulawą nogą nie zwracał uwagi na moją piorunującą urodę (aż do pamiętnej chwili, kiedy pan dziekan zapragnął mnie znienacka zniewolić, co, jak wiadomo, skończyło się dla mnie zmianą miejsca pracy). Teraz mam Sławka – właściwie to Sławek ma mnie, tak wygląda ta relacja – umawiam się z Kamilem – z panem Kamilem – dyrektorka leci na mnie homoseksualnie, a mój własny uczeń robi do mnie maślane oczy...

Lekko roztargniona wskutek tych rozważań poprowadziłam lekcję na temat zdań wielokrotnie złożonych. Nie wiem, czy udało mi się zarazić uczniów entuzjazmem do tych zdań.

Poszliśmy do perfumerii w piątkę: Basia, Kasia, Maciek, Dziubski Krzysztof i ja. Maciek uparł się, że musi iść z nami jako reprezentant męskiego punktu widzenia, a Krzysio nie mówił nic, tylko się do nas przyłączył. I nadal nic nie mówił.

– Tylko nie kompromitujcie mnie i nie każcie mi kupować żadnych lancomów, bo na to mnie nie stać.

– Spokojnie – powiedziała Basia. – Górna strefa stanów niskich czy dolna strefa stanów średnich? A może niska stanów wysokich?

– No wiesz, nie musi to być tusz za pięć złotych, jakąś tam jakość powinien mieć, byle bez przesady.

Moje dziewczyny kiwnęły głowami ze zrozumieniem i zanurkowały między półkami. Krzyś i Maciek zostali ze mną.

111

– Będziemy pani dotrzymywać towarzystwa – oświadczył Maciek.

Prowadziliśmy światową konwersację o wszystkim i o niczym, kiedy dziewczyny wróciły, zawiadamiając mnie, że skompletowały dla mnie zestaw, mam tylko iść do kasy, akceptować i zapłacić.

Zestaw zawierał kilka zasadniczych elementów w ładnie dobranych bursztynowych odcieniach. Plus brązowy tusz do rzęs. Wychodziło trochę drogo, ale postanowiłam zaoszczędzić na jedzeniu. Kilka wizyt Sławka pozwoli mi odbić sobie niedojadanie.

Maciuś okiem znawcy obejrzał zestaw i udzielił łaskawej akceptacji.

Zaprosiłam całe towarzystwo na lody, ale woleli kawę w Pożegnaniu z Afryką. Przy okazji wyszło na jaw, że Kasia owszem, chodziła kiedyś do logopedy, ale zdaje się, że okazał się idiotą i zamiast pomóc dziewczynie, pozbawił ją kompletnie wiary w siebie. Trzeba będzie znaleźć jej kogoś bardziej odpowiedniego. I odpowiedzialnego.

Potem jeszcze Kasia z Basią rysowały mi na serwetkach schematy malowania cieniami powiek, rozrysowując precyzyjnie strefę jaśniejszą i ciemniejszą, żebym wiedziała, jak te cienie nakładać. Okazało się, że moje umiejętności w tej dziedzinie są dalece niewystarczające.

Potem Maciuś bezlitośnie i z dużym talentem parodiował nauczyciela wykładającego fizykę, za którą najwyraźniej nie przepadał, co wpływało na rozkojarzony nieco sposób prowadzenia wykładów (poza tym był to uroczy człowiek).

Krzysio Dziubski niewiele mówił, patrząc na mnie poważnymi oczami. Trzeba go będzie przekonać, że lepiej by zrobił, patrząc na Kasię. Młodsza ode mnie i znacznie ładniejsza.

A potem w drzwiach kawiarni pojawiła się pani doktor Grażyna H., mamunia żmijowatej, i popatrzyła z obrzydzeniem na naszą zaśmiewającą się czwórkę. Nie jest wykluczone, że niebawem pani wicedyrektor dowie się o kolejnym gorszącym przykładzie spoufalania się wychowawczyni klasy drugiej L ze swoimi uczniami.

Cały wieczór ćwiczyłam nowy sposób nakładania cieni i malowania rzęs tak, żeby się wywijały.

6 października, piątek

Podobam się sobie w nowej wersji. A gdyby tak machnąć sobie włosy na pomarańczowo? Małolaty akceptowały i wersję, i pomysł.

Po południu zadzwoniła Laura. Kochane koleżanki stęskniły się i chcą koniecznie iść do Atlanticu. Nie wiem, czy nie nawiedzi mnie Sławek, ale zgodziłam się. Najwyżej odwołam.

Przyszły koło siódmej i zażądały drinka dla odprężenia.

– A co was tak naprężyło? – zapytałam, nalewając im ginu z tonikiem.

– Och, moja droga – powiedziała Beata, łyknąwszy sobie zdrowo – życie jest stresujące, o czym ty wydajesz się zapominać, zagłębiona w swoje wypracowania z polskiego... Adam chce do mnie wrócić.

– Nie mów – zdumiałam się. – A co ta jego donna z dzieckiem? Adaś już nie chce zostać tatusiem?

– Donna puściła go kantem i oświadczyła, że dzidziuś nie jego. Tak mu przedtem tylko mydliła oczy, bo ją wtedy ktoś puścił kantem i potrzebny był tatuś do dziecka. Teraz tamten ktoś się zreformował i do niej wrócił, więc zdecydowała, że powie Adasiowi prawdę. Adaś prawdę przełknął, jak się zdaje, bez specjalnych trudności, bo pewnie trochę się bał, że przestanie być najważniejszy na świecie. No i trzy dni temu zadzwonił do mnie z prośbą o spotkanie. Spotkaliśmy się wczoraj i on chce do mnie wrócić. Agata, czy ty byś mu na to pozwoliła na moim miejscu?

– Nie mam pojęcia – odparłam, lekko oszołomiona, nie będąc pewną, czy dobrze zrozumiałam, kto do kogo chce wrócić, a kto już wrócił. – Bardzo za nim tęskniłaś?

– Początkowo trochę mi było nieswojo – przyznała Beatka. – Po jakimś czasie uznałam, że życie bez Adama to sama przyjemność.

– A te wszystkie rozprawy macie już za sobą?

– Jeszcze jedna nam została, taka ostateczna. Możemy się na niej pogodzić i znowu będziemy małżeństwem.

– Hmm... A zastanawiałaś się sama, czy lepiej ci z nim, czy bez niego?

– Lepiej bez niego – powiedziała bez wahania moja przyjaciółka.

– To o co ci chodzi?

– O forsę. Jak miałam do dyspozycji jego zarobki i moje, to było mi łatwiej finansowo. Sama mam kłopoty, coraz poważniejsze.

– O, kochana, to ja ci już nie poradzę. Sama musisz wiedzieć, co wolisz. A co by w tej sytuacji doradziła twoja uczona Natalia Hollander?

– Natalia? Czekaj, to jest myśl. Może ona przyjdzie do Atlanticu, często tam bywa... Idziemy, dziewczynki!

Poszłyśmy. Atlantic był pełen ludzi, ale jakoś udało się nam zdobyć miejsce do siedzenia przy jakimś dizajnerskim parapecie na wysokim stołku. Natalia, owszem, była, siedziała w jakimś kąciku z jedną kobietą, wpatrzoną weń jak w obrazek święty, i dwoma facetami, wpatrzonymi jak wyżej. Konferowali zaciekle.

Beata poleciła nam złożenie nieskomplikowanego zamówienia w swoim imieniu i popędziła w stronę kącika z Natalią.

Pan kelner przyniósł nam drinki. Zanim zdążyłyśmy umoczyć usta, zobaczyłyśmy, że faceci przy stoliku pani doktor wstają i się żegnają, a Beata kiwa na nas ręką. Zabrałyśmy szklaneczki i udałyśmy się do kąta. Faceci skłonili nam się w przejściu. Nie znam, ale miło, że uprzejmi. Brakujące krzesło zabrałyśmy po drodze jakiejś gruchającej parze, która nawet tego nie zauważyła.

– Witam, dziewczynki, jak to miło, że znowu się spotykamy – zagruchała pani doktor, demonstrując w reklamowym uśmiechu komplet białych zębisk. – Agatka wyraźnie w lepszej formie, to widać od razu; jakieś problemy przestały nas dręczyć, prawda? Poznajcie się, to jest Dzidzia, moja prawa ręka... Ach, prawda, wy się przecież znacie, z wyjątkiem Agatki... Dzidzia pracuje ze mną, jest szalenie pomocna; właśnie udało nam się załatwić wspaniałą rzecz, ci dwaj panowie to byli nasi sponsorzy... Sponsorzy od pięciu minut! Ale mamy nadzieję przy ich pomocy zrobić coś wielkiego, naprawdę, będziecie pierwszymi, którzy się o tym dowiedzą, jak nam już wyjdzie, oczywiście... Agatko droga, jak twoje sprawy?

Zamknęła się tak nagle, że nie zdążyłam zebrać myśli. Wykorzystała to natychmiast podła Beata:

– Natalio kochana, to już nie ta sama dziewczyna, co wtedy, kiedy wylała ci... kiedy widziałyście się ostatnio! Ja nie wiem, czy to sama twoja obecność tak podziałała, ale nasza Agatka ma kochanka, strasznie fajny facet, architekt, do tego młodszy od niej... Mało tego, spotyka się z ojcem jednego ze swoich uczniów, w zasadzie towarzysko, ale sama rozumiesz, zainteresowanie mężczyzn naszą Agatką wzrosło! Mówię ci, Natalio, to twój wpływ!

– Niewykluczone, niewykluczone. – Natalia zaśmiała się perliście. Jej prawa ręka zwana Dzidzią (tłustawa – widać hipnoza niekoniecznie wszystkim na to pomaga, koło czterdziestki, a trzydzieści pięć to jak w banku) zawtórowała jej, radośnie i energicznie kiwając głową w drobnych blond loczkach. Naturalny blond, to widać, tylko chyba jej się nie kręcą tak wściekle z własnej woli? A w ogóle to ona mi kogoś przypomina.

– Bo to jest tak, moje kochane – kontynuowała boska Natalia. – Jeżeli ktoś jest szczęśliwy i absolutnie pewien obranej drogi, jak ja na przykład, to po prostu emanuje tymi uczuciami, wysyła je na zewnątrz, promieniuje! I to się udziela! To ma wpływ!

– To niech pani teraz wpłynie na Beatkę – przerwałam jej – bo biedna nie potrafi się sama zdecydować.

– Na co, kochanie?

– Adam chce do mnie wrócić, a ja nie wiem, czy go chcę czy nie.

– A po co ci Adam? – Natalia popijała drobnymi łyczkami swoją Krwawą Mary. – Wydawało mi się, że całkiem nieźle radziłaś sobie bez niego. Byłaś bardziej sobą.

– Strasznie skurczyły mi się finanse. – Beatka pogrzebała słomką w resztce drinka. – Dopóki miałam trochę w zanadrzu, to jakoś było, ale teraz jest coraz cieniej. Żegluga mało płaci. To znaczy, może i niemało, ale ja mam duże potrzeby.

– Mogłabyś dorobić trochę u mnie – oznajmiła rzeczowo Natalia Hollander. – Jeszcze jedną Krwawą Mary poproszę! Dla was też coś zamówić, dziewczynki?

Po krótkim zamieszaniu spowodowanym zamawianiem drinków Natalia podjęła:

– Mogłabyś pracować jako recepcjonistka w moim Centrum Mentalnym. Popołudniami i w weekendy. Właśnie wykruszyła mi się jedna, mała szkoda zresztą, bo kiepska była dosyć. Potrzebny mi jest ktoś inteligentny, taki jak ty, Beatko.

– A ile płacisz?

– To nie jest rozmowa pubowa, kochanie. Wpadnij do mnie, pogadamy. Na pewno się jakoś porozumiemy. Byłabyś bliżej nas, jak Dzidzia. Dzidzi to doskonale zrobiło.

Dzidzia kiwała loczkami entuzjastycznie.

– To prawda, kochanie. Przez całe lata tkwiłam w tym jednostajnym kieracie – dom, praca, dziecko, mąż – zapomniałam zupełnie o tym, że też jestem istotą ludzką. I że mam tylko jedno życie do przeżycia...

– W tej postaci – wtrąciła ostrzegawczo Natalia Hollander.

– W tej postaci, naturalnie – poprawiła się Dzidzia z wdzięcznym uśmiechem, choć jakby nieco wymuszonym. – Oczywiście nikogo specjalnie nie interesowało, że ja mam jakieś tam życie wewnętrzne, jakieś potrzeby duchowe, intelektualne. Rodzina! Rodzinie jest się potrzebnym tylko do posprzątania i ugotowania obiadu. Gdyby nie Natalia, chyba bym się udusiła!

– I rzuciła pani tak wszystko? – zapytałam. – Męża, dom, dziecko?

– Wszystko. Prawie bez namysłu. Mąż próbował mnie zatrzymać, oczywiście używał tego dyżurnego, demagogicznego argumentu – że rodzina, że dziecko – ale przecież właściwie nigdy nie byliśmy sobie naprawdę bliscy!

– Z dzieckiem też? – zaciekawiło mnie. – Duże było?

– Syn miał dwanaście lat. Oczywiście rozstanie było bolesne. Ale dwanaście lat to już wiek dosyć poważny, kiedyś zabierano syna matce, gdy kończył siedem. Myślę zresztą, że na niego to również dobrze wpłynęło. Zmężniał, wydoroślał. Spoważniał. Zbliżył się zapewne bardziej do ojca. Zresztą, zawsze byli blisko.

– Nie myślała pani o powrocie?

– Kochanie, to jest życie, nie kino. Ja nie jestem Meryl Streep ze „Sprawy Kramerów", mąż też nie taki znowu Dustin Hoffman. To człowiek zamknięty w sobie, zimny, egoistyczny. Zawsze miał swój świat, do którego ja nie miałam wstępu. No więc ja też mam teraz swój świat, do którego on nie ma wstępu. I dopiero teraz czuję, że rozkwitłam naprawdę.

– No to, Beatko droga – powiedziałam złośliwie – nie namyślaj się dalej, tylko rozkwitaj.

– Niepotrzebny ten sarkazm, Agatko – skarciła mnie pani doktor. – My, kobiety, bardzo często nie doceniamy potencjału, jaki w nas tkwi. Pozwalamy się tyranizować, poniżać, byle tylko

116

mieć do dyspozycji to męskie ramię, na którym możemy zawisnąć. Nie zawsze to ramię jest nas godne!

Tu akurat miała rację. Adaś był okropnym miglancem, narcyzem zapatrzonym w swoją rzeczywiście nadzwyczajną urodę. Na diabła Beatce taki facet. Zresztą, co to za facet! Niech już lepiej próbuje dorabiać jako Centrum Mentalne. Może przy okazji dowiemy się, o co tam chodzi, w tym centrum.

– To jak będzie, Beatko? Zajrzyj do centrum jutro około siedemnastej, będę tam na pewno. Masz tu wizytówkę z adresem na wszelki wypadek. Pa, kochane dziewczynki, my już musimy lecieć, Dzidzia i ja, mamy jeszcze jedno spotkanie dzisiaj, pa, pa.

– Pa, pa – powiedziałam, wypijając ostatnie kropelki mojego alkoholizowanego napoju. – Do zobaczenia następnym razem.

Natalia ze swoją prawą ręką odfrunęły, promieniejąc.

– No, ja nie wiem, Beata – odezwała się Laura. – Coś mi mówi, że to może nie być fucha twojego życia.

– Albo to, albo Adaś – mruknęła ponuro Beata. – Inaczej nie wystarczy mi na zapłacenie rachunków.

Zrobiło się smętnie i musiałyśmy znowu nadużyć nieco alkoholu. Nie powinno się bowiem poddawać marazmowi i jeśli nie możemy promienieć naturalną radością życia, to niech choć popromieniejemy radością sztuczną, wygenerowaną za pomocą trzech dodatkowych drinków.

7 października, sobota

Sławek wpadł jak bomba.

– Kochanie, za godzinę jedziemy do Wrocławia!

– My? Ja?

– My, ale nie ty. Ja z kolegami. Musimy się spotkać z jednym facetem od tego konkursu, w którym bierzemy udział. Wracamy jutro. Będziesz na mnie czekała?

– O której?

– Koło południa. Będziesz. Powiedz, że będziesz! A teraz chodź, mamy jeszcze trochę czasu dla siebie!

To rzekłszy, użył mnie spontanicznie i poleciał.

Nie można się nudzić ze Sławkiem.

Dlaczego jeszcze nie zrobiłam w jego sprawie analizy numerologicznej?

Nabrałam już wprawy w tych analizach, więc poszło mi szybko. Brakowało mi tylko jego daty urodzenia. Głupstwo, zadzwonię do niego.

Wybrałam numer komórkowy, ale odezwał mi się tylko rześki głos mojego amanta: „Wybacz, ale nie mogę rozmawiać, policja jedzie obok mnie".

Trudno. Sprawdzimy, co możemy.

Szybko policzyłam spółgłoski, samogłoski itd. Wyszło, że liczbą ekspresji Sławka jest pięć. Przenikliwy, gadatliwy, zawsze w centrum uwagi. Jasne. Impulsywność. Swoisty magnetyzm. Ha, ha, ha. Zdobył mnie impulsywnie i magnetycznie, nie pytając o zdanie. Ale nie narzekam, nie narzekam. Gdy spotkasz piątkę, wykorzystaj jej obecność do maksimum, rzadko bowiem pozostaje w jednym miejscu.

Ach tak?

Liczba serca, czyli pragnienia. Sześć. Wysoka moralność, piękno i harmonia. No proszę. Oczekuje pochwał. Czy ja wiem? Prawda, w sprawie gotowania oczekiwał, to pewnie ogólnie też lubi... Wspaniały, wielkoduszny partner. Jednak! Może mieć duszę artysty i zajmować się działalnością twórczą.

No to właśnie się zajmuje. We Wrocławiu.

Liczba przeznaczenia – jedenastka. Tak samo jak Kamil.

Kamil.

Kamil.

No właśnie. Kamil.

Prawie przestałam o nim myśleć jako o Liamie Neesonie, chociaż podobieństwo istnieje niewątpliwie.

Kamil. Bardzo ładne imię. Może trochę za łagodne?

Zadzwoniłam do Sławka ponownie. Tym razem odebrał, widocznie policja już nie jechała obok.

– Jestem, kochanie! Coś się stało? Tęsknisz za mną?

– Do pewnego stopnia – odparłam ostrożnie. – Czy możesz mi podać swoją datę urodzenia?

– Oczywiście. A co, wypełniasz jakieś formularze?

Jakie znowu formularze?!

118

– Nie, chcę cię przeanalizować numerologicznie. Mów.

– Dziewiąty sierpnia siedemdziesiąt dwa. Wynik analizy poproszę na piśmie!

– Masz jak w banku. Całuję!

Wyłączyłam się szybciutko i dokonałam błyskawicznego obliczenia.

Sławek jest dziewiątką. Mars zapewni mu podbój świata dzięki witalności, energii i zapałowi. W istocie, nie można mu odmówić żadnej z tych cech. Entuzjasta... nie da się ukryć. Skłonności do dominacji, chętnie przejmuje inicjatywę... Jakie przejmuje? Cały czas inicjatywa należy wyłącznie do niego. Chociaż, mówiąc uczciwie, jak dotąd nie miałam nic przeciwko temu. Co my tu mamy dalej... Brak cierpliwości, nie jest w stanie interesować się czymś przez dłuższy czas. Czymś. A kimś? Pewnie też. Lubi przezwyciężać trudności. Aha, to pewnie dlatego chętnie bierze udział w tym konkursie. A ja nienawidzę konkursów i wyścigów. Dalej: największa słabość – brak rozwagi i nieumiejętność panowania nad sobą.

Gdzie mu do mistrzowskiej jedenastki...

A poza tym ma się mną znudzić i odejść sobie z wdziękiem do zupełnie innej pani?

Opanuj się, kobieto! Przypomnij sobie Zdzichę Pakulską i przestań się zastanawiać!

Ach, jutro przyjedzie i zobaczymy, jak na niego zareaguje moja podświadomość.

Niedziela

Podświadomość nie miała czasu zareagować. Sławeczek swoim zwyczajem wpadł z impetem eksplodującej wiązki dynamitu około ósmej wieczorem.

– Jestem! Agatko, dziewczyno najmilsza, muszę się wykąpać, cały czas jestem na chodzie, odkąd się rozstaliśmy! Daj mi jakiś ręcznik, bardzo cię proszę, i nastaw wodę na herbatę, ciągle pijemy jakieś kawy, nie mogę już patrzeć na kawę! Ani na coca-colę! Ani na red-bulla! Napijemy się herbaty, cudzie mój...

Wleciał do łazienki, a ja poszłam nastawiać tę wodę, jak zwykle nieco oszołomiona tempem, w jakim się poruszał. Zdążyłam nalać filtrowanej wody do czajnika i przytknąć włącznikiem, a kiedy dolewałam kranówki do dzbanka z filtrem – wyleciał z tej łazienki, najwyraźniej wstępnie spłukawszy z siebie trudy i znoje podróży, po czym zaciągnął mnie pod ten prysznic. Rozbierałam się w drodze z kuchni do łazienki, z jego wydatną pomocą.

Nic na to nie poradzę, że on mnie rozśmiesza!

A potem piliśmy wcale nie herbatę, tylko szampana, którego miałam w zapasie po ostatniej jego wizycie.

9 października, poniedziałek

Ballady i romanse posuwają się wielkimi krokami naprzód.

Dziubski Krzysztof konsekwentnie patrzy na mnie, zamiast na widmo kochanki.

Brakowało mi nieco milczącej obecności gościa w ławce pod oknem. Po próbie wróciłam spokojnie do domu, na obiadokolację złożoną z bezwstydnie tłustych grzanek smażonych na patelni. Na masełku. Chińczycy takich nie robią.

Dzwoniła Beata. Od przyszłego tygodnia zaczyna pracę u Natalii Hollander, w jej Centrum Mentalnym. Beatka – recepcjonistka. Coś podobnego.

12 października, czwartek

Dziubski oka ze mnie nie spuszcza na lekcji. Czyżby naprawdę jakieś nieodpowiedzialne młodzieńcze zadurzenie miało tu miejsce?

Pani wicedyrektor za to nie zwraca na mnie uwagi. Jakby nigdy nic.

I chwała Panu za to.

13 października, piątek

Szkoła postanowiła zafundować rodzicom bezpłatne zajęcia z panią psycholog. Rodzice mają się bardziej integrować ze swoją progeniturą – zaczynamy od przyszłego tygodnia, a na ostatni wtorek miesiąca wyznaczono spotkanie z panią psycholożką w mojej klasie.
Może wreszcie zobaczę tę Zdzichę!
Prawdę mówiąc, wolałabym zobaczyć Zdzichy męża.

15 października, niedziela

Sławek wyciągnął mnie na cały weekend nad morze. Przyjechał, naturalnie bez wcześniejszej zapowiedzi, w piątek po południu, polecił mi natychmiastowe spakowanie najniezbędniejszych rzeczy i wepchnął do samochodu.
– Jedziemy do naszego domu pracy twórczej, czy jak to się tam teraz nazywa. SARP to trzyma cały czas, wiesz, Stowarzyszenie Architektów...
– Wiem, co to jest SARP – przerwałam. – Ale po co my tam jedziemy?
– Jak to po co? Żeby pić szampana, szaleć, używać życia, kochać się w podmuchach morskiej bryzy!
– Zwariowałeś? O tej porze roku?
– Przecież nie na plaży! Otworzymy sobie okno! W hotelu!
Okazało się, że oprócz miłosnych ekscesów Sławek ma w planie jakiś mały sympozjonik, na którym honorowym gościem jest ktoś, od kogo wiele zależy w sprawach zawodowych i Sławek zamierza się tam z nim zaprzyjaźnić.
W efekcie Sławek siedział z tym gościem prawie cały dzień w barze, a ja spacerowałam sobie samotnie po plaży. Nawet mi się to podobało. Słoneczko robiło, co mogło, wiatr był niewielki, gdyby było nieco cieplej, prawie że można by się kąpać...
Tak było wczoraj, ale w nocy pogoda gwałtownie sparszywiała, lunął deszcz i zerwał się wiatr o sile zbliżonej do ośmiu w skali Beauforta.

W tej sytuacji jednak zrezygnowaliśmy z uprawiania miłości przy oknie otwartym na morską bryzę. To znaczy, Sławek zamknął okno.

Dzisiaj jeszcze trochę pouwodził tego swojego ważniaka i wróciliśmy do domu. Pogoda nie zachęcała w ogóle do niczego – poza może spaniem. Sztormowa wichura wyła jak wściekła w każdym kącie domu pracy twórczej architektów. Taki wiatr przyprawia mnie o melancholię – nawet w beztroskim towarzystwie mojego cudnego Sławeczka.

Poniedziałek. Chyba znowu przełom

Sławek nie został u mnie wczoraj na noc. Powiedział, że musi nakarmić kota.

Nie wiedziałam, że ma kota.

Małolaty na lekcjach były jakieś przygaszone. Próby nam się nie chciało robić – ani im, ani mnie – więc doszliśmy do wniosku, że nic wbrew sobie, i rozeszliśmy się wcześniej do domów. Zresztą próba byłaby i tak kulawa, bo Basia i Jacek nie przyszli. Pewnie ich dopadła grypa. Jest sezon na grypę.

Beata dzwoniła, podniecona. Dziś po południu zaczyna u Natalii.

Po co ja zadaję dzieciakom tyle prac pisemnych? Potem muszę to wszystko poprawiać, komentować, tłumaczyć i omawiać.

Kiedy będą wakacje?!

To chyba chandra jesienna. Trzeba się jakoś otrząsnąć. Do roboty, Agatko! Włączam telewizor, zaraz będą wiadomości, a ja sobie przez ten czas sprawdzę pracę trzeciej L na temat kunsztu epickiego Władysława Stanisława Reymonta. Na podstawie „Chłopów", oczywiście.

Coś podobnego!

Czytałam właśnie pracę Lidzi Kowalczykówny, tej, co nosi tipsy w groszki, była całkiem interesująca, tak że przestałam

122

zwracać uwagę na telewizję, kiedy nagle dobiegł mnie jakby znajomy głos, więc podniosłam oczy i zobaczyłam na ekranie Liama Neesona! To znaczy Kamila Pakulskiego! Stał na tle śmigłowca i coś mówił, ale w momencie, kiedy zaskoczyłam i zaczęłam słuchać, skończył zdanie i zniknął. Pani prowadząca zaś powiedziała:

– Wobec pilota, który przekroczył przepisy, wyciągnięte zostaną konsekwencje służbowe.

I zajęła się głodnymi dziećmi w Bieszczadach.

Co on takiego zrobił, że pokazali go w telewizji? I zapowiedzieli, że będą wyciągać konsekwencje? A może to nie o niego chodziło, a on tylko komentował?

Jacka nie było dzisiaj w szkole!

Złapałam komórkę. Prawie słyszałam bicie swojego serca, kiedy wystukiwałam numer.

Sekretarka.

Nagrałam się i poprosiłam o oddzwonienie.

W tym momencie zadzwonił mój telefon stacjonarny.

Laura.

– Agata, oglądałaś wiadomości?

– Samą końcówkę. – Domyśliłam się, że nie chodzi jej o wszystkie wiadomości, tylko o tę jedną. – Nie wiem, o co chodziło. Widziałaś więcej?

– To jest ten twój znajomy? To on cię woził śmigłowcem?

– On! Mów, co tam się stało?

– Ty nic nie wiesz?

– Laura, zabiję cię!

– Jakaś afera – zawiadomiła mnie odkrywczo Laurka. Ja ją naprawdę zabiję. – Latał gdzieś, gdzie nie powinien, ale nie wiem dokładnie, nie słyszałam, myślałam, że ci powiedział...

Zgrzytnęłam zębami. W słuchawce coś zapikało. Ktoś próbuje się dodzwonić.

– Wyłącz się, Laura – powiedziałam szybko. – Ktoś do mnie dzwoni. Może on...

– Ale zadzwoń zaraz!

– Wyłącz się!!! – ryknęłam.

Laura rzuciła słuchawkę.

– Halo! – wrzasnęłam. – Halo!

Ach, prawda, trzeba odłożyć słuchawkę. Odłożyłam. Zadzwoniło.

– Panie Kamilu...

– Agata, to ja. – Masz ci los, to znowu nie on! W telefonie dźwięczał sopran podnieconej Beaty. – To jest ten twój?

– Tak! Beata, czy ty widziałaś te wiadomości? Bo ja nie zdążyłam...

– Widziałam! Słuchaj, to jakiś świetny facet!

– Beata – jęknęłam – powiedz wreszcie, o co chodzi! Mów po ludzku! Pełnymi zdaniami!

– Ach, to ty nic nie wiesz – ucieszyła się, nie wiedzieć czemu, Beata. – Wszystko ci powiem. No więc słuchaj, jakiś kuter czy jakaś łódź rybacka topiła się na Zalewie, albo może się utopiła, w każdym razie dwóch rybaków pływało sobie po tej zimnej wodzie, w tym sztormie, co był w nocy! Byliby się potopili, ale on ich wypatrzył! Poleciał rano i znalazł! I skierował tam te jednostki, co pływały całą noc. Bo przedtem szukali ich jakimiś jednostkami z wody i nie znaleźli! Ale pewnie z powietrza lepiej widać. Boże, on jest odważny! W taką pogodę poleciał!

Zaczynałam rozumieć i trochę się domyślać. Pewnie mu nie wolno latać w taką pogodę, a on poleciał i teraz jest afera. Zlekceważył jakieś przepisy.

– Czekaj – przerwałam potok zachwytów nad odwagą Kamila P. – ta prezenterka w wiadomościach mówiła, że pilot poniesie jakieś konsekwencje! Nie wiesz, za co?

– Chyba za to, że poleciał nad wodę. Im nie wolno latać nad wodą.

– Chyba coś ci się pomyliło! Jak to, nie wolno?

– No, nie wolno. Tak mówili.

Pikanie w telefonie odezwało się znowu.

– Beata, ktoś do mnie dzwoni! Wiesz coś jeszcze?

– Już więcej nie...

– To się wyłącz! Halo! Słucham!

– Dobry wieczór, pani Agato.

On!

– Dzwoniła pani do mnie.

Całkowity spokój, w przeciwieństwie do mnie! Oraz do moich podnieconych przyjaciółek! Czy on nie ma nerwów?

124

Dopiero teraz zdenerwowałam się okropnie.

– Panie Kamilu, oglądałam wiadomości... to znaczy nie całe, tylko widziałam końcówkę pana wypowiedzi, ale już nie zdążyłam usłyszeć, o co chodzi, ale dzwoniły już moje przyjaciółki i mniej więcej mi opowiedziały...

– Spokojnie, pani Agato. Nic złego się nie stało.

– Ale pan ma ponosić jakieś konsekwencje...

– Przekroczyłem przepisy.

– Panie Kamilu...

Powiedziałam to i zamilkłam, bo coś mnie ścisnęło za gardło. Oczyma duszy zobaczyłam go w maszynie targanej wichurą nad tym przeraźliwie wielkim i zimnym Zalewem...

– Pani Agato! Co się dzieje?

– Nic, przepraszam...

– Jadła pani już kolację?

Zatchnęłam się. O czym on mówi?

– Bo wydaje mi się – kontynuował spokojny głos w telefonie – że to jest bardzo dobra pora na kolację. U Chińczyka, na przykład. Czy mogę po panią przyjechać?

– Przyjechać?

– Samochodem – wytłumaczył mi cierpliwie. – Mogę być za dziesięć minut. To znaczy o wpół do dziewiątej. Opowiem pani wszystko w sprzyjających warunkach, a nie tak, za pośrednictwem bezdusznej maszynki...

Czy mi się wydaje, czy on się uśmiecha?

– No dobrze... To ja czekam.

Punktualnie o wpół do dziewiątej zadzwonił domofon.

– Już schodzę.

Czekałam przy drzwiach w kurtce i butach, więc w kilka sekund byłam na dole.

Stał przy drzwiach.

– Czy mi się wydaje, czy pani się przejęła?

– Boże jedyny! Oczywiście!

– Dziękuję, pani Agato... Ale nie ma się czym przejmować. Chodźmy.

Przejechaliśmy tym jego rzęchowatym pomidorowym hyundaiem niewielki kawałek miasta, dzielący mój dom od chińskiej knajpy. Mój towarzysz milczał, a ja jakoś nie miałam odwagi zacząć rozmowy. Zresztą teraz, kiedy siedziałam obok niego, mój niepokój gdzieś się ulotnił.

W naszym ulubionym kąciku u Chińczyka nikt nie siedział, co mnie ucieszyło. Kamil nie pozwolił mi zacząć rozmowy na zasadniczy temat, dopóki chiński kelner nie zrozumiał, czego chcemy, i nie poszedł konferować po swojemu z chińskim kucharzem.

– No to niech pan mnie już nie męczy...

– Kiedy naprawdę nic takiego się nie stało. Dziennikarze lubią przesadzać, zwłaszcza telewizyjni, bo im się wydaje, że za dramatyczny reportaż lepiej zapłacą.

– A zapłacą?

– Pewnie tak. I stąd cała bieda.

– Ale jakie pan przestępstwo w końcu popełnił?

– Takim śmigłowcem, jakim dysponujemy, nie wolno latać nad większymi akwenami. Przepisy zabraniają. No więc nasz dyrektor nam też zabronił, bo nie chce mieć na sumieniu własnych pilotów w razie czego. Poleciałem na swoją odpowiedzialność, z jeszcze jednym kolegą, tylko tego kolegi nie ujawniamy. Jakby co, wystarczy jeden do ucięcia głowy... No więc polecieliśmy, bo nam się wydawało, że to trochę nieprzyzwoicie siedzieć na lotnisku i obgryzać paznokcie, podczas kiedy ktoś, być może, tonie, a my mamy jakąś tam szansę na znalezienie go. Okazało się, że mieliśmy rację, dwie jednostki ratownictwa brzegowego kręciły się tam dłuższy czas i jakoś tych rozbitków ominęły, a myśmy ich wypatrzyli z powietrza. Sama pani miała okazję to stwierdzić: z powietrza widać inaczej.

– Wziął ich pan z wody? Czy z kutra?

– Ja ich w ogóle nie wziąłem. Nie miałbym szans przy tym wietrze. Powisiałem trochę nad nimi i zawołałem ratowników przez radio. Oni ich podjęli na pokład.

– A ten kuter im się utopił?

– Przewrócił. To nie kuter, to taka mała łódka, z tych żółtych, musiała je pani widzieć na plaży.

– A oni byli w wodzie? Długo?

– Pływali obok łodzi, ale nie mogli jej odwrócić. Kilka godzin.

– Boże jedyny... Nie wychłodzili się?

– Mało brakowało.

– Ale przecież strasznie wiało w nocy!

126

– Nad ranem trochę zelżało. A my polecieliśmy rano, jak się zaczęło rozwidniać.

– Nie bał się pan? Och, przepraszam, to głupie pytanie...

– Nie, dlaczego? Trochę się bałem. Ale bez przesady. Widzi pani, ja znam ten śmigłowiec i wiem, czego mogę od niego oczekiwać. Niezależnie od atestów, jakie posiada. Oraz przepisów, jakie nim rządzą.

– I panem.

– I mną.

Najwidoczniej przeszło mu trochę to napięcie, jakie jeszcze początkowo w nim siedziało, bo znowu zaczął mówić krótkimi zdaniami. Pomyślałam, że takiego przemówienia, jakie wygłosił, opowiadając mi całe zdarzenie, w życiu jeszcze nie odpracował.

Coś mnie pchało, żeby zadać mu okropnie nietaktowne pytanie:

– A gdyby pan zginął? Nie myślał pan o Jacku?

Spuścił wzrok na chwilę, potem spojrzał mi w oczy i uśmiechnął się krzywo.

– Myślałem, pani Agato, myślałem. Ale niedługo. Gdybym pomyślał jeszcze trochę, to może bym nie poleciał. Zresztą, Jacek wolałby, żebym leciał.

– A dlaczego nie było go dzisiaj w szkole?

– Powiedział, że strasznie się zdenerwował i musi odreagować. Przypuszczam, że chciał się po prostu wyspać. Ostatnio strasznie dużo czytał po nocach. Napiszę mu usprawiedliwienie, że dostał grypy, dobrze?

Dostałam takiego ataku śmiechu, że mój nowy makijaż, wykonany starannie według instrukcji małolatów, rozmazał się kompletnie.

Śmiałam się i śmiałam, a on siedział naprzeciwko mnie lekko przygarbiony, z tym swoim krzywym uśmiechem na ustach.

Przyszedł Chińczyk, postawił przed nami kolację, ukłonił się i poszedł, a ja wciąż się śmiałam.

Kamil ujął mnie za rękę i powiedział:

– Już wszystko w porządku.

Z trudem przestałam chichotać.

– Zdenerwował mnie pan.

– Dziękuję. Miło mi to słyszeć.

– Makijaż mi się rozleciał...

– Nie zauważyłem.

– Pójdę się poprawić...

– Lepiej zjedzmy to, bo wystygnie.

– Ma pan rację. Zjedzmy to.

Utrzymywanie z nim kontaktów sprawi zapewne, że za jakiś czas będę mówiła wyłącznie monosylabami.

Zjedliśmy te jakieś chińskie kawałki w dziwnym sosie. Nawet niezłe to było, ale poczułam, że mam dosyć chińskiej kuchni na następnych trzysta lat.

– Możemy wypróbować jakąś inną – zauważył. – Na przykład hinduską.

– Zaraz – przypomniałam sobie – a jakie konsekwencje ma pan ponieść?

– Nie wiem. Może mnie z pracy wyrzucą? A może nie. Gdybym tych rybaków nie znalazł, mieliby prostszą sytuację. A tak pewnie prasa się ujmie za dzielnym pilotem. Zamówię na pożegnanie z chińską kuchnią prawdziwą chińską herbatę, dobrze?

Wypiliśmy chińską herbatę w ślicznej chińskiej porcelanie. Nie byłam pewna, czy nie powinnam się ukłonić filiżance. On też. Wiedział, że robią to samuraje podczas ceremonii picia herbaty, ale to przecież w Japonii, nie w Chinach. Poza tym oni się wtedy wszystkiemu kłaniają.

Odwiózł mnie ten kawałeczek do domu i życzył dobrej nocy.

Pewna, że nie usnę do rana, padłam na łóżko jak kłoda i zasnęłam w pięć sekund.

Chyba środa

Cały wczorajszy wieczór spędziłam na myśleniu o Sławku i o Kamilu Pakulskim vel Liamie Neesonie. Wprawdzie zajęta byłam przy tym sprawdzianami gramatycznymi, które zrobiłam w dwóch klasach, ale do gramatyki wystarczało mi mniej więcej ćwierć umysłu. Trzema czwartymi skupiałam się na moich dwóch męskich problemach.

Nie mogę powiedzieć: na moich dwóch kochankach – bo kochankiem jest tylko Sławek, a Kamil nawet nie wspomniał o takim meblu jak łóżko. Z drugiej strony, coś mi się zdaje, że jeśli trzęsę się na myśl o facecie wiszącym w śmigłowcu nad wzburzonymi falami, a nie jestem właścicielką śmigłowca i nie zależy mi na jego stanie technicznym, to o tego faceta jednak jakoś tam mi chodzi.

Poza tym polubiłam te nasze rzadkie spotkania, podczas których w dodatku on mówi raczej niewiele, za to ja gadam jak najęta, spożywamy wspólnie dary chińskiej kuchni (koniec z chińską kuchnią!), potem on mnie odprowadza – no właśnie – i ani razu jeszcze nie miał odruchu, żeby nie odejść spod mojego bloku!

Po co ja mu jestem? Po co? Po co, pytam!

Mimo podejmowanych wysiłków umysłowych nie zdołałam uporządkować ani myśli, ani uczuć.

Próbowałam jeszcze z wróżbami i analizą horoskopów, ale wychodziły mi jakieś sprzeczne idiotyzmy.

Spróbowałam metody negatywnej. Czy umiałabym się wyrzec Sławka?

Nie.

Czy umiałabym się wyrzec – nieważne, że określenie jest na wyrost, bo w końcu wyrzec się czegoś lub kogoś można wtedy, gdy się owo coś czy owego kogoś posiada – Kamila?

Nie, nie.

Najlepiej chyba będzie, jeśli pozostawię rzeczy swojemu biegowi. Coś się w końcu wyklaruje.

Albo ja dostanę schizofrenii.

A dzisiaj zadzwonili obaj. Dosłownie w pięć sekund jeden po drugim. Sławek na mój numer stacjonarny, a Kamil na komórkę. Odebrałam obydwa naraz, Kamilowi powiedziałam, że oddzwonię (był drugi), a ze Sławkiem porozmawiałam najpierw.

Meldował, że znowu jedzie do Wrocławia w sprawie konkursu i zostanie tam do końca weekendu. Niestety, nie może wpaść do mnie przed wyjazdem, bo jest aktualnie rozszarpywany przez nadmiar obowiązków.

Zniosłam wiadomość dzielnie i oddzwoniłam do Kamila.

– Miałem taki pomysł – rzucił bez wstępów – że może byśmy przetestowali kuchnię hinduską. Albo jeżeli pani się znudziło jedzenie, to w filharmonii będzie jakiś niezły koncert, jak się zdaje...

9. Jestem nudziarą

Owszem, niezły. Mam już bilet. Za Maksymiukiem polecę na koniec świata. Jak również za Kulką. W dodatku grają mój ukochany koncert Beethovena.

– A jak z biletami? – zapytałam podstępnie.

– Kupiłem na wszelki wypadek.

Patrzcie państwo, kupił. Nic, pozbyć się mojego będzie bardzo łatwo. Przyjdę wcześniej i sprzedam przed kasą.

– Świetnie. Spotkajmy się przed koncertem przy szatni – zdecydowałam.

– A jak będzie z hinduszczyzną?

– A co oni jedzą?

– Różne mięsa bardzo dobre, roślin trochę też, sam dobrze nie wiem. To kiedy idziemy?

– Chyba dopiero po koncercie – powiedziałam z żalem, za to uczciwie. – Mam dużo pracy dziś po południu, a jutro umówiłam się z przyjaciółkami.

– A przed koncertem w piątek?

– Mamy kostiumową próbę „Ballad i romansów". Małolaty specjalnie prosiły, żeby to była próba między nami, ponieważ zamierzają być dla siebie bezlitosne. Tak powiedziały. Dlatego tym razem pana nie zapraszam.

– A co one chcą sobie robić?

– Nie mam pojęcia. Pewnie będą się bezlitośnie chłostać biczem koleżeńskiej krytyki i nie chcą tego robić przy świadkach.

– No tak. – Czyżby westchnął? – To nam zostaje już tylko filharmonia. Pani Agato, ja nic nie mówię, ale pani do mnie dzwoni z komórki i nie mam serca narażać pani na koszty...

– To do piątku, panie Kamilu.

– Do piątku, Agatko...

Agatko – powiedział. Bez „pani". A zawsze tej pani używał! I miał taki miękki głos. Cholera. A może przyjdzie do tej filharmonii w towarzystwie Zdzichy?

„Dawno chciałem, żebyście się panie poznały" – powie z uprzejmym uśmiechem.

Fuj, co za pomysły.

19 października, czwartek

Beata z Laurą przyszły w odwiedziny wczesnym popołudniem.
– Idziemy do Atlanticu? – zapytałam i sięgnęłam po kurtkę.
– Nie tym razem – oświadczyła Laura i odwiesiła moją kurtkę z powrotem. – Zostaniemy u ciebie. Jadłaś obiad?
– Jeszcze nie miałam kiedy.
– Dobrze. Zrobimy sobie prywatkę. Tu masz produkty... dawaj, Beatka, tę torbę...
Wywaliła mi na stół kuchenny mnóstwo produktów żywnościowych, każdy od innej mamy.
– Coś się z tego skomponuje. Ja mogę zrobić sałatkę à la cokolwiek – powiedziała i zaczęła wybierać zieleniny.
– Pokaż te kiełbaski – zażądałam. – Upieczemy je na grillu, z dużą ilością papryki.
– Masz grill? – zainteresowała się Beata.
– Mam, taki stary, jeszcze enerdowski. Matka chciała wyrzucić, więc go zabrałam. I ten serek poproszę. Nie ten, ten jest za dobry. Zjemy go na deser. Ten z dziurami.
Przystąpiłyśmy do produkcji prywatki jak w najlepszych szkolnych latach. Usiłowałam podpytać Beatę, jak jej leci u Natalii Hollander, ale odmawiała odpowiedzi.
– Konwersacja – oznajmiła godnie – przy kawie i likierach.
– Likierach? Oszalałaś? Likiery się ciągną!
– Benedyktyn się nie ciągnie.
– Skąd masz benedyktyna?
– Z Francji. Może nie bezpośrednio. Przyniosła jedna wdzięczna klientka. Dla kochanej pani doktor.
– I rąbnęłaś pani doktor flaszkę? – zaciekawiłam się.
– Nic podobnego. Sama mi dała, bo, jak mówi, nie znosi żadnych ziołówek. Ona w ogóle pija wyłącznie Krwawą Mary. Dajcie te pomidorki, à propos, to je podziabię. Lepiej opowiedz, jak twoje sprawy sercowe.
Opowiedziałam im o moich rozterkach. Słuchały zachłannie, jak to zawsze baby słuchają opowieści o cudzym życiu uczuciowym, i doszły do wniosku, że takie rozdwojenie jest trudne do zniesienia.
– Bo widzisz – perorowała Beata, krając pomidorki koktajlowe na mikroskopijne ćwiartki – gdybyś ty była taką zimnokrwi-

stą harpią, co to z cynicznym uśmiechem na ustach łamie jedno serce po drugim, to owszem, posiadanie dwóch fatygantów stanowi samą przyjemność. Ale ty zawsze, odkąd cię pamiętam, byłaś zasadniczka. Monogamistka. No i żeby najlepiej dopiero po ślubie... Oczywiście, czasy się zmieniły, nie masz piętnastu lat, tylko dwa razy więcej, więc trochę ci się te wewnętrzne okowy rozluźniły, ślubu nie wymagasz, ale coś w tobie tęskni do staroświeckich form uprawiania seksu... Gorzej, ta nieuleczalna piętnastolatka tęskni za wielką miłością. Skończyłaś niewłaściwe studia. Naczytałaś się niewłaściwej literatury. Trzeba było iść na medycynę, miałabyś prościej w życiu. O cholera, ależ ostry ten nożyk!

Wsadziła palec w usta i zamknęła się chwilowo. Laura spojrzała na mnie sponad półmiska, w którym produkowała właśnie różyczki z majonezu, bardzo kunsztowne.

– Którego kochasz? Mów bez wykrętów!

– Obu nie wiem! To znaczy, nie wiem, czy ja ich w ogóle kocham!

– No to my ci tego nie powiemy. – Laura odłożyła majonez i wzięła się do rozdłubywania szczypiorków na długie, zawijające się w loki pasemka. – Ale, Beatko, trzeba pomóc przyjaciółce. Zastosujemy proste metody. Zadecydujemy mianowicie za ciebie, bo tobie wyraźnie brak siły woli. Uwiądła ci.

– Uwiędła – poprawiłam odruchowo.

– Rzeczownik: uwiąd, jak uwiąd starczy. Czasownik: uwiądnąć. Czekaj, a może naprawdę uwiędnąć? Albo: uwięść...

– Czekaj. – Beata wyjęła skaleczony palec z ust i popatrzyła nań badawczo. – A może ona jednak podświadomie lubi mieć tych dwóch naraz?

– Ja naprawdę... – zaczęłam, ale Beata z Laurą zakrzyczały mnie chórem.

– Cicho bądź, u ciebie stwierdziłyśmy uwiąd, czyli atrofię woli, a co za tym idzie, niemożność podjęcia właściwej decyzji. Żadnej decyzji.

Kiełbaski wydawały przyjemne odgłosy z wnętrza grilla, zapach się rozchodził upojny, sałatka była gotowa, w każdej różyczce z majonezu siedziało już ziarno groszku lub kukurydzy, a same różyczki oplatały pasemka szczypiorkowego włosia. Ustawiłyśmy to wszystko na stole i zabrałyśmy się do spożywania, przy czym okazało się, że ta konwersacja przy likierach to na temat Beaty, a przy kiełbaskach z sałatką można spokojnie omawiać moje problemy życiowe. To znaczy – one omawiały, a mnie kazały słuchać uważnie głosów przepełnionych życzliwością, a jednocześnie osobiście niezaangażowanych.

– Po pierwsze – rzekła Beata z kawałkiem kiełbaski nabitym na widelec i uniesionym w okolice ucha – musimy się zastanowić, czy ma dla nas znaczenie taka sprawa, czy ona któregoś z nich kocha czy nie.

– Paćkasz sobie włosy keczupem – pisnęłam nieśmiało.

– A, dziękuję. – Beata zjadła swój kawałek kiełbaski i wytarła włosy serwetką. – No więc, moim zdaniem, jej uczucia są tak dalece nieskrystalizowane, że chyba nie możemy mówić o wystąpieniu zjawiska wielkiej miłości.

– Przyjmując, że takowe występuje jedynie w wersji monogamicznej...

– Właściwie dlaczego monogamicznej? Mogłaby szaleć za obydwoma, to się zdarza.

– Ale ona nie szaleje. Jest zdumiewająco racjonalna. Odkąd przestała oblewać ludziom garderobę alkoholami, prezentuje duże zrównoważenie.

– Mogę coś powiedzieć? – pisnęłam znowu.

– Nie – odpowiedziały jednym głosem.

– A więc – Beata powróciła do rozważań o istocie mojego zawirowania uczuciowego – skoro przyjmiemy, że a) Agatę męczy posiadanie dwóch kochasiów naraz...

– Poprawka – wtrąciłam stanowczo. – Kamil nie jest moim kochasiem!

– Cicho bądź – skarciła mnie Laura. – Traktujemy go na równi ze Sławkiem, bo się między nimi miotasz. Nieważne, z kim sypiasz na jawie, a z kim tylko we śnie. Nie, to coś nie tak. Ale rozumiecie, co mam na myśli. Beata, kontynuuj.

– Dziękuję – rzekła godnie Beata i podjęła przerwany wywód. – A zatem ponieważ: a) męczy ją posiadanie dwóch naraz; b) nie jest w stanie sama zrezygnować z jednego, a na dodatek c) żaden z nich nie zamierza sam popuścić, przeto jasne jest d): to my musimy za nią zdecydować.

– Brawo – orzekła Laurencja, zachwycona. – Wybierzemy ci

amanta, a ty ani piśniesz. Zjadłyście, dziewczynki? Trzeba tu rozłożyć materiały biurowe.

– A deser?

– Najpierw praca, potem caca. W grę wchodzi szczęście przyjaciółki. Dawajcie tu jakiś blok do pisania. Dziękuję. Trzeba zrobić tabelkę. Na dwa. Wzdłuż. Po lewej Sławek, po prawej Kamil. Lecimy, dziewczynki.

– Ale co my tu mamy pisać? – jęknęłam, bo takie statystyczne potraktowanie dwóch żywych facetów trochę mnie onieśmielało.

– Ty nic – odparła rzeczowo Beata. – My będziemy pisać. Laurka, co po pierwsze?

– Prezencja. Sławek przystojny? Przystojny, chociaż mógłby być większy. Ale ma dużo wdzięku. Pisz, po lewej: uroda, plus.

– Dobrze. Teraz ten drugi. Jakiś taki ponury, gębę ma zawsze skrzywioną...

– Nie zawsze – wtrąciłam oburzona, pamiętając jego szczery śmiech w śmigłowcu, kiedy oświadczyłam, że kocham latać. – Widziałam, jak się śmieje, poza tym bardzo sympatycznie się uśmiecha.

– No dobrze – zgodziła się Laura. – Niech ci będzie. Ogólnie przystojny, ten wzrost się liczy. Uroda, plus.

– Siła przyciągania...

– Po obu stronach plus. To jest subiektywne, ale na Agatę działają obaj.

– Niech będzie. Charakter...

– To nie takie proste. Sławek jaki jest? Mów, Agata, a ja tu z boku zapiszę. Tylko się nie zastanawiaj. Mów, co ci wpadnie do głowy, nie kombinuj. Cechy wymieniaj, które zauważasz u danego osobnika.

– Znaczy u Sławka? No dobrze. Wesoły, sympatyczny, pociągający, optymista, beztroski, utalentowany zawodowo... czy to cecha charakteru?

– Można tak przyjąć. Dalej.

– Uroczy. Zabawny. Seksowny. Zdecydowany. Nie jest ciaputkiem, to dobrze, bo nie znoszę ciaputków.

– Co to jest ciaputek? – zaciekawiła się Beatka.

– Ciamcialamcia – wyjaśniłam onomatopeicznie. Kiwnęła głową, że rozumie, ciągnęłam więc dalej. – Przytomny. Refleksiarz. No, nie wiem, co by tam jeszcze...

– Sporo już jest – pochwaliła Beata. – W rubryce zalety wpisujemy charakter, z tym całym rozwinięciem. Nie ciaputek, czyli ciamcialamcia, w nawiasie: Agata nie lubi ciaputków. Dalej. W łóżku?

– Bardzo spontaniczny. W zasadzie w porządku.

– Piszemy plus. Dawaj tego drugiego. Uroczy, zabawny?

– Nie, chyba nic z tych rzeczy... Pisz: spokojny, opanowany, odważny, trochę flegmatyczny, konkretny... Kurczę, niewiele o nim wiem... Tajemniczy.

– No tak, Sławeczka mamy jak na patelni – mruknęła Laura. – Z tym panem nam tak łatwo nie pójdzie.

– Napisz: przyzwoity facet – zaproponowałam.

– Trochę nudnie brzmi, ale też zaleta. Charakter na plus, z uwagą, że nudziarz.

– Żaden nudziarz – zaoponowałam gorąco. – Ja się z nim nie nudzę! Woził mnie śmigłowcem!

– Z uwagą, że nudziarz! – zagrzmiała Beata tonem władczym. – Dopóki wam się zainteresowania zbiegają, nie nudzisz się z nim, bo ci pokazuje swoje ulubione zabawki. A jak wam się rozejdą? Dalej.

– Dalej jest stosunek do Agatki – poinformowała Laura. – Przy Sławeczku piszemy: zdecydowany, spontaniczny...

– Możesz napisać: entuzjastyczny – dopowiedziałam, rozśmieszona jednym takim wspomnieniem z pobytu w pensjonacie SARP.

– Oraz erotycznie zdecydowany.

– Jak najbardziej.

– Ten drugi, pisz, Beata... No, co ona ma pisać? Agata, stosunek do ciebie, jaki on ma?

Zastanowiłam się.

– Przyjazny... trochę tajemniczy, lubi mnie chyba, ale nie wiem dlaczego. Może dlatego, że lubię latać...

– Erotycznie?

– On czy ja?

– On, rzecz jasna!

– Kurczę, jakiś taki... obojętny, prawdę mówiąc...

– Pisz, Beata: erotycznie niezdecydowany z przewagą obojętności.

– No to, kochane, coś nam się rysuje – zawiadomiła Laura z powagą. – Lecimy dalej. Status cywilny i społeczny. Sławek...

– Architekt – zaczęła Beata – zdolny architekt, z przyszłością. Perspektywy na karierę i sukcesy, także finansowe. Stan cywilny, wolny. A konkurencja?

– Zawód: pilot. Kłopoty w pracy. Ze szlachetnych pobudek, ale jednak. Piloci poza liniami pasażerskimi nie zarabiają dużo, więc nie wiem, jak tam z zamożnością. Myślę, że nijak. Stan cywilny: jeden syn dorastający. Jedna żona. Widziałaś ją już, tę żonę?

– Nie, nigdy. Może nie lubi przychodzić do szkoły. A Jacka przecież nie zapytam. Kamila tym bardziej.

– Mniejsza o żonę. I tak mamy tu dosyć jasny obraz.

Pochyliłyśmy się nad tabelką. Istotnie, przewaga Sławka biła po oczach.

Wcale mi się to nie podobało.

– Widzę, że ci się to nie bardzo podoba – powiedziała domyślnie Beata. – Tak to bywa z niektórymi ludźmi. Nie dociera do nich rzeczywistość. Żyją w swoim urojonym świecie, na własnej gwieździe, którą to gwiazdę sami sobie wymyślili, zaludnili, a nawet posadzili na niej drzewa i kwiatki. Nic z tego, moja droga. Udowodniłyśmy ci prostą metodą, że Kamila też sobie wymyśliłaś. W rzeczywistości jest to facet, któremu się nudzi w domu, może nie potrafi już rozmawiać z żoną, a może chce stworzyć synowi zaplecze w razie czego.

– W razie czego? – ryknęłam strasznie.

– W razie czegokolwiek. Nie złość się na nas. My jesteśmy twoimi przyjaciółkami.

– A skąd wytrzasnęłyście ten głupi pomysł z tabelką?

– Dlaczego głupi? – Beata nadęła się godnością. – To jedna z metod rozwiązywania konfliktów interpersonalnych i problemów z osobowością stosowanych w Centrum Mentalnym. Opracowana przez samą Natalię i daję ci słowo, moja droga: daje rezultaty. Poznałaś Dzidzię, prawda? Ona też kiedyś była na rozdrożu, nie wiedziała, jak postąpić, i Natalia poradziła jej notować wszystko w tabelce. Okazało się potem, że ona i jej mąż mieli bardzo mało wspólnego ze sobą...

– Pomijając dwunastoletniego syna – mruknęłam.

136

– Syna Dzidzia wliczyła. Z tym synem też nie miała najlepszego kontaktu, bo on był zanadto związany z ojcem. Tak mi opowiadała, bo wczoraj miałam dyżur w recepcji, a ona przyszła pogadać.

– Ty lepiej powiedz, jak ci się w tym Centrum Mentalnym pracuje? Co tam właściwie robisz? Dawajcie tego benedyktyna, konwersacja miała być przy likierach!

– Powinnyśmy jeszcze dopracować twoją tabelkę – broniła się Beata.

– Kicham na tabelkę. To jest czysta metafizyka, tego się nie da wdusić w rubryczki.

– Wszystko da się wdusić w rubryczki – zawiadomiła mnie Beata z wyższością. – Ale jak nie, to nie.

Przy kawie i pysznym patencie francuskich mnichów Beata jęła rozwodzić się nad wspaniałością pracy w Centrum Mentalnym, u boku – no, prawie u boku – wspaniałej doktor Natalii Hollander.

– Gdzie to w ogóle jest?

– W takiej willi na przedmieściu. Pół willi to mieszkanie, drugie pół to Centrum. Ona ma tam sale wykładowe, seminaryjne, salę do medytacji, do relaksacji, salę gimnastyczną, siłownię. Mówię ci, bajka. I to wszystko funkcjonuje do jedenastej wieczorem, więc potrzebne są recepcjonistki do tej jedenastej. Natalia zatrudnia jedną na pełnym etacie i kilka na zlecenia. Ja jestem taka na zlecenia, nieregularnie. Popołudnia, czasem weekendy.

– Świetnie. I dobrze ci płaci?

– Uczciwie mówiąc, spodziewałam się więcej. Ale to okres próbny. Pierwszy miesiąc.

– A co tam się dzieje, w tym Centrum?

– Normalnie przyjmuje trzech psychiatrów, trzech psychologów i cała gromada psychoterapeutów, poza tym instruktor jogi, faceci od siłowni, oczywiście, nie jednocześnie, tylko po parę godzin dziennie. Różne szkolenia, kursy...

– Kursy czego?

– Doskonalenia osobowości, ukierunkowywania na sukces i karierę, radzenia sobie z problemami, technik szybkiego czytania i liczenia, technik zapamiętywania. Integracji. Oddychania. Rebirthingu. Reinkarnacji. Medytacji. Różne. Dużo tego.

– A jaka jest twoja rola?

– Jak to recepcjonistki. Przyjmuję.

– A sama zamierzasz doskonalić się mentalnie?

– Jasne. Niech tylko złapię bluesa z tą recepcją, jakoś rozplanuję sobie czas, a natychmiast zapisuję się na rebirthing i reinkarnację.

– Czy ja dobrze rozumiem? W zasadzie wiem, co znaczy reinkarnacja...

– Tak, kochana. Dzięki specjalnym technikom oddechowym wraca się do momentu narodzin i do jeszcze wcześniejszych czasów. Będę wiedziała, kim byłam w poprzednim życiu.

– I co ci to da?

– Samoświadomość, kotku. A znów Laura chce się zapisać na trening umysłu metodą Silvy.

– Rewelacja. I co z tego będzie miała?

– Dużo będzie miała. Umysł może rządzić całym naszym życiem. Poczytaj sobie Silvę albo Murphy'ego, to będziesz wiedziała.

– To znaczy, że za pomocą tych metod można uzyskać wszystko, co się chce mieć, forsę, zdrowie, pracę i tak dalej?

– Oczywiście. To tylko kwestia treningu.

– Ale jak to się robi?

– Siłą odpowiednio wytrenowanej woli. – Beata wyciągnęła się w pozycji rozmarzonej tygrysicy na mojej wersalce. – Wola może wszystko.

– Rozumiem. A jeśli ja swoją siłą woli będę chciała zdobyć, dajmy na to, faceta, a jednocześnie któraś z was zaangażuje taką samą siłę woli do zdobycia tego samego faceta, podczas gdy facet będzie zimny jak głaz, to co się wtedy stanie? Albo jak ja jako pracobiorca będę chciała siłą woli zmusić mojego dyrektora, żeby mi dał podwyżkę, a jednocześnie on wytęży siłę swojej woli, żeby mnie zmusić do godzin ponadwymiarowych za friko, to jakie mamy perspektywy? Czyja wola silniejsza?

– Upraszczasz – powiedziała Beata z dezaprobatą. – Ale teraz ci nie odpowiem. Poczekaj, aż skończę ten kurs.

Resztę wieczoru spędziłyśmy na obgadywaniu różnych znajomych osób. Obgadywanie to jednak niezawodna zabawa.

Piątek. Kto mówił o przełomach?!!!

Na dużej przerwie dopadła mnie pani od historii, była wychowawczyni moich małolatów, wciąż jeszcze wykładająca im swój przedmiot.

– Pani Agato – powiedziała konfidencjonalnie – musimy porozmawiać.

– Co się stało? Mam dyżur na korytarzu, możemy tu sobie pochodzić.

– A nie może pani się zamienić na tę jedną przerwę?

– Spróbuję, chociaż pewnie nikt nie będzie chciał.

Zajrzałam do pokoju nauczycielskiego i gromko wygłosiłam prośbę. Ku mojemu zaskoczeniu chęć do spacerów po korytarzach objawił sam dyrektor, obecny w pokoju przez przypadek.

– O, dziękuję – powiedziałam z wdzięcznością. – Bo pani Zamoyska ma mi coś pilnego do powiedzenia, pewno moje kotusie nazrozrabiały...

– Drobiazg – odrzekł z wdziękiem dyrektor. – Porozmawiajcie sobie panie swobodnie. Nie musicie się śpieszyć.

I wyszedł.

Usiadłyśmy w kącie pokoju nauczycielskiego, oddzielone gigantyczną palmą od reszty społeczeństwa.

– Nie chciała mi pani wierzyć na początku roku, że to niedobre dzieci – zaczęła historyczka i zawiesiła głos; pewnie po to, żebym mogła zawiadomić ją o zmianie zdania.

– Teraz mam pewność, że to dobre dzieci – powiedziałam miłym głosem. – Mamy ze sobą doskonały kontakt. Wysoko je cenię. Oraz lubię. Czy coś się stało?

– Przypuszczam, że dla pani to głupstwo – sarknęła dama. – Przy pani zapatrzeniu w te rozwydrzone szczeniaki...

Usiłowałam unieść do góry jedną brew, ale mi nie wyszło. Będę musiała poćwiczyć przed lustrem. Miałam jednak nadzieję, że mój wyraz twarzy oddaje połączenie dezaprobaty ze zdziwieniem.

– A zatem?

– Pani ulubienica, jak sądzę, Barbara Hoffmann, zachowała się wobec mnie arogancko. Podważyła moje kompetencje. Zlekceważyła mnie, nauczycielkę. Jasno i wyraźnie dała mi do zrozumienia, że uważa moją wiedzę historyczną za niewystarczającą. To skandal.

– O Jezu – jęknęłam. – A o co wam poszło?

– Nam poszło? Pani Agato, ja nie dyskutuję z uczniami. Ja ich uczę.

– A oni nie mają prawa do wyrażania swoich wątpliwości?

– Nie powinni mieć wątpliwości do tego, czego ich uczymy, co im wpajamy!

– Pani Julio, ja przepraszam, ale czy pani jest w stu procentach pewna, że miała rację w tym sporze?

– Powtarzam pani: ja nie spieram się z uczniami.

– A o czym była ta lekcja?

– Nieważne, o czym była lekcja, rozmawialiśmy luźno na tematy związane z historią naszego kraju.

– Boże święty, ale w czym wam się ujawniła ta różnica poglądów?!

– Niech pani na mnie nie krzyczy, dobrze? Proszę przyjąć do wiadomości, że uczennica Hoffmann, pani wychowanka, obraziła mnie przy klasie. Proszę wyciągnąć konsekwencje wobec winnej. Dziękuję pani.

Wstała z miną ciężko obrażonej cesarzowej matki i odżeglowała w stronę kącika z kawą. Wyszłam z pokoju i odnalazłam dyrektora. Spacerował sobie po korytarzu, otoczony grupką dryblasów, z którymi namiętnie grywał w brydża w ramach zajęć pozalekcyjnych. Wyglądał jak ich rówieśnik. Widząc mnie, otrząsnął się z dryblasów, którzy wycofali się, nie zapominając obdarzyć mnie serią dwornych ukłonów. Oddałam im je skrupulatnie jak jaka gejsza.

– No i co to było? – zapytał.

– Jedna pyskata obraziła panią Zamoyską. – Westchnęłam. – Niestety, nie wiem czym. To znaczy, tyle wiem, że miała odmienne zdanie na jakiś temat historyczny, ale na jaki, tego pani Julia mi nie zdradziła. Dla niej skandalem jest już to, że uczennica ośmieliła się mieć inne zdanie i jeszcze o tym mówiła głośno. Przy czym, jak znam tę uczennicę, to nie owijała w bawełnę... A tyle razy jej mówiłam, żeby nie pyskowała!

– Hoffmannówna, co? – mruknął dyrektor. – Zawsze miała złą opinię. W ubiegłym roku rada pedagogiczna obniżyła jej stopień ze sprawowania.

– Pan ją zna?

– O tyle, o ile. Ja tu prawie wszystkich odróżniam. Kiedyś, kiedy byli jeszcze pierwszą klasą, miałem u nich zastępstwo, właśnie za panią Zamoyską, i zupełnie przyjemnie mi się z nimi rozmawiało.

– O historii?

– Tak. Moją specjalnością jest historia najnowsza, więc było o czym podyskutować. Pamiętam, że Hoffmannówna pękała ze śmiechu, kiedy im opowiedziałem, jaki był stosunek Piłsudskiego do polskiego parlamentu. Może nie lubi naszego sejmu.

Zadzwonił dzwonek.

– Pani Agato, porozmawia pani z nią jakoś życzliwie, dobrze? Niech ona przestanie zrażać do siebie nauczycieli, po co jej obniżona ocena ze sprawowania... Ja lecę, bo mam lekcję. Pani też? No to oboje lecimy. Opowie mi pani, czym się skończyło, dobrze?

Popędził korytarzem w stronę sekretariatu.

Patrzcie państwo. Chyba nie doceniłam własnego dyrektora. A już chociażby ten brydż powinien mi dać do myślenia.

Odpracowałam dwie lekcje z moimi dzieciakami, ucząc je, jak należy pisać rozprawki, żebym nie musiała zbytnio cierpieć przy ich sprawdzaniu. Było miło. Basia nie wyglądała na osobę winną czegokolwiek. Poprosiłam ją, żeby zgłosiła się do mnie dziesięć minut przed próbą „Ballad i romansów", po czym udałam się do klasy trzeciej w celu stworzenia więzi uczuciowych między trzecioklasistami a poetą Adamem Asnykiem. Zamierzałam im przy tym rozszerzyć nieco horyzonty – poza treści wyznaczone przez Ministerstwo Edukacji. Przyjęli to nawet miło, przy czym niektórzy z nich zastanawiali się poważnie, czy Asnyk był satanistą, i domniemywali, że gdyby żył dzisiaj, chodziłby na koncerty bardzo, bardzo ciężkiego hard rocka. Ze zwolennikami teorii o satanizmie Asnyka spierali się zwolennicy poglądu, że był niemęskim gamoniem, tak więc lekcja upłynęła mi na przyjemnym moderowaniu dyskusji, aż do momentu ustalenia możliwych do przyjęcia przez obie strony, kompromisowych wniosków.

No a potem poszłam ustawiać Basię do pionu.

Czekała na mnie w klasie, chodząca niewinność, przy dzbanku z kawą.

– Zrobiłam kawę dla wszystkich, pewno będą chcieli. Nalać pani?

– Nie zamydlaj mi oczu kawą, moje dziecko – powiedziałam groźnie. – Bardzo proszę. Pół kubeczka. Bez cukru.

– Pani Zamoyska pani mówiła?

– Bez szczegółów. Opowiedz, o co poszło.

– Ona opowiada bzdury – wybuchnęła Basia z moim kubkiem w ręce. – Proszę pani, to nie jest prawda, że w Polsce za komuny było jak w więzieniu! Ja tego, oczywiście, nie pamiętam, ale rodzina stale o tym dyskutuje! I nieprawda, że komuna oznaczała jedynie zło! Moi dziadkowie ze strony mamy zawsze mi tłumaczyli, że gdyby nie zmiana ustroju, to żadne z nich nie miałoby studiów wyższych, bo oboje pochodzili z zabitej dechami wiochy, a ich rodzice nie mieli nic! Powiedziałam to pani Zamoyskiej, na co ona mi prychnęła: „A co też warte takie komunistyczne studia!".

Basia zatchnęła się na moment, co wykorzystałam, odbierając jej swoją kawę. Podejrzewałam już, co mogło być dalej, a w każdym razie wiedziałam, co ja bym odpowiedziała na miejscu Basi.

– No więc ja po prostu nie wytrzymałam i powiedziałam pani Zamoyskiej, że jeżeli komunistyczne studia są do niczego, to jej studia też są do niczego. Ona studiowała po wojnie, taka stara znowu nie jest. A moi dziadkowie mają dyplomy... i rodzice mają dyplomy lekarskie, oboje. I oboje są specjalistami. Ojciec jest chirurgiem, cholera jasna...

Ryknęła sobie, więc nie pozostawało mi nic, jak tylko odstawić kawę na stolik i przytulić ją.

– Nie rycz, głupia – powiedziałam czule. – Nie trzeba się tak roztkliwiać...

– Ale to dla mnie ważne – beczała Basia, mocząc mi przód swetra.

– Ja rozumiem. Ale za chwilę przyjdą wszyscy na próbę, jak będziesz wyglądać?

Grunt to dobrze dobrane argumenty. Basia chlipnęła i przestała beczeć.

– Ja rozumiem, proszę pani – powiedziała, lekko czkając – że komuna nie była najlepszym rozwiązaniem. Ale miała swoje dobre strony. A znowu kapitalizm też nie taki cukiereczek dla wszystkich.

– No, oczywiście, każdy to wie i nie ma o co kruszyć kopii.

– Łatwo pani mówić. My mamy na historii powiedziane, że

jest tak i tak. To jest dla nas obowiązujące. Pani Zamoyska uważa, że tę Polskę poprzednią, czyli PRL, powinno się w ogóle uznać za niebyłą. Bo to było państwo zbrodnicze.

Masz ci los. Pani Zamoyska należy zapewne do jakiejś wojującej partii prawicowej. A przynajmniej sympatyzuje bardzo gorliwie.

Westchnęłam.

Basia uniosła zapuchnięte oczy i spojrzała na mnie pytająco.

– Czemu pani wzdycha?

– Bo czuję kłopoty. Czekaj, Basia, na razie przyjmij do wiadomości, że pani Zamoyska jest ciężko obrażona i żąda od ciebie przeprosin...

– Nie przeproszę baby!

– A fe. Powinnaś to sformułować: nie przeproszę pani profesor Zamoyskiej.

– Pani mnie nie będzie zmuszać?

– Nie mogę cię zmusić do niczego. Powiem więcej: na twoim miejscu też bym jej nie chciała przepraszać...

Basia rzuciła mi się na szyję. Odplątałam ją i odsunęłam na bezpieczną odległość.

– Daj skończyć, dziecko! Nie chciałabym jej przepraszać, powiadam, dopóki ona nie przeprosiłaby mnie pierwsza. Ona bowiem pierwsza obraziła twoich dziadków i rodziców. To nie ulega kwestii. Natomiast, Basiu moja, jak znam życie, to ty wyskoczyłaś na nią jak Filip z konopi z tym Peerelem...

– Powiedziałam, że mówi nieprawdę!

– Nie rób tego więcej.

– No wie pani! Mam słuchać ewidentnych bzdur, bez prawa zabrania głosu?!

Oburzona Basia odsunęła się ode mnie gwałtownie.

– Nie rozumiemy się. Protestuj, ale się nie wydzieraj! Pełny Wersal; to jedyna broń na nauczycieli, zapamiętaj to sobie!

Basia zgarbiła się okropnie, jakby ją przygniótł Giewont albo coś w tym rodzaju.

– Niektórzy nauczyciele są głupi – powiedziała po prostu.

Też tak uważam, ale czy powinnam jej przytaknąć?

Dlaczego zlekceważyłam zajęcia z pedagogiki? Może wiedziałabym, co powiedzieć?

A może i nie – to i tak była socjalistyczna pedagogika.

– Nie garb się – powiedziałam dla zyskania czasu. Zebrałam się w sobie. – Masz rację. Niektórzy nauczyciele są głupi. Niektórzy uczniowie też są głupi. Albowiem w ogóle niektórzy ludzie są głupi. To się trafia w każdym środowisku. Przeważnie zresztą są głupi nie do końca i nie we wszystkim. I nie ma powodu, aby im dawać do zrozumienia, że tacy są. Jak byś się czuła, gdyby na każdym kroku zauważano, że nie widzisz dobrze?

– Parszywie. Chyba rozumiem, o co pani chodzi.

– No więc bądź dobra dla maluczkich. I powtarzam ci, Basiu: można dyskutować zawsze i z każdym, tylko trzeba zachować absolutną grzeczność. Nie przymilność, zauważ. Grzeczność. Dopiero wtedy masz szansę wygrać, kiedy nie będzie można się do ciebie o nic przyczepić.

– Mogę nic nie mówić – sapnęła Basia. – Mogę tylko patrzeć.

– Baśka – jęknęłam. – Ty lepiej nie patrz! Już ja wiem, jak ty potrafisz stać i wbijać oczka w człowieka! Tego żaden nauczyciel nie wytrzyma! Znienawidzą cię i nie będziesz miała życia. Wojny z nauczycielem nie wygrasz, bo on ma ciężką amunicję, a ty nie masz nic z wyjątkiem swoich racji. Po co ci to? Zastanów się, czy warto tracić energię najpiękniejszych lat na takie bezsensowne potyczki? Pomyśl: czy jadąc rowerem, żądałabyś od tramwaju, żeby ci ustąpił pierwszeństwa? Nawet jeśli jesteś na głównej, a on skręca z podporządkowanej!

– Muszę to przemyśleć – oświadczyła Basia. – Chyba już wszyscy przyszli. I podsłuchują.

Istotnie, za drzwiami, lekko uchylonymi, panowała absolutna cisza. Takiej ciszy normalnie nigdy tu nie bywa.

– Niech podsłuchują – zgodziłam się. Cisza zafalowała. – Niech się uczą życia.

– A co będzie ze mną? – zapytała Basia z pełną godności miną.

– Zobaczymy. Porozmawiam z dyrektorem.

Skłębiona masa uczniów wlała się do klasy. Z masy wydobywały się gniewne okrzyki:

– Dlaczego od razu z dyrektorem!

– Pani jest naszą wychowawczynią, pani musi zadecydować!

– Nie drzyjcie się – powiedziałam flegmatycznie, bo byłam przygotowana na taką reakcję. Jeszcze chwilę się darli, więc napiłam się kawy.

W końcu ucichli, ale z wyrazem oburzenia wpatrywali się we mnie. W oczach Dziubskiego Krzysztofa widniał dodatkowo bezbrzeżny smutek. Zawiódł się na mnie, biedaczek.

– Mam wrażenie, że nie doceniacie własnego dyrektora – powiedziałam. – Ja go mało znam, ale dzisiaj właśnie zaczęłam go doceniać. Może byście mu zaproponowali, żeby wam zrobił seminarium z historii ostatniego półwiecza? To jego specjalność, więc pewnie chętnie sobie na te tematy pogada. A coś mi mówi, że będzie elastyczniejszy niż wasza pani od historii.

– A co będzie z Basią? – spytał bezbrzeżnie smutny Krzysio Dziubski.

– Musi pani o niej też rozmawiać z dyrektorem? – Jacek Pakulski był na granicy agresji.

– Nie muszę, ale myślę, że to będzie pożyteczne dla nas wszystkich. Z Basią włącznie. A może nawet włącznie z panią Zamoyską. Słuchajcie, ludzie, nie traktujcie wszystkich nauczycieli jak żandarmów! Niektórzy są w porządku. I dyrektorzy bywają w porządku, coś mi mówi, że dyrektor Kamieński również. A ja w tej walce po pierwsze jestem z wami, a po drugie potrzebuję wsparcia.

– Ma pani nas. – Agresja Jacka nieco skłęsła.

– Wybacz, Jacusiu. Wasza pomoc i wasze wsparcie, które bardzo cenię, mogą okazać się w niektórych wypadkach niewystarczające. Spróbujmy zaufać dyrektorowi. Wyrażał się o was życzliwie.

– Kiedy?

– Dzisiaj na dużej przerwie – wyjaśniłam. – Zastępował mnie na korytarzu. Słuchajcie, bierzemy się do roboty, bo ja nie mam dzisiaj tyle czasu, żeby siedzieć z wami do wieczora.

Ciekawa byłam, czy młody Pakulski wie dlaczego, ale nie pokazał nic po sobie. Może tato mu się nie zwierza.

Dosyć niemrawo, wśród pełnych zwątpienia pomruków, zabraliśmy się za ballady i romanse. W kostiumach wypożyczonych z opery. Po jakimś kwadransie wszystko wróciło do normy, tylko Dziubski unikał mojego wzroku.

Stracił do mnie serce! Hura!

Po próbie chciałam iść do domu, przebrać się, ale nie zdążyłam w końcu, bo próba okropnie się rozrosła. W roboczych ciuchach, nieodświeżona, ale zadowolona z moich artystów, pobiegłam do filharmonii.

Oczywiście, tłok panował nieziemski, bo wszystkie snoby przybyły, żeby móc potem zapytać: „Jak to, nie byłeś na Maksymiuku? Nie słyszałeś Kulki w piątek?". Smokingi i długie suknie rażąco kontrastowały z moim czarnym sweterkiem. No bo skoro nie zdążyłam się przebrać, znów wyglądałam jak czarna wdowa. Miałam tylko śliczny wisiorek z ogromnym malachitem, pożyczony od Kasi w ostatniej chwili.

Najpierw podleciałam do kolejki, sprzedać bilet. Już lecąc, uprzytomniłam sobie, że skoro Kamil mnie zaprasza, to nie wypada mi na tym zarabiać, więc dopadłam pierwszego z brzegu stworzenia, które wyglądało na studentkę szkoły muzycznej, i podarowałam stworzeniu bilet. Bardzo się ucieszyło. Pogalopowałam z kolei do szatni, to znaczy odwróciłam się od studentki z zamiarem pogalopowania i wpadłam prościutko w ramiona Kamila Pakulskiego, który stał tuż za mną i z zadowoleniem obserwował, jak oddaję bilet panience z futerałem na skrzypce.

Jakby mnie uścisnął, zanim wypuścił.

Wyplątałam się z niego.

– Dzień dobry, panie Kamilu. – Postanowiłam być beztroska. – Już pan jest?

– Nic pani nie mówiła, że ma bilet... Może był lepszy niż mój?

– A jakie pan ma?

– Dziesiąty rząd.

– Uwielbiam dziesiąty rząd. Miałam w czwartym, ale to dla mnie za blisko. Chodźmy do szatni. Kurczę, nie zdążyłam po lekcjach iść do domu, przebrać się... Jestem okropnie nieświeża.

– Prosto z próby? No tak, jak wychodziłem, Jacka jeszcze nie było...

A gdzie, do diabła, była Zdzicha?!

Zdjął ze mnie kureczkę tym znanym mi już sposobem, sugerującym, że to gronostaje. Względnie sobole. Oddał pani szatniarce i kupił od niej program.

– To dla pani. Ja nie zbieram programów. Mamy jeszcze prawie kwadrans, może napije się pani kawy dla pokrzepienia?

Pokrzepienie w zasadzie nie było mi potrzebne, wprost przeciwnie – ciągle jeszcze byłam w szwungu – ale chętnie zgodziłam się na kawę. Usiedliśmy w kącie bufetu, nad filiżankami kawy ze śmietanką i odrobiną cukru. Ten cukier dla odmiany, żeby było inaczej niż w szkole, gdzie pije się kawę biegiem.

– Jak to się stało, że nie spotkaliśmy się na żadnym koncercie? – spytałam, czując, jak z każdą chwilą bardziej jestem w filharmonii. – Ja tu często przychodzę.

– A ja nie bardzo. Tak jakoś raz na dwa miesiące. Kiedy zainteresuje mnie program albo wykonawca. Jeżeli, oczywiście, przez przypadek przeczytam afisz.

– A dzisiaj co pana interesuje, program czy wykonawcy?

– Pani, Agatko.

Poczułam, że się czerwienię. W tym wieku!

– Chciałem posłuchać muzyki, siedząc obok pani. To wszystko. Czy on musi być taki lakoniczny?

– I wszystko jedno panu, jaka to będzie muzyka?

– Nie, nie wszystko jedno.

– Czy życzył pan sobie posłuchać w moim towarzystwie „Don Juana"? – zapytałam lekko i światowo, bo już się zdążyłam emocjonalnie pozbierać.

– Nie lubię Straussa. Żadnego, a tego w szczególności. Myślałem o tym koncercie skrzypcowym.

Mój ukochany koncert! Ale przecież mu tego nie powiem. A właściwie dlaczego mam mu tego nie mówić?

– To pan tak myśli, jak ja – powiedziałam. – Ja kocham ten koncert.

Po czym – przysięgam, że niechcący – przewróciłam filiżankę z resztkami kawy ze śmietanką. Wylała mu się na spodnie.

– Boże drogi – jęknęłam. – Przepraszam pana najmocniej, ja tego naprawdę nie zrobiłam specjalnie...

Nie do wiary – facet zaczął się śmiać.

Bufetowa już leciała ze ścierką.

– Będzie plama – orzekła. – Ale to nic, spierze się, a za chwilę nie będzie widać w tym miejscu, spodnie ciemne... Już dobrze.

Czułam się okropnie. Kamil stał przede mną w eleganckim ciemnym ubraniu i poddawał się zabiegom troskliwej bufetowej. Wyglądał przy tym, jakby to, co ona przy nim robiła, w najmniejszym stopniu go nie dotyczyło. Wreszcie poszła sobie. Dzwonili tymczasem już drugi raz i wszyscy z bufetu wyszli.

147

– Może odpuścimy sobie tego Straussa? – zaproponował. – Skoro żadne z nas za nim nie przepada?

– Zajmą nam miejsca – zauważyłam. – Lećmy. Na stojąco nie wytrzymam.

– Prawda, pani nie lubi stać.

Na naszych miejscach, oczywiście, już ktoś siedział, ale Kamil z miłym uśmiechem wyjął z kieszeni bilety i pokazał je intruzom.

Dwie baby. Stałam za Kamilem i oblicza bab ujrzałam dopiero w chwili, gdy przechodziły obok mnie. Pani Julia Zamoyska i pani wicedyrektor.

No cóż, bywa i tak.

Orkiestra stroiła jeszcze instrumenty.

– Nie poznał ich pan? – szepnęłam, przechylając się w jego stronę. – Uczą Jacka!

– Nie lubię ich – odszepnął lakonicznie.

Teraz ja zaczęłam chichotać. Zapewne po to, żebym się zamknęła, ujął mnie za rękę i ścisnął lekko.

Na scenę wbiegł Maksymiuk, więc wyswobodziłam rękę, żeby odklaskać, co się należy. Miałam nadzieję, że Kamil P. powtórzy gest, ale nie zrobił tego.

No więc Maksymiuk jest to naprawdę bardzo duży artysta i nawet Straussa czyni jadalnym.

Teraz miał być ten nasz wspólny koncert skrzypcowy Beethovena. Dostałam dreszczy. Ciekawe czemu.

Zagrali.

Nic nie pamiętam, jak Boga kocham. Grał ten Kulka prawdopodobnie genialnie, a ja nic nie pamiętam. Nie jest wykluczone, że zapadłam w letarg.

Jedyne, co pamiętam, to obecność milczącego – nie dziwota podczas koncertu – mężczyzny, którą to obecność bardzo wyraźnie wyczuwałam na fotelu obok. Reszta publiczności jakoś się rozmyła.

Miało to tę dobrą stronę, że nie słyszałam w ogóle normalnych o tej porze roku pokasływań oraz siąpania nosem, uprawianych zazwyczaj w momencie, kiedy solista wspina się na wyżyny skrzypcowego liryzmu.

No i co ta muzyka robi z człowiekiem!

Obudziłam się gdzieś pod koniec finałowego ronda, tak że kiedy zabrzmiały gromkie oklaski, włączyłam się w ogólny aplauz bezbłędnie. Kamil P., ojciec mojego ucznia Jacka, mąż niejakiej Zdzichy, też klaskał, a na obliczu miał swój krzywy uśmiech.

Wyszliśmy na przerwę i natychmiast poczułam, że nie należy absolutnie psuć sobie takich doznań kolejną porcją muzyki, która, aczkolwiek też niczego sobie (symfonia „Praska" Mozarta) i równie znakomicie poprowadzona, już raczej nas aż tak nie poniesie. Miałam właśnie zaproponować Kamilowi jak najszybsze opuszczenie filharmonii, kiedy on pierwszy mruknął pod nosem (ale jednak w moją stronę):

– Nie wiem, czy powinniśmy słuchać dzisiaj czegoś jeszcze...
– Też tak uważam. Idziemy?
– Idziemy.

Poszliśmy. Na dworze było mokro, ale deszcz nie padał. Wolnym krokiem udaliśmy się w kierunku pomidorowego hyundaia zaparkowanego pod drzewkiem.

– Prawdę mówiąc – odezwałam się pierwsza – nie wiem, czy mi się chce jeszcze chodzić do lokalu, gdzie na pewno uważają za swój święty obowiązek umilać człowiekowi życie jakąś muzyczką...

– Prawdę mówiąc, mnie się też nie chce. Ale nie chciałbym też rozstawać się z panią, no i przyjęła pani zaproszenie na kolację.

– Wiem, wiem, wieprzowina z pieca tandoor, ryż w curry i takie rzeczy. Nie przełknę dzisiaj. Możemy jechać do mnie, zrobię herbatę i jakieś kanapki. Albo odgrzeję parówki.

– Nie lubię parówek. Czy mogę nie jeść parówek?
– Pokażę panu, co mam w lodówce, i pozwolę panu wybrać...

Pojechaliśmy.

Zawsze wydawało mi się, że moje mieszkanie – M-2, jakby kto pytał – jest zupełnie spore, w każdym razie jak na moje potrzeby. Sławek też tam się mieścił bezproblemowo. Kamila jednak było jakoś o wiele więcej niż subtelnego w wymiarach Sławeczka. Przedpokój mam raczej ciasny, więc powieszenie kurtek wywołało niejakie zamieszanie. Nie byłoby problemu, gdyby nie to, że wskutek mojego nieostrożnego ruchu wyleciał ze ściany jeden haczyk, co spowodowało, że cały wieszak runął nam na głowy. Bezpośrednia bliskość Kamila P., szamoczącego się ze zwałami okryć wierzchnich – plus my dwoje na niespełna dwóch metrach kwadratowych – przyprawiła mnie o nieuzasadnione kołatanie serca.

Jakoś się jednak opanowałam i poleciłam mu wrzucenie całego kłębu ciuchów na tapczan w sypialni.

Zrobił to i mogliśmy przejść do dalszej części programu.

W obszernej i jasno oświetlonej kuchni znowu zajaśniała, można by rzec, pełnym blaskiem nieszczęsna plama po kawie ze śmietanką.

– O Jezu – jęknęłam, widząc wyraźnie rozmiary szkody. – Ależ ze mnie gamonica... Panie Kamilu, ja jeszcze raz najmocniej pana przepraszam...

– Już mówiłem, że nic nie szkodzi. Ja to oddam do pralni chemicznej. Żaden kłopot. Obiecała pani jakąś herbatę...

Poczułam się nieco pewniej.

– Już robię. I coś do zjedzenia.

Zajrzałam do lodówki.

– Skoro pan nie lubi parówek, to ja może zrobię omlet z groszkiem?

– Francuski czy taki puchaty?

– Puchatego nie umiem – powiedziałam z żalem. – Zawsze mi się przypala i jest nie do jedzenia.

– A to świetnie, bo ja wolę francuski.

– Ile jajek mam na pana policzyć?

– Może być trzy. Zmieści się pani na jednej patelni?

– Spokojnie. O, woda mi się gotuje. Zrobię tę herbatę i niech pan cierpliwie czeka w pokoju. Jakby pan miał ochotę, to mam jeszcze trochę benedyktyna, chce pan taki aperitif?

– O Boże, nie – powiedział stanowczo. – A czy ja nie mógłbym posiedzieć sobie tu z panią i popatrzeć, jak pani smaży ten omlet?

– Wykluczone – odpowiedziałam równie stanowczo. – Ręce mi się będą trzęsły. Nie znoszę, jak ktoś patrzy, kiedy robię cokolwiek.

Jest to najuczciwsza prawda, przy czym w tym wypadku ryzykowałam, że wszystkie, co do jednego, jajka rozbiję na podłodze.

Zaniosłam mu tę herbatę na salony, zapaliłam nastrojową lampkę i wyciągnęłam moje najładniejsze filiżanki.

– Chce pan jakąś muzykę?

– Nie, dziękuję, muzyka już dzisiaj była. – Uśmiechnął się krzywo, jak zwykle. – Posiedzę sobie i będę myślał.

– Przyjemnego myślenia.

Wróciłam do kuchni i oddałam się czynnościom kucharskim. Wrzuciłam groszek do rondelka, żeby się podgrzał. Wybrałam pięć najładniejszych jajek, po namyśle dorzuciłam szóste, a nuż mu zasmakuje? Ja naprawdę robię świetne omlety. Francuskie. Porozbijałam te jajeczka, każde osobno, żeby sprawdzić, czy czasami nie śmierdzą, wrzuciłam je do miski. Posoliłam, popieprzyłam, dodałam trochę wody.

Z pokoju dobiegł mnie dziwny dźwięk. Jakby cichy śmiech.

Albo mi się wydaje, albo myśli o czymś przyjemnym. Może o koncercie...

Postawiłam patelnię na małym gazie.

Wyraźny chichot! W najmniejszym stopniu nie liryczny!

Rozbełtałam jajka.

Zamilkł. Co on tam robi?

Odstawiłam miskę i zajrzałam do pokoju.

Jezusie, Mario, Józefie święty!

Zapomniałam o cholernej tabelce porównawczej! Leżała na kanapie, porzucona wczoraj niedbale przez Laurę, która pełniła funkcję sekretarki... Przeczytał swoją charakterystykę i, co gorsza, charakterystykę Sławeczka!

Nie będzie chciał mnie więcej znać!

To dlaczego chichotał?

Podniósł wzrok znad kartki. Oczy mu się śmiały, bez sensu!

– Fatalnie tu wypadłem.

– Boże jedyny...

– Niech się pani tak nie przejmuje. Ale to chyba nie pani pisała?

– Skąd pan wie?

– Czytam pani inskrypcje w zeszytach Jacka, znam pani charakter pisma...

Proszę! Więc jednak troskliwy tatuś.

– Mam przyjaciółki. Dwie. Postanowiły mnie naukowo przeanalizować... Mnie i mój stan uczuć...

– Więc jest nas dwóch do tych uczuć? O, coś się pali...

Nie byłam w stanie się ruszyć, więc wyminął mnie zgrabnie w drzwiach i zgasił gaz pod rondelkiem z groszkiem oraz gaz pod patelnią z masłem, płonącym żywym ogniem. Zgasił też ten płomień na patelni i wstawił ją do zlewu.

Nadal stałam jak słup soli i czułam, że zaraz umrę. Było mi potwornie głupio i byłam pewna, że on zaraz powie, co o mnie myśli w głębi duszy, i pójdzie sobie raz na zawsze.

Dał spokój patelni i wrócił do mnie.

– Prawie sama prawda – kontynuował bezlitośnie. – Ponury, skrzywiona gęba, nudziarz...

– Ależ skąd – rozpaczliwie usiłowałam zaprotestować.

– Nie, dlaczego? Ja chyba naprawdę jestem trochę ponurakiem. Tylko w jednym punkcie ta tabelka zawiera bardzo poważny błąd.

– W jakim?

– O, tutaj.

Podetknął mi cholerną tabelkę pod nos i palcem wskazał: *erotycznie niezdecydowany, z przewagą obojętności.*

– Jest to, proszę pani, czysta, żywa nieprawda – powiedział. Po czym mi to udowodnił.

Okazało się, że nie miałam do tej pory bladego pojęcia o tym, czym jest czułość.

Mniej więcej o wpół do dwunastej wstał leniwie z tapczanu i z tych wszystkich ciuchów, które uprzednio nań rzuciliśmy, popatrzył na mnie z wysoka i powiedział cicho:

– Muszę iść, Agatko. Wybaczysz mi?

Pokiwałam głową.

Powinien wrócić do Jacka, żeby nie stwarzać komplikacji. No i zwłaszcza do Zdzichy, à propos komplikacji...

Ubrał się i poszedł.

Dziesięć minut później zadzwonił telefon.

– To ja.

– Mam wrażenie, że ciągle tu jesteś.

Zaśmiał się.

– Chciałem ci właśnie powiedzieć to samo. Cały czas jesteś ze mną. Śpij dobrze.

– Lubię, kiedy się śmiejesz.

– Przyjedziesz do mnie na lotnisko?

– Przyjadę. Koło południa. Lecisz gdzieś? A w ogóle nie wyrzucili cię z pracy?

152

– Raczej nie. Mam dostać naganę. Nie wiem, czy lecę. Na razie nie planuję, ale wiesz...

– Wiem. Gdybyś miał lecieć przed moim przyjściem, zadzwoń.

– Zadzwonię na pewno. A teraz zjedz ten omlet i idź spać.

– Gdybym zjadła sama omlet z sześciu jajek, tobym umarła. Może wrócisz?

– Nie mogę. Jutro ci wszystko wyjaśnię. Dobranoc.

– Dobranoc.

Z pewnym trudem wyłączyłam wreszcie komórkę. Czekał, aż zrobię to pierwsza.

Poczułam, że naprawdę chce mi się jeść... Rozsądek powrócił. No, zaraz rozsądek... Powiedzmy: jaka taka przytomność umysłu. Umyłam patelnię, usmażyłam potwornej wielkości omlet, zjadłam kawałek, a resztę zostawiłam dla kotów z sąsiedztwa. Zaniosę im jutro, jak będę jechała na lotnisko.

Jakiś nadzwyczajny dzień

Obudziłam się o dziewiątej z uczuciem niewyjaśnionej błogości. Coś się musiało wydarzyć...

Ach!

Usiadłam na łóżku i dopiero teraz obudziłam się naprawdę.

Kamil!

Tabelka.

Niech żyją tabelki!!!

I pomyśleć, że właśnie na podstawie tejże tabelki moje przyjaciółki uznały, że powinnam skreślić Kamila z ewidencji na zawsze!

Ojojoj, a co teraz będzie ze Sławkiem?

Zrobiło mi się przykro, bo jednak Sławeczka szczerze polubiłam. No tak, ale jedna noc... gdzie noc! dwie godziny spędzone w ramionach Kamila pozwoliły mi dostrzec różnicę między...

Właśnie – między czym a czym?

Przez usta mi to nie przejdzie.

Brzęknął sygnał w mojej komórce. SMS. Oczywiście, Kamil. „Czy już się obudziłaś? Kocham cię".

153

Czy to nie jest przypadkiem czysta telepatia? Gapiłam się w wyświetlacz jak sroka w kość. Jak to dobrze, że nie napisał „cię" wielką literą. Byłoby strasznie konwencjonalnie.

Odpisałam: „Ja chyba też cię kocham. Możliwe, że to jeszcze sen".

Odpisał: „Mam nadzieję, że jednak jawa".

Odpisałam: „Niech ci będzie".

Odpisał: „Czekam na ciebie niecierpliwie".

Odpisałam: „To ty bywasz niecierpliwy?".

Odpisał: „W uzasadnionych przypadkach".

Odpisałam: „Będę za dwie godziny".

Odpisał: „Najdłuższe dwie godziny mojego życia".

Odpisałam: „Nie pisz już, bo będę za trzy godziny".

Nie odpisał.

Wzięłam szybki prysznic, po czym machnęłam parę razy różnymi pędzelkami według przepisu małolatów. Śniadanie nie przeszłoby mi przez gardło. Zamówiłam taksówkę i zeszłam na dół, zabierając po drodze resztki – to znaczy większą część – omletu francuskiego – dla bramowych kiciusiów. Ucieszyły się.

Nie bardzo wiedziałam, gdzie go szukać na lotnisku, więc stojąc przy bramie hangaru, wysłałam kolejnego SMS-a. „Jestem na dole, a ty gdzie jesteś?". Oczywiście, nie czekałam na odpowiedź i słusznie, bo po mniej więcej dwóch minutach zobaczyłam go, zmierzającego długimi krokami w moim kierunku.

Dookoła pętali się jacyś ludzie w kombinezonach, zapewne mechanicy, paru z nich ukłoniło mi się, prawdopodobnie pamiętali mnie z poprzedniej bytności na lotnisku, więc nie rzuciłam się w jego objęcia, na co miałam ogromną ochotę. Miałam też nadzieję, że ta moja chęć nie bije po oczach wszystkich przechodzących. Podałam mu po prostu rękę, a on ją ucałował, czego nigdy dotąd nie robił, poprzestając zazwyczaj na rzeczowym uścisku dłoni.

– Chodźmy gdzieś, gdzie będę mógł się z tobą po ludzku przywitać – mruknął.

No cóż. Udaliśmy się w mroki wielkiego hangaru, znaleźliśmy sobie najciemniejszy kącik za przysadzistym dwupłatowcem i przebywaliśmy tam jakiś czas, odnajdując znowu w sobie to wszystko, co odkryliśmy wczorajszego wieczora.

Nie, nie. Nie uprawialiśmy seksu na brudnej posadzce hangaru ani też w żadnej z tych wymyślnych pozycji, spopularyzowanych przez rozwiązłe kino XX wieku, nie wdarliśmy się też w tym celu do żadnego samolotu (toż by zresztą dopiero była akrobacja, znacznie przewyższająca to, co znamy z ekranu, bowiem stały tam przeważnie smukłe samoloty sportowe, w których jest cholernie mało miejsca, a ten duży dwupłat wyglądał, jakby był zamknięty).

Ale przez tych kilka minut, kiedy mnie tulił, całował i szeptał mi do ucha różne rzeczy, docierało do mnie z ogromną wyrazistością, że to wszystko, co przeżywałam ze Sławeczkiem, było, owszem, miłe, zabawne, podniecające, urocze i tak dalej, i tak dalej – tylko że nie miało nic wspólnego z miłością.

A tego tu Hermesa przed czterdziestką chyba kocham – i najprawdopodobniej z wzajemnością. Taki obojętny, mrukliwy, nieco ponury, zdystansowany, nieobecny – gdzieś tam w środku tej swojej nieprzystępności ukrywa mnóstwo ciepła i uczucia. I to uczucie to jest miłość do mnie!

Oprzytomniałam nieco i rozejrzałam się dokoła. Sylwetki samolotów, które wydały mi się nadzwyczaj przyjazne i aprobujące to, czego świadkami były przed chwilą, rysowały się dziwnymi kształtami wokół nas. Przez uchylone drzwi hangaru wpadała wąska strużka światła, słoneczny promień, jakieś pyłki tańczyły w powietrzu. Chiński teatr cieni.

– Ależ to jest romantyczne otoczenie – wyrwało mi się. – Patrz, nawet słońce się pokazało...

– Zapewne specjalnie na naszą cześć. – Uśmiechnął się czule, chociaż, oczywiście, nieco krzywo. No, powiedzmy, asymetrycznie.

Pociągnęłam nosem.

– Dziwny zapach.

Też pociągnął nosem i skinął głową.

– Obawiam się, że akurat zapach jest mało romantyczny – powiedział. – To stare pudło – wskazał brodą kadłub przysadzistego dwupłata, za którym się schowaliśmy – zazwyczaj lata na agro...

– Co to znaczy?

– Wynajmują go do oprysków. Ten aromat to chemikalia. Głównie chyba nawozy sztuczne. Albo pestycydy. Albo jakieś środki chwastobójcze...

Spojrzeliśmy po sobie i skręciło nas ze śmiechu.

– Rzeczywiście, sama subtelność!

– A ja od dzisiaj już nigdy nie powiem, że rolnicze samoloty śmierdzą... Mało tego, będę tu specjalnie przychodził każdego ranka, jak narkoman wąchacz...

– To znaczy, że zostajemy tutaj?

– Nie, chyba jednak nie. Chodźmy, bo mi tu zmarzniesz. Znajdziemy sobie jakiś spokojny kąt u nas.

Nie pytałam, co znaczy „u nas", bo po co. Zaraz się dowiem. Ta jego małomówność jest zaraźliwa.

„U nas" okazało się kilkoma pokojami nad hangarem, zajmowanymi przez zespół lotnictwa sanitarnego. Kamil wprowadził mnie do jednego z nich. Na kanapce rozwalał się w pozie niedbałej jakiś młodzian, czytający książkę. Obok, na stoliku stała kawa i leżało kilka pomarańczy.

Na nasz widok młodzian wstał uprzejmie, z leniwym wdziękiem.

Boże, czy oni w tym lotnictwie nie przyjmują chłopów poniżej metra dziewięćdziesięciu? Młodzieniec był odrobinę wyższy od Kamila.

Kamil dokonał prezentacji, usłyszałam wymamrotane jakieś nazwisko (dlaczego ludzie nie przedstawiają się wyraźnie?), powiedziałam swoje (oczywiście wyraźnie i głośno) i uścisnęłam dłoń obiecującego pilota. Robił sympatyczne wrażenie.

– Przerwaliśmy panu relaks – powiedziałam ze skruchą.

– Nic nie szkodzi – odrzekł obiecujący pilot. – Ja się tu nie relaksuję, tylko umieram z nudów. Boże, dlaczego tak rzadko dajesz nam porządne wypadki drogowe? Albo klęski żywiołowe z koniecznością interwencji lotniczej!

– Janusz od niedawna ma licencję na samoloty, a ja go szkolę na śmigłowcach i ciągle mu mało – wyjaśnił Kamil. – Ale rzeczywiście, czasami można tu skonać na dyżurze.

Młodzieniec jednym haustem dopił kawę, po czym zamknął książkę.

– Kamil wspominał, że będzie miał gościa – zawiadomił mnie uprzejmie. – Nie będę wam przeszkadzał. Pójdę sobie pobiegać. Jakby co, to mam przy sobie komórkę. Zresztą, będę ganiał blisko, usłyszę, jeżeli gwizdniesz przez okno – tu wzniósł oczy ku

156

niebu. – Boże, spraw, żeby Kamil miał po co gwizdać! Och, przepraszam panią, nie miałem na myśli pani, w żadnym wypadku. Po prostu ta bezczynność mnie wykańcza! No to na razie.

Wykonał coś pośredniego między ukłonem a piruetem i zniknął za drzwiami.

– Sympatyczny ten Janusz – powiedziałam rozbawiona. – Poprzednim razem go tu nie widziałam.

– Był na badaniach w Warszawie. Bardzo fajny chłopak. Straszliwie go ciągnie w powietrze, zresztą sama widziałaś. Nawiasem mówiąc, właśnie z nim leciałem szukać tych rybaków. Nie miał najmniejszych wątpliwości, że powinniśmy zaryzykować niezadowolenie szefów.

– I trochę własne życie, co? – Nie mogłam się powstrzymać, żeby tego nie powiedzieć.

– Nie przesadzałbym. – Skrzywił się. – Zresztą, mój młody kolega był zachwycony. A potem koniecznie chciał się przyznać, że był ze mną. Z trudem mu to wyperswadowałem z pomocą połowy kolegów, bo tu większość ludzi wiedziała. Patrz, już biega. Ćwiczy kondycję. Codziennie dziesięć kilometrów.

– Sportowiec – zauważyłam z uznaniem, wyglądając przez okno. – I on to robi z własnej woli?

– Nie podziwiaj go tak, bo będę zazdrosny – mruknął, wyglądając zza mojego ramienia i przy okazji wtulając twarz w moje włosy, co natychmiast odwróciło moją uwagę od obiecującego Janusza.

– Ja też biegam – zameldował po dłuższej chwili. – Tylko nie po dziesięć kilometrów, bo mnie to nudzi. Trzy, cztery; tyle, żeby utrzymać jaką taką kondycję. Od pilotów wymaga się kondycji, wiesz?

– Mam rozumieć, że podrywasz mnie na świadectwo zdrowia?

– Ja cię nie podrywam. – Westchnął. – Ja, niestety, wpadłem po uszy. A myślałem, że sobie po rozwodzie ułożę życie spokojnie, bez tej całej szarpaniny uczuciowej... Agatko, czy przewidujesz szarpaninę?

– Niech mnie ręka boska broni przed szarpaniną. Nienawidzę szarpaniny. Tylko że to czasami chyba samo wychodzi... Ach, słuchaj, mój drogi, po rozwodzie, powiedziałeś? To ty nie masz żony Zdzisławy? Bo u mnie takowa figuruje w ewidencji szkolnej...

157

– Nie, nie mam. Rozwiedliśmy się kilka lat temu.

– Aaa, rozumiem teraz, dlaczego to ty chodzisz na wywiadówki. Bo na ogół chadzają mamusie.

– Była tylko jedna wywiadówka, o ile dobrze pamiętam. Spóźniłem się wtedy nieco. Teraz ci się przyznam: zrobiłem to specjalnie. Byłem ciekaw kobiety, która wylewa ludziom drinki na spodnie.

– Proszę! To ty jesteś podstępny! A przy okazji: powinieneś już dostać zawiadomienie o spotkaniu z psychologiem.

– Coś mi tam Jacek pokazywał, ale nie bardzo skojarzyłem. Co to ma być?

– Sama nie wiem. Wicedyrekcja coś wymyśliła. Wszystkim klasom to robią.

– Jeśli muszę, to przyjdę. A teraz słuchaj, kochanie. Nie chciałbym być wścibski, ale coś tam wczoraj czytałem o jakimś Sławku...

– Ty naprawdę jesteś zazdrosny – ucieszyłam się. – Zależy ci na mnie?

– Zależy. Co zrobisz ze Sławkiem?

– A co byś chciał, żebym zrobiła?

– Nic. Chciałbym, żebyś już nic ze Sławkiem nie robiła. Bo widzisz, ja jestem starej daty. To znaczy, mam takie staroświeckie poglądy...

– Nie męcz się – zlitowałam się nad nim. I powiedziałam, do jakich wniosków doszłam w tym hangarze, w cieniu starego Antonowa i w zapachowej chmurze zwietrzałych nawozów sztucznych.

Znowu na czas jakiś poniechaliśmy konwersacji. W przeciwieństwie do obiecującego Janusza, byłam całkiem zadowolona z powodu braku wezwań. Zwłaszcza że dyskretni koledzy Kamila zostawili pokoik do naszej dyspozycji. Nawet się o nich trochę martwiłam, że nie mają gdzie odpoczywać, ale Kamil pospieszył z informacją, że jest tu kilka takich pokoików z tapczanami i fotelami, w których dyżurujący panowie mogą nawet podrzemać.

Koło pierwszej przypomniałam sobie, że z powodu natłoku przeżyć nie zjadłam śniadania. Zamówiliśmy sobie telefoniczną pizzę. Nie wiem, jak smakowała, ale przynajmniej trochę się zapchałam.

Coś mi się przypomniało.

– Kamil... Jeżeli nie masz w domu żony, to dlaczego nie zostałeś u mnie wczoraj? Umówiłeś się z Jackiem? Obiecałeś, że mi to wytłumaczysz...

Westchnął.

– Nie, nie z Jackiem.

Zamilkł. Sposępniał. Obserwowałam, jak w kąciku jego ust pojawia się ledwo dostrzegalny grymas. Oczywiście, asymetryczny. Widocznie temat jest drażliwy.

Czekałam cierpliwie, aż się odblokuje.

– Widzisz... mamy w domu kłopot. Nie, kłopot to nie to słowo. To jest dramat.

Znowu przerwał.

– Mieszka z nami moja matka. Tak się złożyło, że jakieś pół roku po moim rozwodzie zmarł ojciec, mama została sama. Przedyskutowałem sprawę z Jackiem i poprosiliśmy, żeby zamieszkała z nami. Dużo nam pomogła, Jacek był wtedy jeszcze strasznie dziecinny, mama nam praktycznie prowadziła dom.

Popatrzył mi prosto w oczy.

– Wiesz, na czym polega choroba Alzheimera?

– O Boże – wyrwało mi się. – Wiem, oczywiście, że wiem.

– No więc okazało się, że mama miała już początki tego, kiedy się do nas przeniosła. Myślałem, że to skutki stresu po śmierci ojca, to zapominanie, te pomyłki... Ale początkowo była jeszcze całkiem sprawna. Mniej więcej rok temu zaczęło jej się pogarszać dosłownie lawinowo. Wiesz, my tu jesteśmy pogotowie, mamy całe mnóstwo znajomych i zaprzyjaźnionych lekarzy. No i ci zaprzyjaźnieni lekarze twierdzą, że tak szybki postęp tej choroby zdarza się niesłychanie rzadko. – Uśmiechnął się do mnie krzywo. – Nam się zdarzyło. Nie mogę mamy zostawiać bez dozoru. Jacek miał kiedyś nianię, bo nie tolerował przedszkola, też się zdarza. A moja żona pracowała, więc rozumiesz. Niania kochała Jacka jak swego i została w naszej rodzinie jako taka prawie ciocia. Teraz ją zatrudniam, żeby niańczyła moją mamę, kiedy mnie nie ma w domu.

Pokiwałam głową.

– I to z nią byłeś umówiony...

– Z nią. Zazwyczaj kiedy rozstawałem się z tobą, śpieszyłem się do domu, żeby zwolnić nianię z dyżuru.

Siedział naprzeciw mnie przy małym stoliczku i uśmiechał się. Miałam ochotę się rozpłakać, ale tylko wzięłam w swoje ręce jego ręce – duże, spokojne, kształtne i ciepłe. A w nim pękły jakieś tamy. Pewnie nie za często mówił to, co mnie teraz.

– Wiesz, byłem kiedyś ukochanym synem mamy, zresztą, miała tylko mnie jednego. To ona wymyśliła mi imię... nie przepadałem za nim szczególnie, mówiąc nawiasem. Uczyła muzyki w średniej szkole, ojciec też, w domu zawsze coś grało, ktoś śpiewał, biegałem na koncerty od najmłodszych lat. Mama lubiła wspominać, jak rozryczałem się głośno podczas „Requiem" Mozarta w filharmonii, miałem wtedy ze trzy lata i musiała wyjść ze mną przed końcem koncertu... Oboje chcieli, żebym nauczył się porządnie grać, ale kiedy wybrałem latanie, nie mieli mi specjalnie za złe. Mądrzy byli. Poza tym weseli i pogodni, chociaż nie było im specjalnie lekko w życiu. Sama jesteś nauczycielką i wiesz, jak to jest.

Wyswobodził ręce z mojego uścisku i zamknął moje dłonie w swoich.

– Dlatego bardzo mi teraz trudno patrzeć na mamę, która nie wie, jak się poruszać po domu, boi się wszystkiego, a co najgorsze, traktuje Jacka i mnie jak obcych. A czasami nas nienawidzi.

– Niemożliwe!

– Niestety, możliwe. W dodatku ona cierpi, bo naprawdę się boi. I trzeba jej pilnować, żeby nie zrobiła sobie czegoś złego, no i żeby nie spaliła domu na przykład, bo może zapalić gaz, a potem nie będzie umiała go zgasić... Och, są tysiące niebezpieczeństw we własnym domu, tylko normalnie nie ma się o nich pojęcia. Kiedy Jacek był malutki, kupowaliśmy takie specjalne zatyczki do gniazdek elektrycznych. Teraz te zatyczki znowu są w użyciu...

– A jakie są rokowania? – zapytałam ostrożnie.

Wzruszył ramionami.

– Nijakie. Będzie coraz gorzej, aż w końcu mama umrze. Po prostu. Z tego nie można się wyleczyć, nie można wyzdrowieć. Mama jeszcze przy niewielkiej pomocy potrafi się ubrać i umyć, ale i tego zapomni, zamieni się w przerażoną roślinę. Zaprzyjaźniony lekarz, który się Alzheimerem pasjonuje, a z nami lata, żeby sobie dorobić, radzi, żeby ją oddać do wyspecjalizowanego domu opieki, prowadzonego przez zakonnice, ale jakoś nie mogę się na to zdobyć. Pewnie jednak będę musiał, chociażby ze względu na Jacka.

– A jak Jacek sobie z tym radzi?

Trochę się rozjaśnił.

– Radzi sobie jakoś. Jacek jest w ogóle w porządku. Ale w tym wieku nie powinien przez to wszystko przechodzić. Chyba bym nie chciał, żeby oglądał to, co mi ten mój znajomy doktor przepowiada.

Skrzywił się i mocniej ścisnął moje palce.

– Zdaje się, że wybrałem najlepszy sposób, żeby cię do siebie zniechęcić na samym starcie. Biadolę jak stara ciamcialamcia... Tak to było w tej twojej tabelce? Ciamcialamcia? Nie, już wiem: ciaputek! Fatalnie, przecież ty nie lubisz ciaputków!

– Ty masz pamięć! – Zaśmiałam się przez trochę jeszcze ściśnięte gardło.

– Zawartość tej tabelki zrobiła na mnie wstrząsające wrażenie. Jeszcze niezupełnie doszedłem do siebie. Mam ją w oczach. I denerwują mnie entuzjastyczne określenia tego całego Sławka. Może ja bym mu profilaktycznie przyłożył?

– To by nie było humanitarne, bo on jest o głowę niższy od ciebie. I w ogóle jakby mniejszy. Przestań się przejmować Sławkiem. Czy ja ci już przypadkiem nie mówiłam czegoś na ten temat?

– Coś tam mówiłaś, rzeczywiście. Dlaczego ja tu muszę siedzieć i czekać na nie wiadomo co... Moglibyśmy jechać do ciebie i wybijałbym ci z głowy tego gościa!

– No, no, powinieneś się postarać. Bo mi się jeszcze odmieni. Kiedy możesz przyjechać?

– Dzisiaj nie. Muszę po dyżurze wrócić do domu, zmienić moją dobrą Tosię. Od razu ci powiem, że Tosia ma sześćdziesiąt lat i waży ze sto kilo. I ma wąsy. I dużą brodawkę na nosie. Żebyś nie miała głupich myśli. Spróbuję się z nią umówić tak, żeby została jutro na noc. Co ty na to?

– Bardzo dobrze. A ja będę cały dzień robić sobie maseczki piękności i ujędrniające kąpiele. I czekać na ciebie z kolacją przy świecach.

– Mam u ciebie omlet...

– Jak w banku. Słuchaj, ja chyba nie powinnam tu siedzieć tyle godzin, jak to wygląda, w końcu jesteś w pracy...

161

– Na dyżurze. Niby to samo, ale nie do końca. Żony moich kolegów spędzają tu całe urlopy, nie przejmuj się kilkoma godzinami.

– A propos żon... Powiedz mi tylko jeszcze jedno – i wybacz mi to pytanie, ale jestem bardzo ciekawa – jak to się stało, że Jacek został z tobą? Zazwyczaj sądy przyznają matkom opiekę nad dziećmi...

– Zazwyczaj matki tego chcą. A tak się złożyło, że matka Jacka nie nalegała. – Zmarszczył nos. – No dobrze, powiem ci. Zostawiła nas obu i poszła w siną dal. Uznała, że przeszkadzamy jej w dalekosiężnych planach życiowych.

Zainteresował mnie szaleńczo, ale w tym momencie ktoś dyskretnie zapukał do drzwi, po czym do pokoju wsunęło się rozpromienione oblicze obiecującego Janusza.

– Przepraszam was najmocniej, ale będziemy lecieć!

Kamil wstał z miejsca. Obiecujący Janusz mówił dalej, wyraźnie zachwycony:

– Mamy ciężki przypadek poparzenia, był jakiś wypadek w zakładach chemicznych, lecimy do Gryfic na oparzeniówkę. Karetka już jedzie, będą za parę minut. Leci pani z nami?

Chwilę się wahałam, ale rozsądek zwyciężył.

– Nie, nie tym razem. Prace domowe na mnie czekają, a skoro mamy się jutro spotkać, to ja muszę dzisiaj uczciwie popracować. Popatrzę, jak startujecie.

Wyszliśmy przed hangar. Karetka już stała obok śmigłowca i kilku zaaferowanych facetów zabierało się do umieszczenia noszy z poparzonym biedakiem w środku. Patrzyłam z przyjemnością, jak mój osobisty Hermes (nie rozumiem dlaczego, ale zupełnie przestał mi się kojarzyć z Liamem Neesonem) zajmuje miejsce w maszynie, jak ruszają z wolna łopaty wirnika, nabierają prędkości. Wreszcie śmigłowiec uniósł się delikatnie nad płytą lotniska. Kamil uśmiechnął się do mnie zza szyby, opuścił nos śmigłowca i poleciał.

Poleciał.

Wróciłam do domu autobusem. Wcale mi się nie śpieszyło. Zabawne było to, że wszyscy napotkani przeze mnie ludzie, w autobusie i na ulicy, mieli rysy twarzy Kamila.

A jakim cudem poprawiłam i zrecenzowałam trzydzieści kilka ambitnych wypracowań, to już zupełnie nie wiem.

Niedziela

Tuż po śniadaniu, które zjadłam około jedenastej, zadzwoniła Beata. Niemożliwie radosnym tonem zakomunikowała mi, że wybierają się do mnie obydwie z Laurą, ponieważ zamierzają zająć się moim nieodpowiedzialnym stosunkiem do ich tabelki, którą to tabelkę najwyraźniej zlekceważyłam, podczas gdy one uważają, że dla dobra mojej przyszłości należałoby jednak wnioski wynikające z analizy wyżej wzmiankowanej tabelki wdrożyć. Jako prawdziwe przyjaciółki poświęcą się i przyjadą, i będziemy mogły jeszcze raz poważnie przemyśleć sposób, w jaki powinnam postępować.

Pozwoliłam jej skończyć tyradkę, po czym powiadomiłam, że, niestety, zaszły pewne nieprzewidziane okoliczności, które sprawiły, iż dodatkowa analiza tabelki stała się najzupełniej zbędna. Wiedziałam, że teraz pęknie z ciekawości, co się mianowicie takiego stało, i rzeczywiście, zasypała mnie gradem pytań. W końcu zaś postawiła mi zarzut, że lekceważę ich wysiłki i nie doceniam życzliwości, jaką mi okazują, a przecież tak się obydwie starały.

Pomyślałam, że naprawdę ta ich cała tabelka oddała mi nieocenioną przysługę... Niemniej spławiłam Beatę, ponieważ nie byłam jeszcze gotowa do zwierzeń na tematy sercowe, a wiadomo, że gdyby przyszły, toby ze mnie te zwierzenia wydusiły.

Poza tym miałam do załatwienia jedną niesłychanie ważną rzecz.

Zadzwoniłam do Sławka.

– Agatka, kochanie moje najmilsze, jak to dobrze, że dzwonisz, cudna dziewczyno – zawołał radośnie. – Właśnie miałem do ciebie dzwonić, bo wiesz co, nie wrócę dzisiaj, tak jak ci przed wyjazdem mówiłem, tylko muszę zostać jeszcze we Wrocławiu, prawdopodobnie do wtorku. Wytrzymasz jakoś beze mnie?

– Jakoś wytrzymam – powiedziałam słabo. – W takim razie dobrze, że zadzwoniłam, bo pewnie bym czekała...

Jak ja mogę tak łgać!

No nie, wcale nie łżę. Czekałabym, tylko w nieco innym nastroju, aniżeli to sobie mój śliczny Sławeczek wyobraża.

Jezu, co za hipokryzja! Aż mnie samą zbrzydziło.

Tymczasem Sławeczek obrzucił mnie jeszcze przez komórkę mnóstwem wykrzykników, zakomunikował, w które miejsca mnie całuje, kazał czekać we wtorek i wyłączył się.

Och.

We wtorek muszę być nieco bardziej rozumna i nie umawiać się z Kamilem nijak, bo Sławkowy wieczór może się w praktyce okazać dowolną porą dnia lub nocy. A jednak winna jestem człowiekowi jakieś wyjaśnienie... ba! muszę go zawiadomić, że...

Że co?

Że już go nie kocham?

Tysiąc razy padło między nami to słowo, ale zawsze podszyte było chichotem. Czy można wyznawać sobie prawdziwą miłość, chichocząc?

A Kamil?

Na hasło „Kamil", niestety, natychmiast przestałam myśleć rozsądnie.

Około szóstej po południu zadzwonił, że jedzie.

Dwadzieścia po już dzwonił domofonem.

Do tej pory tamto nagłe zgłupienie przeszło mi już na tyle, że przygotowałam tę kolację przy świecach. To znaczy postawiłam na stole w pokoju świece w potrójnym ceramicznym lichtarzu malowanym w kwiatki. Omletu mu przecież nie będę przygotowywać zawczasu.

Od razu w przedpokoju zobaczył kupę okryć wierzchnich ułożoną na krześle i ucieszył się. Oczywiście nie demonstracyjnie, przeciwnie, dość powściągliwie. Ale jednak.

– Coś mi to przypomina – wyjaśnił, czyniąc dłonią gest w stronę tego całego bałaganu. – To jest bardzo przyjemne skojarzenie. Następnym razem umocuję ci porządnie ten wieszak.

Dłuższą chwilę poświęciliśmy przywitaniu.

– Ty jedziesz prosto z pracy? – zapytałam.

– Prosto. O, świece. Ma być wytwornie?

– Tak myślałam...

– To weźmy sobie te wytworne świece do kuchni, zgoda? Masz bardzo przyjemną kuchnię.

– Pokój też!

– Też. Ale ja chcę być blisko ciebie, kiedy będziesz robiła dla

164

mnie ten omlet. I zamierzam patrzeć ci na ręce. Najwyżej skoczę po nowe jajka.

No więc robiłam tę kolację, a on siedział metr ode mnie na kuchennym zydlu i rzeczywiście patrzył – może niekoniecznie na moje ręce, ale generalnie na mnie. Powinnam była spuścić te wszystkie jajka na podłogę, na co on był w końcu przygotowany, ale szło mi nadzwyczajnie sprawnie.

Przestał robić na mnie wrażenie?

Och, nie! Na pewno nie.

Kiedy pierwszy raz byliśmy u Chińczyka na kaczce, też tak się czułam – jakbym spędziła w jego towarzystwie z pół życia. Żadnego skrępowania. Przeciwnie, ogarniała mnie jakaś taka niezwykła, spokojna radość.

W związku z tym omlecik stanowił mistrzostwo świata.

Zjedliśmy go prosto z patelni, którą postawiłam między nami na małym kuchennym stoliku. Oczywiście zapaliliśmy te wytworne świece.

Prawie przy tym nie odzywaliśmy się do siebie. Sławeczek po pierwsze gadałby bez przerwy, po drugie – zapewne użyłby mnie spontanicznie na długo przed końcem omletu, po trzecie – rozśmieszyłby mnie kilka razy do łez.

W ogóle nie brakowało mi żadnej z tych rzeczy.

Po omlecie piliśmy sobie herbatę bez pośpiechu. I wtedy dotarło do mnie to, o czym wiedział mądry Kubuś Puchatek, Miś o Bardzo Małym Rozumku: przy jedzeniu miodu najpiękniejsze są chwile przed zjedzeniem miodu.

Przy herbacie trochę gawędziliśmy o muzyce. Nie był to bowiem dobry moment do poruszania spraw bardziej życiowych. Nawet ta jego żona Zdzicha przestała mnie chwilowo interesować. Oczywiście tylko chwilowo, ja się jeszcze o niej wszystkiego dowiem; swoją drogą niezły z niego ojciec, skoro udało mu się Jacka wychować na takiego sensownego chłopaka.

Myśl o Jacku prawie mnie wyrwała z letargu. Jutro rano spotkam go w szkole!

– Słuchaj – zagadnęłam, wylewając resztę herbaty z imbryczka do filiżanki Kamila. – Czy Jacek orientuje się, gdzie się w tej chwili podziewa jego ojciec?

– Nie rozmawialiśmy o tym. Być może się domyśla. Wie, że cię lubię i że się spotkaliśmy parę razy. Ale na razie jest to między nami temat nie do poruszania.

Spojrzał na mnie, przymrużając oczy.

– Myślę, że tym się nie musimy martwić. Jacek jest dosyć dojrzały. Od jakiegoś czasu on też ma przede mną swoje tajemnice, a ja nie wnikam na siłę w jego życie. To już prawie dorosły człowiek.

– Prawie dorosły, ale mój uczeń... Mało, jestem jego wychowawczynią.

– Zabawne określenie. Kojarzy mi się z przedszkolem, a nie z gromadą prawie pełnoletnich ludzi.

– Oni są czasem dosyć dziecinni. Bardzo ich polubiłam, wiesz?

– Oni ciebie też lubią. To akurat wiem, bo o tym Jacek mi opowiadał.

– Naprawdę?

– Naprawdę. A teraz przestań się zajmować swoimi uczniami i zajmij się mną.

– Cały czas się tobą zajmuję...

– Mam niedosyt. Chodźmy stąd, pozajmujemy się sobą gdzie indziej.

No więc poszliśmy do sypialni.

Poniedziałek. Uwielbiam poniedziałki

Kamil zrobił mi śniadanie. Słowo daję. Kiedy wyszłam z łazienki, schludna i pachnąca – w stanie tuż po przebudzeniu nie zjem żadnego śniadania, mowy nie ma, muszę się najpierw wykąpać – na stole w kuchni stało co trzeba, a pan pilot dosmażał właśnie jajeczniczkę na boczku.

Skąd on wie, że jadam wyłącznie mocno ściętą?

Niewykluczone, że mu powiedziałam przy okazji jakiejś wyżerki u Chińczyka... ale może to intuicja? To by trzeba było wziąć pod uwagę.

Potem on poszedł do domu, zmienić swoją dobrą Tosię (po pracującym weekendzie wziął sobie dzień wolnego, mówił też coś o wtorku, ale go zniechęciłam – muszę załatwić sprawę Sławeczka), a ja udałam się do szkoły.

166

Na pierwszej dłuższej przerwie złapała mnie pani Julia Zamoyska.

– Rozumiem, że przeprowadziła pani rozmowę z Hoffmannówną?

– Przeprowadziłam – odparłam niechętnie, bo, prawdę mówiąc, właśnie bujałam nieco w obłokach, w ramionach Kamila naturalnie. – Ale może pani nie być ze mnie zadowolona.

– Czyżby była pani po jej stronie? – zdziwiła się historyczka.

– Do pewnego stopnia.

– Ciekawa jestem niezmiernie, w jakimż to zakresie – podniosła wyskubane brewki.

– Prawie w całej rozciągłości, niestety. Uraziła pani jej uczucia. Poza tym merytorycznie też się z panią nie całkiem zgadzam.

– Merytorycznie? – Brwi całkiem podjechały jej na czoło.

– No tak, w sprawie tego Peerelu...

– A cóż pani, w pani wieku, może wiedzieć na ten temat! Gdyby była pani nieco starsza, gdyby zakosztowała pani pogardy, gdyby pozbawiono panią pracy, gdyby wreszcie miała pani jakie takie pojęcie o tym, czym było podziemie, konspiracja...

I spanie na styropianie. Boże, dlaczego muszę tu stać i gadać z głupią babą? A mogłabym usiąść z kawą przy oknie i gapić się na te chmury, które mi pokazywał z bliska...

Praca nauczyciela to misja. Wychowawstwo to odpowiedzialność. Jezu, czym ja muszę zarabiać na życie.

Wyjaśniłam coraz bardziej oburzonej pani Z. swoje motywacje, ale rzeczywiście nie była ze mnie zadowolona. Obawiam się, że Basi również nie polubiła. Prychając i podnosząc brwi na maksymalną wysokość, zapowiedziała, że postawi sprawę na radzie pedagogicznej.

I bardzo dobrze. Z całą radą będzie śmieszniej niż z jedną nawiedzoną.

Może rada stanie po mojej stronie?

Małolaty – moje osobiste małolaty, do których właśnie szłam na lekcję – były coś nie w sosie. Iloraz inteligencji też im jakoś zastraszająco spadł. Może to skutek lecącego w dół ciśnienia, bo w innych klasach też dało się zauważyć podobne zjawisko, tyle że do innych klas nie mam tak uczuciowego stosunku. A te moje siedziały niemrawe i nawet dyskutować im się nie chciało.

Byłam dla nich dobra i pozwoliłam na sporządzenie kawy dla wszystkich chętnych. Przy tej kawie zamiast zgłębiać tajniki trudnej i skomplikowanej mowy ojczystej, rozmawialiśmy przez godzinę o życiu, a zwłaszcza o różnych jego ponurych aspektach.

Jacek siedział w swojej ławce równie zniechęcony do świata, jak cała reszta klasy. Ciekawa jestem, co by powiedział, gdyby wiedział.

Pewnie zresztą się domyśla, tylko jest dyskretny.

Wcale nie jest podobny do ojca. Widocznie wziął tę blond urodę po mamusi, która poszła w siną dal. Chyba nie było mu lekko w domu przez ostatnie lata. Bez mamy, z babcią, która na jego oczach zapadała w straszną chorobę... Ojciec i niania Tosia. Dwie ostoje.

No i to mu jakoś wystarczyło.

Przyłapałam się kilka razy na myśli, co by to było, gdybym została jego macochą?

Ajajaj, klasyczne wybieganie przed orkiestrę...

24 października, wtorek

Basia przeprosiła panią Zamoyską!

Zdaje się, że zrobiła to bardzo po swojemu, nie okazując przy okazji najmniejszej skruchy, ale klasa zgodnie zaświadczyła, że wymogom grzeczności stało się zadość. Mieli tę historię na pierwszej lekcji, a kiedy przyszłam do nich na czwartą i piątą, byli jeszcze pod wrażeniem.

– Basia była absolutnie wspaniała – oświadczył z żarem Jacek P. – Szkoda, że pani nie słyszała, jakie przemówienie wygłosiła. Byłaby pani z niej dumna.

I popatrzył na Basię wzrokiem świadczącym, że sam jest z niej dumny niesłychanie.

– A jak pani Zamoyska przyjęła te przeprosiny? – zaciekawiłam się.

– Jakoś dziwnie – powiedziała Basia i zamilkła.

– Co to znaczy, dziwnie?

– No, dziwnie.

– Basiu...

– Ja na to nic nie poradzę – mruknęła Basia. – Ja przeprosiłam. Tu jest tekst.

I położyła na moim biurku kartkę papieru.

Pani profesor. Chciałabym panią przeprosić za moje nieodpowiednie zachowanie na ostatniej lekcji historii. Jest rzeczą oczywistą, że nie powinnam była sprzeciwiać się pani w kwestiach dotyczących przedmiotu, którego pani nas naucza. Ponieważ nie jest możliwym, aby intelekt i wiadomości ucznia przewyższały czy chociażby równały się intelektowi i wiadomościom nauczyciela. Wniosek z tego, że nie miałam racji w sporze z panią. Druga sprawa to to, że nie miałam prawa w ogóle wszczynać takiego sporu. Podstawową powinnością ucznia jest bowiem słuchać, co mówi nauczyciel, i nie dyskutować. Przyrzekam, że w przyszłości będę się trzymała tej zasady. Jeszcze raz przepraszam panią profesor i proszę o wybaczenie.

No tak. Pani Zamoyska mogła po wysłuchaniu tego zachować się dziwnie. Pewnie nie wiedziała, czy zabić Basię od razu, czy wybrać metody wolniejsze, ale równie skuteczne. Podniosłam oczy znad tego nieprawdopodobnego wypracowania. Basia spoglądała na mnie spojrzeniem dziecka o duszyczce czystej i niewinnej.

– I tyś to wygłosiła tak, jak tu jest napisane?

– Nauczyłam się na pamięć. Przez te ballady i romanse mamy ostatnio dobrze wyćwiczoną pamięć...

– Baśka!

– Powiedziałam coś niewłaściwego? To ja panią też mogę przeprosić.

– A masz już tekst przygotowany czy będziesz improwizować? – wyrwało mi się.

– Będę improwizować – wyszczerzyła się moja ulubiona uczennica.

Powinnam ją ustawić do pionu, ale byłam ciekawa, co wymyśli.

– Improwizuj – powiedziałam krótko.

Na te słowa Basia zerwała się z miejsca, podbiegła do mnie i runęła na kolana, po czym zaczęła walić czołem o podłogę, wyrzucając ręce ku górze i wydając z siebie rzewne zawodzenie.

Dobrze wyszkolony pedagog, który nie kombinował na egzaminie, nie zrobiłby tego, co ja, na pewno nie. Ja, niestety, na widok bijącej pokłony Basi dostałam ataku niepohamowanego śmiechu. Co widząc, moje małolaty, jak jeden mąż – Renatki nie było w szkole, więc nie miał się kto wyłamać – wyleciały z ławek i poszły w ślady Basi, rycząc i kwicząc z radości.

W tejże chwili otworzyły się drzwi i do sali weszła pani wice.

– Co się dzieje?! Spokój, proszę, natychmiast!

Małolaty zerwały się z klęczek, błyskawicznie tłumiąc wydawane dotąd odgłosy.

– O, przepraszam, pani magister – pani wicedyrektor w życiu by na mnie nie powiedziała przy uczniach inaczej – nie sądziłam, że jest pani w klasie. I oni tak się przy pani ośmielają?

– To element lekcji – powiedziałam zimno. – Ćwiczyliśmy bicie pokłonów branek i brańców przed wezyrem. Elementy psychodramy na usługach literatury. Jesteśmy w epoce Romantyzmu, a tam asocjacje orientalne były, jak pani dyrektor wie, bardzo popularne.

– Ach, rozumiem. – Pani wicedyrektor wycofała się rakiem. – Ale nie róbcie tego tak głośno.

Zanim moje kotki rzuciły się do mnie po raz drugi, władczym gestem wezyra odesłałam je do ławek. I nawet udało mi się przeprowadzić zaplanowane lekcje. Do tematu Basinych przeprosin już nie wracałam.

Jedno tylko mnie zmartwiło. Dziubski Krzysztof znowu zaczął się we mnie wpatrywać. Może ma recydywę uczucia. To by nie było korzystne!

Po powrocie do domu natychmiast zaczęłam czekać na Sławka. Zapowiedział, że przyjedzie.

Trochę się czułam nieswojo, bo przecież wszystko było w najlepszym porządku, a tu nagle mam zamiar mu oświadczyć, że możemy jedynie zostać przyjaciółmi. Jakoś głupio. Kręciłam się po mieszkaniu, próbowałam robić coś pożytecznego, poprawiać kartkówki trzeciej klasy (gramatyczne, niestety), ale nie szło mi i już.

Pojawił się około ósmej wieczorem. Oczywiście wpadł jak rakieta bliskiego zasięgu, impetycznie i spontanicznie, i od razu rzucił się do powitań.

– Agatko moja kochana, Boże, jaki jestem wykończony! Jak

dobrze cię widzieć, czekałaś na mnie, prawda? Bardzo dobrze nam szło w tym Wrocławiu, to jest jakieś takie miejsce, gdzie się dobrze pracuje. Może się tam kiedyś przeprowadzę. A ty lubisz Wrocław?

Wydobyłam się ostrożnie z powitalnych objęć mojego impetycznego amanta.

– Mało znam Wrocław, nie wiem, czy go lubię, ale chyba raczej tak. Czekaj, Sławeczku, musimy porozmawiać.

Usiłował mnie nie wypuścić.

– A nie możemy porozmawiać potem? Potem, Agatko, po-tem, po tem, na co czekałem cały czas, pochylony nad rysownicą... to znaczy nad komputerem, prawdę mówiąc...

– Sławek, poczekaj, nie bądź taki niecierpliwy. Ja ci muszę coś powiedzieć.

Zamarł.

– Jesteś pewna?

– Że co?

– Byłaś u lekarza?

Zrozumiałam.

– Nie, Sławku, nie o to chodzi... Nie zostaniesz tatusiem, przynajmniej na razie. Zrobię ci kawy albo herbaty, albo może coś do jedzenia, chcesz?

– Do jedzenia nie, kawy tak, bardzo proszę. Zaciekawiasz mnie. Powiedz, o czym ty mówisz, Agatko!

– Zaraz ci wszystko powiem, siądź sobie w pokoju, zrelaksuj się, zaraz przyjdę z kawą. Lepiej nam się będzie rozmawiało.

Niechętny Sławeczek poszedł się relaksować do pokoju, a ja zajęłam się kawą, cały czas usiłując ułożyć sobie w myślach to, co powinnam powiedzieć. Szło mi jeszcze gorzej niż poprawianie kartkówek. No bo jak ja mu to powiem? „Wybacz, kochany, ale w moim życiu pojawił się inny mężczyzna". Ha, ha, ha. Mniszek Helena w postaci wzorcowej. „Już cię nie kocham, ale zostańmy przyjaciółmi". Też coś w tym rodzaju. A poza tym, czy ja go kochałam naprawdę? Sądzę, że wątpię, jak mawiała pewna wytworna dama.

Postawiłam kawę na stole. Sławek rozwalał się właśnie na kanapie z pełną ufnością dobrze zadomowionego spaniela.

– Och, Agaciu moja, jak ja lubię być u ciebie – rzekł z błyskiem w oku. – Nie chciałabyś czasem, żebym tu z tobą zamieszkał?

Masz ci los. Zamieszkał.

– Wiesz co – powiedziałam ostrożnie. – Coś zaszło w tak zwanym międzyczasie.

– Coś czy ktoś? – zapytał domyślnie, przypinając się do filiżanki z kawą.

– Ktoś – przyznałam pokornie.

– I co?

– I ja go chyba kocham. Tego kogoś.

Odstawił filiżankę.

– I co?

Zrobił się monosylabiczny niczym Kamil P.

– No wiesz...

Mnie też nic nie brakuje.

– No nie wiem.

Chryste Panie! W „Trzech muszkieterach" Aramis pisał poemat jednozgłoskowcem. To musiało wyglądać podobnie. Zebrałam się w sobie.

– Sławeczku – rzekłam najcieplej, jak potrafiłam. – Wiesz, że po prostu przepadam za tobą od pierwszego wejrzenia, ale jednak...

Jednak mnie zatkało. Sławek patrzył na mnie z tej kanapy z zagadkowym wyrazem twarzy.

– Jednak zamierzasz mi powiedzieć, że koniec z naszą miłością?

– A to była miłość? – wyrwało mi się niebacznie i natychmiast tego pożałowałam.

Sławek podrapał się łyżeczką po wysokim czole, na które, jak zwykle, opadała mu imponująca złocista czupryna.

– Nie wiem, Agatko – powiedział nadspodziewanie poważnie. – Nie zastanawiałem się nad tym. To było jakieś takie oczywiste od chwili, kiedy cię spotkałem na tym kretyńskim zebraniu. I wydawało mi się, że czujesz podobnie.

Dla mnie też było to oczywiste... do którego momentu właściwie? Chyba ten lot Kamila nad Zalew uprzytomnił mi, że nie ma rzeczy oczywistych. A kiedy już raz wpadłam na dobre w te jego szerokie ramiona („pas ratunkowy" – Jasnorzewska! Ach, te polonistyczne asocjacje!!!), ten nieprawdopodobny ocean czułości...

172

To byłam na dobre ugotowana, mój drogi Sławeczku. Ale tego ci nie powiem, bo jesteś moim przyjacielem i porządnym facetem i nie chcę ci robić przykrości, w końcu z tobą było cudnie i zabawnie... I w życiu nie wypiłam tyle szampana, zwłaszcza na śniadanie.

I nie będzie mi brak tego szampana i tej odrobiny szaleństwa? Ano, chyba jednak nie.

Zapewne jestem jednak niereformowalną nudziarą i bez szaleństwa mogę się obyć, a miłości Kamila, jego tkliwości i tego niezwykłego poczucia bezpieczeństwa nie potrafiłabym już się wyrzec.

Trudno. Niech już zostanie ta nudziara.

Tylko czy to poczucie bezpieczeństwa nie jest na wyrost? W końcu Kamil niczego nie deklarował.

No i nie musiał.

A poza wszystkim nigdy w życiu nie ciągnęło mnie tak do żadnego chłopa!

– Widzę, że sprawa jest poważna – powiedział Sławek, który cały czas przyglądał mi się badawczo. – Uśmiechasz się, kiedy o nim myślisz. Bardzo się zakochałaś?

– Wygląda na to, że bardzo.

– A on?

– Chyba też.

– Swoją drogą wzięłaś niezłe tempo.

Roześmiałam się.

– I kto to mówi!

– Fakt – przyznał. – Może byliśmy za szybcy? Ale ten facet też był szybki. Że nie wspomnę o tobie, moja kochana Agatko. Mam nadzieję, że chociaż wyrzucasz mnie ze swego serca, to nie wyrzucisz mnie z pamięci?

– Zupełnie jak u Mickiewicza – zauważyła siedząca we mnie zakuta polonistka. – Sławek, ja bym nie chciała, żebyśmy się rozstawali tak do końca. Ja naprawdę bardzo cię lubię, jesteś jednym z najmilszych ludzi, jakich spotkałam. Pamiętaj, że masz we mnie oddaną przyjaciółkę, za przeproszeniem.

– Dlaczego za przeproszeniem? – zaciekawił się.

– A bo to taki zgrany zwrot. Ale naprawdę jestem twoją przyjaciółką. I zawsze będę miło wspominać naszą życiową... przygodę.

– Szkoda, że tylko przygodę. A już myślałem, że się przy tobie ustatkuję...

– Nie żartuj... Mam nadzieję, że nigdy się do końca nie ustatkujesz. Nie wyobrażam sobie ciebie jako statecznego jegomościa z uporządkowanym życiem, biurowym na przykład... z teczuszką pod pachą... Ty jesteś artystą, Sławeczku, i masz temperament artysty...

– Ale nie mam czegoś, co ma ten facet, którego nie lubię – mruknął Sławek i zajął się swoją filiżanką. – Powiesz mi, co to jest?

– To się trudno definiuje – powiedziałam stanowczo, cały czas w trosce o ego mojego byłego kochanka. – Chyba nie byliśmy tymi połówkami jabłka, mój drogi.

– Chyba nie, skoro tak twierdzisz. Ale niechętnie się z tym godzę.

Odstawił filiżankę.

– Myślę, że to nie była ostatnia wspólna z tobą filiżanka kawy. – Uśmiechnął się z niejakim przymusem. – Też pozostaję twoim dozgonnym przyjacielem. Ale teraz sobie pójdę. Zaszyję się w kąciku mojego ponurego mieszkania i będę lizał rany w samotności.

– W towarzystwie kota – przypomniałam. – Kot się nadaje na towarzysza smuteczków.

– Ja nie mam kota – powiedział, pocałował mnie w policzek i odmaszerował.

Nie ma kota?

25 października, środa

Spotkanie z psychologiem, które zaplanowano dla rodziców na wtorek, przełożono o tydzień. Ktoś wreszcie zauważył, że we wtorek są Zaduszki. Miło, że nie tylko ja jestem roztargniona.

Zadzwoniłam do Kamila i zaprosiłam go na premierę „Ballad i romansów", która odbędzie się jutro z okazji Dnia Nauczyciela czy Dnia Edukacji, czy jak tam się teraz to święto narodowe nazywa.

Próba generalna, którą mieliśmy dzisiaj, wypadła olśniewająco!

26 października, czwartek

Kamil przyszedł na przedstawienie i w momencie, kiedy go zobaczyłam, przeszły mi wszystkie wyrzuty sumienia z powodu Sławeczka. Wygląda na to, że prawdziwa miłość jest egoistyczna i bezwzględna. Zmuszona byłam jednak schować chwilowo uczucia do kieszeni, ponieważ jako pani wychowawczyni oraz reżyserka przedstawienia miałam sporo roboty. Upchnęłam zatem ukochanego mężczyznę w czwartym rzędzie – trzy pierwsze zajmowało ciało pedagogiczne – w środku, żeby miał dobry widok na scenę, a sama poleciałam pełnić obowiązki.

Samo przedstawienie było częścią zwyczajowej uroczystości ku czci i odbywało się w szkolnej sali teatralnej. Swoją drogą trzeba będzie pomyśleć o stworzeniu stałego zespołu teatralnego, skoro jest gdzie grać, no i skoro już odkryłam takie talenty aktorskie.

Na początku były różne okolicznościowe pogawędki wygłaszane przez przedstawicieli rodziców oraz tak zwanej społeczności uczniowskiej (nie wiem, doprawdy, dlaczego, ale określenie to napawa mnie obrzydzeniem). Potem chór szkolny zaśpiewał bardzo udatnie dwa starowłoskie madrygały i zupełnie koszmarnie dwa swingujące kawałki; nie rozumiem, dlaczego nie poprzestali na tym, co potrafią zaśpiewać naprawdę przyzwoicie. Ten pęd do nowoczesności rodem z musicalu „Metro" jest doprawdy obrzydliwy. A tak w ogóle, to mało znam zespołów chóralnych, które potrafią swingować. Nasz nie potrafi. Potem był jeszcze występ zespołu tańca nowoczesnego, który to zespół tańczył nowocześnie przy dźwiękach z płyty kompaktowej.

Wreszcie wyrzuciliśmy ze sceny cały sprzęt nagłaśniający z wyjątkiem jednego keyboardu z parą małych, ale wydajnych głośników – słodka para konferansjerów zapowiadała przez ten czas występ Incydentalnego Teatru Poezji Romantycznej i robiła, co mogła, żeby zebranej tłumnie publiczności obrzydzić poezję romantyczną w naszym wykonaniu – przy pomocy zaprzyjaźnionej klasy trzeciej zasłoniliśmy błyskawicznie wszystkie okna i zgasiliśmy światła. Zrobiło się zupełnie ciemno (na oknach mamy uczciwe, ciężkie zasłony z granatowego sukna, a nie żadne nowoczesne rolety warte funta kłaków). Zaprzyjaźniony muzyk z drugiej A wziął jeden, za to posępny w wyrazie akord i trzymał go, dopóki szmery na sali nie ucichły. Na środek sceny, prowadzony światłem jednego reflektora, wyszedł Maciek odziany w czarny surdut i białą koszulę z wykładanym kołnierzykiem, w towarzystwie Kasi w białym gieźle. Kasia dzierżyła zapaloną świecę, a Maciuś wyglądał jak żywe wcielenie lorda Byrona. Stanęli i spojrzeli ciężkim wzrokiem na salę. Publiczność wreszcie się zamknęła, zapewne doświadczając zdrowej ciekawości – co oni teraz zrobią.

Maciek powoli wyciągnął prawicę w stronę zebranych i głosem jak dzwon Zygmunta wyrzekł:

– Dwoiste życie nasze: sen ma świat udzielny
śród otchłani nazwanych życiem i nicestwem,
nazwanych, lecz nieznanych – sen ma świat udzielny...

Tu zawiesił głos w sposób mistrzowski. Sala wstrzymała oddech.

Pozostali członkowie mojego Incydentalnego Teatru (nazwę wymyśliła Basia), w mniej lub bardziej stylowych kostiumach, wciąż, mimo wietrzenia, pachnących kurzem operowego magazynu, otoczyli ich, odpalając świece od Kasi i od siebie nawzajem, po czym rozpierzchli się po całej scenie. Mamrotali przy tym pod nosem – każde sobie – różne kawałki Mickiewicza.

Sala usiłowała rozróżnić, co kto mówi, ale nam nie o to chodziło, żeby było wyraźnie, tylko wręcz przeciwnie. Miało się zrobić tajemniczo i nastrojowo.

I robiło się na moich oczach.

Maciek, w którym najwyraźniej obudził się duch Woszczerowicza, Osterwy i Łomnickiego, wolnym krokiem wyszedł na proscenium i obrzucił salę potępiającym spojrzeniem.

Sala się skuliła.

– Zbrodnia to niesłychana – oznajmił ciężkim głosem i w geście pełnym bólu i zgrozy zasłonił sobie oczy dłonią, pamiętając, że spod tej dłoni ma go być wyraźnie słychać.

Nikt na sali nie ośmielił się powiedzieć „pani zabija pana"!

I słusznie, albowiem w tym momencie w głębi sceny niejaka Ania Gąska wystudiowanym gestem zasztyletowała podstępnym ciosem w plecy niejakiego Roberta Gwizdalskiego, który zatoczywszy się efektownie, runął na podłogę, starając się nie narobić hałasu.

Maciek cierpiał.

Sala cierpiała wraz z nim.

– Pani zabija pana – powiedział wreszcie.

Ze zbiorowych ust sali wyrwało się westchnienie.

Patrzyłam na rozwijającą się akcję, na szalejącą z niepokoju i targaną wyrzutami sumienia Anię, na potarganego pustelnika w ogromnej peruce (wielka rola Adasia Karcza), na całą resztę mojej wspaniałej gromadki, a zwłaszcza na genialnego Maćka – i byłam szczęśliwa.

A oni roztaczali na szkolnej scenie czarodziejstwo najprawdziwszego, wielkiego teatru romantycznego – i robili to z taką prawdą, że sala słuchała z zapartym tchem.

Wcale nie jest łatwo pozbawić tchu salę wypchaną po brzegi rozbestwionymi licealistami i znudzonymi nauczycielami, którzy jak jeden mąż chcieliby jak najszybciej iść do domu, skoro i tak nie ma lekcji...

I tak płynęła natchniona poezja, aż wreszcie przez scenę przewinęły się wszystkie zaplanowane na dzisiaj romantyczne mary i Maciek z Basią (uparła się, że po „Rękawiczce" musi jeszcze coś zagrać, bo ma niedosyt recytacji) wyszli na proscenium, ażeby zaintonować „Romantyczność".

Basia – bez okularów – bardzo udatnie odtworzyła nieco błędne ruchy dzieweczki szukającej swego kochanka (momentami nieco traciła równowagę, ale widziałam, że koledzy czuwają, aby się, broń Boże, nie potknęła i nie przewróciła), Maciek natomiast uwieńczył swój sukces niesłychanie sugestywnym poleceniem skierowanym najwyraźniej do pierwszych rzędów (tych zapełnionych ciałem pedagogicznym):

– Martwe znasz prawdy, nieznane dla ludu,

widzisz świat w proszku, w każdej gwiazd iskierce;

nie znasz prawd żywych, nie obaczysz cudu!

Miej serce i patrzaj w serce!

Sala najwyraźniej zamierzała zacząć klaskać, bo widać było, że to koniec przedstawienia, aktorzy już zaczynali giąć się do ukłonów, ale Maciek władczym gestem nakazał ciszę.

Sala, wdrożona już do wykonywania jego poleceń, posłusznie zamarła. A Maciuś najzwyklejszym na świecie, gawędziarskim tonem, zawiadomił zebranych:

– I to są nasze najważniejsze życzenia dla kochanych pedagogów w dniu ich święta...

12. Jestem nudziarą

Na moment zahamował, po czym ryknął pełnym głosem:
– Miej serce i patrzaj w serce!!! Kurrrrtyna!!!

Kurtyny nie było, więc zespół wymaszerował gremialnie na proscenium i pozwolił się oklaskiwać. Owacja była bardzo porządna, więc uznałam, że mogę ulec ciągnącym mnie na scenę małolatom i też się ukłonić. Bardzo się przy tym wzruszyłam, bo nagle małolaty się rozstąpiły, tak że stanęłam na środku sceny właściwie sama, a moja klasa w operowych kostiumach przyłączyła się do aplauzu.

Udało mi się zerknąć do czwartego rzędu. Kamil bił brawo, uśmiechnięty.

Poczułam się równa Swinarskiemu i Kantorowi, że nie wspomnę o Wajdzie.

Za kulisami (kiedy już skończyły się brawa i okrzyki – były takowe, były!) wpadłam w ramiona moich małolatów. Nie wiem, czy kiedykolwiek w historii sceny polskiej jakikolwiek zespół teatralny reagował na sukces tak burzliwie i radośnie. I niech mi jeszcze ktoś powie, że dzisiejsza młodzież jest zepsuta, cyniczna i zblazowana!

Uczciwie przyznać muszę, że jeszcze bardziej niż ja obściskiwany był Maciek. Ale nie żałuję mu – zasłużył. Prawdę mówiąc, sama byłam pod wrażeniem. Poza tym nieco mnie jednak zaskoczył. Wiedziałam, że jest rewelacyjnym recytatorem, ale nie spodziewałam się, że scena i publiczność wyzwolą w nim taką charyzmę. Przecież ta sala jadła mu z ręki! Gdyby zażądał znienacka, żeby wszyscy widzowie wyskoczyli przez okno, nie jest wykluczone, że zrobiliby to z uśmiechem na ustach.

Talent – to mało powiedziane.

– Brawo, pani Agato – odezwał się niespodzianie głos za moimi plecami.

Odwróciłam się i stanęłam twarzą w twarz z dyrektorem.

– Dziękuję! Ale to nie „pani Agata", tylko te dzieciaki...

Dzieciaki poniechały radosnych krzyków i skupiły się wokół nas, słuchając ciekawie, o czym mówimy.

– Brawo, dzieciaki – zgodził się dyrektor. – Gratuluję. Już dawno nie widziałem tak ekspresyjnego przedstawienia. Jestem pod wrażeniem waszych talentów. Kolega Milski powinien natychmiast zacząć starania o angaż w Teatrze Narodowym. A ja cię na razie poproszę, żebyś zamiast mnie prowadził rady pedagogiczne, przynajmniej wszyscy będą uczciwie słuchali. Serio, zupełnie serio mówię: poziom tego przedstawienia był absolutnie zawodowy. Tu moje kotki nie wytrzymały i wydały z siebie ogłuszający wrzask. Kiepsko artykułowany, ale jednoznaczny. Nie tylko ja byłam szczęśliwa tego dnia. One też.

Wśród ogólnych duserów opuściliśmy salę. Małolaty poszły się przebrać, a ja tuż za drzwiami sali teatralnej wpadłam na Kamila.

– Rewelacja – powiedział. – Wszyscy romantyczni poeci w niebiesiech biją ci w tej chwili brawo i zazdroszczą koledze Mickiewiczowi. Ale zaczęliście Byronem? Dobrze pamiętam?

– Dobrze pamiętasz, a w ogóle dziwię się, że poznałeś... Nie, czekaj, ty przecież jesteś wielbicielem Byrona, recytowałeś mi „Don Juana", racja!

– Ja w ogóle lubię poezję. Już ci to kiedyś mówiłem.

– Już pamiętam. Zwłaszcza romantyczną. Jesteś trochę nie na czasie, co?

– Moja droga! Prawdziwa sztuka jest nieśmiertelna. Mony Lizy, o ile wiem, nikt jeszcze nie unieważnił.

– Ale zdaje się, że służy głównie jako tło dla fotografujących się Japończyków... – Westchnęłam. – Czy ty się urwałeś z pracy na cały dzień, czy musisz tam wracać?

– Nie muszę wracać. Mam wolne. Pracuję za to w weekend.

– A co dzisiaj porabia niezawodna Tosia? – spytałam ostrożnie.

– Niezawodna Tosia pewnie właśnie gotuje obiad swojemu kochanemu Jacusiowi i jego ojcu.

– I długo ona będzie ten obiad gotować?

– Jak dobrze pójdzie, to do późnego wieczora.

– Ach, mówisz?...

Zatrzymał się – gawędziliśmy, przemierzając kilometrowy szkolny korytarz w ogonie tłumu opuszczającego salę teatralną – i spojrzał mi prosto w oczy. Kiedy on tak na mnie patrzy, to ja, niestety, przestaję być odpowiedzialną i przytomną panią nauczycielką.

– Nie mogę cię zabrać do mojego domu – powiedział cicho. – Zaprosisz mnie do siebie?

Zaprosiłam go do siebie.

27 października, piątek

Pławimy się w chwale. Dzisiejsza lekcja w mojej klasie poświęcona była świętowaniu sukcesu.

Wieczór bez Kamila oznacza wieczór poświęcony głównie wzdychaniu.

I co to się ze mną porobiło?

28 października, sobota

Beatka z Laurką zapowiedziały się na niedzielę. Oświadczyły, że jestem podłą żmiją, podstępną bardzo, nie wiadomo, co właściwie knuję, lekceważę przyjaciółki i w ogóle należy mnie zabić. Umówiłam się z nimi jutro w Atlanticu. Początkowo chciałam protestować, ale właściwie – czemu nie?

Kontakty z Kamilem muszę na razie ograniczyć do telefonowania. Cały weekend pracuje, a potem leci do domu, zwalniać Tosię z obowiązków.

Gdyby się tak udało wysłać gdzieś Jacka...

Może na wycieczkę szkolną?

Odpada. Przecież tę wycieczkę ja sama musiałabym zorganizować, a co gorsza uczestniczyć w niej jako pani wychowawczyni odpowiedzialna za wychowanków.

Nic. Będziemy się ćwiczyć w cierpliwości.

29 października, niedziela

Do diabła z cierpliwością.

Odwiedziłam Kamila na lotnisku i udało mi się polecieć z nim do wypadku. Latanie jest fantastyczne, ale wolałabym chyba siedzieć z nim w tym pokoiku z widokiem na pas startowy i trzymać go za rękę. Kiedy prowadzi śmigłowiec, trzymanie go za rękę jest wykluczone. Mogę sobie za to spokojnie na niego patrzeć. Bardzo mi się podoba za sterami.

Hermes za sterami śmigłowca.

Na pewno by to lubił. Te jego sandałki ze skrzydłami to nieco przestarzały środek komunikacji lotniczej.

Obiecujący Janusz być może mnie znienawidzi. Gdyby nie ja, leciałby na przednim fotelu, a może nawet sam pilotował. A tak, ofiara dobrego wychowania, siedzi z tyłu i obgryza paznokcie. Ale jak dotąd złego słowa mi nie powiedział.

Po południu z żalem opuściłam lotnisko i Kamila, bo przecież umówiłam się z ukochanymi przyjaciółkami. Czas je oświecić w sprawie skutków tabelki.

W Atlanticu miały tym razem najlepsze miejsca – nie na żadnych dizajnerskich siedziskach, tylko przy normalnym stoliku, z normalnymi fotelikami dookoła. Nie było z nimi ani starej przyjaciółki Natalii H., ani nowej przyjaciółki Dzidzi.

– Czemu jesteście takie ponure? – zapytałam, zamówiwszy sobie uprzednio koktajl Manhattan.

– Ponure? – zdziwiła się Laura nieszczerze. – Nie, dlaczego?

– To ja pytam, dlaczego.

– Och, życie jest ponure i pieniędzy nie ma – wystękała Beata.

– Za to ty jesteś radosna jak prosię w deszcz. Coś ci wyszło w życiu ostatnio?

– Parę rzeczy. Mieliśmy niebywały sukces na akademii z okazji Dnia Nauczyciela. Poezja romantyczna. Podbiliśmy serce szkoły.

– Szkoła nie ma serca. Robiłaś jakiś teatrzyk z uczniami?

Opowiedziałam o naszych romantycznych wzlotach. Sama znowu z tego powodu nieco wzleciałam, ale zauważyłam, że przyjaciółki nie są specjalnie zainteresowane.

– Ty lepiej powiedz, czy wyciągnęłaś wnioski z naszej tabelki. Szkoda by było, gdyby siostrzane wysiłki poszły na marne.

– Ależ nie poszły. Tabelce i wam winna jestem dozgonną wdzięczność.

– Co, poskutkowała? – zainteresowała się Laura.

– Jeszcze jak.

– Przestałaś sobie zawracać głowę ponurym pilotem?

– Przeciwnie. Przestałam sobie zawracać głowę wesołym architektem.

– Zwariowałaś – skonstatowała Laura. – Opowiedz natychmiast.

Opowiedziałam, opuszczając bardziej osobiste szczegóły.

– O Jezu – jęknęła Beata. – Niedobrze.

– Dlaczego niedobrze? – oburzyłam się. – Zakochałam się z wzajemnością! To niedobrze?

– Oczywiście. Po pierwsze, skąd wiesz, że z wzajemnością? Bo ci powiedział? Po drugie, człowiek kochający to człowiek bez-bronny. Twój ponury pilot ma cię w garści, moja droga.

– Ja bym tego tak nie widziała – zaoponowałam. – Zresztą, niech sobie ma. Mnie się to podoba.

– Ćma do ognia – pożałowała mnie Beata. – Klasyczna ćma! A poza tym jesteś niekonsekwentna.

– Tylko nie ćma – zaprotestowałam, bo nie znoszę ciem. – I ni-gdzie nie jest powiedziane, że muszę być stuprocentowo konse-kwentna. Nie ma obowiązku.

– I co zamierzasz? Wyjdziesz za niego?

– Na razie nic nie zamierzam. Przecież my się znamy dwa mie-siące!

– Musisz myśleć perspektywicznie – pouczyła mnie Laura. – On jest od ciebie z dziesięć lat starszy. I ma syna. Prawie doro-słego.

I mamusię z Alzheimerem – pomyślałam, ale nie powiedziałam tego. Po co im dostarczać amunicji?

– Zarządzam zmianę tematu – oświadczyłam. – Dosyć gada-nia o mnie i ponurym pilocie. Poczekajmy, zobaczymy, jak się sy-tuacja rozwinie. Powiedzcie lepiej, co u was. Jak tam Beatki pra-ca. I w ogóle.

– W ogóle – Laura posłusznie zmieniła temat – to jest tak so-bie. Potrzebujemy pieniędzy, jak zwykle. A ty co, zarabiasz w tej szkole jak człowiek? Nie wierzę.

– A skądże. Odzwyczajam się od jedzenia – powiedziałam pra-wie zgodnie z prawdą, bo zakochanie się w Kamilu zaczęło wpły-wać minimalizująco na moje potrzeby żywieniowe. Zakochani ży-wią się wszak uczuciem. Głupio brzmi, ale coś w tym jest. Ciekawe, czy on też.

– Trzeba będzie coś wymyślić – mruknęła Beata, wysysając słomkę po drinku.

– A twoja praca w recepcji u boskiej Natalii?

– Natalia mało płaci. Proponowała mi ostatnio te kursy... pa-

182

miętasz, wspominałam wam o nich... i chce, żebym sprawę potraktowała barterowo i pracowała w zamian za udział w kursach.

– Zgodziłaś się?

– Nie. Ona zarabia masę pieniędzy. Ludzie do niej walą drzwiami i oknami. Powinno ją być stać na opłacanie recepcjonistek. Ale może jeszcze trochę wytrzymam, bo te kursy chętnie bym pokończyła...

– Dziewczynki – powiedziała energicznie Laurka, machając na kelnera – powinnyśmy się zastanowić, skąd wziąć pieniądze na luksus pracy w szkole, na luksus bycia luksusową recepcjonistką, no i dla mnie też trochę, bo ostatnio urwali mi się Japończycy u ciotki. Jakoś rzadziej przyjeżdżają. Dekoniunktura na japońszczyznę czy co?

– Co proponujesz? – Byłam zainteresowana, bo miłość miłością, ale jednak warto by mieć trochę lepsze kosmetyki.

– Nic, cholera. Nic nie mogę wymyślić. – Laura bezradnie rozłożyła ręce. – Jedna moja znajoma jest propagandystką, cztery popołudnia w tygodniu, mówi, że całkiem nieźle na tym wychodzi...

– Czym jest? Propagandystką? To znaczy, że co? Cztery razy w tygodniu sieje propagandę?

– Można to i tak nazwać. Sprzedaje kosmetyki. Jakiejś firmy zagranicznej.

– Po domach? Ten temat już chyba mamy przerobiony!

– Nie, nie po domach. Ta firma wykupiła miejsce w supermarkecie i wystawiła w przejściu dla ludzi takie stoisko z kosmetykami. Perfumy, sole do kąpieli, takie tam drobiazgi.

– Ach, wiem. Nie perfumy, tylko podróbki, jak żywe i prawie tak samo się nazywają, i prawie tak samo pachną, tylko nie do końca tak samo. To straszny kit! I te dziewczyny się rzucają na ludzi. I mówią, że dają coś w prezencie. A potem się okazuje, że owszem, dają, jeżeli kupisz jakieś podejrzane pachnidła za dwie stówy. Nie, dziękuję.

– Ja też dziękuję – powiedziała filozoficznym tonem Laura. – Przecież was nie namawiam, żebyście to robiły.

Niespodziewanie zaczęła chichotać.

– Zwariowałaś z ubóstwa? – spytała Beata tonem nieufnym.

– Jeszcze nie do końca – Laura sięgnęła do torebki i wydobyła z niej jakieś szpargały. – Popatrzcie, ta moja znajoma dała mi instrukcję do poczytania. Jakbyście przypadkiem zmieniły zdanie i chciały spróbować, to możecie się przygotować duchowo.

– Pokaż – sięgnęłam po szpargały. – Co to jest? „Powinności idealnego propagandysty". Dlaczego oni się nazywają propagandyści, a nie sprzedawcy? „Czy ma pani mężczyznę? Nie pytam z ciekawości ani jak na spowiedzi, ale mam coś dla niego, aby nie czuł się poszkodowany". Dlaczego na spowiedzi, to znaczy, nie na spowiedzi? Dlaczego on ma być poszkodowany?

– A bo ja wiem – odrzekła Laura obojętnie. – Oni się tego uczą na pamięć i tak mają rozmawiać z klientami.

– A kto im to tak ładnie napisał po polsku?

– Nie wiem, bo firma nie jest polska. Pewnie jakiś kreatywny menago albo ktoś w tym rodzaju.

Lektura mnie wciągnęła.

– Słuchajcie, dziewczyny: „Jeszcze raz przedstawię wizualnie, jak wygląda nasza oferta reklamowa". I taki bełkot jest obowiązkowy?

– To jest bełkot opracowany przez speców od marketingu. Popatrz, jest cała instrukcja, jak się należy zachowywać.

– Gdzie? A, rzeczywiście. „Zachowanie odpowiedniej logistyki prezentacji". Kiedyś „logistyka" w cywilu zajmowała się teorią i praktyką produkcji, ale czasy się zmieniają. „Stanowcze zaczepianie klienta". No nie, to przecież obrzydliwość! „Zwrócenie na siebie uwagi, wykorzystując zdolności aktorskie". Jezu, jakby mi któryś uczeń tak budował zdania, miałby się z pyszna. „Artykulacja – tonacja głosem, gestykulacja – mimika twarzy, uśmiech – powoduje pozytywne nastawienie do nas klienta". No, nie wiem. Jak one tak się do mnie szczerzą, to mi się wytwarza odruch wymiotny. I co to jest „tonacja głosem"? Jak się robi tonację głosem? Skąd te biedactwa mają wiedzieć, co powinny zrobić? „Kontakt wzrokowy – dominacja nad drugą osobą". Rozumiem. Chcą mnie zdominować i wcisnąć mi kit. Nie ma takiej możliwości. Lepiej zabierz ten papier, bo on obraża moje poczucie identyfikacji z językiem!

– Identyfikujesz się z językiem? – chciała wiedzieć Beata. – Jak to się robi?

– Czasem przychodzi mi do głowy, że cała osobowość człowieka mieści się w mowie, w sposobie mówienia, w posługiwaniu się językiem ojczystym. Albo nieojczystym. Taki jesteś, jak mówisz. Ja osobiście mam słabość do języka ojczystego i uważam, że daje intelektowi wielkie możliwości. Odczuwam boleśnie, kiedy ktoś robi mu krzywdę...

– No to nie będziemy mu robiły krzywdy – powiedziała stanowczo Laura, odbierając mi papiery i wrzucając je do stojącego najbliżej dizajnerskiego kosza na śmieci. – Swoją drogą zrobiło się jakoś strasznie. Nie można złapać żadnej normalnej fuchy, żadnego tłumaczenia, biznesmenów gdzieś wywiało, uniwersytet nie chce ze mną gadać... Ja nie wiem, jak ten kraj ma się rozwijać. Można zarabiać, ale mało i jakoś tak idiotycznie. Propagandyści, Boże święty...

– Próbowałaś udzielać lekcji?

– Japońskiego?

– Angielski też znasz...

– Nie wiem... może dam ogłoszenie.

– Nic nie ryzykujesz. A jakby ci się trafił ktoś do nauki japońskiego, to ciągnij z niego, ile się da. Ubodzy nie uczą się takich rzeczy.

– A co ja mam zrobić? – miauknęła żałośnie Beatka.

– Ty sobie wyobraź, że dostałaś spadek, a potem myśl pozytywnie, to ci się sprawdzi – powiedziałam bezlitośnie. – To się nazywa wizualizacja, tak? I pozytywne afirmacje?

– Podła żmija jesteś – obraziła się Beata. – Jak już nie będę miała wyjścia, pozwolę Adasiowi wrócić, chociaż to już w ostateczności.

– Nie martw się – pocieszyłam przyjaciółkę. – Będzie dobrze. A teraz, dziewczynki, trzeba pójść do domu, bo jak jeszcze posiedzimy we własnym towarzystwie i w takich nastrojach z pół godziny, to rzucimy się sobie do gardła. Poza tym mam jeszcze trochę do zrobienia. Idziemy?

– Masz rację – westchnęła Beata. – Jest koszmarnie. W domu będzie też koszmarnie, ale taniej. Idziemy.

Poszłyśmy.

W domu wydzwoniłam Kamila. Nie jest wykluczone, że jutro będzie mógł do mnie wpaść. Szkoda, że tylko wpaść, ale tak w ogóle, to hura, hura.

Trochę myślałam o tym, co powiedziała Beata – że mianowicie jestem bezbronna i Kamil ma mnie w garści. Coś w tym jest. Ale, zakładając, że on mnie też kocha, on również jest potencjalnie bezbronny i ja mam go w garści. Chyba że mnie nie kocha. Ale mówi, że kocha. Tak czy inaczej, chyba warto zaryzykować.

Poniedziałek

Dzień jak co dzień.

A wieczorem Kamil. Niech żyje Tosia. Koło północy odprowadził mnie na pociąg i wrócił do domu, zmienić Tosię, a ja pojechałam do jednego ciotkostwa (to wujek się przyżenił, stąd ciotkostwo) do Poznania, bo na Zaduszki zjeżdżamy się wszyscy właśnie w Poznaniu, gdzie są groby dziadków.

W pociągu cały czas – to znaczy przez dwadzieścia minut, dopóki nie zapadłam w sen sprawiedliwego – myślałam o Kamilu i odnoszę wrażenie, że jednak mamy się w garści nawzajem.

3 listopada, piątek

Z powrotem u siebie. Rodzina jest *the best*, czyli debeściarska, jak mówią moje małolaty, ale stanowczo za dużo je. Żarcia, jakie podaje na stół chuda jak szczapa ciotunia, starczyłoby dla kompanii wygłodzonych poborowych. W dodatku jest to jedzenie najwyższej klasy światowej, po poznańsku tradycyjne (kaczki, pyzy i modra kapucha oraz inne podobne łakocie), trudno mu się oprzeć, zresztą rodzinka przymusza – w efekcie ukochana spódnica gorzej mi się teraz dopina.

4 listopada, sobota

No i nie szkodzi. Kamil mówi, że to nawet przyjemne.

Ho, ho, robimy się zmysłowi jak rozpustni Rzymianie.

Jutro, niestety, celibat i odrabianie lekcji, bo Tosia ma wolne.

6 listopada, poniedziałek

Dziubski Krzysztof najwyraźniej przeżywa nawrót uczucia do mnie. Zamiast uważać na lekcji, siedzi z wlepionymi we mnie oczyma i wzdycha. Jak u Makuszyńskiego, słowo daję!

7 listopada, wtorek

Była psycholożka. Dziwnie przypominała boską Natalię, nie bardzo sobie na początku mogłam uświadomić dlaczego, bo podobna do niej wcale nie była. Potem doszłam do wniosku, że promieniała w ten sam sposób. Oni chyba przechodzą specjalne kursy promieniowania, tfu, przepraszam – promienienia (czy jest taki rzeczownik odczasownikowy?), ci spece od grzebania w duszy ludzkiej. Co do mnie, takie promienne osoby budzą moją nieufność, ale może to moja cecha osobnicza.

Przyprowadziła ją pani wice osobiście, przedstawiła zebranym rodzicom, powiedziała, że bardzo ważne jest, aby rodzice uczniów tej samej klasy poznali się dogłębnie, lepiej niż dotychczas, oraz zintegrowali – po czym sobie poszła.

Psycholożka starała się ze wszystkich sił nam podlizać oraz emanować życzliwością i łagodnością.

– Drodzy państwo – powiedziała głosem miodowym, jak w reklamie szczególnie miękkich i chłonnych pieluszek – cieszę się bardzo, że możemy się dzisiaj spotkać... w kilku klasach były już takie nasze spotkania i rodzice bardzo zadowoleni, bardzo... prosili o następne. Oczywiście, jeżeli państwo uznają, że to pożyteczne, nasz dzisiejszy pierwszy krok do wzajemnego poznania się nie musi być krokiem ostatnim...

Obrzuciła rodziców ciepłym spojrzeniem. Rodzice siedzieli trochę sztywno, ale robili, co mogli, żeby wykazać dobrą wolę. Miało to wyraz w nieco kurczowych uśmiechach. Kamil w ostatniej ławce pod oknem też się uśmiechał, ale raczej w moim kierunku i nie kurczowo. Miałam ochotę powiedzieć mu, żeby uważał na lekcji, ale się powstrzymałam. Pani psycholożka zaś poprawiła na nosie okularki w modnej cienkiej oprawce (na biurku położyła uprzednio futeralik z napisem Christian Dior, napisem do góry) i przystąpiła do rzeczy.

– Mili państwo – rzekła z zacięciem konferansjera na drugorzędnym balu charytatywnym – chciałabym, żebyśmy na początek przemieszali się między sobą. I proszę, żeby wszyscy przedstawili się wszystkim, podając sobie ręce nawzajem. Ja wiem, że państwo już się spotykali na wywiadówkach, ale teraz będzie inaczej! Bardzo proszę – zakomenderowała głosem pełnym entuzjazmu i ruszyła w kurs, popychając rodziców do wzajemnych powitań.

Wyglądało to dosyć idiotycznie, ale rodzice posłusznie potrząsali sobie dłonie, wymieniając przy tym – nie wiedzieć czemu – swoje nazwiska, które przecież znali od kilku lat. Kamil z niewyraźną miną usiłował jak najmniej się eksploatować, ale nadaktywna psycholożka nie popuściła.

– Pan jest nieśmiały – zdiagnozowała go od ręki, po czym postanowiła poprawić diagnozę. – Albo raczej coś pana blokuje, nie chce pan się otworzyć na ludzi. To niedobrze. Proszę się odważyć, zobaczy pan, że za chwilę poczuje się pan lepiej.

Ujęła go pod ramię i spróbowała posterować nim w stronę największego ścisku. Kamil rzucił mi rozpaczliwe spojrzenie. Podniosłam oczy do sufitu, co miało oznaczać, że jestem bezradna, a poza tym nie wiem, czemu to wszystko ma służyć, niech więc będzie dzielny i robi, co mu każą. Kilka bab podleciało do niego i nie miał wyjścia, musiał się poddać.

Pani psycholożka spoglądała na tę scenę z zawodowym zachwytem. Wreszcie uznała, że wszyscy już się znają.

– Wspaniale – zawołała, promieniejąc profesjonalnie.

Rodzice natychmiast zakończyli dziwny taniec i ruszyli na swoje miejsca, gdzie każde z nich zostawiło świeżo przez moich małolatów zaparzoną kawę, która już zaczynała stygnąć. Ale psycholożka zniweczyła te plany w zarysie.

– A teraz, szybciutko, odliczymy do pięciu – zakomenderowała. – Proszę, od pani zaczniemy: jeden, dwa, trzy, cztery, pięć i dalej: jeden, dwa...

Po chwili klasa była odliczona.

– A teraz – kontynuowała psycholożka – szybciutko się przesiadamy! Jedynki do jedynek – o, przy tym stoliku, dwójki do dwójek, trójki do trójek i tak dalej. Szybciutko, kawy nie zabieramy, zaraz wrócimy na swoje miejsca i zdążymy ją wypić! Nie wystygnie, proszę pani, niech się pani nie obawia!

Mama Dziubskiego Krzysztofa w popłochu zatrzepotała rękami i pobiegła truchtem na drugi koniec klasy, gdzie sadowiły się piątki. Kamil, który został dwójką, spokojnie wziął swój kubek z kawą i przesiadł się do stolika dwójek. Starałam się na niego nie patrzeć. Pozostali rodzice jakoś nie protestowali.

– Bardzo dobrze – pochwaliła pani psycholog. – A teraz wszystkie grupy wybierają spośród siebie lidera!

Grupy przy pięciu stolikach pochyliły się ku sobie i zamamrotały. Liderzy zostali wybrani. Zauważyłam, że przy stoliku dwójek liderką została mama Maćka, energiczna i sympatyczna dama, z zawodu informatyczka. Chyba przekwalifikowana, bo w jej wieku akademickim studiów informatycznych nie było...

– Wspaniale – psycholożka cieszyła się jak dziecko. – A teraz...

To jej powtarzane „a teraz" świdrowało moje uszy.

– ...a teraz przez trzy minuty będziemy się zastanawiać, co mamy ze sobą wspólnego! Co nas łączy! Bo to nieprawda, że jesteśmy tylko zbiorowiskiem zupełnie obcych sobie ludzi, sami państwo się zdziwią!

Kamil miał śmierć w oczach. Mama Maćka kręciła głową. Pani doktor Hrydzewicz przy stoliku jedynek ostro zabrała się do roboty, wyciągając notatnik i odpytując szeptem podległe sobie osoby. Reszta rodziców rozmawiała po cichu. Nastroje były różne, ale widać było, że ludzie zaczynają się wciągać w tę grę.

– A teraz odliczam czas – zawołała radośnie psycholożka. – Do dziesięciu!

I odliczyła. Po czym zaklaskała w dłonie.

– Koniec, koniec! Prawda, że to nie było wcale takie trudne? A teraz poprosimy liderów, żeby się kolejno wypowiedzieli. Na pewno udało się państwu odnaleźć wiele wspólnych elementów... Jedyneczki, proszę bardzo. Kto jest liderem? Pani? Proszę się nam przedstawić!

Doktor Hrydzewicz wstała majestatycznie i przedstawiła się imieniem, nazwiskiem i tytułem naukowym. Po czym okrasiła lico uśmiechem i wymachując kartką z notatkami, zaczęła:

– No więc w istocie, pani magister... magister czy doktor?

189

– Jeszcze magister, ale już przewód otwarty... ale wciąż jeszcze magister...

– A zatem, pani magister miała rację, mamy z sobą wiele wspólnego, chociaż to było, przyznaję, nie lada zaskoczeniem dla nas wszystkich... Wypisaliśmy sobie wszystko na karteczce, żeby nie zapomnieć o niczym, co nam przyszło do głowy... Po pierwsze, wszyscy mamy dzieci! Po drugie, nasze dzieci, a przynajmniej niektóre z naszych dzieci, chodzą do tej samej szkoły i do tej samej klasy! Po trzecie, wszyscy jesteśmy dorośli i wszyscy należymy do inteligencji...

Niepotrzebnie spojrzałam na Kamila. Oczy miał wielkości talerzyków deserowych i dałabym głowę, że jednym wpatrzony był intensywnie w panią doktor Hrydzewicz, drugim zaś spoglądał na mnie z wyrzutem, zmieszanym z jawną kpiną. Dostałam na wszelki wypadek nagłego ataku kaszlu, który stłumiłam w chusteczce do nosa. Pani doktor, otoczona wianuszkiem swoich podwładnych, najwyraźniej szalenie zadowolonych z dzieła, które stworzyli pod jej światłym kierunkiem, kontynuowała:

– Po czwarte, wszystkim nam zależy na tym, żeby nasze dzieci zdały maturę jak najlepiej i dostały się na studia wyższe. Po piąte, wszyscy mamy rodziny pełne i zgodne, które są oparciem dla nas i naszych dzieci. Po szóste, wszyscy w jednakowym stopniu staramy się uczestniczyć w życiu kulturalnym miasta i kraju, choć są między nami rozbieżności na temat preferowanych przez nas jednostkowo gatunków sztuki. Po siódme – to zabawne, że o tym pomyśleliśmy – wszyscy lubimy dobrze zjeść...

W kieszeni mojego nieśmiertelnego czarnego żakiecika zatrząsł się telefon komórkowy. Wyciągnęłam go ukradkiem na światło dzienne i tracąc część występu pani doktor Hrydzewicz, przeczytałam SMS-a: „Po osiemdziesiąte ósme wszyscy nosimy zimą ciepłe gatki".

Nie powinien był tego robić!

– Źle się pani czuje? – zapytała pani doktor Hrydzewicz, przerywając wyliczankę. – Co się stało?

– Nic, nic, bardzo przepraszam, to tylko dawne przeziębienie odzywa się u mnie czasami... zwłaszcza w takim suchym powietrzu...

Kamil zerwał się dwornie.

– Otworzę okno!

Zalałam się łzami. Podlec.

– Nie za szeroko? – dopytywał się troskliwie. – Nie będzie na panią wiało?

Stojąc przy oknie, na zmianę otwierał je i przymykał, zapewne po to, by wpuścić optymalną ilość świeżego powietrza. Oczka miał przy tej czynności absolutnie niewinne. Z twarzą w chustce do nosa machnęłam ręką, że tak jest dobrze. Zabiję go przy najbliższej okazji. Wrócił na miejsce. Zanim pani doktor dokończyła dzieła, zdołałam się jakoś opanować. Dopomogła mi świadomość, że teraz grupa Kamila będzie się wygłupiać.

Oklaski zainicjowane przez panią psycholożkę nagrodziły wysiłek umysłowy jedynek.

Zerknęłam na Kamila. Siedział nieporuszony, z tym swoim lekko nieobecnym spojrzeniem. Boże, ja się przecież w tym jego spojrzeniu tak zakochałam...

– A teraz poprosimy dwójeczki – zaśpiewała promiennie pani psycholożka. – Pan jest liderem? – Spojrzała łakomie na Kamila.

– Ach, pani... Prosimy, prosimy...

Pani Milska wstała. Nie miała żadnej karteczki przed sobą.

– W naszej grupie uzgodniliśmy, że to, co nas łączy, to szkoła i klasa, do której chodzą nasze dzieci. Łączy nas również pogląd, że nie odczuwamy potrzeby uzewnętrzniania się na forum klasy ani na jakimkolwiek innym forum. To wszystko.

Uśmiechnęła się uprzejmie i usiadła. No proszę, dogadali się! Byłam ciekawa, co na to powie psycholożka, ale nic nie powiedziała, tylko poklaskawszy w łapki, poprosiła kolejną grupę.

Niestety, nikt poza dwójkami nie miał oporów i wysłuchaliśmy sporej porcji odkrywczych stwierdzeń typu „w naszej grupie wszyscy mamy wyższe wykształcenie" albo „tak się złożyło, że wszystkie jesteśmy kobietami".

Komórka w mojej kieszeni znowu zaczęła się trząść, ale spacyfikowałam ją jednym ruchem. Na Kamila wolałam nie patrzeć.

Jednak dotrwałam do końca tych grupowych wyznań. Myślałam, że pani psycholożka jakoś to skomentuje, ale widać postanowiła poczekać z tym do końca zajęć. Za to pozwoliła ludziom wrócić na swoje miejsca, do dawno wystygłej kawy. Po czym rozdała wszystkim czyste kartki.

– Na tych karteczkach – powiedziała tonem cierpliwej przedszkolanki – napiszemy alfabet, ale uwaga, proszę zaczekać, ja powiem, jak go napiszemy. Nie tak jak normalnie piszemy, w jednej linii, ale pionowo. Proszę, piszemy: a, be, ce, de, e, ef...

Podyktowała cały alfabet. Może nie miała pewności, że wszyscy obecni mają to opanowane. Zauważyłam ze zdumieniem, że rodzice posłusznie pisali pod dyktando, litera po literze, nikt się nie wyrywał do przodu. Oprócz Kamila, oczywiście, i pani Milskiej. Oboje szybko wypisali słupek liter i zamarli w oczekiwaniu.

Pani psycholożka dotarła szczęśliwie do „z" i poprosiła o odłożenie długopisów. Wiedziałam, że teraz usłyszę „a teraz"...

– A teraz wszyscy zastanowimy się krótko i napiszemy na naszych karteczkach, co dajemy naszym dzieciom. Na każdą literę alfabetu, dlatego właśnie napisaliśmy alfabet w słupkach. Co dajemy naszym dzieciom. Rozumieją państwo, prawda? Na przykład na „em" – miłość. Na „be" – bezpieczeństwo. Na „ce" – czułość. Na „wu" – wykształcenie. Proszę wpisać wszystko, co państwu przyjdzie do głowy.

Błysk w oczach Kamila świadczył wyraźnie o tym, co mu właśnie przyszło do głowy. Niestety, mnie też się przypomniał stary, niewybredny dowcip... Co jest na „a"? A g...

Chichocząc do środka, poszłam zamknąć okno.

Rodzice pilnie pochylili głowy nad karteczkami.

Kamil nie pochylił głowy. Przeciwnie. Wstał ze zbyt małego na swoje gabaryty krzesła, wyprostował się, karteczkę z alfabetem (w słupku!) zostawił na ławce, skłonił się ogólnie i wyszedł.

– Przepraszam – powiedziałam szybko i kłamliwie do pani psycholożki. – Muszę złapać tego pana, bo mam mu coś do powiedzenia o jego dziecku. Za moment wrócę. Nie jestem pani na razie potrzebna, prawda?

I wyleciałam na korytarz, nie czekając na odpowiedź.

Stał, podpierając plecami kaloryfer idiotycznie zawieszony na ścianie. Siłą woli powstrzymałam się od natychmiastowego rzucenia mu się w ramiona – mógł ktoś jeszcze nie znieść testu, więc nie należało ryzykować.

Patrzył na mnie z wyrzutem.

– Czy ja ci zrobiłem jakąś krzywdę?

– Strasznie cię przepraszam, nie miałam pojęcia, o co chodzi w tym wszystkim ani jak to jest przeprowadzane... i w ogóle na czym polega – plątałam się. – Nie chciałam cię wrabiać, słowo harcerza. A poza tym już się zemściłeś! Żeby mnie tak ugotować! O mało się nie udusiłam przez ciebie!

– Przecież otworzyłem ci okno. – Podniósł brew w sposób świadczący o czystym jak łza sumieniu.

– Obawiam się, że nie wszyscy dali się nabrać na mój kaszelek – powiedziałam ponuro. – Skompromitowałam się przez ciebie. Dostałam głupawki. Autorytet mi diabli wzięli.

– Jeżeli chodzi o mnie, to wręcz przeciwnie. Byłbym załamany, gdybyś na serio kazała mi pisać alfabet z góry na dół i dokonywać publicznej spowiedzi. Na dowolny temat. Nigdy nie traktowałem z nabożeństwem Anonimowych Alkoholików, a to, co słyszałem o terapiach grupowych, zawsze napawało mnie wstrętem. Jestem za tym, żebyśmy jak najszybciej zapomnieli o tym niesmacznym incydencie. Czy mogłabyś się teraz stąd wyrwać?

– Raczej nie – pokręciłam głową z autentycznym żalem. – Jestem *de nomine* gospodynią tego spotkania. Muszę tam wrócić. Bez ciebie... nie wiem, jak zniosę to do końca.

– Beze mnie nie będziesz chichotać.

– A ty musisz wracać do domu?

– Muszę. Wiesz.

– No, wiem. Szkoda. Idź już, a ja wrócę do klasy.

Poszedł.

Ja kocham nawet jego plecy!!!

Kontemplowałam ukochane plecy, kiedy drzwi klasy otworzyły się i wyszła mama Maćka.

– Nie wytrzymałam – zakomunikowała, stając pod kaloryferem. – Starałam się, ale naprawdę trudno mi to traktować poważnie. Wie pani, bardzo dużo czasu w ciągu ostatnich osiemnastu lat spędziliśmy z mężem, zastanawiając się, czy Maciek dostaje od nas wszystko to, co powinien od nas dostać. Rozważaliśmy to na wszystkie możliwe sposoby. Sięgaliśmy do własnych doświadczeń, do filozofów, myślicieli, pedagogów, pisarzy i diabli wiedzą kogo jeszcze. Przeanalizowaliśmy wszystkie znane nam przypadki błędów wychowawczych wśród rodziny i przyjaciół. Szukaliśmy wzorców pozytywnych i wyciągaliśmy stosowne wnioski. Sprowadzenie tego wszystkiego, tych naszych poszukiwań i przemyśleń do kilku schematów, do jakiejś idiotycznej tabelki, do paru sloganów, haseł... Przepraszam panią, czy pani jest jakoś związana?...

– Nie, broń mnie Panie Boże – powiedziałam pospiesznie. – Nie jestem związana, jestem przerażona. Przysięgam pani, to nie mój patent, z tą integracją. To się odbywa w całej szkole, we wszystkich klasach, na polecenie dyrekcji.

– Miałam lepsze mniemanie o waszym dyrektorze – prychnęła.

– Miałam na myśli wicedyrekcję – poprawiłam się, ciekawa, czy dyrektor naprawdę nic nie wie. – Ale, jak pani sama widzi, państwo jesteście w mniejszości, pani i pan Pakulski. Inni rodzice siedzą i piszą...

– Tego właśnie nie rozumiem. Przecież to inteligentni ludzie! A może się boją wyłamać?

Przypomniałam sobie reakcję pani Dziubskiej, ofukniętej przez psycholożkę.

– Możliwe. Boją się sami z siebie albo boją się, że ich niesubordynacja wobec wymysłów szkoły odbije się na dzieciach...

– Jeżeli cokolwiek na kimkolwiek się odbije – powiedziała proroczo pani Milska – to raczej na pani. Skoro to pomysł dyrekcyjny, a pani nie przygotowała należycie rodziców – mam na myśli ucieczkę nas dwojga z tej lekcji... Ale niech się pani nie przejmuje. Będziemy z panią... W każdym razie ja i pewnie pan Pakulski też. Aha, chciałam pani pogratulować tych romansów.

– Widziała pani? – ucieszyłam się, trochę zdziwiona, bo nie dostrzegłam jej na sali.

– Przedstawienia nie widziałam, ale Maciek mi wszystko odegrał, poza tym część prób... hm... dodatkowych, odbywała się u nas w domu. Sympatyczne dzieci. Bardzo przyjemna ta jego partnerka, w takich okularach, Basia. Nie znałam jej wcześniej. Jej matka tu może jest i pisze grzecznie testy?

– Nie, ani mamy, ani ojca Basi nie ma. Cieszę się, że pani ją polubiła. To świetna dziewczyna, bardzo inteligentna i w ogóle urocza. Nie będzie miała łatwo w życiu, bo strasznie pyskata. Pewnie lepiej, że jej rodzice nie przyszli, bo po kimś to odziedziczyła, byłoby więcej ucieczek z lekcji...

W tym momencie drzwi uchyliły się i przemknęła przez nie lękliwa pani Dziubska. Zobaczyła nas i przystanęła z wyrazem niezdecydowania w oczach.

– Pani też nie wytrzymała – ucieszyła się mama Maćka. – Dalej przerabiamy alfabet czy już jest jakiś nowy patent?

– Nowy – sapnęła zdenerwowana mama Krzysia. – Mamy się wczuwać we własne dzieci i odgrywać jakieś sceny. To nie dla mnie. Krzysio ostatnio coś tam odgrywał i był zachwycony. Mnie na scenę nie ciągnie.

– Repertuar mniej atrakcyjny – zaśmiała się pełnym głosem mama Maćka.

Zamierzały kontynuować konwersację, ale z klasy wyszedł, trzaskając drzwiami, pan Jeremi Karcz.

– Droga pani – zwrócił się do mnie podniesionym głosem. – Ja się nie pisałem na terapię grupową! Z Adamem, o ile wiem, nie ma żadnych kłopotów w szkole? Bo w domu na razie, odpukać, wszystko w porządku! Czy ta pani myśli, że za pomocą paru sztuczek z podręcznika psychologii dla ubogich duchem powie nam coś nowego o nas i naszych dzieciach?

– Ją trzeba było spytać – mruknęłam pod nosem, ale impetyczny ojciec Adasia usłyszał.

– Spytałem!

– I co? – zaciekawiłam się.

– Potraktowała mnie jak idiotę!

– A może warto czasem zadać sobie takie najprostsze pytania... Może nie umiemy ocenić jej metod jako laicy...

– My już raczej jesteśmy na etapie skomplikowanych pytań – powiedziała mama Maćka.

– Może rzeczywiście nie wszyscy. – Mama Krzysia pokręciła głową. – W końcu większość tam cały czas siedzi.

– Boją się wyjść – sarknął impetyczny pan Karcz. – Albo usiłują być kurtuazyjni. A może zresztą lubią takie głędzenie. Proszę pani, ja panią przepraszam za mój wybuch, ale ja nie zgadzam się na psychologiczne wiercenie mi dziury w brzuchu, i to przy ludziach. Ja nie mam potrzeby bratania się ze wszystkimi dokoła i opowiadania im o sobie. Jeśli odczuję potrzebę skontaktowania się z psychologiem, to się z nim skontaktuję. Jeżeli będzie mi potrzebna psychoterapia, to sobie wynajmę fachowca. Na indywidualne seanse! Nie interesuje mnie osobowość pani Pipścińskiej i pana Piprztyckiego i nie będę ich zgłębiał tylko dlatego, że nasze dzieci chodzą do jednej klasy!

– A może to by było z korzyścią dla naszych dzieci – nadal usiłowałam myśleć pozytywnie o psycholożce i jej metodach, które, być może, wcale nie są prymitywne, tylko na to wyglądają?

– Nie wierzy pani sama w to, co pani mówi – zaśmiał się pan Karcz, nagle odprężony. – Co do mnie, idę do domu. Moja żona wyjechała i będziemy sobie z Adamem robić męską kolacyjkę...

– Gotujecie razem? – Spodobała mi się taka wizja rodzinnej integracji ojca z synem. Razem na zakupach w supermarkecie, potem syn obiera ziemniaki, a ojciec przyprawia rosół...

– Odgrzewamy. Mamy pełną lodówkę gotowizny. Do widzenia na normalnej wywiadówce. Proszę na przyszłość chronić nas przed agresywnymi psychologami!

Uprzytomniłam sobie, że powinnam w tej chwili siedzieć w klasie i służyć agresywnej psycholożce wszelką możliwą pomocą, więc pożegnałam obie panie i wróciłam na swoje miejsce. Pani psycholożka powitała mnie promiennym uśmiechem i nie czyniła żadnych uwag na temat znikających rodziców.

Ci zaś, którzy pozostali, biedzili się właśnie w grupach nad jakimś zadaniem. Trwało to jeszcze jakiś czas, który to czas wykorzystałam na wpadnięcie w rozmarzenie.

Tak skutecznie zajęło mi to myśli, że połowicznie tylko, a może nawet w skromniejszym wymiarze, docierała do mnie wymiana zdań między rodzicami a panią psycholożką. Mało mnie to obchodziło, przynajmniej się nie nudziłam.

Kiedy spotkanie dobiegło wreszcie końca, ze zdumieniem stwierdziłam, że trwało dwie i pół godziny. Boże, tyle czasu zmarnowane!

Nie wszyscy jednak byli tego zdania, gdyż pod koniec kilkoro rodziców – w tym, naturalnie, pani doktor Hrydzewicz – wygłosiło płomienną pochwałę i niemniej płomienne podziękowanie, które to hołdy pani psycholożka przyjęła z ujmującą skromnością...

8 listopada, środa

Próbowałam dzisiaj w pokoju nauczycielskim porozmawiać o konsultacjach psychologicznych, bo przecież nie tylko moi rodzice mieli szczęście stać się obiektami zainteresowania pani psycholożki i ofiarami jej wyrafinowanych metod. Nie zyskałam popularności. Właściwie tylko jeden fizyk, Jerzy Fryling, technokrata, wychowawca drugiej klasy, uczący jednakowoż i moje dzieciaki, miał w tej sprawie podobne zdanie, to znaczy uważał, że to strata czasu, bicie piany i naiwność – bo skoro przez siedemnaście czy osiemnaście lat mamusia z tatusiem skąpili dzieciątku na ten przykład tolerancji (na „t") albo dobroci (na „d"), to jedna taka przypadkowa sesja nie nawróci ich na drogę cnoty.

– Nie rozumiem, dlaczego państwo tak mówicie – nie zgodziła się z nami młoda i zapalona Ania Stankowicz, dwa lata po studiach, nauczycielka polskiego (pewnie w przeciwieństwie do mnie chodziła uczciwie na zajęcia z pedagogiki). – Rodzice, przyjmujemy, są ludźmi inteligentnymi...

– W pewnym niewielkim procencie, owszem – wycedził przez zęby fizyk. Cedzenie przez zęby wychodziło mu bardzo wyraziście, ponieważ miał drobną wadę wymowy, tak zwany przyseplen zębowy. Dodawało mu to nawet uroku.

– Och, wiadomo, że bywa różnie – zbagatelizowała sprawę Ania S. – Generalnie jesteśmy ludźmi myślącymi. Więc jeżeli na takim spotkaniu okazuje się, że tolerancja jest wpisana do tabelki przez większość, a ja jej nie mam u siebie, to mi to daje do myślenia. Zaczynam się zastanawiać, czy nie powinnam zmienić postępowania w stosunku do swojego dziecka, czy nie dać mu tej tolerancji więcej nieco...

– Naiwność... – westchnął fizyk. – Droga moja Aniu, to są sprawy niemierzalne. Ja jestem wielbicielem miar i wag. Takich rzeczy jak tolerancja, dobroć czy inne szlachetne wynalazki nie da się zmierzyć obiektywnie. A głowę pani dam, że wszyscy rodzice będą to mieli wpisane do tabelek czy wykresów, czy co tam było robione. Problem w tym, jak kto rozumie te pojęcia. Dla pani górną granicą tolerancji będzie to, że puści pani córkę do kina z klasą. A dla mnie, na przykład, że pozwolę jej wyjechać w góry w męskim towarzystwie i dam jej na drogę test ciążowy... Ale oboje będziemy twierdzili, że jesteśmy tolerancyjni. I w obu przypadkach to prawda, bo mogłaby ją pani zamykać po szkole w komórce i kazać jej tam odrabiać lekcje...

Tu fizyk usłyszał od zebranych, że jest cyniczny oraz że wszystko można wyśmiać, tylko że wtedy wszystko traci sens.

– To już nie wolno być cynicznym? – zmartwił się, sepleniąc malowniczo słowo „cyniczny".

– A co to panu daje? – zapytała wyniośle pani Julia Zamoyska, która do tej pory nie brała udziału w dyskusji.

– Przyjemność, szanowna pani. Podobnie jak wszystko, co jest związane z moją naturą... Ułomną, niewątpliwie, ale jednak moją, moją własną...

– To jest toksyczna natura – powiedziała bardzo poważnie anglistka, dama lat około czterdziestu, najwyraźniej będąca *au courant* obowiązujących pojęć i trendów psychologicznych. – Nie ma się czym chwalić. Jeżeli zarazi pan takim podejściem do życia swoich uczniów... strach pomyśleć. Nie będą mieli nic świętego, nic nie stanie się dla nich prawdziwą wartością...

– Eee, coś tam sobie zawsze znajdą – rzekł beztrosko fizyk. – Ja wierzę w młode pokolenie. Które już na nas czeka od jakiegoś czasu...

Rzeczywiście, już po dzwonku. Nauczycielskie dyskusje nie mają szans porządnie się rozwinąć. Należałoby przedłużyć przerwy.

Wzięliśmy dzienniki i poszliśmy nauczać.

9 listopada, czwartek

Ten Dziubski mnie martwi. Chodzi kompletnie nieprzytomny i nie wie, co się dzieje na lekcji.

Boże mój! Gdyby tak ktoś mi pół roku temu powiedział, że będę się przejmowała życiem uczuciowym siedemnastolatka oraz wpływem tego życia na postępy w nauce, skonałabym ze śmiechu. I proszę, na co mi przyszło.

Trzeba będzie pogadać z Maćkiem, może wie, co Krzysio biedaczek przeżywa.

Piątek

Zadzwoniła Laura, cała w skowronkach, i kazała mi przyjść na proszoną kolację. Nie do pubu, tylko do porządnej restauracji w czterogwiazdkowym hotelu. Nie chciała powiedzieć, kto prosi, tylko chichotała radośnie.

Wieczorem okazało się, że to ona prosi, a w ogóle szczęście ją spotkało w postaci japońskiej ekipy filmowej, która przyjeżdża robić jakiś film o naszym pięknym kraju (Laura nie wiedziała jeszcze w jakim aspekcie, możliwe, że jej powiedzieli, tylko zapomniała) i będzie potrzebowała tłumacza. Japończycy zamierzali początkowo porozumiewać się po angielsku, ale kiedy się zorientowali, jaki mamy poziom angielszczyzny w narodzie, a w dodatku usłyszeli o znakomitej tłumaczce w zasięgu ręki (znaczy, o Laurce), postanowili pójść na łatwiznę i ograniczyć się do dwóch języków, z pominięciem pośredniego.

Honorarium zaproponowali jakieś potwornie wysokie, co wprawiło Laurę w stan dzikiej euforii (zrozumiałej po okresie obrzydliwego ubóstwa), zwłaszcza że kierownictwo produkcji było już obecne w naszym mieście, rozmawiało z tłumaczką oraz wypłaciło jej tłustą zaliczkę. Rozradowana Laura niemal wpychała nam do gęby smakołyki i usiłowała zamówić dla nas trzech (Beata uczestniczyła w święcie) całą zawartość karty dań. Oraz napitków.

Po trzecim drinku Beacie udało się zapomnieć, że potwornie zazdrości Laurze tej fuchy, a kiedy byłyśmy w trakcie spożywania czwartego, w drzwiach sali pojawiło się coś, co wywołało zgodny jęk zachwytu wszystkich znajdujących się na sali facetów.

Miało z metr osiemdziesiąt wzrostu, bujne krucze loki niedbale związane krwawoczerwoną apaszką, tegoż krwawego koloru ust pąkowie, obcisła bluzka (czerwona) opinała biust numer sześć, rzęsy zahaczały o żyrandole, dwumetrowe nogi, rekord świata, wyłaniały się ze skórzanej spódniczki (czerwonej) ujawniającej hojnie inne jeszcze wdzięki hurysy.

Za hurysą, dzierżąc czerwoną skórzaną kurteczkę, zapewne stanowiącą komplet do spódnicy, postępował dumny, aczkolwiek mniejszy od hurysy o pół głowy Sławeczek.

Tak mu przesłaniała świat, że zauważył mnie, kiedy już niemal wpadł na nasz stolik. Pomachałam mu beztrosko parasolką od drinka. Ukłonił się z właściwym sobie wdziękiem i nie zatrzymując się, pogalopował za swoim bóstwem, które wprawnie sterowało do kąta z wolnym stolikiem. Musiał być dla nich zarezerwowany, bo w piątkowy wieczór niełatwo tu znaleźć miejsca.

– Znasz go? – zainteresowała się Laura.

Dopiłam tego czwartego drinka i nie widziałam powodu, żeby jej nie udzielić wyczerpujących informacji.

– To jest Sławek.

– Jaki Sławek?

– No, Sławek.

– Ach – Laura wreszcie wpadła na właściwy trop. – Wesoły architekt?

– Ten sam.

– Cholera – powiedziała Beata. – Zagapiłam się na tę babę i nie przyjrzałam mu się dobrze... Mały jakiś.

– Nie taki znowu mały – zaprotestowałam. Poczułam się w obowiązku bronić dawnego amanta (właściwie chyba powinnam powiedzieć: niedawnego?). – To ona taka strasznie wybujała. I jeszcze buty ma na potwornych obcasach.

– Ale generalnie chyba przystojny – orzekła Laura. – Też go dokładnie nie obejrzałam. Nie mogłaś go wcześniej pokazać?

– Nie mogłam, bo się za nią schował.

– No, przecież mówiłam, że mały – uparła się Beata. – Panie kelnerze, poprosimy to samo. Może być od razu podwójne.

– I jeszcze trochę krewetek na przygryzkę. – Laura uważała, że kiedy ma się pieniądze, zdrowiej jest pić z zagrychą. – Skąd on ją ma?

– Nie mam pojęcia. Pierwszy raz ją widzę.

– Strasznie szybko się po tobie pocieszył – potępiła Sławka Beata. – To nie jest w porządku.

– Nie przesadzaj. Ja też się szybko pocieszyłam.

– Ty to co innego – pouczyła mnie przyjaciółka. – Ty go zostawiłaś dla innego, więc logika wskazuje, że już miałaś innego. A on powinien trochę pocierpieć, a nie od razu rzucać się na taką Lolę.

– Może to jego siostra – rzuciłam luźne przypuszczenie.

– Oszalałaś. Chyba że bardzo przyrodnia. Mniejszy od niej o połowę i blondyn, a ona czarna.

– Poza tym na siostrę tak się nie patrzy – dodała swoje Laura. – Na ciebie też tak patrzył?

– Do mnie nie musiał tak głowy podnosić – mruknęłam złośliwie.

– Kiedy się rozstaliście definitywnie? – Beata zaczynała oglądać się za kelnerem. Niepotrzebnie. Właśnie płynął do nas z zastawioną tacą.

– Masz na myśli decydującą rozmowę? Jakieś dwa tygodnie temu.

– Słuchaj, Agata, a może on ją trzymał w odwodzie? Co? Nie rzuciły ci się w oczy jakieś podejrzane historie?

– Jakie podejrzane historie?!

– Nie wiem, jakie. Może się plątał w zeznaniach? Mylił terminy? Mówił do ciebie przez sen „Kasiu" albo „Zosiu"? Przypomnij sobie!

– Ona nie wygląda na Kasię ani na Zosię – orzekła Laura. – Będzie to Pamela. Albo Sandra. W ostateczności Patrycja, Patty.

– Nie mówił na mnie „Pamela" – mimo woli zaczęłam się zastanawiać – ani „Sandra". Ale kręcił z terminami. Ale z terminami każdy kręci, wiadomo, że się zmieniają.

– Czekaj. Jak kręcił? Mówił, że przyjdzie w piątek, a przychodził w poniedziałek?

– Coś w tym rodzaju. Jeździł do Wrocławia. Pracować. Czekajcie... Z kotem kręcił!

– Kota się odwraca ogonem – zachichotała Laura. – Kręcił kota? Za ogon?

– To świnia – powiedziała oburzona Beata. – Znęcał się nad zwierzątkiem! Dobrze, że go zostawiłaś! Od łyczka do rzemyczka, włóczyłby cię za włosy po podłodze!

– Podobno każdy naprawdę prawdziwy mężczyzna tak robi – rozmarzyła się Laura. – *Każdyj nastajaszczyj macho...* A co on właściwie robił z tym kotem?

– Karmił. To znaczy mówił, że idzie nakarmić kota, a potem, innym razem, powiedział, że nie ma kota.

– Może mu uciekł?

– Nie, chyba nie. Wyglądało, jakby zapomniał, że kiedyś szedł do tego kota, to znaczy, że mówił, że ma tego kota. No, rozumiecie.

– Rozumiemy – powiedziała ponuro Beata. – Rozumiemy doskonale. Rozumiemy, że twój Sławeczek wykorzystał twoją łatwowierność i robił cię, jak chciał. Do kota, owszem, chodził. Do takiego dużego, wybujałego kota, co to lubi ubierać się w czerwoną skórę!

Poczułam się dziwnie. Ale nie jak uwiedziona i porzucona. Nawet mi trochę ulżyło. Rzeczywiście, z tym kotem wyszło jakoś dziwnie, pewnie Sławeczek potrzebował doraźnie jakiegoś wykrętu, a potem zapomniał, biedaczek, co wymyślił.

– Wiecie co, dziewczynki – przełknęłam krewetkę – może i tak nawet było. Ale ja też nie byłam wobec niego tak zupełnie w porządku. Ten mój pilot jakoś tak siedział mi za skórą od samego początku. Więc niech już Sławek ma sobie swojego kota.

– I nie chcesz się dowiedzieć, jak było? – zdziwiła się Beata.

– Nie zależy mi.

– Coś ty! A gdzie twoja zdrowa ciekawość kobieca?

– Myślisz, że to nienormalne, że nie chcę wiedzieć?

– Jasne! Każda zdrowa baba pękłaby z ciekawości!

– Może ja jestem niezdrowa baba...

– Przestań, Agata! Jesteś po prostu stara nudziara! Laurencjo, czy my to możemy tak zostawić? – Beata sposobiła się do czynu, ale nie domyślałam się, w jaki sposób zamierza zadziałać. Laura najwyraźniej lepiej rozumiała koleżankę.

– Nie możemy, Beato! Nie możemy! Jej też tylko się wydaje, że nie chce, ale tak naprawdę chce. Na szczęście ma przyjaciółki, które jej pomogą! Chodź, Beatko!

– Dziewczyny...

Szybkość mojej reakcji najwyraźniej była przytłumiona obecnością w moim organizmie pięciu solidnych drinków. Moim przyjaciółkom cały ten alkohol dodał raczej wigoru, bo zerwały się od stolika jak na komendę i popędziły w stronę zakątka, w którym Sławek adorował swojego dużego kota. Było im łatwiej niż mnie, bo siedziały na wylocie, a ja musiałam obejść stolik, w dodatku potknęłam się o krzesło. Zanim się wygrzebałam, zobaczyłam z daleka, jak Beata najspokojniej w świecie wyciąga do kocicy rękę, którą ta ujmuje ze zdumieniem w oczach, po czym obie wymieniają – zapewne – nazwiska.

Dotarłam wreszcie do nich. Na stole nie było żadnego dużego jedzenia, tylko drinki i jakieś przekąski, widać nie przyszli się obżerać, tylko na miłe, romantyczne spotkanie. Ha, ha. Romantyczne.

Kocica nadal przedstawiała sobą obraz pełnego zaskoczenia, Sławek był nieco spanikowany, a moje przyjaciółki, doskonale odprężone, zabierały się właśnie do konwersacji. Na mój widok zawołały jednocześnie:

– Agatka, poznaj Sandrę! Pana chyba znasz?

Przywitałam się z obydwojgiem. Beatka nadal tryskała inicjatywą.

– Tu jest wolne krzesło, możemy? Dziękuję państwu.

Te wszystkie drinki jakoś tak na mnie podziałały, że nijak nie mogłam wydusić, że bardzo przepraszam, nie będziemy przeszkadzać... Nie było też mowy o zawleczeniu Beaty i Laury do naszego stolika, bo najwyraźniej już się okopały i nie zamierzały kapitulować.

– Sandro... mogę tak mówić? – zaczęła Beata i nie czekając na odpowiedź, mówiła dalej: – My cię bardzo przepraszamy za najście, ale musimy wyjaśnić sobie koniecznie jedną rzecz... Chodzi o to, że nie jesteśmy pewne, ale wydaje nam się, że możesz być osobą, którą kiedyś widziałyśmy na wystawie kotów... Boże, jakie one były cudne, te koty! Persy i syjamy! Po prostu bajka! No więc sprawa jest w tym, że jednej naszej znajomej, to taka miła, starsza pani, zdechł kot i ona strasznie za nim tęskni... To był taki popielaty pers, wtedy na wystawie były takie same...

– Ale co ja mam z tym wspólnego? – udało się wtrącić kocicy.

– Jak to co? Przecież to ty wystawiałaś wtedy takie cudne, popielate syjamy...

– Persy! – wtrąciła Laura i kopnęła ją w kostkę, co zauważyłam. – Persy! Syjamy były czarno-białe...

– No, mówię, persy popielate! Miałaś całą hodowlę, ze trzydzieści sztuk... Dokładnie takie, o jakie chodzi tej starszej pani! Obiecałyśmy jej, że cię znajdziemy, próbowałyśmy przez związek hodowców kotów rasowych, ale nie udało się, dopiero dzisiaj przez przypadek!...

– W życiu nie miałam persa – wykrztusiła kocica Sandra. – Nie lubię persów, bo mają strasznie dużo kłaków.

– Boże, nie wierzę! – krzyknęła Beata, przewracając oczyma ze zgrozy. – Jak można nie lubić persów! Niemożliwe! A tak by do ciebie pasowały!

– Ale w ogóle to chyba masz jakieś koty? – dopytywała się Laura.

– Ja nie, w życiu! Mam uczulenie na koty! Moja mama ma jednego, czasami muszę go karmić, jak wyjeżdża, ale nie przepadam za tym. Daję mu chrupki, leję wodę i już mnie nie ma.

– Drogie panie – zaczął niepewnie Sławeczek (w życiu nie widziałam go takim małomównym), ale nie dane mu było skończyć.

– Pan też nie lubi kotów? – Laura była bezpośrednia. – To państwo pasują do siebie!

Sławeczek obrzucił mnie spojrzeniem o dużej sile rażenia, ale nie mógł nic zrobić. Ja zresztą też. Za to kocica się rozpromieniła.

– Ach, nie wiem nawet. Nie znamy się zbyt długo! Właściwie to świętujemy właśnie pierwszy tydzień naszej znajomości!

Moje przyjaciółki zgodnie znieruchomiały.

– Tydzień? – ulało się z rozczarowanej ciężko Beaty. – Tak krótko?

Spotkałam na moment spojrzenie Sławeczka. Dotarło do niego najwyraźniej to i owo. Cały się zatrząsł od tłumionego śmiechu. Wzruszyłam bezradnie ramionami. Skompromitowały mnie, jędze, wobec byłego wprawdzie, ale niewątpliwie sympatycznego amanta! A ja, oślica, powinnam pamiętać, że zerwawszy z poprzednią dziewczyną wieczorem, rano przyleciał pocieszać się do mnie! On po prostu ma takie tempo!

– To ja rozumiem, że możecie już spać spokojnie, dziewczyny? – zapytał nieco złośliwie ze swojego kąta, nagle rozprężony i zadowolony z życia.

– Przeciwnie. – Laura odzyskała przytomność. – Musimy teraz dalej szukać kota dla naszej poczciwej staruszki.

– Popielatego syjama – przyświadczyła Beata, kiwając energicznie głową. – Chodźmy już!

– Persa, popielatego persa – skorygował Sławek. – Miło było was poznać. Do widzenia!

Wróciłyśmy do stolika jak niepyszne.

– Czy wyście powariowały obydwie? – wysyczałam, gdy tylko zajęłyśmy miejsca. – Co on sobie teraz o mnie pomyśli?

– Że masz dwie stuknięte koleżanki – powiedziała beztrosko Laura. – Ty nie bądź taka naiwna! Z tym kotem nam nie wyszło, ale to wcale nie znaczy, że nie ma jakiegoś innego kota w życiu utajonym twojego byłego!

– Laurka, ja cię błagam! Zostaw mojego byłego w spokoju! Był kot czy go nie było, to nie ma znaczenia!

– No wiesz – oburzyła się Beata. – Ty nie masz ambicji? Nie chcesz wiedzieć, czy on prowadził podwójne życie czy nie? A jeżeli cię oszukiwał?

– To już mnie przecież nie oszukuje. Zamówcie mi kawę, dziewczyny, zaraz wrócę.

Przepchałam się przez Beatę i poszłam szukać toalety. Okazało się, że mieści się w głębokich podziemiach.

Skorzystałam z wysoko rozwiniętej cywilizacji (marmury, kryształy i mosiężne kurki nad umywalkami jak sarkofagi etruskie), odświeżyłam się i przeszłam z damskiej części toalety do koedukacyjnego przedsionka. Tam natknęłam się na Sławeczka we własnej osobie.

– Aaa, co za spotkanie – ucieszył się fałszywie. – Już drugie dzisiaj! Jak się masz, Agatko kochana, nie tęsknisz czasem za mną?

– Prawdę mówiąc, nie. Ale wspominam cię bardzo mile – odpowiedziałam uczciwie, bo naprawdę wspominałam go mile, aczkolwiek niesłychanie rzadko, bowiem moje myśli zajmował ostatnio zupełnie kto inny.

– To zupełnie tak samo jak ja. A powiedz, skąd wytrzasnęłaś takie sympatyczne przyjaciółki?

– Kupiłam w sklepie z przyjaciółkami. A ty skąd masz taką Lolę nie z tej ziemi?

– Sandrę, kochanie. Aleksandrę. Mamusia do tej pory mówi do niej „Oleńko". To bardzo miła dziewczyna. Wyobraź sobie, ona nie zdaje sobie sprawy z tego, jak wygląda. Tak w ogóle, to musiałem się jakoś pocieszyć po rozstaniu z tobą. Te twoje koleżanki były pewne, że ja tak z wami obiema, synchronicznie?

– A bo ja wiem, czego one były pewne? Kota szukały. Dla jednej staruszki.

– Popielatego syjama?

– Nie, persa.

Popatrzyliśmy na siebie i wybuchnęliśmy oboje śmiechem. Kiedy już przestaliśmy się śmiać, Sławek westchnął ciężko i powiedział:

– Tego jej właśnie brakuje, Agatko. Poczucia humoru. Widziałaś sama, wygląda jak Pamela Anderson, zalet ma dużo, tylko zwoje szybko jej się przegrzewają, więc na wszelki wypadek mało ich używa.

– Pamela Anderson jest blondynką – powiedziałam dla porządku.

– Och, wiesz, co miałem na myśli. Nie chodzi o kolor. A jak ten mój zwycięski rywal?

Chyba się zaczerwieniłam.

– W porządku. Ma poczucie humoru.

– Zazdroszczę ci. A zwłaszcza jemu. Cóż, chyba powinniśmy już się stąd wyłonić na światło dzienne? Idź pierwsza. Ja tu jeszcze się poprzeglądam trochę w tych lustrach. No, pa, kochanie, naprawdę się cieszę z tego spotkania.

Pocałował mnie w policzek, a ja pomyślałam, że też się cieszę.

Na górze czekała już na mnie kawa w fikuśnym imbryczku, bardzo dobra, mocna i pachnąca. Beata z Laurą wciąż usiłowały omawiać różne warianty hipotetycznego postępowania Sławeczka, ale jakoś nie chciało mi się do ich hipotez dołączać swoich.

– Coś ty tak zamilkła? – zapytała mnie w końcu Laura. – Hej, Agata, a może ty jednak jesteś zazdrosna o tę Lolę?

– Słuchajcie, a może on by jednak do niej wrócił – zasugerowała Beata. – Może to by nie było takie złe, w końcu przypomnijcie sobie, jaką miał przewagę w naszej tabelce! Agata! Ty się poważnie zastanów! Jakby co, to my ci przecież pomożemy. Co to dla nas taka Lola!

– Sandra – poprawiłam machinalnie. – Broń was Bóg, nie chcę wcale, żebyście mi pomagały w tej sprawie! Niech sobie ma tę gidię!

– Nie wiem, czy jesteś warta takich oddanych przyjaciółek, jak my – obraziła się Beata. – Ale nie martw się, mamy lepsze charaktery niż ty i gdybyś kiedyś potrzebowała naszej pomocy, to wystarczy, że zadzwonisz... To co, zamówimy jeszcze jeden drinczuś na do widzenia? Ludzie piją tu takie śmieszne, wygląda jak płyn do naczyń Ludwik. Ciekawe, jak smakuje.

The day after

Kamil zadzwonił niespodziewanie o dziewiątej rano i wyrwał mnie z głębokiego snu.

– Spałaś? Bardzo cię przepraszam, ale przed chwilą okazało się, że mam całkowicie wolny dzień. Mieliśmy małą awarię śmigłowca, mechanicy właśnie się zastanawiają, co mu jest. Czy chciałabyś mnie w związku z tym zobaczyć?

Boże, moja głowa! Co się z nią stało... Oczywiście, że chciałabym go zobaczyć!

– Oczywiście, że chciałabym cię zobaczyć. Tylko dlaczego mówisz tak strasznie głośno?

– Głośno? – zdziwił się. – Mogę mówić ciszej. Kupić ci świeże bułeczki na śniadanie?

Myśl o śniadaniu przyprawiła mnie o wstrząs.

– O Boże, nie mów mi o jedzeniu! A w ogóle mów głośniej, bo teraz prawie cię nie słyszę. Kiedy przyjedziesz?

Coś w moim głosie musiało mu dać do myślenia.

– Zaraz. Czyżby było potrzebne pogotowie?

Jęknęłam w słuchawkę, a on się zaśmiał.

– Przyjadę i zrobię ci coś na kaca. Leż w łóżku, nie wstawaj.

Jeszcze czego. I pokażę mu się taka nieświeża!

Ostrożnie opuściłam łóżko. Nie było tak źle, jak się wydawało. Pokój troszeczkę falował, ale bez przesady. Otworzyłam okno i pożeglowałam po lekko wzburzonej podłodze do łazienki, zostawiając drzwi pootwierane, żeby słyszeć domofon. Dlaczego nie dorobiliśmy kluczy dla Kamila? I dlaczego ja mam tylko jeden komplet? Aha, drugi jest u rodziców, na wypadek gdyby przyjechali pod moją nieobecność.

Wzięcie prysznica i jednoczesne nasłuchiwanie, czy nie odezwie się domofon, jest prawie niemożliwe. Usiłowałam dokonać niemożliwego, wylatując co jakiś czas z łazienki i nasłuchując. W rezultacie łazienka była zalana wodą, a ja dopiero w połowie ablucji, kiedy cholerny domofon się odezwał. Usłyszałam go przez chlupot wody, wybiegłam więc spod prysznica po raz kolejny, ociekając wonną pianą firmy Palmolive, ponaciskałam właściwe guziczki i odblokowałam zamek w drzwiach, niech sobie sam wejdzie i zaczeka.

Mam nadzieję, że nie był tak blisko drzwi, żeby usłyszeć, co wyrwało mi się z głębi serca, kiedy zobaczyłam, że wąż od prysznica zleciał z haka – widocznie w pośpiechu nieprecyzyjnie go tam umieściłam – tak nieszczęśliwie, że upadł poza brodzik, lejąc gdzie popadnie. Złapałam go i ukróciłam samowolę. Po dokonaniu tego czynu oparłam się bez sił o ścianę. W moim stanie należy się oszczędzać!

– Agatko... – To Kamil, już zza drzwi łazienki. – Dobrze się czujesz?

Zakręciłam wodę, żeby lepiej go słyszeć.

– Dobrze jak nie wiem co – powiedziałam ponuro. – Muszę wziąć kąpiel.

– Jesteś pewna, że dobrze?

Ten głos... taki spokojny, z leciutką nutką kpiny! Od samego brzmienia tego głosu zaczynam się czuć coraz lepiej.

– Jestem pewna. Za pięć minut wyjdę i pozbieram tę całą wodę. Usiądź gdzieś, gdzie jest sucho, i poczekaj na mnie.

– W porządku.

Ostrożnie operując gąbką i jeszcze ostrożniej szczotką do mycia pleców, dokonałam wreszcie dzieła. Z jednego ręcznika zrobiłam sobie turban na umytych włosach, drugim, takim wielkim, plażowym owinęłam się cała, a resztę ręczników obecnych w łazience rzuciłam na posadzkę. Niech wsiąka.

Mogłam już wyjść na światło dzienne.

– Miałeś siedzieć w pokoju i czekać...

Kamil stał w drzwiach kuchni ze ścierką w ręku.

– Ślicznie wyglądasz w tych zawojach. Trochę posprzątałem.

– Jak znalazłeś ścierkę do podłogi? – zdziwiłam się nieinteligentnie.

– Ścierki do podłogi na ogół bywają chowane pod zlewami – wyjaśnił uprzejmie. – Jak tam twoja głowa?

– Lepiej nie mówić...

– Biedactwo. Mam lekarstwo. Mówiłem ci, że jestem pogotowie ratunkowe.

– Ale lotnicze – jęknęłam.

– Ale ratunkowe. Wypij, za chwilę będzie ci lepiej...

Podał mi mój największy kielich wypełniony bladozłotym płynem, w którym grzechotał lód. Płyn delikatnie musował. Coś mi to przypomniało.

– Szampan?

– Nie, kochanie. Reńskie wino i sodowa woda. Jak u Byrona. Pewnie nie pamiętasz, ale kiedyś ci cytowałem taki fragmencik.

– Oczywiście, że pamiętam. – Upiłam łyczek i znalazłam sobie solidne oparcie w parapecie kuchennego okna. Miało to tę dobrą stronę, że słońce wpadające przez szyby nie robiło mi krzywdy. – To znaczy, pamiętam, że cytowałeś, ale nie pamiętam fragmenciku. Dobre to jest...

– Rozkaż, niech lokaj do łóżka przyniesie reńskiego wina i wody sodowej... ty byś nie wzgardził nimi, o Kserksesie, bo ani sorbet mrożony w śniegowej wazie, ni czyste źródło w suchym lesie, ani Burgundu napój rubinowy do pracy, boju tyle sił nie doda, co reńskie wino i sodowa woda. Zamiast reńskiego co prawda masz francuskie, z Langwedocji, a zamiast sodowej gazowaną nałęczowiankę, ale skutek powinien być ten sam.

Wyglądało na to, że miał rację. Z każdym łykiem wracało mi życie. Moja miłość do romantyków jest jak najbardziej uzasadniona. Swoją drogą, ci uduchowieni faceci lubili dobrze zjeść i wypić. Był taki opis żarcia w „Eugeniuszu Onieginie"...

– Czemu się śmiejesz?

– Przypomniało mi się, jak Puszkin opisywał kolację w jednej knajpie, ale nie umiem tego na pamięć, pamiętam tylko, że był to opis szalenie apetyczny, panowie jedli *rost-bef okrowawlennyj i triufli, rosskosz junych liet, francuzkoj kuchni łuczszyj cwiet...* coś uroczego! A biedne dzieci w szkole znają tylko „Borodino"! I to w najlepszym wypadku.

– A pamiętasz *Ja pomniu czudnoje mgnowienije?*...

– *Pieriedo mnoj jawiłas, ty...* Jasne, że pamiętam!

– A wiesz, co Puszkin pisał prywatnie, w pamiętniku o tej samej pani?

– Wiem! „Dzisiaj, z bożą pomocą, miałem Annę Michajłownę"! Przynajmniej konkretnie! Słuchaj, Kamil, a ty skąd to wszystko wiesz właściwie?

14. Jestem nudziarą

– Z książek, Agatko, z książek. Ja to po prostu lubię. A na lotnisku, jak sama widziałaś, jest sporo czasu na czytanie.

– Nie powinieneś czytać literatury fachowej?

– Też czytam. I w domu czytam. Takie hobby. I muzyki słucham. Poszlibyśmy na jakiś koncert... Oczywiście, jak już ci przejdzie tupot białych mew.

– A wiesz, że chyba już przechodzi... Genialne lekarstwo, genialne!

– Czy to oznacza, że już się nie rozsypiesz, jeżeli... Widzisz, Agatko, jestem tylko prostym pilotem, a ty tak ślicznie wyglądasz w tych draperiach...

Stał tak naprzeciwko mnie, słońce padało mu prosto na twarz, świeciło w oczy, a on tych oczu wcale nie mrużył, tylko patrzył na mnie i krzywo się uśmiechał.

Po czym wyjął mi z ręki pusty kielich po reńskim winie i sodowej wodzie i odstawił go na lodówkę.

Pierwszy raz mieliśmy dla siebie tak wiele czasu. Kamil był umówiony ze swoją dobrą Tosią dopiero na późny wieczór, przewidywał bowiem, że wpadnie do mnie po pracy. Z powodu uprzejmej awarii maszyny latającej wpadł do mnie zamiast do pracy i został prawie do północy.

Nie da się ukryć, że niemal cały dzień spędziliśmy w łóżku. Śniadanie zjedliśmy koło południa, bardzo niekompletnie poubierani, do obiadu nas nie ciągnęło. Powyłączałam telefony. Kamil swojej komórki nie mógł, ale jakoś, na szczęście, nie zadzwoniła.

– Jeżeli istnieje na świecie szczęście – mruknął gdzieś koło osiemnastej trzydzieści, wyciągając się w moim łóżku na całą swoją długość (łóżko zatrzeszczało ostrzegawczo) – to wygląda ono mniej więcej tak. Kocham cię, Agatko...

Zapaliłam lampkę, żeby sobie na niego popatrzeć; było już kompletnie ciemno, jak to w listopadzie o tej porze.

Hermes odpoczywający. Gdzie ja widziałam taką rzeźbę? Nie pamiętam. Ale tak musiał wyglądać Hermes, kiedy zmęczył się miłością z tą nimfą, którą zaciągnął do lasu u Keatsa. Ciemne włosy z pierwszymi ledwie zauważalnymi śladami siwizny, ale niesymetrycznie, tylko na lewej stronie. A może na prawej też, prawa jest gorzej oświetlona, to nie widać. Wysokie czoło. Regularny, prosty nos. Ach – i tu jest pies pogrzebany! Liam Neeson ma złamany nos, to jest główna różnica między nimi. Ale brwi, oczy... a zwłaszcza usta, też nie całkiem symetryczne, usta, których zarys świadczy o wrażliwości...

Chyba znowu tracę kontakt z rzeczywistością.

– Obejrzałaś mnie sobie dokładnie?

– Mniej więcej. Ja też cię kocham. I w sprawie szczęścia... też mi się tak wydaje.

Pocałował mnie.

– Chciałbym, żebyś była moją żoną.

– Też bym chciała. Ale to chyba nie będzie takie proste, prawda?

– Sam nie wiem. Ale chciałbym.

– Jacek też by chciał?

– Nie mam pojęcia. Nie rozmawialiśmy nigdy o tobie.

– My się w ogóle dosyć krótko znamy, nie masz wrażenia? I niewiele o sobie wiemy nawzajem. Nie uważasz?

– Nie. Wiem o tobie wszystko, co trzeba wiedzieć.

– To ja jestem taka nieskomplikowana? Chyba powinnam się obrazić.

– Jesteś bardzo skomplikowana, moja droga – zaszemrał Kamil pojednawczo. – Na pewno sprawiałabyś mi niespodzianki do końca dni naszych... wspólnych, oczywiście. Ale zauważ, że nie mówiłem, jakobym wszystko wiedział, rozumiesz: wszystko. Powiedziałem: wszystko, co trzeba. Rozumiesz? Wszystko, co trzeba, żeby kochać...

– Boże, jak ty kręcisz!

– Nic podobnego...

– Kręcisz jak pies ogonem. Nie szkodzi, pointa mi się podoba. Ale, wracając do zasadniczego tematu, w twoim wypadku sprawa jest prosta: wziąłbyś sobie mnie za żonę i już. A ja wyszłabym za całą rodzinę, to znaczy za ciebie i w pewnym sensie za Jacka... Wcale nie wiem, czy Jacek byłby zachwycony, gdyby pani wychowawczyni wprowadziła mu się do domu w charakterze macochy. I jak ja bym mu potem stawiała jedynki z gramatyki?

Przyjrzałam się baczniej mojemu rozmówcy.

I po co ja to wszystko mówię? Do śpiącego faceta!

Mogłabym teraz wstać ostrożnie, nie budząc go i zrobić, na przykład, porządek w łazience, gdzie ręczniki wciąż moczyły się w kałuży na posadzce. Ale uznałam, że skoro za kilka godzin obudzi się i pójdzie sobie, praktyczniej będzie łazienkę zostawić na później, a teraz pójść za jego przykładem...

Ułożyłam się wygodnie w jego ramionach – mruknął coś przez sen, ale się nie obudził – oparłam głowę na szerokiej piersi i słuchałam miarowego bicia jego serca, dopóki mnie ten koncert nie uśpił.

Otworzyłam oczy może po trzech godzinach. Światło było zapalone. Tym razem to Kamil przyglądał mi się uważnie, z krzywym uśmiechem na tych swoich ustach, których kształt znamionował wrażliwość.

– Dojrzałaś do kolacji?

– Prawdę mówiąc, zapomniałam, że czasami się jada. Jesteś głodny?

– W pewnym sensie.

– To co, mam wstać i zrobić coś do jedzenia?

– Miałem na myśli inny głód...

– Ach tak?

– Ach tak.

– Masz może jakiś stosowny cytat na ten moment?

– Oczywiście. Jest taki sonet Szekspira: „Słodka miłości, wróć, by nie mówiono, że siły twoje od twych pragnień słabsze"...

Wykorzystaliśmy cały czas, jaki nam pozostał do momentu, kiedy Kamil uznał, że nie może już dłużej nadużywać dobrej Tosi.

– Słuchaj – zagadnęłam go, stojącego z ręką na klamce. – A ty mówiłeś o mnie tej swojej dobrej Tosi?

Skinął głową.

– Mówiłem. Nie wszystko, oczywiście. Ale Tosia wie, że istniejesz i że cię kocham. Ona to popiera, bo nie znosiła nigdy mojej byłej żony, zresztą z pełną wzajemnością, zwłaszcza po naszym rozwodzie. Tosia nie rozumie, jak matka mogła zostawić dziecko i odejść sobie tak po prostu. Żałowała Jacka i żałowała mnie. Z rozpędu. Od chwili mojego wyjścia z sądu namawia mnie, żebym sobie znalazł kogoś przyzwoitego; tak to określała.

– A ty co? – spytałam, bo przestał mówić sam z siebie.

– A ja nic. Więc Tosia nadal mnie żałowała. Kiedy jej powiedziałem o tobie, bo sama rozumiesz, nie chciałem jej oszukiwać, kiedy potrzebowałem czasu na spotkanie z tobą, była bardzo zadowolona...

– Coś podobnego!

– Właśnie. Muszę wam zorganizować jakieś spotkanie, bo Tosia omal nie pęknie z ciekawości za każdym razem, kiedy wracam od ciebie, a jest za delikatna, żeby ze mnie wyciągać zeznania. Ja jej, oczywiście, nic nie mówię, a ona cierpi w milczeniu. Ale strasznie chciałaby cię poznać. Co ty na to?

– Proszę bardzo. Choćby jutro.

– Jutro, mówisz? Może to i dobry pomysł. Ja posiedzę z mamą, a was umówię w jakiejś kawiarni. Zjecie sobie po ciastku i poplotkujecie o mnie...

– To już lepiej zaproś ją w moim imieniu na obiad! Będzie miała pewność, że nie umrzesz przy mnie z głodu... jakby co.

– Nie boisz się?

– Strasznie się boję! Ale taki egzamin lepiej zdać znienacka. Idź już, bo pomyśli, że jestem harpia i nie chcę cię puścić!

Roześmiał się, jeszcze raz powiedział, że mnie kocha, i poszedł sobie.

Nastawiłam budzik na ósmą – jeżeli mam przygotować obiad dla Tosi, to muszę wstać w miarę wcześnie – i padłam kompletnie wyzuta z sił w jeszcze ciepłą pościel.

Niedziela. Można powiedzieć – dyplomowa

Zerwałam się za pięć ósma, jak zawsze, kiedy budzę się przed budzikiem, bo ma się wydarzyć coś ważnego. Przez moment nie bardzo pamiętałam, co to ma być, coś mi się plątało po głowie na temat jakiegoś przedstawienia, czyżby nie było jeszcze naszej premiery?

Rany boskie! Tosia!

No tak, to też w pewnym sensie przedstawienie. Teatr jednego aktora. I ten aktor musi dobrze wypaść!

Spokojnie. Jest wcześnie.

Rzuciłam okiem na komórkę. Coś jest. SMS. „Tosia przyjdzie do ciebie o czwartej na ten obiad. Przyniesie ciastka. Powodzenia. Kocham cię". Nadał to w nocy, widocznie od razu po powrocie rozmawiał z dobrą Tosią.

Do czwartej mam osiem godzin. Można diabłu łeb urwać.

W łazience zastałam małe pandemonium ręcznikowe, ale pozbyłam się kłopotu błyskawicznie, ładując wszystkie mokre szmaty do pralki. Zrobiłam się na domowe bóstwo i zasiadłam do lekkiego śniadania połączonego z burzą jednego mózgu.

Co by takiej Tosi zrobić, żeby ją olśniło? Rzucić się w wytworność czy raczej postawić na pożywne, swojskie żarcie? A może zdrowa kuchnia? Nie, zdrowa kuchnia raczej nie, takie Tosie preferują kotlety z karkówki i surówkę z kiszonej kapustki. Ale może to jest nietypowa Tosia. Może też wcale nie powinnam starać się jej olśniewać, tylko przeciwnie, zrobić wrażenie miłej domowej kurci?

Boże, jak trudno być panną na wydaniu!

Zajrzałam do lodówki. No, nie, tu nic nie ma! Muszę lecieć do supermarketu.

Nie lubię kupować w supermarketach w niedzielę, bo trudno znoszę panującą tam atmosferę rodzinnych pikników, ale nie mam wyjścia.

Zaczęłam mieć wrażenie, że czas mi się kurczy.

Popędziłam do Geanta, napchałam do wózka mięsa, zieleniny, trochę serków. Czego ja się boję, głupia! Zrobię po prostu coś smacznego. Jeszcze nie wiem, co. A na deser? Nic, Tosia coś przyniesie.

– Agacia! Co ty, przyjęcie wydajesz? Jesteśmy zaproszone?

Podniosłam oczy znad owoców południowych, które oglądałam, zastanawiając się, czy należy takiej Tosi proponować liczi albo karambolę i właśnie dochodząc do wniosku, że raczej nie, bo sama nie bardzo wiem, co z tym zrobić. Tyle że ładnie wygląda.

– Agata! Śpisz?

Przede mną stała Beata w towarzystwie blond facetki znanej mi z widzenia.

– Pamiętasz Dzidzię?

– A, Dzidzia, pamiętam, oczywiście. Dzień dobry, Dzidziu. To ta Dzidzia od Natalii Hollander. Asystentka. Prawa ręka.

Beata patrzyła z uznaniem na rozmiary moich zakupów.

– No więc co, robisz bankiecik? Zaprosiłaś tego swojego?

– Mój dzisiaj nie może. – Nie uważałam za stosowne tłumaczyć jej w obecności obcej baby, kogo zaprosiłam i w jakim celu. – Robię sobie zapasy na cały tydzień.

Dzidzia bezceremonialnie zaglądała do mojego wózka wypchanego żarciem.

– Och, nie jadłabym na twoim miejscu czerwonego mięsa! Najlepiej w ogóle mięsa nie jeść, ale czerwone...

– Niezdrowe?

– Szalenie. Ma w sobie dużo negatywnej energii.

Moim zdaniem ładnie przysmażony kotlecik ma w sobie mnóstwo bardzo smacznej energii. Powiedziałam o tym Dzidzi, a ona potrząsnęła blond loczkami w geście wyrażającym potępienie.

– To samo mówił mój mąż... kiedy jeszcze miałam męża. Nie dał sobie wytłumaczyć najprostszych prawideł rządzących jedzeniem. Nie chciał jeść proteiny sojowej! Ani otrąb! Domagał się kotletów, biedaczek. No cóż. Jedzenie nie jest dla przyjemności! Jemy, żeby żyć! Czy zdajesz sobie sprawę, że jesteś tym, co jesz? Że to się w tobie rozkłada...

– Wolę o tym nie wiedzieć. A w każdym razie nie myśleć.

– I te sery... strasznie tłuste. Strasznie niedobre...

– Jak to niedobre – zbuntowałam się, bo uwielbiam sery. – Taki pyszny francuski śmierdzielek niezdrowy? Grana padano niezdrowy? Z gruszeczką? Do czerwonego wina?

– Chodźmy na małą herbatkę, wszystko chętnie wytłumaczę. – Dzidzia aż paliła się do tego, żeby mnie uświadomić w dziedzinie zdrowego jedzenia.

Niedoczekanie.

– Nie dzisiaj, dziewczyny – powiedziałam stanowczo. – Nie mam już czasu. Muszę lecieć do domu. I jeszcze nie kupiłam wina! Pa!

Oddaliłam się od nich pospiesznie, słysząc jeszcze za sobą to, co Dzidzia ma do powiedzenia w kwestii smażenia na smalcu. I jeszcze Beata coś tam wykrzykiwała, że mnie odwiedzą. Niech odwiedzają, dziś nie będę sobie tym głowy zaprzątać, jutro do niej zadzwonię i niech sprecyzuje. Nakupiłam tych łakoci na cztery dobre obiady. Nie poskąpię koleżankom.

Proteina sojowa!

Postanowiłam zrobić prosty gulasz z mięsa indyczego, z dużą ilością roślin w środku. Z kaszą. I zupę ze świeżych pomidorów. I te sery.

Oczywiście, kiedy już zabrałam się do dzieła, zmieniłam koncepcję. Zamiast świeżych warzyw dodałam do gulaszu sporo suszonych grzybków. Będzie miał bardziej zdecydowany smak. I nieco staroświecki. A jarzynka będzie jako jarzynka. Z tartą bułką przysmażoną na chrupko, na maśle! Bomba cholesterolowa!

Ponieważ gotowanie uważam za czynność dalece artystyczną, włączyłam sobie dla stworzenia właściwej oprawy „Eroicę" Beethovena w impetycznej interpretacji Johna Elliota Gardinera. Od razu nabrałam szwungu w tej kuchni. Doprawianie gulaszu wypadło mi w połowie czwartej części. Ze śpiewem na ustach ujęłam młynek z kolorowym pieprzem i zaczęłam kręcić. Skończyłam tak, żeby wypadło na frazie. Zamieszałam i spróbowałam. Cholera. Trzeba było jednak ciąć w połowie frazy. A jeżeli Tosia nie lubi ostrych potraw?

O wpół do czwartej byłam gotowa. Jak to mądrze: zrobić potrawy, które nie muszą być podawane prosto z patelni! No, może tarta bułka do jarzynki.

Poprawiłam nieco urodę, ale bez przesady. Nie trzeba, żeby Tosia pomyślała, że jestem wydra. Albo coś w tym rodzaju.

Dzwonek domofonu sprawił, że wszystko we mnie zamarło. Jezus Maria!

Odblokowałam drzwi wejściowe i stanęłam na posterunku przy moich własnych. Usłyszałam kroki na schodach i otworzyłam, przybierając najprzyjemniejszy wyraz twarzy, na jaki mnie było stać z tym szczękościskiem.

No nie! To nie do wiary!

– Niespodzianka!

Do cholery z taką niespodzianką! Beata i Dzidzia! Dzidzia usiłująca mi wepchnąć potwornej wielkości papierową torbę z nadrukiem *Sklep Natura – zdrowa żywność!*

I od razu władowały mi się do środka! Zatkało mnie tak dalece, że nie zrzuciłam ich od razu ze schodów. A one, całe w skowronkach, popędziły do mojej kuchni. Zdołałam je wyprzedzić i stanęłam w drzwiach kuchennych bez mała jak Rejtan.

– Dziewczyny! Skąd ten pomysł?

– Jak to skąd – odpowiedziała mi beztrosko Beata. – Przecież mówiłyśmy, że cię odwiedzimy. Nie miałaś przeciwwskazań. Przyniosłyśmy ci pyszne naturalne jedzonka, a Dzidzia ci opowie, co z tym zrobić, żebyś miała z tego pożytek.

– Ale ja nie chcę pożytku z proteiny sojowej – jęknęłam.

– Pokażę ci, jak to przyrządzać, żeby smakowało zupełnie tak jak mięso – zawołała ochoczo Dzidzia i zaczęła pchać się do mojej kuchni.

– Wykluczone! – Oprzytomniałam. – Nie dzisiaj. Przykro mi, kochane, ale zaraz będę miała gościa na proszonym obiedzie. Nie mogę was przyjąć. Wybaczcie.

– Gościowi też możesz dać – nie traciła zapału Dzidzia. – Niektóre z tych rzeczy świetnie robią na potencję...

Mam zaproponować Kamilowi, że mu poprawię potencję za pomocą proteiny sojowej? Ach, ale to i tak nie będzie Kamil.

– To nie będzie facet – powiedziałam, odpychając ekspansywną Dzidzię. – Strasznie was przepraszam, ale idźcie sobie. Chętnie was zaproszę kiedy indziej. Poczynając od jutra. Możemy nawet porozmawiać o proteinie sojowej, jeżeli nie będę musiała jej zjeść, ale teraz idźcie sobie!

Ani im się śniło.

– Jeżeli to nie będzie facet, to o co chodzi? – nie rozumiała Beata.

Popatrzyłam z rozpaczą na zegar. Za dwie czwarta.

I w tym momencie zadzwonił domofon.

– Czekajcie, muszę otworzyć...

Skorzystały z tego natychmiast, wdarły się do kuchni i rzuciły swoją ogromną papierową torbę z proteiną sojową i nie wiem czym jeszcze na mój wymuskany blat roboczy, przygotowany na inspekcję czujnego oka Tosi. Wydawały przy tym radosne okrzyki, z których wynikało, że mają zamiar zaprzyjaźnić się z moim gościem, kimkolwiek by on był. Bo skoro to nie amant, to nie muszą mnie zostawiać z nim sam na sam...

W drzwiach stanęła Tosia. Kamil, oczywiście, łgał haniebnie, opisując mi jej wstrząsającą urodę z brodawką na nosie i wąsami (tak to chyba miało wyglądać), ale rzeczywiście, swoje lata miała. Poza tym była wysoka, postawna, dość nawet przystojna, a na twarzy miała wypisany charakter niezłomny i twardy jak granit. Względnie marmur. Ale nie żelbet. Coś szlachetnego. W dłoniach dzierżyła paczuszkę, zapewne z ciastkami, którą wyciągnęła w moją stronę niczym dar szlachetnych Apaczów dla zaprzyjaźnionego plemienia.

– Dzień dobry – powiedziała tubalnie. – Dobrze trafiłam?

– Bardzo dobrze – starałam się, żeby mi głos nie zadrżał. – Witam i zapraszam. Są u mnie koleżanki, ale właśnie wychodzą.

– Wcale nie wychodzimy – zawołała radośnie Beata. – Zaraz panie przekonamy, że najmilsze są wspólne obiadki! Agatko, nie znamy jeszcze pani!

– Już namoczyłam soczewicę. – Cholerna Dzidzia do połowy wychynęła z kuchni i zamarła z głupim wyrazem twarzy.

Tosia też zamarła.

Z nich dwóch to ona pierwsza odzyskała głos.

– A co pani Dzidka tu robi? – zakrzyknęła głosem częściowo zdławionym przez nagłą irytację, ale wciąż tubalnym.

– A co Tosia tu robi? – miauknęła Dzidzia w drzwiach kuchni.

– Panie się znają? – zapytałam głupio.

– Znają! – huknęła Tosia. – Jeżeli ta pani tu jest, to ja wychodzę!

– O nie! – zawołałam, czując, że coś złego tu się zaczyna dziać.

– Tej pani tu nie ma. Pani Tosiu, bardzo przepraszam, to moja koleżanka ze swoją znajomą odwiedziły mnie niespodziewanie, ale naprawdę już wychodzą. Naprawdę! – ryknęłam.

Beata miewa idiotyczne pomysły, ale generalnie głupia nie jest. Wyczuła ciężką wrogość między swoją Dzidzią a nowo przybyłą damą i zrezygnowała ze zbiorowego pikniku w mojej kuchni.

– To prawda, chciałyśmy Agacie zrobić siurpryzę, ale nie wiedziałyśmy, że czeka na panią. Już nas nie ma. Dzidzia, idziemy! Do widzenia pani. Cześć, Agacia.

Wyciągnęła dość bezwolną Dzidzię na schody, a ja zamknęłam drzwi.

– Bardzo przepraszam, pani Tosiu – powiedziałam zrezygnowana. – Spotkałam je dzisiaj w sklepie. Beata to moja sta-

218

ra przyjaciółka, uważa, że można do mnie wpadać o każdej porze dnia i nocy... Rozbierze się pani? I poproszę panią do pokoju...

Boże, ten wieszak jeszcze nienaprawiony! Dobrze, że schowałam ciuchy do sypialni.

Powiesiłam Tosine palto na ramiączku na jelenim porożu, które dostałam kiedyś od znajomego leśnika. Paczkę z ciastkami zaniosłam do kuchni.

W pokoju Tosia z miną gradową stała przy biblioteczce i lustrowała salon okiem krytycznym. Odniosłam jednak wrażenie, że niewiele widzi, raczej przeżuwa scenę, która rozegrała się przed chwilą.

Miałam rację.

– Pani się z Dzidką przyjaźni? – zapytała ponuro.

– Z Dzidzią? Nie. Przyjaźnię się z Beatą. Dzidzia to Beaty koleżanka, spotkałam ją parę razy. One teraz pracują razem, to znaczy, Beata sobie tam dorabia...

– U tej psychiatry?

– Zgadza się... Pani zna Natalię Hollander?

– Na szczęście tylko ze słyszenia. I naprawdę pani nie zna Dzidki?

Trochę już mnie to zniecierpliwiło.

– Naprawdę. To znaczy, przelotnie. Pani ją zna lepiej?

– Pewnie, że lepiej. Ja ją bardzo dobrze znam. Przecież to jest Jacka matka!

Jacka matka! Kamila była żona!!! Jak to?

No tak... Dzidzia, Dzidka. Zdzicha Pakulska!

Usiadłam z wrażenia, nie bacząc, że Tosia wciąż stoi.

– O mój Boże. Nie wiedziałam. Nie skojarzyłam. Nigdy mi się nie przedstawiła nazwiskiem!

– Ona nie lubi tego nazwiska. Wcale nie wiem, czy po rozwodzie nie wróciła do panieńskiego – powiedziała gniewnie Tosia i też usiadła.

Dzidka Pakulska! To ona się, biedactwo, nie mogła samorealizować przy mężu nudziarzu. Ona mu dawała proteinę sojową! I on nie chciał!

– Czemu się pani śmieje? – zapytała podejrzliwie Tosia.

– Ona mi dzisiaj usiłowała opowiedzieć, jak karmiła męża

zdrowym żarciem – wykrztusiłam, chichocząc. – I on nie chciał tego jeść... Mnie też przyniosła dzisiaj cały worek czegoś... Chciały tu z Beatą zrobić ekologiczne przyjęcie.

– Ona miała dużo dziwnych pomysłów – zawiadomiła mnie gniewna Tosia. – Ekologiczne jedzenie, owszem, proszę bardzo, ale ona co krok miała nowe koncepcje! Nakupowała całą lodówkę jedzenia, a potem to wyrzucała, bo gdzieś przeczytała, że niezdrowe. Pomidory rakotwórcze! Margaryna jak masło! A Jacuś nie znosił margaryny, to mu przynosiłam masło po kryjomu, pakowane w te trumienki od margaryny. Kamil też musi dobrze zjeść, on jest pilot i słuszny mężczyzna! Nie może żyć trawą... Boże, co ja z nią miałam...

Bardziej byłam ciekawa, co też Kamil z nią miał, ale czekałam, żeby Tosia sama do tego doszła. Już było widać, że prędzej czy później dojdzie.

– Pani Tosiu – przerwałam nieśmiało. – Ja przecież czekam na panią z obiadem... Może odprężymy się i zjemy spokojnie. I przy tym obiedzie sobie porozmawiamy, dobrze?

– Dobrze – zgodziła się Tosia. – Ale nie będziemy jeść na salonach, tu wypijemy kawę, a na obiad chodźmy do kuchni. Chyba że pani tam nie ma miejsca do jedzenia...

– Ależ mam! Mam bardzo miłą kuchnię. Jeżeli pani chce po domowemu, to bardzo proszę.

Zerwałam się z kanapy i poprowadziłam gościa do kuchni. Tam, niestety, niewiele pozostało z wymuskanego porządku. Wszędzie walały się paczuszki ze zdrowym żarciem przyniesionym przez Dzidzię, czyli – Boże jedyny! – Zdzichę Pakulską.

– Jakbym się cofnęła o parę lat – warknęła wściekle Tosia na ten widok. – Nasza kuchnia też tak wyglądała. Widać, że Dzidka tu próbowała gospodarować. Będzie pani tego używać?

– Raczej nie. Nie ciągnie mnie jakoś... Może gdybym sama do tego doszła, ale nie tak na siłę.

Zaczęłam zbierać paczuszki i wpychać je do tej wielkiej torby, którą Dzidzia porzuciła beztrosko na podłodze. Tosia pomagała mi, posapując ze złości przez nos.

Po chwili kuchnia znowu wyglądała przyzwoicie. Tosia bezceremonialnie zaglądała do garnków stojących na najmniejszych płomieniach, jakie można było wydusić z mojej kuchenki.

– Pomidoróweczka, widzę, ze świeżych pomidorków... ładnie pachnie, dodałabym koperku. Ma pani koperek?

– Mam, zaraz dołożę...

– To też ładnie pachnie... To kurczak? Chyba nie. Indyk? Zgadłam. Sosik grzybowy. Sympatycznie. Jarzynki. Kasza. No dobrze, czuję, że ze mnie opada, bo przecież myślałam, że zawału dostanę, jak ją tu zobaczyłam od progu. Możemy zaczynać. Pani lubi, żeby jej pomagać czy nie?

– Tu już nie ma przy czym pomagać. – Ze mnie też napięcie opadało powoli. – Pani sobie tu siądzie spokojnie, a ja będę nakładać. Zupkę posypać serem?

– Nie wiem, nie jadłam w ten sposób. To dobre?

– Jak kto lubi, dlatego pytam. Ja lubię sypnąć trochę parmezanu. Sypać?

– Sypać. Pani Agato, ja myślę, że my sobie zjemy spokojnie, a porozmawiamy przy kawie i ciastkach.

– Bardzo dobrze. Przy jedzeniu nie należy się denerwować.

Z pewnym napięciem spoglądałam dyskretnie, jak też Tosia będzie reagować na moją kuchnię, ale reagowała pozytywnie. Niezwykle pieprzny gulasz zyskał jej prawdziwe uznanie.

– Świetny, naprawdę. Lubię takie ostre jedzenie. I Kamil też lubi. Jacek też. Niektórzy mówią, że to niezdrowo, ale ja w to nie wierzę. Tylko że nie można sypać jak popadnie, wszystkich przypraw, które się ma na półce. Trzeba wybierać. Doskonałe!

Domyśliłam się, że Dzidzia w szale stosowania zdrowych ziółek waliła do wszystkiego cały posiadany zestaw. To nie mogło być najlepsze na świecie...

Zastanawiałam się, kiedy podać sery, bo właściwie powinno się je dać na samym końcu, ale skoro Tosia chciała celebrować ciastka z kawą w pokoju... Zdecydowałam się podać grana padano po drugim daniu.

– Z gruszką? – Tosia wykazała pewną nieufność.

– Koniecznie. Jeden znajomy mnie tego nauczył, w mojej poprzedniej pracy. On miał fioła na punkcie Włoch, jeździł co roku w jedno miejsce i tam mu pokazali ten patent. Włosi mają podobno nawet takie powiedzenie, żeby nie uczyć chłopa, jak smakuje ser z gruszką.

Tosia spróbowała i zaaprobowała.

– Ale to nie każdy ser?

– Chyba nie. Ten na pewno.

– Dobre, rzeczywiście. Jak to było? Nie ucz chłopa jeść sera z gruszką? To tak jak nasze „nie ucz ojca dzieci robić". Czemu nie? Może być.

Doceniwszy wyrafinowane zestawienie grana padano z odrobinę tylko chemiczną gruszką – po obraniu chemia prawie znikała – Tosia wyłożyła przyniesione ciastka na talerz, ja zrobiłam kawę i udałyśmy się na salony.

– Kamil dużo o pani nie mówił – rzekła Tosia, rozsiadając się na kanapie – ale ja mam oczy i widzę. On przy pani odżył. Inaczej patrzy. Inaczej się śmieje. Czy dla pani to jest coś poważnego?

Udawała, że zajmuje się głównie karpatką, którą sama upiekła, ale nie ze mną takie numery. Widziałam, jak jej się uszy powiększyły. Nad odpowiedzią nie musiałam się długo zastanawiać, bo ostatnio myślałam o tym prawie stale.

– Mam wrażenie, że tak – powiedziałam, wbijając widelczyk w złociste ciasto. – Wie pani, pani Tosiu, ja jeszcze nigdy nie przeżywałam czegoś takiego.

Chętnie bym jej powiedziała, na czym to polega, ale jakoś nie umiałam tego z siebie wydusić. W końcu widziałam ją pierwszy raz w życiu.

– Bo ja myślę o Jacku. – Tosia spojrzała na mnie spode łba. – To znaczy o nich obu, ale Kamil jest dorosły i wie, co robi. Czy wy chcecie do końca życia spotykać się tylko w moich godzinach pracy?

– Nie robiliśmy jeszcze żadnych planów. My się nie znamy przesadnie długo, pani Tosiu. Myśmy dopiero niedawno... odkryli się nawzajem.

– Rozumiem. I na razie cieszycie się z tego, żeście się odkryli. Rozumiem. Ja was nie poganiam – oświadczyła dosyć łaskawie i zajęła się ciastkiem.

– Czy Jacek wie, że jego ojciec spotyka się właśnie ze mną?

– Wie. Kamil mu powiedział. Nie chciał, żeby się Jacek domyślał Bóg wie czego bez sensu. Tak jest chyba lepiej, nie uważa pani?

– Uważam. Ale swoją drogą, to on jest bardzo dyskretny. Mam na myśli Jacka. Nigdy żadnej aluzji... Chociaż głupio gadam. Jakie aluzje... To chyba nie jest najszczęśliwszy układ, nie uważa pani?

– Co? To że jest pani Jacka wychowawczynią?

Pokiwałam głową.

– A co to ma do rzeczy? Jacek panią lubi. Mówi, że oni wszyscy panią lubią, bo pani jest w miarę normalna. Przepraszam, ale to jego słowa. Ta jego klasa nie miała szczęścia do wychowawczyń, to jakiś pech, Kamil mówi, że inne klasy mają zupełnie innych wychowawców, bo w ogóle w tej szkole są bardzo dobrzy nauczyciele. Bo to dobra szkoła. Tylko klasa Jacka... A przecież powinni mieć najlepszych, taka klasa!

– Oni mieli opinię strasznie pyskatych i ciężkich do prowadzenia.

– Bzdury – fuknęła Tosia i zaatakowała drugą karpatkę. – Ciężko pani z nimi?

– Niespecjalnie, ale ja lubię pyskatych.

– Otóż właśnie. A te poprzednie panie to, jak przypuszczam, nie lubiły żadnych. No i dzieciaki sobie na nich używały, jak mogły. Ja pani coś powiem. Z tego, co Jacek opowiada, to ja mam wrażenie, że pani ich szanuje. A tamte panie ich nie szanowały.

Coś w tym było, co mówiła dobra Tosia. Zauważyłam przez tych kilka miesięcy w szkole, że nauczyciele, wymagając ogólnego i bezdyskusyjnego szacunku dla siebie, nie mają go w stosunku do uczniów. Czasami nawet nie potrafią się zdobyć na prostą grzeczność. Wynika to pewnie z poczucia własnej wyższości, czasami Bóg jeden wie, czym podyktowanego. Z drugiej strony poczucie wyższości, uzasadnione czy nie, nie powinno przeszkadzać w okazywaniu uprzejmości.

– Mam rację, prawda? – Bystra Tosia czytała w moich myślach, jak chciała. – Możemy o tym nie mówić, jeśli pani niezręcznie, ale ja swoje wiem. Pani za niego wyjdzie?

Boże, ależ ona skacze po tematach!

– Nie wiem. To by chyba nie było dobre dla Jacka, teraz oczywiście, dopóki nie zda matury. Może musiałabym oddać moją klasę komuś innemu, a ja się do nich przywiązałam. Pani rozumie, chciałabym doprowadzić ich do matury. To są naprawdę dobre dzieci. Kolejna wychowawczyni dla nich... znowu brak stabilizacji, brak oparcia...

– Przyjaznej duszy – dopowiedziała Tosia, popijając kawę.

– No tak, do licha, przyjaznej duszy też! Oni są w trudnym wieku!

– Kamil też jest w trudnym wieku – bąknęła znad filiżanki.

– Ale Kamil ma już świadectwo dojrzałości od jakiegoś czasu!

– Przeszkadza pani, że jest starszy prawie dziesięć lat?

– Dziesięć nie, osiem. Nie przeszkadza. Ja go kocham, pani wie? On mi się strasznie podoba! Chodzi mi tylko o to, że on sobie łatwiej poradzi. Kamil jest mężczyzną. A dzieciaki to dzieciaki.

– Boi się pani teściowej z Alzheimerem?

Prawdę mówiąc, nie przyszło mi w ogóle do głowy, żeby myśleć o mamie Kamila jako o teściowej... Zaczęłam się uczciwie zastanawiać, czy się boję.

– Boi się pani – skonstatowała ponuro Tosia. – Wcale się nie dziwię. Każdy by się bał. A ja mówię Kamilowi, że trzeba się zdecydować na ośrodek opiekuńczy. Ona już nie pamięta, że jest jego matką. A Jacek jej wyłącznie przeszkadza. Boi się ludzi i ich nienawidzi. Coś okropnego. – Westchnęła głęboko. – Jej już chyba wszystko jedno, czy ja ją obsługuję, czy Kamil, czy byłby to ktoś obcy... Ale Kamil twierdzi, że lepiej, że to my, bo my jesteśmy swoi. I że nie darowałby sobie, gdyby ona przypadkiem miała jakiś moment świadomości, a jego by przy niej nie było. On się nie potrafi pogodzić. Może zresztą czasami ona go jakoś rozpoznaje, czy może raczej wyczuwa... Może czuje w nas swoich i wydaje jej się, że z nami jest jako tako bezpieczna. Chociaż i tak ma lęki.

Dobra Tosia poniechała łakoci i zamyśliła się smętnie. Nie potrafiłam wymyślić niczego pocieszającego. Głęboko natomiast współczułam im wszystkim. Najgorzej chyba miał Kamil, pamiętający przecież matkę w jej dobrych latach. No i matka to matka. Oglądać taką degenerację osoby kochanej...

– Kamil jest do matki bardzo przywiązany. – Tosia jednak odgadywała moje myśli. – Opowiadał mi, że był bardzo kochanym dzieckiem. Boże, mój Boże.

Przypomniałam sobie, jak wspominał kiedyś o tym swoim dzieciństwie przepełnionym muzyką. Zachciało mi się płakać.

– Pani ma rację, pani Agatko. – Tosia wróciła do dzbanka z kawą i energicznie nalała sobie pełną filiżankę. – Najlepiej chyba będzie zostawić na razie wszystko tak, jak jest. Może wam kiedyś dam ze dwa dni wolnego, zajmę się panią Pakulską, a wy sobie gdzieś wyjedźcie, nacieszcie się sobą... Kamil prawie w ogóle nie odpoczywa. Stale łapie jakieś dodatkowe zajęcia, bo musi zarobić na dom, na Jacka, na mnie, chociaż dużo z niego nie zdzieram, ale też muszę z czegoś żyć. W sezonie to go wcale w domu nie ma, bo są szkolenia w aeroklubie. Ja widzę, że jemu z panią jest dobrze. – Zachichotała znienacka. – Zakochał się jak student!

– A wie pani, że mnie by to określenie nie przyszło do głowy. On mi się spodobał od początku właśnie dlatego, że nic w nim nie widziałam z chłopaczka.

– Bo on jest prawdziwy mężczyzna. I Jacka chowa na prawdziwego mężczyznę. A to wcale nie było łatwe z taką żoną. Wie pani, pani Agatko, ja to sobie czasami myślę, że lepiej, że ona odeszła. Chociaż, z drugiej strony, początkowo nie była taka stuknięta.

Wreszcie zaczęło się to, na co czekałam! To najbardziej interesujące. Omawianie Zdzichy! Usadowiłam się wygodnie w moim ukochanym, bardzo wygodnym, acz nieco wyleniałym fotelu i zamieniłam w słuch.

– Ja z nimi jestem, znaczy z rodziną Pakulskich, już piętnaście lat. Jacek, jak był malutki, nie nadawał się do przedszkola, a Dzidka nie miała zamiaru zrezygnować z pracy, ona wtedy pracowała w wydawnictwie prasowym, strasznie była zaangażowana... Wtedy mama Kamila znalazła mnie, przez jedną znajomą. Jak już Jacek poszedł do szkoły, to też przychodziłam do nich parę razy w tygodniu, pomóc, dać dziecku jeść, takie tam domowe rzeczy, wie pani. I kiedyś Dzidka przeczytała ogłoszenie o jakichś kursach samodoskonalenia się albo czymś w tym rodzaju – ona w ogóle miała fisia na punkcie szkoleń, stale się doszkalała. A to angielski, a to aerobik, a to kurs tańca. No więc poszła i spotkała tę cholerną babę... przepraszam...

– Natalię Hollander?

– Tak. Ona jej wbiła do głowy, że najważniejsze w życiu jest realizowanie siebie. Że najpierw trzeba się w życiu odnaleźć, a potem się samorealizować. Pani Agato! Ja dobrze mówię po polsku! Nie mam żadnych studiów, ale na ogół rozumiem ten język. I moim zdaniem to są jakieś takie frazesy, które nic nie znaczą albo mogą znaczyć wszystko. W każdym razie Dzidka, jak już się zaczęła samorealizować, to jej wyszło, że mąż jej przeszkadza. Że jej nie rozumie. Bo ona ma jakieś wyższe aspiracje, a on nic, tylko siedzi na tym lotnisku albo w powietrzu.

– Przecież wyszła za lotnika – zdziwiłam się. – To gdzie miał być, jak nie w powietrzu albo na lotnisku?

– Ona by wolała, żeby z nią biegał na medytacje! Próbowała go przekonać do niejedzenia mięsa. Pani Agatko! Chłop jak dąb, sportowiec, pani wie, oni muszą mieć zdrowie, stale są badani – a ta mu gołe sałatki i zieleninki. I żeby jeszcze nad każdym daniem medytować. A on zawsze lubił gorące... A jak czasem miał wolne, to chciał do filharmonii, bo lubi koncerty, a znowu ona go ciągnęła na jakieś kursy zapamiętywania. Pani Agato! Co mu przyjdzie z tego, że zapamięta trzy tysiące numerów telefonów? Czy on jest książka telefoniczna?

Tosia wdała się w opisy działań Zdzichy prowadzących do samodoskonalenia i robiła to z taką swadą, że zaśmiewałam się do łez. Ona też. W końcu jednak spoważniała.

– Poza tym okropnie miała mu za złe, że mało zarabia, i koniecznie chciała, żeby się przeprowadził do Warszawy i zaczął pracować w Locie. On nawet miał takie możliwości, ale nie bardzo mu to pasowało; raz, że nie przepada za Warszawą, dwa, że nie chciał być kierowcą autobusu, nawet bardzo dużego i takiego, który lata do Paryża czy tam do Australii. Poza tym, kiedyś mi mówił, nie znosi hoteli, lubi spać we własnym łóżku. O to też miała straszne pretensje, że musi mieszkać na prowincji, gdzie nie ma żadnych możliwości rozwoju. Jak nie ma możliwości, kiedy stale się gdzieś rozwijała! I któregoś dnia przychodzę do nich okna myć przed Wielkanocą, a tu Dzidki nie ma. Jacka nie ma. Kamil jakiś taki smutny i zły, ja pytam, co się stało, a on mówi, że żona od niego odeszła. Rany boskie – mówię – z Jackiem! Nie, odpowiada Kamil, Jacka zawiozłem do dziadków na dwa dni. Musimy się, Tosiu, naradzić, co dalej, mówi. A ja go jeszcze pytam, dlaczego odeszła, co się stało, czy się pokłócili? Ostatnio nawet nie, powiada, tylko żona oświadczyła, że się nie może rozwijać, bo on jej ten rozwój hamuje. Rozumie pani? Ona się chce rozwijać duchowo, a przy nim nie może! To ta psychiatra jej zrobiła wodę z mózgu! I poszła do niej. Teraz u niej pracuje i razem łupią naiwnych ludzi! Ale ma za swoje, bo psychiatra jej mało płaci, a ona jak ta głupia orze. Trzeba jej przyznać, nieźle wygląda... Może lubi pracować za bezdurno.

– Tak całkiem za bezdurno chyba jednak nie...

– Teraz chyba ma lepiej. Ale Kamil jej parę razy pomagał finansowo.

– Ach, to ona taka Dzidka-pasożytka...

– Dzidka-pasożytka. Bardzo ładnie. No więc jak Kamil powiedział, że się musimy naradzić, co dalej, to ja mu powiedziałam, że nie ma się co naradzać, chce się żona rozwodzić, to niech się rozwodzi, poradzimy sobie, może nawet Jackowi będzie zdrowiej bez przeżywania tych wszystkich stresów. Tak tylko mówiłam, wiadomo, że dziecko powinno mieć matkę, ale co było robić? Jakiś czas mieszkałam z nimi, potem ojciec Kamila umarł i mama się do nich przeprowadziła. Dalej to pani wie.

– Wiem. A Dzidka nigdy nie chciała wracać?

– Nie, nie chciała. Ona jest taka jakaś... nie do końca rozwinięta. Ja jej nie rozumiem. Jakąś odpowiedzialność chyba trzeba ponosić, jak się już ma dziecko, prawda? Mąż mężem, dorośli to dorośli, ale dzieciaka szkoda. Ciężko było, ale jakoś z tego kryzysu wyszli. Kamil tylko się zrobił taki bardziej zamknięty w sobie. Przy Jacku nie. Przy Jacku był taki jak dawniej. I teraz przy pani.

Popiła chłodnej już kawy.

– Oni są dobrzy, obaj...

Masz ci los! Jeżeli jeszcze poprosi mnie, żebym im nie robiła krzywdy...

Na szczęście powstrzymała się.

– Za dużo gadam.

– Nie, wcale. Ale pani ich też kocha, mam rację?

– Ma pani. Obu ich kocham, bo obaj są tego warci, proszę pani. I przeszli już swoje, a ja bym nie chciała, żeby przechodzili jeszcze raz przez to samo. Jacek mógłby się nawet wypaczyć, bo to taki młody chłopak, dzieciak tak naprawdę...

– Niedługo skończy osiemnaście lat...

– I co z tego? Jak pani miała osiemnaście lat, to taka pani była dojrzała? Pani Agato, ja już pani nie będę głowy zawracać, bardzo dobry był ten pani obiad, jak pani będzie gotowała dla Kamila, to może pani wszędzie dawać dużo pieprzu, a soli w miarę. On nie jest wybredny tak naprawdę, lubi kartofle różne, a najbardziej pieczone. A z ciast to obaj uwielbiają szarlotkę. Ja myślę, że z tym pani sobie poradzi, po tym obiedzie widzę, że pani ma mniej więcej taki smak, jak oni. I myślę jeszcze, że sami będziecie wiedzieć, czy brać ślub czy nie. Ja w każdym razie uważam, że nie powinno się niczego na siłę przyśpieszać ani z drugiej strony przeciągać. Jednym słowem, pani Agatko, trzeba używać rozumu. I do gotowania, i do miłości. No dobrze, cieszę się, że się poznałyśmy. Bałam się, że mu głowę zawróciła jakaś taka druga Dzidka, bo wie pani, jak to jest, chłopa ciągnie czasami do takich samych kobiet, jedna go skrzywdzi, a on leci do drugiej, bo podobna. Pani nie jest podobna do Dzidki, chwalić Boga...

Zabrakło jej tchu.

– Bardzo się cieszę, że nie jestem podobna do Dzidki, bo ona mi się wcale nie wydaje sympatyczna. – To było łagodnie powiedziane, ale nie chciałam być przez Tosię posądzona o żadne uczucia. – Będę pamiętała o tym pieprzu. I o szarlotce, i o używaniu rozumu też. Mam nadzieję, że się jeszcze nie jeden raz spotkamy?

– Wszystko jest możliwe na tym bożym świecie – powiedziała sentencjonalnie dobra Tosia, po czym włożyła płaszcz i odeszła, przepraszając, że nie może natychmiast wrócić do pani Pakulskiej (żeby Kamil mógł wrócić do mnie), ale ma rodzinne plany na dzisiejszy wieczór, bo ona też ma rodzinę, chociaż czasem to jej się obie rodziny dokładnie mylą.

Zamiast zabrać się do zmywania naczyń, padłam na fotel, nieco oszołomiona.

Dzidzia okazała się Zdzichą Pakulską!

Mogę nadużywać pieprzu, ale muszę uważać na sól!

Muszę się nauczyć piec szarlotkę!

Rany boskie. Tosia nieomal przekazała mi Kamila z Jackiem niczym bezcenny depozyt. Właściwie z zastrzeżeniem, że mam im nie zrobić krzywdy!

Jakoś strasznie szybko mi to wszystko idzie. Kiedy ja poznałam Kamila? Na samym początku roku szkolnego. To jest mniej więcej dziesięć tygodni. A od kiedy sypiamy ze sobą? Od tego koncertu... Wyciągnęłam spod stoliczka program z filharmonii – to było 20 października. Dwadzieścia trzy dni. I już przychodzi dobra Tosia i układa mi plany na całe życie, wprawia mnie w stres związany z nieumiejętnością pieczenia szarlotki i pozwala nie brać ślubu od razu! O matko!

14 listopada, wtorek

Całą noc śniło mi się, że piekę szarlotkę i że mi, niestety, nie wychodzi. To się przypaliła, to nie dopiekła, to miała zakalec, to znowu jabłka wyciekły.

Może to przestroga z nieba, żeby nie robić szarlotki z przecierem czy musem, tylko z jabłkami podziabanymi w ósemki?

Kamil powinien był wczoraj zadzwonić, a nie zadzwonił. Ciekawe dlaczego? Przecież muszę omówić z nim Dzidzię!

Małolaty w połowie lekcji gramatyki opisowej zaprotestowały przeciwko gramatyce opisowej i zażądały reaktywacji Incydentalnego Teatru. Jest im wszystko jedno – powiedziały – czy to będzie teatr poezji czy prozy, czy może pantomima. Chcą sobie pograć.

– Magia sceny, proszę pani – powiedział melancholijnie Maciek. – Ja już żyć nie mogę bez oklasków i róż rzucanych mi pod nogi.

– Kolega doznał trwałego uszkodzenia mózgu – powiadomiła mnie Basia. – Nawet jak odpowiada na lekcjach, to patrzy, czy mu nauczyciele brawo biją.

– Baśka, nie bądź zwierzę – wystąpiła w obronie Maćka śliczna ruda Karolina, która niczym się nie wyróżniała na tle klasy, dopóki nie stanęła na scenie jako Pani Twardowska i nie podbiła serc wszystkich widzów bez wyjątku. Od tej pory przestała być szarą myszką, a stała się najweselszą (obok niezawodnej Basi) dziewczyną w klasie. – Tak naprawdę, proszę pani, to wcale nie jest uszkodzenie mózgu Maćka, tylko wirus. Albo bakteria, nie wiem, co jest bardziej zaraźliwe...

– Mam wrażenie, że jednak wirus – orzekłam, dając się sprowadzić na manowce i zapominając o gramatyce opisowej. – Zapytajcie panią Piełko na najbliższej biologii. A co, czujecie się zarażeni? Klasa potwierdziła dwudziestoma czterema głosami.

No, dwudziestoma trzema, bo oczywiście Renatka się wyłamała, prychając pogardliwie. Trzeba jednak przyznać, że jej złośliwość mocno skłęsła od początku roku. Trochę mi jej szkoda.

Zaczęliśmy dyskutować nad wyborem materiału do inscenizacji, przy czym połowę umysłu miałam zajętą porównywaniem urody Jacka Pakulskiego i jego, jak się okazało, matki Zdzichy, czyli Dzidki, czyli Dzidzi od Natalii Hollander. No tak, wszystko ma po niej. Mam nadzieję, że z wyjątkiem charakteru. I posturę odziedziczył po tatusiu, Dzidzia jest raczej drobna i niewysoka, a Jacek ma już metr osiemdziesiąt albo i więcej. Ale oczy, kolor włosów, usta – cała mamusia. Nic dziwnego, że mi się wydawała do kogoś podobna.

I ja mam mu piec szarlotkę! Oraz gotować, sypiąc pieprz gdzie popadnie.

Czemu nie, lubię chłopaka. Mogę mu gotować. Ciekawe, czy on też się nad tym zastanawiał.

Bo gdybym się zdecydowała wyjść za Kamila... albo przynajmniej z nim zamieszkać...

No tak. Z mamusią i Alzheimerem też.

Swoją drogą, Kamila doskonale rozumiem. Boże, ależ on ma teraz zgryz! W życiu mu nie będę doradzać oddania matki do przytułku, domu opieki czy jak to się tam nazywa.

O czym my w ogóle mówimy! Znam człowieka trzeci miesiąc, a jeżeli się okaże, że to zwyrodnialec... że tylko tak przyzwoicie i sympatycznie wygląda... że ta cała czułość wobec mnie to kamuflaż?

No, no. Większego idiotyzmu jeszcze mi się nie udało wymyślić.

Ale Dzidzia z nim nie wytrzymała.

Raczej on z nią!

Ale może jednak było coś na rzeczy?

– Nonsens – powiedziałam na głos, zanim się zorientowałam, że mi się rzeczywistość rozdwoiła.

Odpowiedział mi zgodny ryk radości kilkunastu gardeł. Oraz zgodne buczenie dezaprobaty innych kilkunastu. Ryczał Maciuś i zgrupowana wokół niego gromadka: Jacek, Basia, Kasia, Adam, Karolina, Dziubas...

O co im chodzi?

Straciłam kontakt z rzeczywistością! A miałam się pilnować, żeby tego nie robić, przynajmniej w szkole.

Tymczasem Maciuś zgrabnie wskoczył na ławkę i balansując na niej niebezpiecznie, wyrecytował z wdziękiem:

– „Ciocia Eliza wpadła do studni i tam przebywa prawie od stu dni, trzeba uważać więc, moi złoci, by się przypadkiem nie napić cioci!".

– Kiedy zaczynamy, proszę pani? – To Basia i Karolina jednocześnie.

Rany boskie. Co zaczynamy?

– Bo my mamy w domu spory zapas takiej literatury nonsensowej, wierszyki różne, całego Edwarda Leara po polsku i po angielsku, jakieś antologie – zadeklarował Jacek.

– A ja mam makabreski – zadudnił Maciek grobowym basem. – „Milordzie, wrota znów nowego na pół przecięły odźwiernego"...

Coś mi się zdaje, że zgodziłam się na jakieś purnonsensowe pżedstawienie. Ciekawe, co chcieli inscenizować przeciwnicy?

– ...„od lat już uczę was i uczę: tę część przynoście, gdzie są klucze" – dokończył Maciek.

– No dobrze, to przynieście, co macie, zrobimy wybór – zadysponowałam już w miarę przytomnie.

– A dlaczego nie podoba się pani nasza propozycja? – padło pytanie z grupy przeciwników nonsensu.

Skąd mam wiedzieć, na Boga!

– To nie to, że mi się nie podoba – zaprotestowałam słabo. – Ostatnio byliśmy tacy poważni, że może dobrze będzie teraz zmienić diametralnie nastrój. To dla nas nowe wyzwanie, rozumiecie.

– Rozumiemy – powiedzieli niechętnie. – Ale potem możemy wrócić do naszej koncepcji?

– Oczywiście. – Mam nadzieję, że do tej pory dowiem się jakoś, o co im chodziło. – Maciek, zejdź z tej ławki, bo ona się rozleci.

– Ale ja muszę jakoś wyrazić swoją osobowość – zawiadomił mnie Maciuś, po czym z gracją baletmistrza wykonał na ławce prawidłową jaskółkę i piruet.

Po czym ławka się rozleciała.

Klasa ryknęła znowu, tym razem zgodnie. Śmiechem.

Ja też ryknęłam. Dwa razy.

Najpierw w odruchu irytacji, przewidując kłopoty, bo ławka rozłożyła się na czynniki pierwsze i poległa.

Klasa zanosiła się z radości. Maciek leżał pod gruzami ławki i się nie ruszał.

– Maciek! – ryknęłam po raz drugi. – Wyłaź spod tej ławki!

Maciuś nic. Klasa jakoś ucichła i z zaciekawieniem spoglądała na pobojowisko.

– Szczeniactwo! – prychnęła Renatka Hrydzewicz. – Wiadomo było, że to się tak skończy.

Wstałam zza biurka i podeszłam do Maćka. Ani drgnął. Zaniepokoiło mnie to nieco.

– Maciek, wyłaź, Maciek, nie świruj – przeleciało przez klasę.

Pochyliłam się nad polem bitwy. Maciek miał zamknięte oczy. Boże! Tam jest kaloryfer! Uderzył się w ten głupi łeb i coś mu się stało!

– Maciek, Maciuś, słyszysz mnie?

Jeżeli zrobił sobie coś w kręgosłup, to nie należy go ruszać. Trzeba będzie wezwać pogotowie.

– Nie ruszajcie go – powiedziałam, podnosząc się. – Ja idę do sekretariatu wezwać karetkę pogotowia. To może być kręgosłup.

W tym momencie zewłok Maćka usiadł gwałtownie na podłodze.

– O rany, nie – powiedział całkiem rześkim głosem. – To ja już wolę sam zmartwychwstać!

Doznałam tak nagłej ulgi, że nie zabiłam łobuza. Klasa zawyła po raz kolejny.

I oczywiście w tym momencie drzwi się otworzyły, weszła pani wicedyrektor i zobaczyła gruzy, a na nich lekko sponiewieranego Maciusia. Pani wice spojrzała na nas z obrzydzeniem.

– Czy to znowu jakaś psychodrama? – zapytała nad wyraz kąśliwie. – Co pani tym razem z nimi przerabia?

– Mały wypadek – powiedziałam z rozpędu. – Na szczęście nic się nie stało.

– Jak to nic? Widzę, że mamy w szkole o jedną ławkę mniej. Milski, dlaczego siedzisz na podłodze?

– Ideał sięgnął bruku – wyjaśnił Maciuś, wstając. Ukłonił się wytwornie. – Ćwiczyliśmy „Fortepian Szopena". Grałem fortepian.

Klasa zatrzęsła się od źle stłumionego chichotu moich kotków. Pani wice poczerwieniała, po czym zbladła.

– Oczywiście wiesz, że jesteś bezczelny? – zapytała retorycznie.

Maciuś skłonił się raz jeszcze.

– Bardzo przepraszam – powiedział bez cienia skruchy. – Wiem, ale nie mogę się powstrzymać.

– Maciek! – warknęłam.

Już mnie trochę rozzłościł. Wykonał ukłon tym razem w moją stronę, ale się przynajmniej zamknął. Pani wice spojrzała na mnie z dużym potępieniem w oczach i poszła sobie. W drzwiach odwróciła się jeszcze, jakby chciała coś powiedzieć, ale zmieniła zamiar.

Dzieciaki stały nad zwłokami ławki, nie bardzo wiedząc, czy się śmiać, czy płakać. Maciek ukłonił się jeszcze raz.

– Ja naprawdę bardzo przepraszam – powiedział już normalnym tonem. – Nie przypuszczałem, że ta ławka jest taka byle jaka. Chyba przesadziłem z ekspresją. Jakby się jej nie dało zreperować, to ja odkupię. Jakoś zarobię, naprawdę. Czy pani może się na mnie nie gniewać?

Cholerny Maciuś. Jak ja mam się na niego gniewać za to, że go roznosi energia? Właściwie powinnam. Z drugiej strony, jak sobie przypomnę nasze licealne pomysły i wyczyny... No i wszyscy nauczyciele wydawali nam się starymi nudziarzami. Może z wyjątkiem chemika, który opowiadał nam dowcipy polityczne na każdej lekcji, a naszą znajomość przedmiotu traktował dosyć obojętnie, wobec czego wszyscy szalenie się starali dobrze wypaść.

Klasa (z oczywistym wyjątkiem Renatki Hrydzewicz) poparła skruszonego Maciusia. Obiecali złożyć się na ławkę, więc temat mebla uznałam za zamknięty. Pozostała jeszcze sprawa przeproszenia pani dyrektor.

– Pani sądzi, że powinienem koniecznie? – zapytał mnie Maciek nieco żałośnie. – Ja nic nie mogę na to poradzić, że jak mi się dowcip sytuacyjny ciśnie na usta, to muszę... pani rozumie, po prostu muszę!

Rozumiałam go, oczywiście. Sama cierpię na podobną przypadłość, ale nie będę się zwierzać własnemu uczniowi. Jezu. Znowu trzeba zadziałać pedagogicznie.

Zadziałałam. Po pięciu minutach wykładu o dojrzałości Maciek skapitulował.

– Przeproszę. Tylko proszę mnie już nie katować.

Przestałam prawić kazanie.

Atmosfera w klasie uległa oczyszczeniu.

Swoją drogą, jak tak dalej pójdzie, to moja kochana klasa wyspecjalizuje się w przepraszaniu VIP-ów, których przedtem obraziła. No cóż, umiejętność przepraszania to też pożyteczna sztuka.

Wieczorem zadzwonił Kamil. Miał kłopoty z matką. Nie wspomniałam mu o Dzidzi, swoją drogą ciekawe, czy Tosia mu coś mówiła. Przez telefon jakoś nie bardzo można omawiać takie ważne rzeczy. Poczekam jeszcze trochę.

Środa

Maciek przyszedł do szkoły z dwoma bukietami. Zanim zaczęłam lekcję w mojej klasie, przybiegł cały w lansadach i wręczył mi trzy najsłodsze różyczki, jakie widziałam w życiu, każdą w innym kolorze – różową, czerwoną i złocistą.

– Doszedłem do samodzielnego wniosku, że panią też powinienem przeprosić – powiedział, przewracając oczami i usiłując wyglądać na skruszonego. – Bo naraziłem panią na stres. Ach, przy okazji bardzo dziękuję za gotowość udzielenia mi pierwszej pomocy.

– Maciuś, gdyby one nie były takie śliczne, dałabym ci w łeb tymi różyczkami...

– Ładne, prawda? Pani w kwiaciarni przysięgała, że będą się trzymać tydzień. A tamte kupiłem z przeceny, stały już trochę na wystawie, ale na jeden raz wystarczą...

– Maciek!

– Przepraszam, żartowałem – wycofał się, ale dam głowę, że jednak nie żartował. Wziął ze swojej ławki efektowny bukiet purpurowych róż w pełnym rozkwicie (jutro zwiędną, biedaczki, to widać) i poprosił o pozwolenie oddalenia się w kierunku pani wicedyrektor.

– Oddal się – wyraziłam zgodę – ale wracaj zaraz. Opowiesz nam, jak było.

Maciuś zamiótł wytwornym bukietem podłogę u moich stóp – to miał być dworny ukłon, ćwiczyliśmy takie przy okazji ballad i romansów – i wyszedł z klasy.

Zanim zdążyliśmy wgłębić się na dobre w skomplikowaną psyche bohatera romantycznego, wrócił, bardzo z siebie zadowolony. Dałam spokój bohaterowi romantycznemu.

– Opowiadaj.

– Nie ma co opowiadać – powiedział skromnie Maciek. – Pozostawiłem panią wicedyrektor najwidoczniej zbudowaną moją postawą. Zachowałem się niegrzecznie, to fakt, ale to był prawdopodobnie wynik szoku, jak zleciałem z tej ławki, na którą wszedłem, żeby uchylić górną połowę okna, w końcu to nie moja wina, że te przedpotopowe wajchy stale się zacinają... A propos, bardzo bym panią prosił, żeby pani w razie czego potwierdziła moją wersję wydarzeń...

– Nie umrzesz własną śmiercią – mruknęłam. – Usiądź, dziecko, i włącz się do lekcji. I pamiętaj, że musicie zreperować tę ławkę.

– Najmocniej przepraszam, ale nie musimy. Pani wicedyrektor powiedziała, że poleci to do wykonania konserwatorowi. Przy okazji pan konserwator ma zrobić przegląd sprzętu w pracowni polonistycznej...

Nie wiem, jak on to zrobił, bo ja od początku roku usiłowałam wpłynąć na dyrekcję, żeby zmusiła konserwatora do wejrzenia w stan naszych mebli, rozlatujących się w oczach. Prawdopodobnie Maciuś dysponuje większym wdziękiem niż ja.

Kamil nadal siedzi przy matce. Nie chciał mówić przez telefon, o co chodzi, ale głos miał dosyć zatroskany.

17 listopada, piątek

Basia przyszła do mnie na przerwie z prośbą o poważną rozmowę. Jeśli ma być poważna, to nie dzisiaj, dzisiaj dobra Tosia funduje nam filharmonię. Nie w sensie finansowym, oczywiście. Tak czy inaczej, natychmiast po lekcjach, których mam w piątki strasznie dużo, lecę do domu, posprzątać, umyć głowę i ogólnie zrobić się na cacy. Sposób używania kosmetyków zakupionych przy fachowej pomocy moich małolatów mam już opanowany do perfekcji.

Do filharmonii niosły mnie, niewątpliwie, skrzydła namiętności. Albo coś w tym rodzaju. Że nie wspomnę o otwierającej się wreszcie możliwości porozmawiania o Dzidzi...

Chyba jednak uczucie przeważyło. Stęskniłam się za Kamilem jak głupia i widok wysokiej sylwetki, podpierającej lewe skrzydło drzwi wejściowych, przyprawił mnie o nagły skok ciśnienia i wzmożone bicie serca.

Zobaczył mnie i ponure wejrzenie, którym obrzucał do tej pory samochody podjeżdżające pod filharmonię, złagodniało znacznie.

– Boże, jak ja się za tobą stęskniłam przez tych kilka dni – zawołała na jego widok panosząca się we mnie nieuleczalna idiotka. Nie wolno się facetom przyznawać do takich rzeczy!

– Ja też – powiedział i pocałował mnie w policzek. – Chodź na kawę, mamy jeszcze sporo czasu.

– A jeśli ci ją znowu wyleję na spodnie?

– To cię podam do sądu.

– Uspokoiłeś mnie. Chodźmy.

Nie wylałam tym razem niczego, udało mi się tylko przewrócić cukierniczkę, ale to dlatego, że jakaś korpulentna niewiasta prawie usiadła mi na kolanach, popchnięta przez potwornego bachora, który najwyraźniej pomylił filharmonię z piaskownicą. Mamunia bachora była zachwycona temperamentem syneczka. Pewnie go wychowuje bezstresowo. Tego gościa, który wymyślił wychowanie bezstresowe, zamordowałabym z zimną krwią.

Kamil podniósł cukierniczkę do pionu i skrzywił się.

– Mam nadzieję, że siedzimy daleko od nich.

Mizernie wyglądał.

– Jak mama?

– Rozmaicie. W poniedziałek byłaby spaliła mieszkanie i bardzo się tym przestraszyła. Wolałem jakiś czas być w pobliżu, rozumiesz.

– Jak to, spaliła?

– Po prostu. Próbowała zapalić świecę – nie pytaj mnie, po co, bo nie wiem, ona też nie wie – ta świeca się przewróciła i zajęła się od niej serweta na stole. Byłem w kuchni i nic nie widziałem, dopiero poczułem dym, bo mama tak się wystraszyła, że nawet nie wołała. Może zapomniała, że trzeba wołać na pomoc.

Ścisnęło mnie w gardle.

– Jacek był przy tym?

– Nie, poszedł do kolegi, chyba do Maćka. Wrócił późno, jeszcze tylko trochę śmierdziało dymem. Przejął się bardzo.

– Cholera – powiedziałam bezradnie. – Czy ja wam mogę jakoś pomóc?

– Nie sądzę. To znaczy, nie w tym sensie...

– A w którym?

– W tym drugim już pomogłaś.

– A co ja takiego zrobiłam?

– Jesteś.

– Ładnie, że tak mówisz, ale ja myślałam o czymś konkretnym.

– Konkretnie, to już drugi raz dzwonią. Pójdziemy?

No i znowu Dzidzia musi poczekać.

Poszliśmy. Niestety, okazało się, że koszmarny szczeniak z upiorną mamuśką siedzi tuż za nami, w następnym rzędzie. Uwerturę „Egmont" spisaliśmy na straty. Koncert fortepianowy a-moll Schumanna również. Potworek dawał co chwila wyraz swojemu niezadowoleniu, że musi siedzieć w filharmonii, zamiast oglądać Pokemony albo grać na komputerze. Mamunia uciszała go przenikliwym sykiem i obiecywała, że zaraz pójdą do domu. Niestety, nie spełniła obietnicy. Próbowała natomiast zachęcić gnojka do słuchania muzyki.

– To bardzo piękne, kotku – mówiła co jakiś czas. – Posłuchaj tylko, jakie to piękne.

– Mama, ale Karol dostał na imieniny takiego wielkiego Pikaczu na baterię i ja go chcę zobaczyć!

– Ciszej, skarbeczku, zaraz pójdziemy, tylko skup się przez chwilkę na muzyce, to Schumann, synku...

– Ale ja chcę zobaczyć Pikaczu, bo może on jest radiem sterowany!

– Synku...

– Na dżojstik! Mama! Chodźmy już!

– Co to jest Pikaczu? – wyszeptałam prosto do ucha Kamila i poczułam zapach jego wody kolońskiej. Co my tu robimy, powinniśmy zajmować się sobą zupełnie gdzie indziej!

– Nie mam pojęcia – odszepnął. – Jacek się tym nie bawi.

Z trudem doczekaliśmy oklasków, po czym wyszliśmy do foyer. Jedno spojrzenie na siebie nawzajem wystarczyło nam do pełnego porozumienia. Zgodnie skierowaliśmy się w stronę szatni. Do północy wcale nie mamy tak wiele czasu. A Tosia, niestety, jedzie do rodziny na cały weekend. Coś mi mówi, że nie powinnam proponować Kamilowi odwiedzin w jego domu. Nie wiedziałabym, jak się zachować wobec Jacka, a im obydwu też pewnie byłoby niezręcznie.

O Dzidzi udało mi się kompletnie zapomnieć. Nie szkodzi, życie nie kończy się jutro. Ani pojutrze, ani nawet za tydzień.

Dawno nie widziałam Beatki i Laurki...

Sobota

Z zadowoleniem przyjęły propozycję spędzenia wspólnego wieczoru w Atlanticu. Ale nie dziś, tylko jutro, zwłaszcza że będzie tam grać jakiś olśniewający gitarzysta. Pewnie klasyczny, bo na rockowych tam za mało miejsca, poza tym rockowi to raczej w Szajbusie.

No i dobrze, będę się uczciwie przygotowywała do lekcji.

I gdzież to się podziały dni złotej wolności, kiedy po powrocie z politechniki zakopywałam się w poduszkach na kanapie z nową Chmielewską albo starą Agatą... a czasem i z czymś ambitniejszym... i w nosie miałam wszystko?

Mówiąc zupełnie uczciwie, czasami bywało troszkę nudno.

Za to, nie da się ukryć, na politechnice płacili lepiej. Prawda, miałam się rozejrzeć za lekcjami niemieckiego.

Zadzwoniłam do paru starych klientów. Dwoje potrzebuje wsparcia naukowego. Bardzo dobrze, bo ja potrzebuję wsparcia finansowego.

Niedziela. Zupełnie jak jajko – z niespodzianką

Miał być dziewic wieczór, a tymczasem Laura przytaszczyła jakiegoś Japończyka. Powiedziała, że to świetny gość i znakomity operator z tej ekipy, u której ona zarabia teraz prawdziwe pieniądze. Przedstawiła nas sobie wszystkich wzajemnie, przy czym nie udało mi się zapamiętać imienia znakomitego operatora – czy można mieć na imię Takakazu? Jeżeli można, to on ma – ale bardzo mi się podobało, że mówił do mnie „Agata *san*".

– *San* to jest taki zwrot grzecznościowy, wyraz szacunku – zakomunikowała Laura niecierpliwie, kiedy domagałyśmy się tłumaczenia. – On jest naprawdę fajny gość, ale nie rozumie ani słowa w żadnym języku poza japońskim, dawno by go wylali z tej wytwórni, a w każdym razie nie zabierali poza Japonię, gdyby nie robił takich dobrych zdjęć. On nawet po angielsku nie potrafi. Nie będzie nam przeszkadzał.

– Polskiego też jeszcze nie załapał? – upewniła się Beata.

– Zwariowałaś. On jest w Polsce od trzech dni. Teraz go wszędzie włóczę za sobą, bo on chce studiować klimat, rozumiecie. Klimat miejsc, charakterystyczny dla Polski.

– To chyba raczej reżyser powinien łapać klimat?

– Resztę ekipy włóczy za sobą polski koproducent, a on się przywiązał do mnie. Mówi, że ja mu lepiej wszystko potrafię wyjaśnić.

Japończyk przez cały czas wlepiał w nią zachwycone spojrzenie i co pięć sekund rozjaśniał skośnookie oblicze promiennym uśmiechem.

Zamówiłyśmy po drinku na początek, słone paluszki i orzeszki w soli.

– A teraz mów, Agata – zażądała Beata – jak tam się rozwija twoja sytuacja z ponurym pilotem. Bo wyszły na jaw straszne rzeczy, masz świadomość?

– Że co, że był mężem twojej Dzidzi?

– Oczywiście. Dzidzia opowiadała mi o nim bite trzy godziny, jak już wyszłyśmy od ciebie. A propos, zjadłaś soczewicę i całą resztę?

– Zwariowałaś. Co ci opowiadała?

– Bardzo dużo. Może nawet troszkę za dużo, jak na moją wytrzymałość. Musiał jej nieźle zaleźć za skórę. A właśnie, co on ci o niej mówił?

– Nic nie mówił. Jeszcze nie zdążyłam go zagadnąć, nie było atmosfery.

– Boże, ja bym tak nie potrafiła! Nie męczy cię to, że nic nie wiesz?

– Strasznie mnie męczy, więc chociaż ty mi nie każ czekać nie wiem na co. Opowiadaj, ale już.

– O, idzie pan kelner, ależ oni tu są szybcy! Co on mówi, ten twój Japończyk?

– On mówi, że moje przyjaciółki są piękne kobiety. Nie wiem, co on w was widzi takiego... Podoba mu się, że wcale się go nie krępujecie i nie usiłujecie go zabawiać na siłę.

Poczułam wyrzuty sumienia, bo może jednak powinnyśmy go trochę pozabawiać, w końcu gość w naszym kraju. Bardziej jednak chciałam się dowiedzieć, w jaki sposób Dzidzia obsmarowała Kamila.

Beata też pewnie poczuła wyrzuty, bo podniosła szklankę i zadysponowała polskiego brudzia, żeby Japończyk wiedział, jak się u nas rytualnie przechodzi na ty. Wyraziłam wątpliwość w sens tego gestu, skoro i tak dwie z nas nie mają z nim żadnego wspólnego języka, ale dziewczyny zgodnie orzekły, że tak będzie ładnie. I niech Japończyk wie, że Polacy nie są ksenofobami, to znaczy Polki ksenofobkami. Wykonaliśmy zatem wszystkie przewidziane czynności, łącznie z buziaczkami, który to buziaczek w przypadku Laury trwał podejrzanie długo, a po jego zakończeniu Japończyk miał podejrzanie błyszczące oczka. Natychmiast też zaczął mówić do nas po imieniu, przy czym nadal nie wiedziałyśmy – oprócz Laury, której się nie chciało wszystkiego wyjaśniać – o co mu chodzi, a na dodatek w jego japońskich ustach Beata i Agata brzmiały identycznie, a Laura prawie się od nich nie różniła.

– Bo oni mówią samym gardłem – skomentowała Beata. – I nie ma takiej możliwości, żebym ja do niego mówiła... jak? Ta-ka-kazu? Taki Kazio? Ta-ka-ka-zu? Wykluczone. Powiedz mu, że dla nas on jest Kazio.

Kazio ucieszył się i zajął swoim drinkiem oraz kontemplowaniem Laury, mogłyśmy więc przystąpić do zasadniczego tematu.

– No więc najważniejsze, co Dzidzia mówiła, to to, że on się nad nią, kochana, znęcał.

– Ręcznie? – spytałam z niedowierzaniem.

– Nie, moralnie, ale to czasami bardziej boli. Bo widzisz, Dzidzia zawsze była szalenie ambitna, chciała się dokształcać, doskonalić, zwłaszcza duchowo, próbowała go wciągnąć, zainteresować czymś, przekonać, żeby rozwijał osobowość...

Wydawało mi się, że osobowość Kamila jest nieźle rozwinięta, ale nie przerywałam sprawozdania.

– ... i wyobraź ty sobie, on prawie nie reagował. Nie chciał iść na kurs jogi, nie chciał uprawiać medytacji, nie życzył sobie uczestniczyć w zajęciach grup samodoskonalenia, odmówił udziału w rebirthingu, odmówił udziału w nauce asertywności, chociaż Dzidzia załatwiła kurs za pół ceny...

– To chyba dowodzi, że asertywność miał już opanowaną...

– Co?

– No to, że odmówił!

– Ach, tak. Powiedział Dzidzi, że nie ma zamiaru robić kariery! A kiedy Dzidzia mu oświadczyła, że ona owszem, ma zamiar, on ją terroryzował przy pomocy dziecka!

– Jak to przy pomocy dziecka?

– Po prostu. Pracodawca umożliwił jej w pewnym momencie dwuletnie studia w szkole biznesowej, tylko musiała dojeżdżać na zajęcia do Warszawy co dwa tygodnie, poza tym, oczywiście, miała mnóstwo roboty w domu i wiesz, co on wtedy zrobił? Zatrudnił niańkę do tego dziecka!

– To chyba dobrze zrobił?

– Tak to z pozoru wygląda. On jest mistrzem w stwarzaniu pozorów. Ale wiesz, jakie to dla niej było upokorzenie? Przecież to było z jego strony celowe stwarzanie wrażenia, że ona sobie nie może poradzić z dzieckiem i karierą! A on sam nie mógłby jej pomóc przy tym dziecku?

– On często pracuje w weekendy...

– Mógłby sobie załatwić zastępstwa. Ach, i ta jego praca! Dzidzia próbowała go namówić, żeby się przenieśli do Warszawy, mógłby pracować w Locie po jakichś tam szkoleniach, on jest podobno bardzo dobrym pilotem, chcieli go w Locie, ma tam kolegów, i co? Zmarnował szansę. Wolał tutaj siedzieć godzinami na tych dyżurach! A całe wakacje szkolił w aeroklubie! Jak się udało go wyrwać na tydzień nad morze, to już było dużo! No co ja ci będę jeszcze mówić. Sama widzisz, że dziewczyna z horyzontami, z ambicjami, z widokami na karierę nie mogła z takim facetem wytrzymać! Gdyby z nim została, zmarnowałaby się do końca! Ty się też zmarnujesz! Panie kelnerze, nie mamy już nic do picia, a pan nie reaguje!

Pan kelner zareagował. Japończyk, zdaje się, miał nadzieję, że u nas każdy drink łączy się z dawaniem sobie buziaczków, ale Laura wytłumaczyła mu, że niestety, nie. Powiedział coś do szklanki i zajął się drinkiem.

– No więc mówię ci, że się zmarnujesz przy takim smutasie. I jeszcze jedno. On ma matkę chorą na Alzheimera!

– To akurat wiem.

– Wiesz? I nic nam nie mówiłaś?

– Zapomniałam na śmierć. – Miałam nadzieję, że to zabrzmiało zgryźliwie. – To jego matka, nie moja.

– Ale to może być dziedziczne!

– Jeszcze tego medycyna nie stwierdziła.

– Nie boisz się?

– Beata, słuchaj, a ta cała Dzidzia po co za niego wychodziła, jeśli on ma tyle wad?

– We wczesnej młodości robi się różne głupoty. Dopiero potem okazało się, że to nudziarz.

– I sama na to wpadła?

– Właściwie sama.

– Właściwie, mówisz... A nie chodziła ona wtedy na jakieś kursy do Natalii Hollander?

– Skąd wiesz? Chodziła już z rok na różne terapie. Tak naprawdę to Natalia jej oczy otworzyła. Dzidzia nie była przedtem świadoma swojej własnej wartości. Dopiero Natalia przekonała ją, że czas najwyższy odnaleźć siebie. Bo najwyższą wartością dla nas samych powinniśmy być my sami. Życie to cud, który dany nam jest tylko jeden raz...

No tak. Coraz lepiej rozumiem, dlaczego Kamil zesztywniał na widok Natalii, kiedy ją zobaczył w Atlanticu te dwa czy trzy miesiące temu. I dlaczego tak się ucieszył, kiedy wylałam jej Krwawą Mary na kostiumik. Ale czy to znaczy, że mu jeszcze na Dzidzi zależy?

Chryste Panie! Co on w takiej Dzidzi w ogóle widział?

A jeżeli tak ją kochał, to dlaczego zakochał się we mnie, skoro ja jestem całkowitym przeciwieństwem jego byłej?

Beata właśnie zaczynała mnie szarpać za rękaw, w pretensjach cała, że jej nie słucham porządnie, kiedy przez wytworne wnętrze pubu przebiegł szmer oklasków.

Na mikroskopijną estradkę wchodził właśnie, poprzedzany przez właściciela pubu, wysoki facet z gitarą w ręce. Spojrzałyśmy na niego machinalnie, po czym spojrzałyśmy na niego uważnie, po czym z trojga naszych ust wyrwał się jednobrzmiący i radosny okrzyk:

– Konio!

Facet na estradce wykonał gwałtowny zwrot w naszą stronę, po czym jego oblicze rozjaśnił uśmiech, a patykowata sylwetka złamała się w ukłonie.

Konio! Konrad Śnieżyński! Największy wygibus w naszej maturalnej klasie, człowiek, który na uroku osobistym przejechał zarówno przedmioty ścisłe, jak i humanistyczne! Uzdolniony prawdopodobnie we wszystkich kierunkach, ale jednocześnie leń nieziemski, poważnie traktujący jedynie chemię, bo lubił doświadczenia w pracowni, zwłaszcza te najbardziej śmierdzące, których my, dziewczyny, unikałyśmy jak ognia. Wiedziałyśmy, że chadza równolegle ze szkołą do jakichś ognisk muzycznych, ale nie afiszował się z tym, zajmując się raczej bujnym życiem towarzyskim. Czasem tylko grywał na pianinie w domu jednej takiej Eli, kiedy nastrój prywatek stawał się bluesowy.

I nasz Konio robi za jakąś gwiazdę gitarową?

Właściciel pubu chrząknął kilka razy do mikrofonu, policzył do ośmiu (nieźle, przeważnie liczą do trzech) i uświadomił swoich gości, że mają dzisiaj zaszczyt posłuchać występu wspaniałego gitarzysty, który właśnie wrócił ze Stanów, gdzie nagrywał płytę w jakiejś bardzo znakomitej wytwórni, a w ogóle to niebawem Paco de Lucia będzie mu buty czyścił. Konio puścił do nas oko, co nas szalenie ucieszyło, coś szepnął odchodzącemu właścicielowi i zasiadł do grania.

– Patrzcie, dziewczyny, Konio koncertuje – szepnęła Laura. – A ja myślałam, że po maturze zszedł na psy, bo tak nam zniknął z oczu.

– Coś ty, Laurka, Konio na psy? Konio zawsze spadał na cztery łapy. – Beata spoglądała na Konia z nieukrywanym zachwytem. Przypomniałam sobie, że zawsze jej się podobał z wzajemnością, widać jednak wtedy nie było to podobanie bardzo zobowiązujące.

Japończyk Kazio coś zagadał. Laura zabrzęczała w odpowiedzi po japońsku i Kazio powrócił do swojego drinka.

– Co on mówił? – spytałyśmy.

– Że Konio dobrze gra. On się na tym zna. To znaczy Takakazu, to znaczy Kazio. On oprócz ichniej japońskiej filmówki kończył też japońskie konserwatorium, a w każdym razie coś w tym rodzaju, i zna się na muzyce. Konio mu się bardzo podoba.

– Popatrz, to ten twój Kazio jest zdolny chłopak. Szkoda tylko, że nie mówi w żadnym ludzkim języku.

– Cicho, dziewczyny, ja chcę posłuchać – zdławiła nam konwersację Beata, najwyraźniej znowu pod urokiem.

Konio rzeczywiście grał doskonale. Nie jestem szczególnie oblatana w muzyce na gitarę i oprócz Joaqina Rodrigo znam może ze dwóch kompozytorów tworzących na ten instrument – i to raczej z nazwiska niż, powiedzmy, osobiście – ale odróżniam, kiedy dobrze grają, a kiedy nie. To, co Konio robił z gitarą, sprawiało mi dużą przyjemność. Przy czym – odwrotnie niż w szkole – czarował muzyką, a nie sobą samym.

Pograł tak z pół godziny i zapowiedział kwadrans przerwy. Dostał bardzo porządny aplauz, przy czym nasz stolik znacznie wyprzedzał pozostałe w spontaniczności.

Beata zerwała się, kiedy artysta zniknł w jakichś zakamarkach.

– Ja chcę z nim pogadać!

– Spokojnie – powstrzymała ją Laura. – Albo on do nas przyjdzie, albo ja zmieniam nazwisko! A pan co?

– Z pozdrowieniami od szefa – powiedział godnie pan kelner,

stawiając na naszym stoliku oszronioną butelkę i pięć kieliszków. Zanim zdążył profesjonalnie puknąć korkiem, drugi pan kelner dostawił nam piąte krzesełko. Pierwszy rozlał szampan do kieliszków i w tej chwili zza jego pleców wychynęła roześmiana gęba Konia. Z niestosownym piskiem rzuciłyśmy się go ściskać. Kazio wprawdzie nie rzucił mu się na szyję, ale entuzjastycznie potrząsał obiema jego dłońmi i giął się w ukłonach, wyrzucając z siebie obfite potoki japońszczyzny.

– Dziewczyny kochane, nie macie pojęcia, jak bardzo się cieszę, że was tu widzę – rzekł wreszcie radośnie Konio, siadając na piątym krzesełku i wznosząc kielich. – Za spotkanie! Czy któraś z was wie, co mówił do mnie ten kolega?

– Mówił, że fajnie grasz – wyjaśniła lakonicznie Laura. – Za spotkanie!

Wypiliśmy boski napój i Konio natychmiast rozlał resztę do kieliszków, po czym wykonał w stronę kelnera międzynarodowy gest oznaczający w barowym języku migowym jeszcze raz to samo.

– Koniu, opowiadaj natychmiast, co się z tobą działo – zażądałam. – Gdzie się podziałeś natychmiast po maturze?

– I dlaczego zerwałeś kontakty, podlecu – dodała Beata, w której odezwały się dawne żale.

– I gdzie się nauczyłeś tak ładnie grać – dołożyła Laura.

Kazio też coś mówił, ale nie zwracałyśmy na niego uwagi.

– Zawsze umiałem grać – powiedział skromnie Konio. – W szkole nie było zapotrzebowania na moją sztukę, to się nie popisywałem. A po maturze tak się złożyło, że wyjechałem, bo ojciec został rezydentem swojej firmy w Barcelonie. No to posiedziałem parę lat z rodzicami w Hiszpanii i przy okazji zamieniłem fortepian na gitarę. Rozumiecie, gitarę łatwiej zapakować, kiedy się wyjeżdża. Potem tato przeniósł się do Dublina. Tam też było jakieś konserwatorium. A potem zrobiłem się całkiem dorosły i sam zacząłem jeździć. Trochę pobyłem w Nowym Jorku. Nie siedzicie w jazzie, dziewczynki?

– Niestety, nie. – Laura sączyła szampan z rozkoszą. – Agata siedzi w filharmonii, ale to nie to samo.

– W filharmonii gram przede wszystkim...

– Ale nie w naszej, zauważyłabym – powiedziałam stanowczo.

– W naszej nie – zgodził się Konio. – Raz grałem w Krakowie, ze dwa razy w Warszawie, raz w Poznaniu, a tak to przeważnie za granicą. Trochę nagrywałem. We Francji i w Hiszpanii. A w Ameryce czasami jazz, bo lubię jazz. A w ogóle podoba się wam, jak gram?

Zakrzyczałyśmy go. Jak może wątpić?

Kelner puknął następnym szampanem. Konio zażądał od każdej z nas sprawozdania, co robiłyśmy od czasów maturalnych. Zajęło nam to trochę czasu. Ludzie zaczęli poklaskiwać co jakiś czas, żeby zwrócić uwagę mistrzowi, że powinien wrócić na estradę.

– Koniu – zagadnęłam – jest coś takiego, co się nazywa „Milonga", czy mi się tylko wydaje?

– Tango Milonga – prychnęła Beata. – Pewnie że jest!

– Nie, nie. – Konio kiwnął głową ze zrozumieniem. – Sama „Milonga". Jest. Nawet kilka. Dwie takie znane. Ma być Piazzolli czy może Cardosy?

– Boże, nie wiem! Raz to słyszałam!

– Posłuchaj – Konio zanucił parę taktów. – To? Nie? A może to?

To było to. Przytaknęłam entuzjastycznie.

– Piazzolla. Zagram ci, chcesz?

– Pewnie że chcę.

– To ja chyba już powinienem wracać do pracy. Pijcie tego szampana, dziewczynki, aha, i kolega też, ja tu do was wrócę, jak będę miał przerwę.

– A kiedy będziesz miał przerwę?

– Jak mi się paluszki zmęczą. Na razie.

„Milongę" rzeczywiście słyszałam tylko raz w życiu. U siebie w domu, z radia. Zrobiłam sobie ten omlet z sześciu jajek, kiedy to Kamil udowodnił mi, że tabelka niesłusznie oceniała go jako niezainteresowanego mną erotycznie, po czym musiał iść do domu, a ja zostałam z tymi sześcioma rozbełtanymi jajkami. Dwie trzecie omletu zostawiłam dla bramowych kotów, jedząc jedną trzecią, słuchałam radia, a radio nadawało koncert jakiegoś hiszpańskiego gitarzysty. Nie Konia, bo Konia bym zauważyła. I ten gitarzysta rzeczywiście grał to, co Konio w tej chwili...

Jaka szkoda, że Kamila tu nie ma. Podobałoby mu się. Słuchalibyśmy razem, trzymając się za ręce pod stołem, a potem poszlibyśmy do mnie. Na całą noc.

Czy my naprawdę zawsze będziemy kochać się tylko w Tosi godzinach pracy?

Poczułam przyjazne poklepywanie po ramieniu. To Kazio, który dostrzegł zmianę mojego nastroju, dodawał mi otuchy. Dolewał też szampana do mojego kieliszka. Oraz do wszystkich pozostałych. Przyjemny chłopak, chociaż niemowa.

Zanim Konio skończył grać, my skończyliśmy butelkę. I tym razem to Kazio zadysponował kolejną. Konio dotarł do nas po chwili i wydatnie nam dopomógł w jej likwidacji. Kazio znowu usiłował z nim porozmawiać, ale Laura nie miała głowy do tłumaczenia.

– Koniu, a ty masz jakąś żonę, dzieci, rodzinę, takie sprawy?

– Miałem – powiedział Konio pogodnie – ale nie mam. Miałem przez chwilę żonę w Stanach, bardzo ładna dziewczyna była, to znaczy pewnie jest, ale nie chciała ze mną jeździć po świecie. A ja nie chciałem na stałe zostawać w Stanach. No i tak nam się te chcenia nie bardzo zgadzały. Moja była żona jest wybitna w swoim zawodzie, zawód ma poważny i to, co ja robię, wydawało jej się trochę niepoważne.

– A co jest twoja żona? – chciała wiedzieć Beata.

– Moja była żona – sprostował Konio. – Ona jest finansistka i pracuje na giełdzie nowojorskiej. Jak Boga kocham. W życiu nie rozumiałem, co ona robi, ja umiem pieniądze zarobić i umiem je wydać, to wszystko. Ona dla równowagi nigdy nie rozumiała muzyki. Wy rozumiecie, widzę to po tym, jak słuchacie. Chcecie, to się z wami ożenię?

– Agata jest wykluczona – pisnęła szybciutko Beata. – Agata ma faceta! Możesz ożenić się ze mną!

– Albo ze mną! – Laura nie zamierzała być gorsza. – Ja chętnie wydam, co ty zarobisz!

– Kazio też rozumie muzykę – powiedziałam odrobinę złośliwie. – Ożeń się z Kaziem!

– Z jakim Kaziem? – nie zrozumiał Konio. – On ma na imię Kazimierz? Naprawdę?

– Zwariowałeś. On ma na imię Takakazu, tylko tym dwom analfabetkom nie chce się tego zapamiętywać!

Takakazu cały czas usiłował coś powiedzieć. Konio próbował się z nim porozumieć po angielsku, potem po hiszpańsku, zahaczył o francuski i niemiecki – wszystko to wywoływało tylko coraz szybsze wymachiwanie rąk naszego Japończyka. Laura, zamiast pomóc, pękała ze śmiechu, my dwie, niestety, również; chyba już zadziałał szampan, którego Kazio zażądał na migi po raz kolejny.

W końcu Kazio zrezygnował z prób werbalnego porozumienia się z Koniem. Rozejrzał się po sali dosyć rozpaczliwie, wydał nagle japoński okrzyk radości, zerwał się z krzesła i pocwałował gdzieś, ciągnąc za sobą zdumionego Konia. Przestałyśmy na moment chichotać i patrzyłyśmy ciekawie, co z tego wyniknie.

W kącie sali stało nieużywane pianino. Potomek samurajów jednym ruchem zmiótł na podłogę gustowną ikebanę zdobiącą klapę instrumentu, podniósł ową klapę i zagrał. Konio słuchał chwilkę, po czym też wydał okrzyk radości i poleciał do swojej gitary.

Wreszcie się chłopcy zrozumieli.

Reszta wieczoru stanowiła spontaniczny jam session. Koncert przeciągnął się prawie do drugiej w nocy, a Konio miał grać od dziewiątej do północy. Uwierzyłyśmy, że Kazio jest zdolny facet. Postanowiłam wziąć u Konia kilka korepetycji z jazzu, Beata jednak postanowiła do tego nie dopuścić.

– Zostaw mi go – zażądała. – Masz swojego Kamila i to ci powinno wystarczyć! Jak zaczniesz z Koniem głędzić o muzyce, to on na ciebie poleci, nie widzę innej możliwości!

– Sama mówiłaś, że przy Kamilu się zmarnuję. – Może byłam trochę złośliwa w tym momencie.

– Ależ skąd, przecież to świetny gość – zaprotestowała Beata. – Pilot, ratownik, prawdziwy mężczyzna, przystojny... Dzidzia nie umiała go docenić! Trzymaj się lepiej jego, a Konia zostaw mnie.

– A skąd wiesz, czy Konio nie wyjeżdża jutro do Stanów albo gdzie indziej, gdzie ma dom i nową rodzinę...

– Spluń trzy razy przez lewe ramię! – Sama na wszelki wypadek odpukała w stolik z imitacji drewna. – Może nie wiesz, ale ja się w Koniu kochałam przed maturą, tylko się zjawił cholerny Adaś i zawrócił mi w głowie! Drugi raz go z rąk nie wypuszczę, a w każdym razie nie tak łatwo! Konio z Kaziem, obaj ledwie żywi, wrócili ostatecznie do stolika. Poklepywali się po łopatkach, obejmowali, wybuchali gromkim śmiechem i w ogóle demonstrowali pełne zbratanie. Naprawdę szkoda, że Kamila nie było z nami. Konio zażądał następnego szampana i strąbiliśmy się dokumentnie wszyscy, pijąc toasty za dozgonną przyjaźń polsko-japońską.

Poniedziałek. Co jest z tymi poniedziałkami?

Mamy kłopot.

Basia przyszła do mnie po lekcjach, tak jak się umówiłyśmy jeszcze w piątek. Najpierw wydusiła ze mnie kilka przysiąg typu, że nie powiem nikomu. Bo to nie jest jej tajemnica.

– Renata by mnie zabiła, gdyby wiedziała, że pani powiedziałam. – Popatrzyła mi głęboko w oczy przez grube szkła swoich okularów. – Ale to się może źle skończyć, a ona sama sobie nie poradzi. Ktoś nam musi pomóc.

– Chętnie pomogę – zadeklarowałam dość beztrosko i raczej naiwnie – tylko powiedz, w czym?

– Boję się o nią.

Zamilkła i wpatrzyła się w przestrzeń między oknem a sufitem. Nie przerywałam jej tego milczenia, przypuszczając, że w końcu ją ruszy.

– Prochy – powiedziała wreszcie, a mnie przez moment mignęła w podświadomości wizja pana Wołodyjowskiego wysadzającego Kamieniec. Cholerne polonistyczne skojarzenia. Basię znowu zatchnęło. Nieprzyjemne mrówki zaczęły mi chodzić po plecach.

– Jakie prochy, Basiu? – zagadnęłam ostrożnie. – I kto bierze, Renata? Nałogowo?

– Tak naprawdę to prawie wszyscy już próbowali...

Zdrętwiałam. Mam klasę narkomanów!

– Ale jakoś nikt nie zaskoczył... poza Renatą.

– Baśka, jeśli będziesz co chwilę przerywać, to ja się zacznę domyślać tak niestworzonych rzeczy, że dostanę zawału!

– Dobrze – Basia usiłowała się pozbierać – spróbuję konkretnie. Jeżeli chodzi o całą resztę, to może się pani nie przejmować, myśmy w zeszłym roku wzięli zbiorowo, na jednej wycieczce. Okazało się, że to strasznie silnie działa, najpierw jest fajnie, a potem z człowieka się robi flak. Nikomu nie chciało się w to pakować, w końcu można sobie jakoś poradzić i bez tego. Tylko Renata...

Nażarli się amfetaminy.

– Skąd mieliście?

– To najmniejszy problem. Wszędzie można dostać. Tylko mówię: po tym jednym razie nikt już nie chciał ryzykować. Dwóch chłopaków jeszcze trochę próbowało, przed olimpiadą, bo to daje strasznego kopa, człowiek bardzo zyskuje na inteligencji, ale oni też przestali dosyć szybko. Zwłaszcza że jednemu przestało działać dokładnie kiedy stanął przed komisją...

– A Renata co? – zapytałam, chociaż wiedziałam, jaka będzie odpowiedź.

– Renacie się spodobało. Pani wie, że ona ma dosyć dużo różnych zajęć... Języki dodatkowe, oprócz naszych szkolnych chodzi na francuski i hiszpański prywatnie i ma prywatne konwersatorium z jakimś Angolem. Poza tym w zeszłym roku startowała w dwóch olimpiadach, reprezentowała szkołę w Młodzieżowej Radzie Miasta, chodziła na politechnikę na takie specjalne seminaria informatyczne, a i to chyba jeszcze nie wszystko. I ona po prostu nie wyrabiała. Bo sama pani wie, ona ma szóstki prawie ze wszystkiego. Musi mieć, bo jej rodzice kończyli też naszą szkołę i mieli same szóstki.

– Wtedy pewnie piątki – poprawiłam ją odruchowo.

– Piątki, możliwe. W każdym razie Renata właściwie nie odpoczywa, bo soboty i niedziele ma zajęte tymi językami, a w czasie wakacji też była na kursie językowym, intensywnym, dwumiesięcznym, we Francji, nie pamiętam gdzie, w jakimś małym miasteczku... Aha, i pisała pracę na to seminarium z programowania...

– Ja na jej miejscu umarłabym z przepracowania – mruknęłam od serca, bardzo przejęta. Może nawet ta żmijowatość jej się bierze z permanentnego zmęczenia... i nic dziwnego, że gardzi wszystkimi dookoła, bo ich ma zwyczajnie za matołków... Z drugiej strony, nie ona jedna w naszej szkole tak haruje, szkoła jest ambitna. Ale może Renata jest słabsza niż te wszystkie konie wyścigowe, które z pieśnią na ustach tyrają dwadzieścia godzin dziennie, a możliwościami intelektu budzą podziw jajogłowych z uniwersytetu...

– Ona już miała dosyć wszystkiego – kontynuowała Basia. – Spróbowała tej amfy raz, drugi, potem zaczęła sobie precyzyjnie wyliczać, kiedy ma wziąć, żeby nie zgłupieć w nieodpowiednim momencie, i teraz boi się przestać.

– A próbowała?

– Próbowała. Jak miała grypę i nie musiała tak doginać. Dwa dni nie brała, na trzeci zaczęło jej się wydawać, że cały świat jej nienawidzi za to, że leży w łóżku, zamiast pracować. Mówiła, że dostała takiej trzęsawki, że się omal nie rozleciała. To są jej słowa. Teraz bierze właściwie codziennie. Boi się nie brać.

Mamy problem.

Siedziałyśmy w pustej pracowni polonistycznej, przy kawie zaparzonej przez Basię w ekspresie, kupionym ostatnio za składkowe pieniądze klasy. Piłam tę kawę, doskonałą zresztą, i nie czułam smaku. Co ja mam teraz, do ciężkiej cholery, zrobić?! Dlaczego nie siedziałam cicho i spokojnie w tym dziekanacie? Po co ja właściwie zelżyłam dziekana, wystarczyło mu zwiać i obrócić w żart te jego kretyńskie podrywki.

No nie. Bez przesady. Patrzeć w te świńskie ślepka i udawać, że nic się nie stało? W życiu! Poza tym, gdybym nie wyleciała z dziekanatu, nie poznałabym może Kamila. Ani Maćka, ani Jacka, ani Basi, Kasi, Karoliny, Dziubasa... Czyżbym się przywiązała?

Basia patrzyła na mnie wzrokiem ufnym i jednocześnie lekko zaniepokojonym. Westchnęłam. Kawa nabrała smaku.

– Co zrobimy?

– Nie mam pojęcia. Trzeba pomyśleć. Przede wszystkim, jak się domyślasz, muszę porozmawiać z Renatą. Bez jej udziału nic się nie da zrobić. Rodzicom nie powiedziała?

– Nikomu nie powiedziała. Zna pani jej rodziców.

– Tylko mamusię – mruknęłam.

Basia pokiwała energicznie głową.

– Tatuś jeszcze gorszy. Jest czymś na politechnice, rektorem albo dziekanem. Uważa, że dopóki Renata mieszka z nimi, jest dzieckiem i nie ma żadnych praw, tylko same obowiązki. Ma się uczyć i rozwijać umysłowo, i nic poza tym.

Jeszcze jeden dziekan. Mam ja pecha do dziekanów.

– Basiu, masz teraz zadanie bojowe. Musisz przekonać Renatę, że zabija się po kawałku...

– Ona mówi, że się kontroluje. Mówi, że Witkacy też brał, jak tworzył...

– Udowodnij jej, że już jest uzależniona. Przypomnij jej tę grypę. Wystrasz ją. Zrób coś, liczę na twoją inteligencję. Gdybym to ja próbowała z nią rozmawiać na ten temat, przypuszczam, że wyparłaby się, a ja nie bardzo mogłabym jej cokolwiek udowodnić. Chyba że badaniem krwi i takimi różnymi siłowymi metodami. Do tego nie chcę dopuścić za żadną cenę. Kiedy już się dogadamy z Renatą, trzeba będzie ruszyć tych jej rodziców.

– O Jezu...

– Właśnie. O Jezu. Sama się boję. Ale nie mamy wyjścia. Teraz słuchaj, jest jeszcze jedna bardzo ważna rzecz. Skąd bierzecie prochy?

– Wszędzie tego pełno – mruknęła Basia, a mnie zrobiło się zimno.

– W szkole też?

– Na zamówienie. A w mieście są takie miejsca, gdzie zawsze można dostać.

O mój Boże.

Robię się pobożna od tej rozmowy.

Ciekawe, czy dyrektor ma świadomość? Czy może wydaje mu się, że w naszej szkole nigdy! Jutro pewnie się tego dowiem.

Basia wykazała się intuicją.

– Ja widzę, że pani chce powiedzieć o wszystkim dyrektorowi! Pani obiecała, że nie powie nikomu! Przecież dyrektor wezwie policję! Jeżeli przez panią zabiorą Renatę na jakiś odwyk...

– Basiu, dziecko, spokojnie. Nie napędzaj się sama. Mówiłam wam kiedyś, że dyrektor wygląda na przyzwoitego faceta, prawda? Muszę z nim porozmawiać, ale na razie w pełnej dyskrecji. Zastanów się, przecież nie będzie do swojej ukochanej szkoły sprowadzał policji, może jeszcze mundurowej! A już na pewno nie zabiorą Renaty w kajdanach na odwyk. Znajdziemy jej jakiegoś psychologa, nie wiem zresztą, będę się teraz zastanawiać. Trzeba to załatwić w rękawiczkach. Porozmawiasz z Renatą, dobrze?

– Dobrze. – Basia kiwnęła głową, potem pokręciła nią frasobliwie. – Mnie się wydaje, że ona już się trochę boi. Tylko tak szpanuje... sama przed sobą, przede mną. Głupia przecież nie jest.

– Chwała Bogu i za to. Umyjesz filiżanki?

– Jasne. Zamknę klasę, może pani iść spokojnie.

Ubrałam się i wyszłam. Już za drzwiami przypomniało mi się coś. Cofnęłam się i wsunęłam głowę w drzwi.

– Basiu, co to jest Pikaczu?

Basia zamarła z filiżanką w ręce.

– Słucham?

– Co to jest Pikaczu?

– O rany, ale mnie pani zaskoczyła. To taki Pokemon.

– A co to właściwie są Pokemony?

– Takie stworki z japońskich kreskówek. Nie oglądała pani? Pikaczu jest ten żółty.

– Nie znoszę japońskich kreskówek. Pa, kochanie.

– Pa – odpowiedziała Basia odruchowo. – To znaczy, do widzenia pani.

Kamil zadzwonił z lotniska, że może przyjechać do mnie po pracy. Czy ja chcę, żeby przyjechał, czy mam inne plany?

Gdybym nawet miała, zrezygnowałabym z nich natychmiast. Ponura afera narkotykowa, która nie schodziła mi z myśli, odkąd opuściłam szkołę, jakoś straciła na intensywności.

Uczciwie mówiąc, powinnam dziś jeszcze poprawić eseje krytycznoliterackie trzeciej klasy, ale odłożyłam je bez namysłu. Trzecia klasa wybaczy. To przyjemne dzieciaki.

Kiedy Kamil się pojawił, miałam już dla niego obiad w postaci zapiekanki z różnych rzeczy, obficie posypanej pieprzem i lekko niedosolonej. Pochwalił i dosolił.

– Pewnie Tosia ci nie kazała solić – mruknął. – Ona uważa, że tak jest zdrowiej na serce.

– Mówiła, że lubisz... A z pieprzem nie przesadziłam?

– Nie, pieprz jest w porządku. Co ona ci jeszcze mówiła? Patrz, nie pogadaliśmy o tym poprzednim razem.

Poprzednim razem byliśmy tak zajęci sobą, że właściwie nie pogadaliśmy o niczym.

– To ona ci nie powiedziała, że poznałam twoją byłą żonę?

– Tak? I co, polubiłyście się?

– Jak by ci tu powiedzieć...

– Rozumiem. Kamień mi spadł z serca. A co Tosia?

– Tosia jest piękna. Kocha was obydwu prawdziwą miłością. Rozmawiałyśmy o was ze dwie godziny, po czym kazała mi używać mało soli, dużo pieprzu i piec wam szarlotki. I poszła sobie. Zrozumiałam, że jakby co, to mam się wami zająć.

– Jakby co?

– No, jakby Tosia na przykład złożyła wymówienie i pojechała w podróż dookoła świata, o której marzyła od dziecka.

– To znaczy, że Tosia uznała cię za osobę godną zaufania. I co, zajmiesz się nami?

– Myślałam o tym. Ale nie wiem, czy to by było w tej chwili najlepsze. Słuchaj, chodźmy już z tej kuchni, porozmawiamy w bardziej komfortowych warunkach...

– Nie, tu jest dobrze. Zrób kawy, a ja pozmywam. Gdybyśmy teraz poszli do pokoju, to ja bym w obliczu kanapy mógł stracić hamulce, a chciałbym porozmawiać.

Ucieszyłam się.

– To ty tracisz hamulce na widok kanapy?

– Na widok ciebie i kanapy. Dostaję skojarzeń. Rozumiesz.

Rozumiałam. Na mnie już samo takie gadanie wpływało w podobny sposób, ale skoro chciał rozmawiać o pryncypiach... Przystąpiłam do rytualnego parzenia kawy w ciśnieniowym ekspresie (bardzo drogi, sama bym sobie nie kupiła, ale dostałam od rodziców na samodzielne gospodarstwo), Kamil zabrał się zupełnie zgrabnie do zmywania naczyń po zapiekance.

– Wracając do naszych baranów – powiedział, sprawnie operując ścierką – powiedziałaś, że myślałaś o zajmowaniu się nami? Dobrze słyszałem?

– Dobrze. Ale powiedziałam też, że nie byłoby to najlepsze w tej chwili rozwiązanie.

– Rozumiem – powiedział głosem sztucznie pogodnym – nie mógłbym cię namawiać do zamieszkania z osobą tak chorą... – Nie rozumiesz – przerwałam. – To nie o to chodzi. Z twoją mamą jakoś byśmy sobie poradzili, Tosia przecież by nas nie zostawiła na lodzie. Ale nie byłoby właściwe zamieszkanie z tatusiem mojego wychowanka. Nawet gdybym za ciebie wyszła. Prawdopodobnie musiałabym zrezygnować z wychowawstwa w Jacka klasie. Gdybyś mnie uwiódł trzy miesiące temu, problem by nie istniał. A teraz, niestety, mam mieszane uczucia. Widzisz, ja nie chcę ich zostawić! To takie fajne dzieciaki. Już nawet nie chodzi o to, że dostaliby czwartą wychowawczynię, a to by im spaczyło charaktery do ostatka. Ja ich, cholera, lubię! Ja chcę być ich wychowawczynią. Boże, Kamil, gdyby mi ktoś pół roku temu powiedział, że się przywiążę do gromady siedemnastolatków, to bym go śmiechem zabiła!

Kamil odwiesił ścierkę i usiadł z powrotem na kuchennym krześle, patrząc na mnie z tym swoim krzywym uśmiechem. Na razie nic nie mówił. Zabrałam się do nalewania kawy, przy czym ręce mi się trzęsły. Zauważył to i odebrał mi dzbanek.

– Słuchaj, w dodatku mam teraz koszmarny kłopot. Jedna moja uczennica, prymuska i olimpijka, duma szkoły, jest prawdopodobnie uzależniona od amfetaminy albo jakiegoś innego świństwa. Właśnie się tego dowiedziałam od jej najlepszej przyjaciółki i będę musiała jej jakoś pomóc, nie wiem jak! Ja się nie znam na żadnych narkotykach! Ona ma potwornych rodziców, nadętych okropnie, uważają, że dopóki dziewczyna mieszka pod ich dachem, ma się tylko uczyć! Nie wiem, jak zareagują! Nie wiem, jak zareaguje dyrekcja, czy nie wywalą jej ze szkoły! Nic nie wiem, a ona może jutro do mnie przyjdzie i będzie miała nadzieję, że ja coś zrobię!

– To rzeczywiście nie powinnaś ich teraz opuszczać. Przeniesienie Jacka do innej klasy też raczej nie wchodzi w grę...

– Mowy nie ma! Oni są bardzo zżyci. Ach, jeszcze jedno. Czy Jacek mówił ci, że oni wszyscy w zeszłym roku eksperymentowali z narkotykami?

– Mówił. Dobrali się do tego na wycieczce w góry, potem zrobiło im się przyjemnie, nabrali energii, opili się piwska i narozrabiali w schronisku. To był chyba październik, może nawet jeszcze końcówka września. Pani Zamoyska była wtedy ich wychowawczynią i po tej wycieczce zrezygnowała. Byliśmy wzywani do szkoły, każdy osobno. Jacek mi się do wszystkiego przyznał, zanim się te indywidualne wywiadówki zaczęły. Jak poszedłem, zorientowałem się, że pani wychowawczyni nie ma pojęcia, że tam były jakieś narkotyki w użyciu. Nie chciałem robić afery, bo Jacek przysiągł, że to był jednorazowy wyskok. Mówił, że nie spodobały im się skutki uboczne. Prawdopodobnie nie miał pojęcia, że jednak ktoś się wyłamał.

– Boże, no sam widzisz, jaki straszny problem!

– No, sam widzę. Ale nie mów do mnie „Boże", bo mnie to peszy.

Stary dowcip, ale mnie rozśmieszył. Kamil wstał i umieścił zastawę na tacy.

– Nie wydaje mi się, żebyśmy mogli dzisiaj cokolwiek zdziałać. To może chodźmy już lepiej na tę kanapę?

Poszliśmy.

Dzwonił telefon, ale nie odebrałam.

Wtorek

Basia sprawiła się nadzwyczajnie i po lekcjach przywlokła bladą Renatę do pustoszejącej pracowni polonistycznej. Prawdę powiedziawszy, nie spodziewałam się, że tak szybko uda jej się tego dokonać, w związku z czym ani z dyrektorem jeszcze nie rozmawiałam, ani nie pomyślałam o znalezieniu dla Renaty jakiegoś psychoterapeuty czy psychiatry.

Jedyny znany mi osobiście psychiatra to Natalia Hollander, a jej nie powierzyłabym nawet komandosa z oddziałów antyterrorystycznych. Za duże ryzyko dla biednego chłopca. Trzeba będzie poszukać jak najdalej od promiennej Natalii.

Czekając, aż reszta uczniów klasy drugiej B pozbiera manatki i pójdzie do domu, zaparzyłyśmy sobie zieloną herbatę – kawa jakoś mi nie pasowała do kazania o uzależnieniach, jakie miałam zamiar wygłosić – i rozsiadłyśmy się w kąciku pod oknem.

– Cieszę się, że chcesz rozmawiać – zaczęłam. – Czy to oznacza, że zauważasz problem?

– Zauważam – powiedziała ponuro i lakonicznie.

Ach, te literackie skojarzenia... Zagubiony we mgle Tygrys, smutny i niepewny, wydał się Prosiaczkowi o wiele bardziej do przyjęcia niż Tygrys żywiołowy i brykający... Renata wprawdzie nigdy nie brykała wesolutko, wprost przeciwnie, kąsała jak rasowa żmija albo wręcz waliła na odlew, ale robiła to z dużą dozą żywotności. Cała ta żywotność z niej teraz uciekła jak powietrze z przekłutego balonika. Ewentualnie z pękniętego, żeby już pozostać w kręgu Kubusia Puchatka.

Może amfetamina właśnie przestaje działać.

Powinnam się wstydzić. Nie jest ważne, że jej nie lubię. Za to Basię lubię, a to, jak się okazuje, prawdziwa przyjaciółka. Należy brać przykład z pozytywnej jednostki. A propos brać...

– Powiedz, Renata, dużo bierzesz?

– Dużo.

– I od dawna?

– Od dawna.

Świetnie nam idzie po prostu.

– Masz jakieś propozycje?

– Nie mam.

– Dobrze. W takim razie ja mam. Potrzebny ci będzie psycholog albo psychiatra. Zorientuję się, kto by się nadawał. Dałabyś radę przestać brać to sama, na jakiś czas?

– Nie wiem.

Pęknięty balonik.

– Spróbuj. Jeżeli ci się nie uda, bierz jak najmniej, dopóki nie znajdę ci kogoś, kto zaproponuje jakąś możliwą do przyjęcia formę odwyku. Rozumiem, że chcesz z tym skończyć?

– Tak.

– Nie mówiłaś rodzicom, że masz kłopot?

– Nie.

– A skąd miałaś pieniądze, przecież to droga zabawa?

– Daję korepetycje.

– I rodzice nie dziwią się, że mimo to nie masz pieniędzy?

– Nie dziwią się, bo nie wiedzą, że je mam. Te korepetycje. Z angielskiego.

– A ile ci płacą za godzinę?

To w zasadzie nie miało nic do rzeczy, ale byłam zwyczajnie ciekawa. Renata wymieniła sumę, która przyprawiła mnie o chwilowy bezdech. Ja za lekcje, których udzielam, dostaję połowę tej sumy! Tak, tak, uczniowie nauczą nas, jak trzeba się cenić w dzisiejszych czasach. Moi rodzice wychowali mnie niepraktycznie. Następnym klientom zaśpiewam inaczej.

– No więc co zrobimy z rodzicami? Powiesz im? Chcesz, żebym przy tym była, czy może wolisz, żebym ja sama im o tym powiedziała?

– A oni muszą wiedzieć?

– Obawiam się, że tak. Ale możemy też poczekać, aż wypowie się psycholog.

– Wolałabym poczekać.

No nie, naprawdę! Pyskująca i ziejąca nienawiścią Renatka była jednak zabawniejsza. Przynajmniej emanowała jakimś życiem, energią, chociaż negatywną, ale zawsze. Teraz robiła wrażenie manekina.

Zmęczyła mnie ta rozmowa.

– Dobrze. Dzisiaj już tylko będziemy pianę biły niepotrzebnie. Przyjdź do mnie jutro przed lekcjami, powiem ci, co będziemy robić dalej.

Podniosły się z krzeseł – Renata niemrawo i obojętnie, Basia jak iskra, rzuciła się myć filiżanki. Pożegnałam je i poszłam prościutko do sekretariatu.

Dyrektor był i mógł mnie przyjąć od razu. Ucieszył się na mój widok, bo, jak ogłosił na dzień dobry, pewnie przyszłam zawiadomić go o kolejnych planach artystycznych mojej znakomitej klasy.

– Przykro mi, panie dyrektorze, ale muszę wyprowadzić pana z dobrego nastroju.

Popatrzył na mnie bystro.

– Coś poważnego?

– Bardzo. I powinien pan o tym wiedzieć. Jedna moja uczennica zażywa amfetaminę. Chyba już zdążyła się uzależnić. Poza tym w naszej szkole na każde zamówienie można dostać narkotyki. Bo na mieście są w dowolnych ilościach i asortymentach, ale to wiadomo.

Dyrektor znieruchomiał.

– Jedna? Tylko jedna? Jest pani pewna?

– Raczej tak. Za to ta jedna wymaga kuracji odwykowej, bo już nie może się obyć bez dopalaczy.

– Pani słyszała, że w zeszłym roku mieliśmy w szkole dużą aferę?

– Prawdę mówiąc, nie.

Nie wiedziałam, czy on wiedział, że moje małolaty rozróbę w schronisku górskim wywołały też po niedozwolonych prochach, więc wolałam się nie wyrywać.

– Mieliśmy. I to nie była tylko kwestia pierwszej L, czyli pani obecnej klasy, która narobiła jakichś awantur na wycieczce. Tutaj działała cała siatka dealerów, którą udało nam się przy pomocy policji zlikwidować. To znaczy, wydawało nam się, że się udało. Mówi pani, że trzeba będzie całą kołomyjkę zacząć od początku?

– Obawiam się, że coś trzeba będzie zrobić.

Dyrektor ciężko westchnął.

– Zadzwonię jeszcze dzisiaj do takiego jednego policjanta z prewencji, nawet się zaprzyjaźniliśmy w zeszłym roku, tylko że wolałbym go oglądać prywatnie. A ta pani uczennica...

– Potrzebuję dla niej jakiegoś sensownego psychologa. Ja nie potrafię do niej dotrzeć.

– Mamy i sensownego psychologa. Dam pani komórkę tej pani, bo to pani. Może się pani umawiać, formalności załatwi szkoła, jeżeli zajdzie taka potrzeba.

W oczach stanęła mi nagle pani psycholożka, którą poznałam już na zajęciach integracyjnych z rodzicami... Tylko nie to!

– Panie dyrektorze – zaczęłam podstępnie – czy to ta pani, która prowadziła u nas zajęcia z rodzicami?

– Nie, inna. – Pomyślał chwilę. – To znaczy, nic nie wiem o zajęciach z rodzicami u nas w szkole. Były jakieś? To pewnie moja zastępczyni się tym zajmowała. Ale ta pani, o której właśnie myślę, nie prowadzi zajęć z rodzicami w szkole, tylko zajmuje się uzależnieniami. Proszę, tu jest jej wizytówka – wyciągnął z głębin ogromnego notesu biały kartonik.

Joanna Biel, poradnia uzależnień i czegoś tam. Długa nazwa.

– Młoda dziewczyna, ale ma poukładane w głowie.

No i dobrze, że młoda. Ja też jestem młoda. Mam nadzieję, że ona skończyła takie szkoły, po których dogada się z Renatką.

– Niech pani najlepiej od razu dzwoni. Stąd, nie z sekretariatu. To nie to, że chcę podsłuchiwać, ale stąd będzie pani najwygodniej. Proszę docenić ten fotel.

Doceniłam i zadzwoniłam. Pani w słuchawce miała głos spokojny i przyjemny. Umówiłam się z nią na jutro. Na dwunastą w południe. Dyrektor, który, oczywiście, podsłuchiwał, kazał mi się zgodzić na tę godzinę i wyszeptał, że znajdzie zastępstwo.

Mówiłam małolatom, że przyzwoity człowiek.

Wydusiłam z niego jeszcze zapewnienie – chyba niepotrzebnie – że postara się sprawę ewentualnych dealerów w szkole wyjaśniać z maksymalną dyskrecją i w białych rękawiczkach. Potem przyszło mi do głowy, że jemu nie zależy na rozgłosie o wiele bardziej niż mnie. Gdyby gazety się dowiedziały, albo telewizja, nie daj Boże, że w świetnej szkole pana Kamieńskiego uczniowie faszerują się amfetaminą, dziennikarze żyć by nam wszystkim nie dali.

A potem poszłam do domu, poprawiać szkice literackie pierwszej B. Wystrzałów erudycji i erupcji intelektu raczej nie będzie, ale może się jeszcze wyrobią.

W domu na sekretarce miałam nagrane ukochanym głosem o ciemnym, chropawym zabarwieniu:

– „Dzień dobry, kochanie. Przejąłem się kłopotami twojej uczennicy i rozmawiałem z naszymi znajomymi lekarzami. Oni też mają znajomych w branży psychiatrycznej i polecili mi znakomitą podobno specjalistkę od uzależnień – zapisz – panią Joannę Biel, numer komórki...".

Myślę, że pani Biel dogada się z Renatką.

22 listopada, środa

Okazało się, że pani Biel przyjmuje w ośrodku dla uzależnionych na terenie szpitala psychiatrycznego. Renatka była zgnębiona do ostatnich granic. Zawiozłam ją tam po czterech lekcjach (wolałam, żeby była od rana w szkole) taksówką, bo nie wyobrażałam sobie trzydziestominutowej podróży przez miasto w towarzystwie Renatki w stanie przypominającym stupor. Oczywiście na mój koszt. Na wszelki wypadek zabrałam również niezawodną Basię i okazało się, że to był najlepszy pomysł dnia, bowiem przed bramą szpitalną Renatka zdecydowała, że jednak zmienia zdanie. Wymamrotała coś w rodzaju przeprosin za kłopoty, oświadczyła niezbyt wyraźnym głosem, że poradzi sobie sama, i odwróciwszy się na pięcie, dała nogę.

Dopadłyśmy ją z niejakim trudem, bowiem nagle obudziły się w niej jakieś drzemiące pokłady energii i wiała jak szalona. Nie wiadomo, jak daleko zdołałaby od nas uciec, gdyby nie to, że jakiś przechodzący mimo postawny młodzian zagrodził jej drogę i dosłownie chwycił ją w ramiona. Trochę się wyrywała, ale młodzian chyba ćwiczył fitness i nie miała szans.

Wyjęłyśmy ją z objęć młodzieńca, który nasze podziękowania zbył nonszalanckim potrząśnięciem imponującą grzywą wielokolorowych włosów. Rzucił przy tym wymowne spojrzenie na szyld szpitala. Musiał sobie pomyśleć, że uciekła nam wariatka.

Renata jeszcze raz wybąkała jakieś przeprosiny, po czym sklęsła ostatecznie. Zastanawiałam się, gdzie się podziała cała jej pyskatość, agresja, nieskrywana pogarda dla ludzkości. Takie załamanie, tak nagle!

Pani Biel okazała się na szczęście zupełnym przeciwieństwem znanej mi psycholożki od integracji. Wyglądała absolutnie zwyczajnie, jak tysiące młodych kobiet w jej wieku, nie tryskała z niej promienność ani optymizm, była spokojna i rzeczowa. Chyba nie chodziła do tej samej szkoły co Natalia Hollander.

Po dokonaniu prezentacji i wskazaniu osoby, która ma być poddana terapii, zostawiłyśmy Renatę sam na sam z panią doktor. Czy może magister. Poprosiła nas o to i zrozumiałyśmy, że łatwiej jej się będzie porozumieć z Renatą bez świadków.

Następne pół godziny spędziłyśmy z Basią w jakiejś poczekalni, plotkując o wszystkim. To znaczy raczej o wszystkich. Basia głównie o Maćku i Jacku. Wygląda na to, że podkochuje się w obydwu naraz. Gdyby jej ostatecznie wypadło na Jacka, mogłabym mieć bardzo przyjemną przyszywaną synową... Trzeba by tylko zrobić coś z tymi jej oczami. Może Kamila znajomi lekarze mają gdzieś w zanadrzu jakiegoś genialnego okulistę? Muszę z nim porozmawiać na ten temat.

Przy okazji dowiedziałam się, że Dziubski Krzysztof zwany Dziubasem owszem, kocha się we mnie.

– Mam nadzieję, że tylko przejściowo...

– Nie wiem, czy tylko – pokręciła głową moja uczennica. – Jego miłości zawsze trwały do dwóch tygodni, a w pani kocha się już ze dwa miesiące. To może być poważna sprawa.

– Uczniowie zawsze kochali się platonicznie w nauczycielkach – zbagatelizowałam sprawę. – Przy jakiejś okazji powiedz mu, że moje serce jest zajęte...

– No przecież wiemy – wyrwało się Basiuni radośnie. – Ojcem Jacka!

Tu zamarła.

– Skąd wiesz? A w ogóle co to znaczy wiemy? Kto jeszcze wie?

– Przepraszam... tak mi się wypsnęło... Ja wiem i Maciek. Jacek nam powiedział, ale słowo honoru, nie roznosiliśmy tego dalej. Naprawdę, proszę mi wierzyć.

Może i prawda.

– Mam nadzieję, że nie omawiacie mojego prywatnego życia na forum klasy.

– Nie, nie, naprawdę. Kiedyś byliśmy u Maćka, próbowaliśmy romanse i tak się potem zgadało. Nie plotkowaliśmy dużo, naprawdę.

– Naprawdę, naprawdę! No dobrze, to chociaż powiedz mi, co Jacek o tym sądzi?

Czy to właściwe, żeby nauczycielka rozmawiała z uczennicą jak kobieta z kobietą? Prawdopodobnie nie. Ale nie mogłam wytrzymać. Strasznie chciałam wiedzieć, co Jacek myśli o romansie tatusia.

– Jackowi to nie przeszkadza. Ze swoją matką widuje się rzadko i chyba już się przyzwyczaił, że jej po prostu nie ma, to znaczy, że ojciec nie jest z nią związany, rozumie pani?

– Rozumiem.

– On lubi swojego ojca. Ja wtedy powiedziałam coś takiego, że jak on, to znaczy Jacek, będzie miał własne życie i własną rodzinę, to ten jego ojciec zostanie zupełnie sam. Samotna starość to musi być coś okropnego. No i Jackowi się wtedy wypsnęło, tak jak mnie teraz, że może nie będzie taki znowu samotny. Ojciec. No to wydusiliśmy z niego resztę. Pani za niego wyjdzie?

– Jeszcze nie wiem. Jeżeli nawet, to dopiero jak Jacek skończy szkołę.

– Dlaczego?

Wytłumaczyłam jej, co sądzę o byciu wychowawczynią własnego pasierba. Argument o konieczności przekazania klasy komu innemu przemówił jej do przekonania.

– Jeżeli tak pani uważa, to my byśmy chyba woleli, żebyście poczekali z tym ślubem – powiedziała. – Ale musi nam pani coś obiecać. Zaprosicie całą klasę na ślub. A w ogóle można by połączyć wasz ślub z naszym balem maturalnym.

Nie wiedziałam, jak zareagować na taki przyjemny pomysł, na szczęście otworzyły się drzwi gabinetu pani Biel i ona sama poprosiła nas do środka, żeby ogłosić wynik swojej konferencji z Renatką.

– Postanowiłyśmy, że Renata zostaje u nas już teraz – zakomunikowała psycholożka. – Powrót do domu, do szkoły w momencie, kiedy zdecydowała się na leczenie, byłby dla niej zbyt dużym stresem. A i tak potrzebna jest obserwacja. Poza tym chcę zaproponować jej rodzicom terapię rodzinną. Trzeba będzie trochę zmienić w stosunkach domowych. Byłoby dobrze, gdyby państwo Hrydzewiczowie zgłosili się do mnie jak najprędzej, również w związku z dopełnieniem formalności dotyczących pobytu u nas Renaty. Trzeba też dowieźć do szpitala różne domowe drobiazgi. No i tu mamy do pań prośbę. Nie chciałabym opowiadać tego wszystkiego państwu Hrydzewiczom przez telefon, a tak się składa, że dzisiaj nie mogłabym do nich pojechać. Czy pani zechciałaby...

Średnio mi się uśmiechała taka misja (*mission impossible...*), ale wyglądało na to, że jestem w sytuacji przymusowej. Skoro już zaczęłam zajmować się tą sprawą... Wyraziłam zgodę. Teraz muszę umówić się z tymi Hrydzewiczami na rozmowę. Wyjęłam komórkę.

– Renata, podyktuj mi numer domowy.

Renata podyktowała. Wybrałam. Poczekałam chwilę.

– Hrydzewicz.

Pewnie kochający tatunio. Głos ma jak stal najwyższej jakości. Przedstawiłam się.

– W czym mogę pomóc?

To ja ci mogę pomóc, pacanie – pomyślałam, ale nie powiedziałam tego głośno.

– Chciałabym prosić państwa o pół godziny rozmowy. Najchętniej za pół godziny.

– Obawiam się, że to niemożliwe – poinformował mnie chłodno tatunio. – Dzisiaj jesteśmy zajęci. Oboje z żoną. Przygotowujemy się do wygłoszenia referatów na międzynarodowym zjeździe w Międzyzdrojach, w Amberze. Może pani słyszała, w weekend. Proszę do nas przedzwonić w przyszłym tygodniu.

– Obawiam się, że to niemożliwe – powtórzyłam jego słowa nieco bardziej ostro. – To, o czym chcę z państwem porozmawiać, nie powinno czekać.

– Będzie musiało.

Pomyliłam się co do tego głosu, to nie stal, ale beton. Beton zbrojony. Nawet go nie obchodzi, o czym chcę z nim rozmawiać! Zadufek. Gdyby nie wzgląd na Renatę, dałabym mu popalić.

– Proszę pana – zaczęłam łagodnie, pamiętając, że Renatka słucha, zapewne w nerwach cała i zastanawiając się, co też mu powiedzieć, żeby zareagował. Ale zanim zdążyłam coś wyjaśnić, w telefonie prztyknęło, a na ekranie wyświetlacza pojawił się napis: „Koniec rozmowy". I czas.

O nie, ty dupku! Dzwoni do ciebie wychowawczyni córki, a ty nawet nie raczysz porozmawiać kulturalnie? I nawet nie mogę dać po sobie poznać, że coś jest nie tak, bo ta cała Renata patrzy na mnie, jakby od moich poczynań zależało całe jej życie. W co ja się pakuję?!

– W porządku – powiedziałam, chowając komórkę do kieszeni. – Jadę. Podaj mi adres, Renatko.

Żeby mi się furia nie zmarnowała, pojechałam pod wskazany przez Renatę adres taksówką, podrzucając przy okazji Basię w okolicę jej domu.

Blok. Mieszkanie na szóstym piętrze. Domofon. Nie, nie będę próbowała domofonem, bo ten pacan mi zwyczajnie nie otworzy.

Rozejrzałam się dokoła. Jest! Starsza pani z torbą, z której wystawały zielone wiechcie porów. Pod spodem pewnie ma ziemniaczki, bo stęka.

– Pomogę pani.

Babcia rozpłynęła się w zachwytach nad dzisiejszą młodzieżą. Miała klucz! Odprowadziłam ją do mieszkania na parterze i spokojnie wjechałam windą na szóste piętro. To znaczy, niespokojnie, bo cały czas podsycałam w sobie tę furię.

Nie musiałam długo szukać właściwych drzwi. Ze sporej mosiężnej tabliczki wylewały się tytuły naukowe. Zadzwoniłam. W drzwiach stanął facet tak przystojny, że mi dech zaparło. Moja furia wybuchła z nową siłą.

– Jeżeli pana nie interesuje, co się dzieje z pańską córką, to wasza rodzinna sprawa – wysyczałam, napędzana złością – ale jest mi pan winien za dwie rozmowy przez moją prywatną komórkę i za taksówkę do szpitala!

– Kim pani jest?

Beton zbrojony! W głosie i w oczach. Współczuję studentom z jego wydziału! Że nie wspomnę o pracownicach dziekanatu, moich, do pewnego stopnia, koleżankach.

– Jestem wychowawczynią Renaty. Wpuści mnie pan czy będziemy rozmawiać na korytarzu?

– Niech pani tak nie krzyczy!

– Bo co, bo sąsiedzi usłyszą? Ja już mam taki nauczycielski głos!

– Proszę, niech pani wejdzie. A pan czego szuka? Ta pani nie do pana przyszła!

Puściłam oko do niedużego człowieczka w szlafroku, który wyjrzał z drzwi naprzeciwko, i weszłam do mieszkania państwa doktorostwa habilitowanego.

W zasadzie lubię, kiedy mieszkania są wypełnione książkami, ale tutaj nawet książki wydawały się nieprzyjazne. Pan domu pokazał mi pokój najwyraźniej reprezentacyjny. Też nieprzyjemny.

– Małżonka w domu? – zapytałam lodowato.

– Grażyno! Znasz panią?

Pani doktor Grażyna Hrydzewicz, ekonomistka, pojawiła się w moim polu widzenia. Podała mi rękę, zimną i nieprzyjemną. Zdziwiłabym się, gdyby było inaczej. Tu wszystko tchnęło lodem, jak u Królowej Śniegu.

– O jakim szpitalu pani mówiła? Czy Renata zachorowała?

Tatunio nie zdawał się być specjalnie wystraszony. Widać uważał, że jego rozsądnej córce nic złego stać się nie może. Głąb bez wyobraźni.

– Można to tak określić. Mogę usiąść czy fotele są tylko dla gości z zaproszeniami?

Pan domu mruknął coś na temat, że tracimy czas, ale wskazał ręką potężny skórzany komplet wypoczynkowy. Usiadłam, ale furia we mnie wcale nie zmalała, jakby okrzepła nawet.

– Jadąc do państwa, zastanawiałam się, jak to państwu zakomunikować możliwie najdelikatniej. Ale skoro pan nie ma czasu, powiem krótko. Renata od przeszło roku regularnie zażywa amfetaminę. Próbowała z tym zerwać, ale sama nie daje rady. Zawiozłam ją dzisiaj do lekarza. Została w szpitalu na obserwacji, trzeba sprawdzić, jak daleko już posunęło się jej uzależnienie od narkotyków.

Hasło „narkotyki" odblokowało doktorostwo habilitowane.

– Boże święty! – Pani doktor podniosła oczy ku niebu.

Pan doktor był wymowniejszy.

– Kto panią upoważnił do wkraczania w nasze rodzinne sprawy? Gdzie jest Renata? Trzeba po nią jechać natychmiast!

– Nigdzie pan nie pojedzie! To znaczy, przepraszam, może pan jechać, ale nie po nią, tylko żeby jej zawieźć koszulę nocną, szlafrok i szczotkę do zębów! Jeżeli przez rok nie zauważył pan, że z pańską córką jest coś nie w porządku, to teraz musi pan pozwolić ją ratować fachowcom!

– Ratować? – Tatunio kipiał od środka. – Fachowcom? Jakim znowu fachowcom, o czym pani mówi?

– O szpitalu psychiatrycznym – rąbnęłam, żeby się wreszcie zamknął. – Renata jest na obserwacji w szpitalu, gdzie się leczy uzależnienia. Czy do pana nie dociera, że pańska córka jest na najlepszej drodze do ciężkiej narkomanii?

– Ale po co od razu szpital psychiatryczny? – Mamunia była pełna niesmaku. – Nie sugeruje pani chyba, że nasza córka jest wariatką!

– Tak się złożyło, że oddział dla narkomanów znajduje się w szpitalu psychiatrycznym.

– A w ogóle co to znaczy ciężka narkomania? Przecież Renata świetnie się uczyła! Dawała sobie doskonale radę ze wszystkim, czego się podjęła! Amfetamina? Ile ona tego brała? Jak to się stało, że my nic o tym nie wiemy? A zwłaszcza że pani o tym wie?

– Bardzo mi przykro, ale widocznie nie miała do państwa dostatecznego zaufania. – W obliczu tej habilitowanej arogancji nie miałam zamiaru bawić się w delikatność. Nie zamierzałam też wyjaśniać im przyczyn, dla których Renatka sięgnęła po dopalacze. – Proszę, tu jest wizytówka pani, która zajmuje się Renatą. Proszę do niej zadzwonić i umówić się, ona czeka na państwa. Renata również czeka.

– Ja sobie porozmawiam z tą panią – warknął pan doktor habilitowany. – I z dyrektorem szkoły też sobie porozmawiam. O pani. Proszę nie myśleć, że wolno pani ingerować w prywatne życie uczniów tylko dlatego, że jest pani ich wychowawczynią. Pożal się Boże wychowawczynią – dodał. – Do widzenia pani.

– Trzeba będzie pomyśleć o zabraniu Renaty z tej szkoły – dołożyła swoje pani doktor habilitowana.

Wyszłam na ulicę i poczułam nagle, że jestem potwornie roztrzęsiona. I że głęboko współczuję Renacie. Niewykluczone, że na jej miejscu byłabym o wiele bardziej żmijowata.

Zadzwoniłam z komórki do Kamila. Wprawdzie powiedział, że nie może dzisiaj przyjechać, żadną miarą, niestety, ale już sama rozmowa z nim dobrze na moje stargane nerwy podziałała. Ten jego głos! Żadna stal, żaden beton, ale z drugiej strony nie żaden aksamit, faceci o aksamitnych głosach nie budzą mojego zaufania. Głos Kamila sprawia, że ogarnia mnie ciepło. Nie mówiłam mu na razie o propozycji Basi, wizję ślubu połączonego z balem maturalnym mojej klasy roztoczę przed nim w bardziej sprzyjających okolicznościach.

23 listopada, czwartek

W pokoju nauczycielskim od rana rozmawiano wyłącznie o narkotykach. Już po moim wczorajszym odjeździe z Renatką w szkole pojawił się facet z policji i rozpoczął owe działania w białych rękawiczkach. Bez ironii. Robił to tak dyskretnie, że nikt na razie nie zorientował się, że sprawa zaczęła się od mojej klasy. Nauczyciele byli wzywani po kolei do gabinetu dyrektora, gdzie policjant z nimi rozmawiał.

– Panią też to czeka, pani Agato – poinformowała mnie pani Zamoyska. – Nie mam wątpliwości co do tego, że druga L jest dobrze poinformowana na temat możliwości wypróbowania wszystkiego, co niedozwolone.

– Rozmawiał już z uczniami?

– Na razie tylko z nami. Ale przyjdzie kolej i na nich, może pani być pewna.

Najpierw jednak przyszła kolej na mnie. W pokoju nauczycielskim pojawiła się sekretarka i poprosiła mnie do szefa.

– Dosłownie za pięć minut – powiedziałam, bo już dzwonił dzwonek na lekcję. – Zadam coś uczniom i już lecę.

Pierwszą lekcję miałam w mojej klasie.

Oczywiście już wszystko wiedzieli. Zamierzali poświęcić lekcję omawianiu tej sprawy, ale przygasiłam ich zapały na wstępie.

– Kochani, nie mam teraz czasu gadać, bo mnie właśnie wzywają...

– Na przesłuchanie! – wyrwał się Adaś Karcz, uradowany nie wiadomo czym.

– Ale wszystko nam pani opowie – domagał się Maciek w imieniu klasy. – Jak tylko pani wróci!

– Macie jak w banku – obiecałam. – Ale teraz nie będziecie tu nic kombinować, tylko zabierzecie się do uczciwej pracy. Zobaczymy, jak działają wasze umysły w obliczu stresu wywołanego niezdrową ciekawością...

– Dla... dlacz-cz-czego niez-z-z-zdrową – zaprotestowała Kasia. – Ciekaw-w-wość jest ucz-cz-czuciem natural-l-lnym!

– No to zdrową – zgodziłam się, wkładając płytę kompaktową do odtwarzacza. – Macie szansę zabłysnąć talentem literackim. Proszę wyciągnąć luźne kartki. Maciek, w momencie, kiedy zamknę za sobą drzwi, włączysz odtwarzanie. A wy słuchacie i piszecie. Co wam przyjdzie do głowy. Może to być opowiadanie, może być list do przyjaciela, może być esej. Słuchajcie uważnie muzyki, chcę, żebyście pozwolili wpływać dźwiękom na wasze emocje. Pamiętajcie, że wciąż jesteśmy w epoce romantyzmu, spróbujcie dostroić się do tej poetyki. To ma być tak, jakby muzyka miała być ilustracją waszych tekstów. Rozumiemy się?

– Ale tylko do momentu, kiedy pani przyjdzie!

– Ale dokończcie w domu!

– A jakie to ma być długie?

– Jeżeli prozą, minimum trzy strony. Proza poetycka, stronę. Wiersz, dowolnie. Muszę lecieć, życzę przyjemnego pisania.

Zamykając drzwi za sobą, słyszałam pierwsze dramatyczne tony „Egmonta". Jeżeli Maciek nie ściszy, za chwilę ktoś do nich przyleci sprawdzić, co to za hałasy. Nawet wiem kto.

W gabinecie dyrektora siedział facet o przyjemnej powierzchowności prezentera telewizyjnych programów kulinarnych. Oczami duszy natychmiast ujrzałam go w białym kitlu, nad parującymi garnkami, jak rozmarza się, nalewając sos do sosjerki.

Uścisk dłoni miał sympatycznie rzeczowy.

– Bogdan Biel – powiedział. – Z prewencji.

– Biel? – zdziwiłam się, zamiast przedstawić. – A ja wczoraj poznałam panią Biel...

– Zbieżność nazwisk nieprzypadkowa – oznajmił policjant. – Joanna to moja żona. Oboje zajmujemy się w zasadzie tym samym problemem, tylko, jak by to powiedzieć, na różnych poziomach. To nas zresztą połączyło swojego czasu.

– Coś podobnego! A ja wczoraj dostarczyłam żonie pacjentkę...

– Wiem. Żona kazała pani powiedzieć, że wszystko w porządku i Renata została w szpitalu.

– Czy wy sobie zawsze wszystko mówicie? – zapytałam podejrzliwie.

– Wszystko nie, bo czasami, to znaczy na ogół, obowiązuje nas jakaś tam tajemnica zawodowa. Ale współpracujemy w wielu przypadkach. Joanna wiedziała, że będę u was dzisiaj, a przypuszczała, że może się pani interesować swoją uczennicą.

– Bardzo dziękuję! A nie mówiła nic o rodzicach?

– O rodzicach nie. Tylko o dziewczynie. Nie jest z nią chyba najgorzej, obserwacja pokaże. Joanna myśli o terapii rodzinnej.

– No, jeżeli jej się to uda z tymi rodzicami, to ma pan genialną żonę...

– Ależ ja mam genialną żonę! A rodzice jacyś tacy straszni? Opowie mi pani?

Opowiedziałam. Zdałam mu też relację ze wszystkiego, czego się dowiedziałam od Basi.

– Ale, proszę pana – powiedziałam na koniec – wy możecie jakoś tak działać, żeby się nie wydało, od kogo macie wiadomości? Chodzi o to, żeby nie narażać dzieci. Ja nie wiem, to dla pana pewnie oczywiste, ale chciałabym wiedzieć...

– Spokojnie, z pewnością nie ujawnimy informatorów. – Ton głosu pana Biela z prewencji też działał na mnie kojąco. – Będziemy rozmawiali z wieloma uczniami, ze wszystkimi nauczycielami i zachowamy pełną dyskrecję. Może się pani nie obawiać.

Ostatnie zdanie wypowiedział tak, jakby dekorował koktajlową wisienką różyczkę z marcepanu na szczycie śmietankowego torcika. Bardzo zmyłkowy facet!

Wróciłam do mojej klasy na pięć minut przed dzwonkiem. O dziwo, wszystkie głowy pochylone były nad kartkami, a „Egmont" grzmiał zapewne już po raz trzeci. Oczywiście na mój widok praca natychmiast została przerwana, odtwarzacz wyłączony dość brutalnie, a małolaty zasypały mnie milionem pytań.

Przewidziałam to i zapytałam pana z prewencji zawczasu, co im mogę powiedzieć. Basia patrzyła na mnie dużymi oczami.

– Policja szuka dealerów narkotykowych. Dostali informację, że pojawili się w okolicach szkoły. Na razie przesłuchują nauczycieli, będą przesłuchiwać was też. Nie wiem, czy wszystkich, raczej wybiórczo. Proszę, żeby wszyscy zapisali sobie teraz jeden numer telefonu... w zeszytach, wszyscy, to ważne.

Podałam im numer do Biela na biurko.

– To jest numer, pod który możecie zadzwonić, jeżeli coś wiecie, a na przykład nie będziecie wzywani albo nie powiecie wszystkiego od razu. Taki telefon zaufania. Słuchajcie, ja wam nie będę wygłaszała przemówienia o szkodliwości narkotyków. Sami wiecie, że to śmierć. Proszę, jeżeli macie jakieś informacje, przekażcie je policji. Albo tu w szkole, albo telefonicznie.

– Co jest z Renatą? – zapytał nagle Dziubas.

– Renata jest chora – powiedziałam wymijająco, ale nie z moimi kotkami takie numery.

– Proszę pani – Dziubas był niesłychanie poważny – my wiemy, że ona ćpała. I niech pani nie myśli, że nas to nie obchodziło, tylko że z nią nie szło pogadać na ten temat. Już ją pani poznała. Więc jeżeli ona znika, a pojawia się w szkole policja i zaczyna szukać dealerów, to musi w tym coś być.

Małolaty zamilkły i nie zwróciły nawet uwagi na dzwonek, powodujący automatycznie rumor na całym korytarzu. Czekały na moją odpowiedź.

– Renata jest w szpitalu na obserwacji – powiedziałam. – Jeszcze nie wiadomo, czy już się poważnie uzależniła. Opiekuje się nią bardzo sensowna, jak zdążyłam się zorientować, pani. Będę trzymała rękę na pulsie...

– Chcielibyśmy wszystko wiedzieć na bieżąco – zażądał Dziubas. – Czy pani nam to może obiecać?

– Mogę. Będę wam przekazywać wszystko, czego się dowiem. A teraz idźcie sobie na przerwę, a to, coście zaczęli, dokończcie na jutro. Muzyka wam się podobała?

– Nieeee – ryknęli chórem i dołączyli do ogólnego jazgotu korytarzowego.

24 listopada, piątek

Inwencja moich uczniów, podbudowana Beethovenem, okazała się wstrząsająca.

Wśród prac, które dzisiaj od nich dostałam, przeważały krwawe kryminały. Ponieważ przy okazji usiłowali utrzymać stylistykę zbliżoną do romantycznej, wyrafinowane zbrodnie łączyły się ze skomplikowanymi historiami miłosnymi. Dwie napisane były wierszem. Trzeba przyznać, najzupełniej prawidłowym – jedna regularnym trzynastozgłoskowcem, autor drugiej zastosował kilka typów wersyfikacji. Basia wyprodukowała obrazek poetycki. Zawierał sugestywne opisy domu wariatów. Chyba przejęła się Renatką, a w dodatku widziała zapewne „Amadeusza" Formana i czerpała zeń natchnienie pełnymi garściami. Maciek stworzył dziwne opowiadanie, trochę jakby w stylu Edgara Allana Poe. Muszę go zapytać, czy czytał cokolwiek tego autora. Ale kto go dziś czyta!

Ogólnie byłam bardzo zadowolona i postawiłam wyłącznie piątki, a nawet kilka szóstek. Dzieci wykazały się talentami literackimi. Połowy prac nie zdążyłam sprawdzić na lekcjach, zabrałam je więc do domu. Będę miała milusią lekturę do poduszki.

We wszystkich klasach, w których miałam lekcje, uczniowie usiłowali natychmiast zwekslować rozmowę na boczny tor, oczywiście narkotykowy. Byłam twarda i nigdzie nie dałam się podejść. Wymagało to jednak ode mnie sporego wysiłku i po pracy byłam zmęczona, jakbym tłukła kamienie na drodze.

Próbowałam dla zmiany klimatu dopaść telefonicznie Beatę albo Laurę i namówić je na jakiś wspólny wyskok, ale żadna z nich nie odpowiadała.

Z Kamilem mogłam sobie najwyżej pogadać na odległość, bowiem Tosia nie mogła dzisiaj zostać dłużej. Obiecała nam za to całą niedzielę wolną. Aż do poniedziałku.

25 listopada, sobota

Dzień gospodarczy. Wypucowałam mieszkanie. Należało mu się już bardzo. Tylko wieszaka w przedpokoju nie zamocowałam. Niech czeka na Kamila.

Kiedy pracowałam na politechnice, utrzymywałam je w stanie bombonierkowym mniej więcej stale. Jakoś miałam wtedy więcej czasu. Do filharmonii też chodziłam regularniej.

Wieczorem padłam na fotel bez siły.

Tysiąc lat nie czytałam horoskopu. Drugie tysiąc nie zajmowałam się żadną magią. Zaraz sprawdzimy, co też nas czeka w nadchodzącym tygodniu.

Niestety, zapomniałam kupić gazety z horoskopem, a „Wyborcza" nie drukuje takich rzeczy.

Rzucę monety i powróżę sobie przy pomocy ji-cinga.

Najpierw konkretne pytanie. Wiem, o co chcę spytać, ale jak to sformułować? Czy zostanę żoną Kamila? Czy będziemy szczęśliwi? Czy Jacek mnie zaakceptuje? Jak się ułoży między mną i pasierbem? A mamusia?

Za dużo tych pytań.

Wymyśliłam wreszcie jedno uniwersalne: jak się ułoży między mną i rodziną Pakulskich?

Rzuciłam monety, narysowałam heksagram.

A jeżeli wróżba powie, że nic z tego nie będzie?

Posiedziałam trochę nad otwartą książką.

Potem wsunęłam nieodczytany heksagram między kartki. Kiedyś do niego zajrzę, na pewno. Dzisiaj jakoś nie mam odwagi.

Niedziela

Kamil zadzwonił o dziewiątej rano, żeby sprawdzić, w jakim stanie jestem. Trafił mnie pod prysznicem, więc znowu z jego winy zalałam pół mieszkania. Powiedział, żebym się nie śpieszyła i że przywiezie świeże bułeczki na śniadanie.

Ciekawe, czy będzie mu się chciało latać w niedzielę po świeże bułeczki, jak już za niego wyjdę?

A czy mnie będzie się chciało malować przed śniadaniem?

Zanim się pojawił, miałam mieszkanie wysprzątane na błysk, a sama wyglądałam tak pięknie, jak się tylko dało.

Nie zauważył ani mojej nieziemskiej urody, ani nieziemskiego porządku w mieszkaniu. Przyniesioną torbę – prawdopodobnie zawierającą świeże bułeczki – rzucił byle gdzie, w dodatku, zamiast wyznać mi miłość od progu, powiedział:

– Boże, jak ja kocham tę Tosię!

Część wzorowego porządku została, oczywiście, zniszczona, a mój kunsztowny makijaż szlag trafił.

Bułeczki w plastykowej torbie zmiękły i przestały chrupać.

Poniedziałek

Podwiózł mnie pomidorowym huyndaiem do szkoły. Oczywiście, nie wygłupiał się z żadnym bieganiem do sklepu po świeże bułki, odgrzałam w tosterze te wczorajsze i znowu zaczęły chrupać.

To nie to, że wczoraj oddawaliśmy się jedynie uczuciom – po prostu jeść nam się zachciało dopiero w porze obiadowej. Po obiedzie byliśmy nawet w galerii, bo od niedawna jest tam wystawa polskich surrealistów, a oboje lubimy surrealizm. Z tym że on ma słabość do Wańka, a do mnie bardziej przemawia Mikulski. Tak czy inaczej, oboje jesteśmy raczej niemodni. Niektóre z tych obrazków są w naszym wieku!

Wieczorem wałkoniliśmy się okropnie, oglądając z kanapy „Borysa Godunowa” w telewizji. Straszne pomysły miał inscenizator, jeszcze straszniejsze scenograf: wszystko bardzo nowoczesne, ruscy chłopi wystylizowani na rewolucjonistów z pancernika Aurora, bojarzy z otoczenia cara wypisz-wymaluj tajni funkcjonariusze KGB, a sam car zapewne miał być czymś w rodzaju genseka. Trudno to było wytrzymać, chociaż nieźle śpiewali, ale muzyka jakoś ginęła w powodzi pomysłów reżysera. Wytrwaliśmy do końca, bo chcieliśmy wiedzieć, czy dzwon zawieszony nad głową cara Borysa zleci mu na głowę, czy nie. Zleciał, oczywiście, w scenie śmierci, to znaczy został spuszczony zgodnie z rytmem wielkiej arii. Prosto na świeży zewłok cara. Na sam koniec jeszcze spaskudzili tę niebywałą arię Jurodiwego, bo choć właściwie nawet zawodził, jak pan Musorgski kazał, to szedł przy tym przez las dziarskim krokiem i kopał pieńki.

Obejrzawszy dzieło, postanowiliśmy założyć stronnictwo obrony klasycznych dzieł sztuki przed nowoczesnymi interpretatorami. Niech sobie sami napiszą operę o KGB. Prawie zaczęliśmy pisać statut, ale w końcu zajęliśmy się czym innym.

To znaczy sobą.

Przed szkołą wpadliśmy na Jacka, który właśnie wysiadał z autobusu. Pomachał nam przyjaźnie ręką i znikł w czeluściach szatni. Poczułam się trochę głupio – przeze mnie dziecko nie ogląda tatusia całymi dniami. Duże jest to dziecko, ale zawsze. Wprawdzie Kamil wspominał, że Jacek spędza weekend u przyjaciół za miastem, ale jednak.

W szkole już prawie normalnie. Ten policjant, mąż pani psycholożki, bardzo sprawnie robi swoje. Jest cichy i bezwonny. Jakieś tam przesłuchania prowadzi, ale w sposób niedostrzegalny.

Ciekawa jestem, czy jego zdolna żona poradziła sobie z państwem doktorostwem habilitowanym w sprawie terapii rodzinnej.

W klasie bez Renaty jest, mimo wszystko, trochę pusto.

28 listopada, wtorek

Tosia zapadła na grypę.

Nie ma nowych wiadomości o Renacie i nie wiadomo jeszcze, czy policja już kogoś dopadła, czy w ogóle zdołała powziąć jakieś podejrzenia – nic, żadnych konkretów.

29 listopada, środa

W dodatku Laura i Beata gdzieś zniknęły.

30 listopada, czwartek. Andrzejki

Tosia nadal chora. Żeby jej tylko nie przeszło w zapalenie płuc!

Objawiła się Beata. Zawiadomiła mnie, nagrywając się na moją domową sekretarkę, że planujemy (my!) upojny wieczór andrzejkowy w Atlanticu, gdzie Konio wprawdzie nie zagra tym razem, ale będzie obecny. Jeżeli Laurze się uda, to ona też będzie obecna. Ja też mam być obecna i powinnam wziąć swojego ponurego pilota.

Tu sekretarce skończył się czas nagrywania.

Jeżeli Beata żąda obecności ponurego pilota, to znaczy, że położyła łapę na Koniu, czyli Konradku Śnieżyńskim, i wolałaby, abym ja, jej ukochana przyjaciółka, na wszelki wypadek również miała obstawę.

Będę pewnie musiała dostarczyć jej zaświadczenie o chorobie Tosi, bo nie uwierzy, że Kamil nie mógł przyjść.

A nie może. Szkoda.

W szkole większość lekcji była, naturalnie, poświęcona wróżbom i przepowiedniom. Nawet mi się nie chciało wymyślać stosownego tematu, żeby jakoś wykorzystać tradycję praktycznie. Niech się dzieciaki czasem pobawią.

Wieczorem poszłam do tego Atlanticu.

No i rzeczywiście – była Beata i był Konio, a ona promieniała jasnością posiadaczki. Nie żałuję go jej wcale. Niech sobie ma, lubię go o wiele bardziej, niż potrafiłam kiedykolwiek polubić cudnego Adaśka. Zresztą Konio też wydawał się jakoś promienieć, ale był to zupełnie inny rodzaj promieniowania niż to, które wydzielała Natalia Hollander.

Zaledwie zdążyłam zająć miejsce, pozwolić Koniowi zamówić dla siebie drinka i wyjaśnić powód nieobecności ponurego pilota, w drzwiach zrobił się ruch i tłok, jacyś nieduzi faceci zaczęli się kręcić w tę i z powrotem, a na scenę wyszedł właściciel lokalu i zawiadomił swoich wspaniałych klientów, to znaczy nas wszystkich, że japońska ekipa filmowa kręci film o naszym kraju i bardzo chciałaby sfilmować typowy wieczór andrzejkowy, więc jeżeli nie mamy nic przeciwko temu, to może byśmy dali temu wyraz brawami. Bo jeżeli nie, to on, właściciel, acz z bólem, zabroni Japończykom kręcenia i będą mogli sobie najwyżej powróżyć z wosku albo z butów.

Daliśmy wyraz brawami. Co nam szkodzi, niech sobie kręcą.

Po małej chwili zobaczyliśmy naszego Kazia, czyli Takakazu, jak błyskawicznymi ruchami rozprowadza swoich ludzi po kątach, a oni równie błyskawicznie instalują tam dodatkowe światła. Dokładnie mówiąc, zrujnowali panu właścicielowi cały nastrój, pieczołowicie budowany za pomocą świec i przyciemnionych lampek.

– Powinna z nimi być Laura – zauważyłam.

– Na razie nie jest potrzebna, bo Kazio gada ze swoimi – poinformowała mnie Beata. – Jak trzeba się będzie porozumiewać z nami, to się pokaże. O, jest!

Laura przecisnęła się do nas i padła na fotel.

– Słuchajcie, jestem nieżywa. Dwa tygodnie bez przerwy jeżdżę z nimi i gęba mi się nie zamyka. Zostałam osobistą asystentką Kazia, tfu, Takakazu, bo ichni reżyser dogaduje się z ludźmi po angielsku i nie zawsze mu jestem potrzebna, bo okazało się jednak, że coraz lepszy poziom angielskiego w narodzie... Kierownik produkcji tak samo, tylko Takakazu jest taki straszny głąb językowy... A pracowici są po prostu upiornie. Boże, zamówcie mi coś do picia, ja nie mam siły...

– Jak na taką zdechłą, świetnie wyglądasz – poczęstowała ją Beata wyrafinowanym komplementem.

Rzeczywiście. Laura też jaśniała jak zorza. Co się z ludźmi robi?

Kazio zakończył przygotowania i przybiegł się przywitać.

Też jaśniał!

No tak. Laura jaśnieje, Kazio jaśnieje, od Beaty i Konia łuna bije...

Dlaczego mnie nikt nie obrzuca komplementami? Ja też powinnam promienieć!

Może pod nieobecność tego drugiego od pary to tak efektownie nie wychodzi?

Tymczasem właściciel dał hasło do rozpoczęcia imprezy. W charakterze podkładu muzycznego wystąpił jakiś pianista – gdyby nie nasze spontaniczne występy, to znaczy Konia i Kazia – poprzednim razem, pianino nadal służyłoby w tym lokalu wyłącznie jako stolik pod kwiaty – a na scenie pojawił się facet w czarnej pelerynie z dwiema asystentkami w czarnych kieckach, przy czym wszyscy omotani byli czerwonymi szalikami i zapewne mieli wyglądać magicznie. Rozpoczęło się trochę naciągane misterium wróżenia – wosk podgrzewano na takiej świeczce do grzania zupy gulaszowej, lano go do miski, w której zapewne szef kuchni mieszał sałatę – ale wszyscy chcieli się bawić, a to jest w końcu najważniejsze. Kazio po wstępnych rewerensach w języku migowym zostawił nas odłogiem i poszedł robić swoje – biegał z tą kamerą, wciskał się wszędzie, kładł na podłodze w ten sposób, że wosk lał mu się prawie na obiektyw, zrywał się i podstawiał ten obiektyw pod nos wróżących sobie dziewczyn – w końcu, po upływie może dwudziestu minut, wrócił do nas i zaczął wyrażać jakieś żądania. Że są to żądania, rozpoznaliśmy po tonacji i wymachiwaniu rękami w stronę Laury. Ta, zamiast przetłumaczyć nam, o co chodzi, zaczęła się z Kaziem po japońsku wykłócać.

– Laura *san*, powiedz, czego on od ciebie chce – zażądałam.

– Nie tylko ode mnie, od nas wszystkich – odrzekła Laura. – Wykluczone!

I znowu popadła w japońszczyznę.

Obserwowaliśmy chwilę ich werbalne zmagania, nic nie rozumiejąc, aż wreszcie Kazio powtórzył patent sprawdzony poprzednim razem na Koniu: złapał siedzącą najbliżej Beatę za rękę i pociągnął za sobą.

Ponieważ Beatka zawsze była chętna do gier i zabaw, dała się zaciągnąć na scenę. Kazio ustawił ją w kolejce do wosku i władczym gestem – jednak samuraj! – kazał podać sobie kamerę, którą jakiś pomagier wziął uprzednio na przechowanie.

Zrozumieliśmy. Kazio nie chce filmować byle kogo. Już się przymierzył, wie, jak to zrobić, i chce zdokumentować swoich nowych przyjaciół. A ściślej nowe przyjaciółki.

Czekając, aż nadejdzie kolejka Beaty, Kazio niecierpliwie machał rękami do Laury i do mnie.

– On chce, żebyśmy się wszystkie trzy wygłupiły – powiedziała niezadowolona Laura.

– Jakie wygłupiły – zaprotestowałam. – Laura *san*, nie bądź ponuraczka. I tak nie wiem, czy tobie i Beacie wolno wróżyć w ten sposób, bo to zabawa dla panienek, a nie dla rozwódek z bogatym życiem pozagrobowym. To znaczy, chciałam powiedzieć, erotycznym. Idziemy do nich.

– Jakie życie erotyczne – oburzyła się Laura, ale Kazio już mnie poparł, chichocząc radośnie. Wspólnymi siłami wepchnęliśmy ją na podest udający scenę. Kazio był zachwycony i szczęśliwy. Beata tymczasem dopchała się do tygielka z woskiem i zabrała się do wróżenia. Jedna z panienek podała jej klucz, druga podtrzymała miskę z wodą. Czarodziej wprawnym ruchem uciszył pianistę i nasza przyjaciółka chlupnęła woskiem przez klucz.

– O cholera – zabrzmiało w ciszy pełnej napięcia, kiedy rozpryśnięty na kluczu wosk poleciał jej na wystrzałową kieckę.

Sala ryknęła śmiechem, ale krótko, napomniana przez mistrza ceremonii.

Beata wyciągnęła z miski nieforemny glut i podstawiła go Kaziowi przed obiektyw.

Błyskawicznym ruchem dłoni skorygował ostrość i czekał, co będzie dalej.

Dalej pan czarodziej kazał sali odgadywać, co też Beacie się z tego wosku ulało. Propozycje padały różne.

– Pokaż – nie wytrzymała Laura. – Agata, co to jest, twoim zdaniem?

– Pokaż. Nie wiem, naprawdę. Tu placek, coś z niego wystaje... patyk jakiś... Drzewko? Ogrodnik będzie? A może to taki kwiatek dziwny?

– Nie! – Laura wyrwała mi wosk z ręki. – Ty, popatrz, to profil Adasia, jak mamę kocham! On ma taki nos!

– W życiu – oburzyła się Beata. – Adaś nie ma nosa jak Pinokio!

– A może to wcale nie jest nos – zasugerował czarodziej i zaśmiał się obleśnie.

– Drzewko! Albo kwiatek!

– Nie kłóćcie się, dziewczyny – powiedział Konio pobłażliwym tonem. – Jak to jest, że trzy wykształcone i kulturalne osoby – pana czarodzieja najwyraźniej nie brał pod uwagę – nie rozpoznały od pierwszego rzutu oka! Przecież to jest gitara! Gitara, moje kochane! Beatko, sama widzisz... tu pudło, tu gryf... wszystko się zgadza. Kazik, patrz i filmuj: gitara!

Beata spurpurowiała jak dziewica i pojaśniała jeszcze bardziej, o ile to było możliwe. Kazio sportretował ją sumiennie, rozradowanego Konia również i zniecierpliwionym gestem pogonił nas do kontynuowania wróżb.

Podczas gdy Konio całował Beatę w kącie sceny, Laura, wreszcie rozśmieszona, przejęła wróżbiarskie akcesoria. Chlupnęła woskiem zdrowo, trzymając jednak klucz przezornie z daleka od siebie. Pomieszała w wodzie, sprawdziła, czy figurka zastygła.

Kazio prawie siedział z kamerą w misce.

Laura wyjęła wosk z miski i uniosła do światła. Rozległy się okrzyki; oczywiście i tym razem każdy zobaczył co innego. Pośród gwaru dał się nagle słyszeć dźwięczny tenorek Kazia, który wykrzykiwał, o dziwo, zrozumiale, jedną ręką przytrzymując kamerę na ramieniu, drugą wskazując woskową figurkę:

– Kameeeeeera! Laura! Kameeeera! Sonyiiiiiiii! Kameeeeeera!

Laura zarzuciła go potokiem japońszczyzny, ale już było za późno, wszyscy zrozumieli.

Kiedy ucichła ogólna radość, wywołana faktem, że Kazio zostawił kamerę pomocnikowi i zażądał od Laury buzi – dostał, czego chciał, przy wielkich brawach sali – przyszła kolej na mnie.

Jakoś ostatnio mniej mnie ciągnęło do magii niż kiedyś, ale polałam wosk i ja. Niech się dzieje, co chce.

W misce pojawił się nieregularny kształt z licznymi wyrostkami dokoła.

– Korona! – wrzasnęła Beata. – Agata, wyjdziesz za króla!

– Coś ty, Beatko – sprzeciwił się Konio – to jest łeb od Statui Wolności! Agata wyjdzie za jakiegoś Amerykańca! Mam jednego sympatycznego kolegę, klarnecista jazzowy...

Klarnecista! Niedoczekanie.

Laura była zaniepokojona.

– Ty, to wygląda jak makówka... Masz na oku jakiegoś narkomana? Ten twój ćpa?

Kazio przestał filmować i coś brzęczał. Laura kiwnęła głową:

– On mówi, że to wiśni kwiat i że wyjdziesz za Japończyka; on ma takiego przyjaciela w Japonii, też operatora, co mówi czterema językami i właśnie się rozwodzi!

Dużo było jeszcze propozycji – zgodziłam się ostatecznie na koronę, ale w głębi duszy wiedziałam swoje. Przecież to jest po prostu śmigłowiec... tu ma łopaty, tu ogon... jest nawet coś jakby śmigiełko ogonowe...

Bawiliśmy się jeszcze potem długo i świetnie.

W zaciszu toalety nadałam do Kamila SMS: „Wylał mi się z wosku śmigłowiec, czy to może coś znaczyć?".

Odpowiedział natychmiast: „Weźmiemy ślub w śmigłowcu, szukaj księdza bez lęku wysokości".

1 grudnia, piątek

Tosia chora, Kamil lata, Renatka się odtruwa lub może już nawet odwyka, bezszmerowy policjant śledzi. Pan dyrektor poprosił mnie o rozmowę w poniedziałek. Pewnie coś w związku z aferą narkotykową.

2 grudnia, sobota

Tosia ma się lepiej i w niedzielę przyjdzie do domu Pakulskich, pełnić swoje zasadnicze obowiązki. Kamil, niestety, pracuje, ale po dyżurze będzie mógł do mnie wpaść i nie wypadać przez kilka godzin. Nie jest wykluczone, że ja do niego wpadnę na lotnisko i może uda mi się załapać na jakiś lot. Muszę więc dzisiaj odrobić całą weekendową pańszczyznę. Na dodatek kilka osób z trzeciej klasy postanowiło jednak zarobić na dodatkową ocenę i wyprodukowało jakieś tasiemcowe eseje na temat filmowych superprodukcji zrealizowanych w oparciu o literaturę światową – i polską też, a jakże.

Sama ich do tego zachęciłam.

Że też człowiek nie ma za grosz instynktu samozachowawczego!!!

Zadzwoniła Beata. Bardzo wniebowzięta, bo, jak się zdaje, wielka miłość do Konia, która jakoś nie ujawniła się w latach licealnych, teraz postanowiła sobie powetować. Konio odpowiedział gwałtownym wybuchem uczucia, okazało się, że on też w tym liceum kochał się potajemnie w Beacie, tylko nie miał okazji jej o tym zawiadomić. A po maturze wszystko się rozlazło. To cud, że się spotkali – i to najzupełniejszym przypadkiem! No i teraz oboje oddają się namiętności z dużym zaangażowaniem. Jutro jadą w tym celu na tydzień w góry.

Rzeczywiście, teraz można jechać w góry wyłącznie w tym celu, bo to, co pokazują zgodnym chórem wszystkie pogodynki telewizyjne, woła o pomstę do nieba.

A co najmniej dwa, jeżeli nie trzy eseje trzecioklasistów są znakomite. Lidzia Kowalczykówna oprócz tipsów w groszki ma świetne pióro!

Niedziela. Zachwycająca

Niewiele jest rzeczy bardziej posępnych niż małe lotnisko w zimowym deszczu. Strugi wody na betonowych płytach, samoloty pozamykane na głucho w hangarze, znudzeni piloci pochowani w zacisznych pokojach.

Ale wszystko wygląda inaczej, kiedy się weźmie pod uwagę, że jeden z tych pilotów to mój osobisty Hermes nieco przed czterdziestką...

W dodatku udało mi się polecieć. Uroczy facet pod tytułem Januszek (jesteśmy na ty od niedawna) puścił mnie do przodu i mogłam podziwiać pejzaże. Przy tych warunkach pogodowych podziwiałam nie tyle pejzaże, ile fakt, że mój osobisty pilot widzi cokolwiek przez tę burą szmatę, którą ktoś usilnie zarzucał nam na szybę. Wprawdzie próbował zdyskredytować siebie samego w moich oczach, twierdząc, że ma różne mądre przyrządy pozwalające mu latać nawet bez widoczności, ale ja wiem swoje!

Januszek, który jest entuzjastą nowoczesności, chwalił się, że taki na przykład GPS (oni mówią dżi-pi-es, co brzmi bardzo światowo) to on ma zainstalowany w swoim samochodzie (kupił okazyjnie – za potworne pieniądze, ale nie mógł się powstrzymać) i jak jedzie do Zakopanego na obóz zimowy, posługuje się nawigacją satelitarną.

Mój Boże, co to się wyrabia!

4 grudnia, poniedziałek

Małolatom znowu udało się odciągnąć mnie od zasadniczego tematu lekcji.

Kiedy wpadłam do klasy – lekutko spóźniona, co było wynikiem nazbyt długich pożegnań z Kamilem, uprawianych w samochodzie zaparkowanym za rogiem – powitała mnie atmosfera świąteczna: na moim biurku zakwitał kremowymi różami potwornej wielkości tort, a zapach świeżej kawy uderzał do głowy. W pierwszej chwili pomyślałam w popłochu, że wydarzyło się coś, co udało mi się przeoczyć – i spociłam się z wrażenia. Pół sekundy później już wiedziałam, że zapomniałam jak ostatnie zwierzę o imieninach mojej ulubionej uczennicy, Basi Hoffmann.

A Basia wydawała przyjęcie.

– Pani magister – powiedziała, a ja miałam wrażenie, że parodiuje z lekka sposób wysławiania się pani wicedyrektor – chciałam powiedzieć, pani profesor. Ja bardzo proszę, bardzo, ale to naprawdę bardzo: czy nie moglibyśmy zrobić sobie dzisiaj lekcji wychowawczej, a ten polski, co miał być teraz... Nawet mogłaby pani nam coś zadać... My odrobimy.

– Odrobicie. Świetnie po prostu. A jaki proponujesz temat lekcji wychowawczej?

– Najwytworniejszy sposób jedzenia tortu śmietankowego łapami – odrzekła natychmiast. – Zapomniałam o widelczykach... Są trzy łyżeczki; jedna będzie dla pani, druga dla mnie, bo jestem solenizantką, a trzecia dla reszty.

Nie widziałam innego wyjścia, jak tylko złożyć solenizantce życzenia i zarządzić lekcję wychowawczą.

Dokładnie w momencie, kiedy klasa spożywała tort – w rzeczy samej, łapami, paprząc się niemożliwie – do sali zajrzała pani wicedyrektor, żeby zawiadomić mnie, że spotkanie u dyrektora przekładamy na wtorek, czyli jutro. Obrzuciła nas spojrzeniem pełnym obrzydzenia i dezaprobaty i wycofała się.

– Pani to chyba nie ma do niej szczęścia – zauważył swobodnie Maciuś, cały w śmietanie.

– Nie powinieneś mówić o pani wicedyrektor zaimkami.

– Dlaczego?

– Nie wypada. Starsza osoba i w ogóle.

– Ale naprawdę – Basia gwałtownie kiwała głową – jak tylko u nas coś się dzieje, to ona, przepraszam, pani wicedyrektor włazi do klasy, przepraszam, wchodzi do klasy... Ma wyczucie takie czy co?

– Przypadek – orzekłam zdecydowanie. Po czym na powrót zapanował nastrój bankietowy.

Dobrego humoru starczyło mi do wieczora, tylko chyba za dużo zjadłam tego kremu – dostałam całą wielką różę z listeczkami z marcepana.

5 grudnia, wtorek

Ta cholerna zaraza chciała mi odebrać moją klasę!

Siedziała w gabinecie dyrektora nabzdyczona jak ropucha. Obok niej jak druga ropucha pani Julia Zamoyska; ciekawe, w jakim to charakterze... Dyrektor, najwyraźniej w złym humorze, przywitał mnie, jakby hamując irytację, i zaproponował kawę. Przyjęłam chętnie, bo po lekcjach w pierwszej klasie zazwyczaj czuję się nieco wyczerpana. Oni mają straszne pokłady energii, którą muszę jakoś, za przeproszeniem, skanalizować, co z reguły kosztuje mnie utratę większej części własnych zasobów energetycznych.

– Pani Agato – zaczął dyrektor, kiedy sekretarka zamknęła za sobą drzwi – poprosiłem panią do nas, bo, mam wrażenie, sprawa jest poważna i trzeba ją rozwiązać możliwie najszybciej, ku pożytkowi ogółu... Nie chciałbym, żeby pani potraktowała to, co tu zostanie za chwilę powiedziane, jako wycieczkę osobistą...

Obecność tych dwóch bab napawała mnie niepokojem, ale żal mi się zrobiło dyrektora – zazwyczaj wyrażający się jasno i precyzyjnie, tym razem najwyraźniej nie mógł wykrztusić, w czym rzecz.

– Panie dyrektorze – powiedziałam odruchowo – ja widzę, że pan się męczy. Proszę powiedzieć, o co chodzi. Pani wicedyrektor ma do mnie jakieś zastrzeżenia?

– To może niech sama lepiej zreferuje... – mruknął dyrektor i zacisnął usta w cienką kreskę.

– Dobrze – powiedziała krótko pani wice. – Najlepiej przeciąć wrzód zdecydowanie. Jesteśmy za tym, żeby pani zrezygnowała z wychowawstwa w drugiej L. Pani Zamoyska zgodziła się, na moją prośbę, objąć to wychowawstwo.

Zatchnęło mnie i omal nie wylałam kawy na dyrektorski parkiet, pieczołowicie froterowany codziennie przez najbardziej zaufaną sprzątaczkę.

Dyrektor podziwiał mordkę misia koala na kalendarzu firmy turystycznej.

– Te miesiące – ciągnęła jego zastępczyni – odkąd wzięła pani wychowawstwo najzdolniejszej klasy w szkole, dowiodły, że nie nadaje się pani na to stanowisko. Czy pani życzy sobie, abyśmy przedstawili pani teraz wszystkie zarzuty, jakie mamy wobec pani, czy darujemy sobie tę nieprzyjemną formalność?

Moje zatchnięcie powoli mijało, przemieniając się w ciężką wściekłość.

Dyrektor oderwał wzrok od misia.

– Za pozwoleniem – mruknął w stronę pani wice. – Na razie używajmy formy „przedstawiły". Panie mają zarzuty wobec pani Czupik, a ja się do nich ustosunkuję dopiero kiedy poznam wyjaśnienia.

Powrócił do niedźwiadka, który wyglądał, jakby się nażłopał piwa i trzymał gałęzi jedynie siłą woli.

Odzyskałam mowę.

– Oczywiście, że chciałabym usłyszeć, jakie błędy popełniłam!

Damy wymieniły spojrzenia, po czym pani wicedyrektor wyciągnęła kajecik.

Kapowniczek! Spisywała wszystkie moje potknięcia, a w każdym razie to, co uznała za potknięcia! Systematyczna osoba!

– Generalnie jesteśmy zdania, że nie panuje pani w najmniejszym stopniu nad swoją klasą. Obserwujemy panią życzliwie od początku roku...

– Życzliwie? – nie wytrzymałam.

– Nie powinna pani mieć co do tego wątpliwości. Była pani ostrzegana, że nie jest to łatwa klasa. Zignorowała pani zdanie osób starszych i bardziej doświadczonych, w efekcie pozwalając tym inteligentnym i bezwzględnym uczniom zdominować się całkowicie.

Dyrektor nadal kontemplował misia.

– Jest rzeczą niedopuszczalną taki stopień spoufalenia

z uczniami, jaki pani prezentuje. Poza oczami mówią o pani „Agata", jak o koleżance...

– A wie pani, jak mówią o pani? – wyrwało mi się i natychmiast pożałowałam.

– Wiem. – Podniosła brwi. – Mówią o mnie „Pancerna", i poczytuję to sobie za komplement...

Lepsza strona mojego charakteru nie pozwoliła mi wyjaśnić, że jest to zaledwie druga część pseudonimu. W całości brzmi on „Bladź pancerna" i niech nikt mnie nie pyta, skąd młodzież zna takie słowa w języku, który w szkole występuje wyłącznie w postaci zajęć fakultatywnych.

Nikły błysk w oku dyrektora pozwolił mi przypuszczać, że on też zna wicedyrektorską ksywkę w pełnym brzmieniu. Zostawił misia i zagapił się dla odmiany na chmury za oknem. Natychmiast pomyślałam o Kamilu w chmurach i poczułam przypływ ducha bojowego. Nie oddam Basi i Maćka! Jacka, Karoliny, Krzysia i całej reszty!

– Kilkakrotnie byłam w pani klasie podczas prowadzenia przez panią zajęć, a wiele razy słuchałam pod drzwiami ogłuszającego wrzasku i innych hałasów. Nie wiem, czy to jest pani metoda prowadzenia lekcji, ale ja... my uważamy ją za niedopuszczalną. Wydaje się, że bieganie po meblach i niszczenie ich przy okazji...

No proszę, a myśmy myśleli, że Maciuś ułagodził potwora!

– ... to pani sposób na zainteresowanie uczniów treścią lekcji. Ja rozumiem, że podobał się pani film „Towarzystwo umarłych poetów"...

– Książka też – mruknęłam. – Poza tym „Stowarzyszenie".

– Ach, tak. Pamięta więc pani, jak sądzę, że dla ucznia te wszystkie niekonwencjonalne metody pedagogiczne skończyły się tragicznie.

– Ale żadne z moich rodziców nie miało nic przeciwko naszemu teatrowi poezji romantycznej – zaprotestowałam. – Przeciwnie, na ogół byli zadowoleni. Jedna tylko uczennica nie chciała grać, więc nie grała. Nie miało to wpływu na jej ocenę. I nie będzie miało, jeżeli dalej nie będzie chciała...

– O tej uczennicy pomówimy osobno – powiedziała groźnie pani wicedyrektor. – A jeżeli chodzi o rodziców, to może nam pani wyjaśni, dlaczego tylko w pani klasie tak fatalnie wypadły zajęcia integracyjne z panią psycholog?

– Zajęcia były z rodzicami. Nie mogę odpowiadać za to, że nie wzbudziły ich entuzjazmu.

– Nie przygotowała ich pani właściwie. Wychodzili w trakcie zajęć! A pani, zamiast przeciwdziałać, chichotała w kącie!

– Bo rozumiałam tych, którzy wychodzili – powiedziałam prawdomównie i nieostrożnie. – Ta cała terapia grupowa była trudna do zniesienia dla ludzi, którzy wcale nie chcieli w niej uczestniczyć.

– Byłoby lepiej, gdyby pani nie wypowiadała się na tematy, o których nie ma pani pojęcia – zasyczała z jadowitą imitacją łagodności w głosie.

– Jaka terapia grupowa? – zainteresował się nagle dyrektor. – Jakiś eksperyment bez mojej wiedzy?

– Ależ skąd, jaki eksperyment – pospieszyła z odpowiedzią milcząca dotąd pani Zamoyska. – Bardzo interesujące zajęcia z psychologiem, mające na celu lepszą integrację rodziców poszczególnych klas...

– Bieda w tym, że nie wszyscy rodzice odczuwali potrzebę integracji – zauważyłam.

– Dziwne tylko, że właśnie w drugiej L, w żadnej innej!

– Bystre dzieci, to i bystrzy rodzice – mruknęłam.

– Rozumiem, dlaczego pani tak mówi. Jest pani przecież prywatnie związana z jednym z ojców... Nie muszę mówić, że to też ma fatalny wpływ na pani możliwości kierowania klasą. Jest też znamienne, że to właśnie ten ojciec rozpoczął bojkot zajęć z psychologiem...

– Bojkot? Nie rozumiem – wtrącił znienacka dyrektor. – Te zajęcia się odbyły czy nie?

– Ten pan wyszedł w trakcie, zapoczątkowując serię następnych wyjść – zameldowała nie po polsku pani Zamoyska, najwyraźniej dobrze zorientowana w sprawie. – Dopiero za nim poszli inni.

– Czy pani sugeruje, że gdyby nie sypiał ze mną, to by nie wyszedł? – rąbnęłam, rozzłoszczona. – Panie dyrektorze, gdyby mnie kazano bratać się z ludźmi, którzy mnie mało obchodzą...

– A powinni panią obchodzić – zasugerowała wice z wyrozu-

287

miałym uśmiechem. – To są rodzice kolegów pani dziecka... gdyby pani miała dziecko, oczywiście.

– ...a potem zastanawiać się, co mogę dać swojemu dziecku na każdą literę alfabetu...

– Przepraszam, nadal nie rozumiem. Na literę?

– Tak. Rodzice musieli napisać alfabet w słupku z góry na dół i dopisać przy każdej literze, co dają swoim dzieciom na tę literę! Na de – dobroć, na em – miłość i tak dalej!

– A na y – zainteresował się dyrektor. – Jest coś na y?

– Ywentualnie więcej dobroci – podpowiedziałam. – No więc Kamil, czyli pan Pakulski, nie wytrzymał już przy a i wyszedł, a po nim wyszli jeszcze pani Milska, pani Dziubasowa, przepraszam, pani Dziubska i pan Karcz. Reszta potulnie robiła, co im kazano. Niektórzy byli nawet zachwyceni.

– Ale to nie było pani zasługą – syknęła wice. – A intymny związek z jednym z rodziców wyklucza możliwość bycia przez panią wychowawczynią tej klasy! Nawet gdybyśmy zapomnieli o innych niedostatkach pani pracy!

– Wciąż nie wiem, co to za niedostatki – powiedziałam zimno. – Czy może je pani uporządkować?

– O nadmiernym spoufalaniu już mówiliśmy. Chodzi pani z własnymi wychowankami do kawiarni!

– Do kawiarni? Ach, już wiem, byliśmy w Pożegnaniu z Afryką, oni mi wtedy pomagali skompletować kosmetyki...

– Kosmetyki? – wykazał zdziwienie dyrektor.

– Tak, panie dyrektorze. Postanowiłam nieco unowocześnić swój wizerunek, a nie mam pojęcia o nowych trendach, bo zawsze byłam nieco staroświecka. Moje dzieci mają to w małym palcu i chętnie służą mi pomocą oraz konsultacją...

– Sam pan widzi, panie dyrektorze – sapnęła wzburzona pani Zamoyska.

– Widzę, owszem. To całkiem niezły pomysł.

Pani wice pominęła tę uwagę.

– Od początku roku nie przybył w pani klasie żaden olimpijczyk – zarzuciła haczyk na dyrektora, o którym wiadomo było, że ma kota na punkcie olimpiad przedmiotowych i olimpijczyków. – Nie dostarcza im pani odpowiednich motywacji. Przeciwnie, znane są pani poglądy na to, co pani nazywa wyścigiem szczurów...

– I tak mam troje olimpijczyków. W zeszłym roku startowali i teraz też startują. Nikt więcej nie zdradzał chęci. A, przepraszam, Basia Hoffmannówna wspominała mi niedawno, że chciałaby wystartować w olimpiadzie historycznej...

Wiedziałam, że pani Zamoyska się wścieknie.

– Niemożliwe! – zawołała wzburzona. – I ja nic o tym nie wiem?

– Interesuje ją historia najnowsza – wyjaśniłam. – Pani, jak się zdaje, specjalizuje się w wiekach średnich. Miała iść z tym bezpośrednio do pana dyrektora, ale dopadły ją kłopoty z przyjaciółką, a Basia to dobra dziewczynka i zajęła się najpierw problemami Renatki...

– Właśnie, właśnie – pani wice chwyciła się ostatniej deski. – Nie wspominaliśmy jeszcze o narkomanach w klasie, w której pani jest wychowawczynią...

– Pierwszych prochów zakosztowali, kiedy pani Julia była ich wychowawczynią – przypomniałam.

– Wtedy nie skończyło się to dramatem! Nie było potrzeby umieszczania nikogo w szpitalu na odwyku!

Dyrektor wyglądał, jakby już miał tego dosyć.

– Drogie panie – powiedział szybko, uprzedzając moje odezwanie się, które zapewne nie byłoby wzorem dyplomacji. – Pozwólcie, że teraz ja wypowiem swoje zdanie. Nie wydaje mi się otóż, aby pani Agata przesadnie spoufalała się ze swoimi wychowankami. Niejednokrotnie odniosłem wrażenie, że przy całej przyjaźni, którą panią obdarzają, mają dla pani należne poważanie. Być może dlatego, że i pani zachowuje się wobec nich z szacunkiem, co dla mnie jest wyraźne w waszych wzajemnych układach. To znaczy, że ten luz, który stanowi przedmiot obaw pani dyrektor, jest jednak kontrolowany. Co do tych zajęć integracyjnych, byłbym powściągliwy... Trudno, aby pani narzucała cokolwiek dorosłym ludziom, czyli rodzicom swoich wychowanków. Swoją drogą, kiedy panie będą coś takiego znowu organizować, proszę mnie powiadomić, chętnie będę uczestniczył w zajęciach, a w każdym razie chętnie się im przypatrzę. Hoffmannównę proszę do mnie przysłać, pani Agato, dopóki jej nie przejdzie ochota do uczestniczenia w olimpiadzie. Przygotuję ją, jeśli będzie chciała.

– Panie dyrektorze – wtrąciła oburzona wice – czy nie zapomina pan o jeszcze jednej bardzo ważnej sprawie?

– Ważnej?

– Pani wicedyrektor ma na myśli mój romans z tatusiem Jacka Pakulskiego – powiedziałam ponuro, trochę w strachu, że dyrektor uzna to za dobry powód do odebrania mi wychowawstwa. W końcu sama się zastanawiałam nad tym, rozważając, czy powinnam wychodzić za Kamila, czy raczej nie. Swoją drogą, mógłby mi to wreszcie porządnie i jednoznacznie zaproponować!

– Czy pani z nim... hm... romansuje na oczach klasy? – zapytał niewinnie dyrektor.

– Nie, skądże – odparłam. – Z nim się w ogóle trudno romansuje, bo ma mało czasu...

Dyrektor parsknął śmiechem, ale zaraz spoważniał.

– Czy on, przepraszam, zdradza z panią swoją żonę, matkę Jacka?

– Ależ skąd! Matka Jacka puściła ich obu kantem, kiedy Jacek miał dwanaście lat!

– To znaczy, rozwiedli się?

– Tak. Cztery lata temu.

– Czy Jacek w jakiś sposób wykorzystuje wasz... przepraszam, związek?

– Jak to, wykorzystuje? Czy wyłudza ode mnie jakieś świadczenia? O to chodzi?

– No tak. Lepsze stopnie, pobłażliwość dla klasy, może grupy koleżeńskiej?

– Pan dyrektor żartuje?

– Nie wyłudza? No to ja nie widzę specjalnego problemu. Nawet nauczyciele mają prawo do życia osobistego.

Obie damy siedziały jak skamieniałe, z minami morderców na pobladłych obliczach. Przepraszam: morderczyń. Dyrektor nie zwracał na to specjalnej uwagi.

– No więc – podsumował zebranie – na razie pozostawiamy *status quo ante*... Myślę, że tak będzie lepiej, bo mam wrażenie, że objęcie wychowawstwa w drugiej L wymagałoby od pani Zamoyskiej niemałego poświęcenia. A ja nie pochwalam poświęcania się dla ludzkości. Poczekamy do końca semestru i jeżeli pozostali nauczyciele nie zgłoszą do pani Czupik jakichś zasadniczych pretensji, poza tym jeżeli wyniki uczniów nie ulegną drastycznemu obniżeniu, przed czym chroń nas Boże, to chyba jednak zaryzykujemy i pozwolimy pani Agacie wychowywać ich po swojemu. Bardzo wszystkim paniom dziękuję. Mam nadzieję, że to, o czym mówiliśmy, pozostanie między nami.

Pani wice, jak się zdaje, zamierzała jeszcze dyskutować, ale ja już na to nie czekałam. Wstałam, skłoniłam się ogólnie i opuściłam gabinet dyrektora. Uczucia mną targały mieszane. Przeważała radość, że zostaję z moimi bystrzakami. Co do wyników pierwszego semestru nie miałam wątpliwości – będą olśniewające. Z wyjątkiem może kilku stopni z biologii (pani Piełko jest straszliwie wymagająca), Maćkowej geografii (Maciuś nie odróżnia Ameryki Północnej od Południowej i wcale się tego nie wstydzi) oraz cienkiej trójki z historii Basi H. Tak czy inaczej, średnia mojej klasy będzie zbliżać się do piątki. A w każdym razie przekroczy cztery i pół.

Oprócz radości czułam jednakowoż pewien – i to właściwie wcale niemały – niesmak. Doznałam owego niesmaku w momencie, kiedy ujrzałam oprawny w jasnobrązową skórkę kapowniczek pani wicedyrektor. Ciekawe, czy zaczęła notować od początku roku, czy dopiero po nieudanej podrywce...

I nawet Kamilowi chyba o tym nie opowiem, tak mnie to brzydzi.

W każdym razie dzisiaj mu nie opowiem, bo Tosia nie może zostać u Pakulskich dłużej niż do osiemnastej trzydzieści.

Środa. Imieniny Mikołaja

Małolaty znowu zachachmęciły jedną lekcję, zarządzając mikołajki. Zgodziłam się na to już dawno, pod warunkiem, że uczciwie odrobimy straconą lekcję polskiego na jakiejś godzinie wychowawczej. Tydzień temu odbyło się losowanie. Bardzo pilnowaliśmy, żeby było sprawiedliwie, bez zamieniania losów. Chciałam wylosować Maćka – dostałby ode mnie piękne wydanie Tuwima i niechby tam szukał wierszy dla siebie, do recytacji, oczywiście. Maciuś recytujący „Bal w operze" – to by było coś! Ale Maćka wylosowała Ania Gąska, o czym wiem, bo przyleciała do mnie po konsultacje w sprawie doboru prezentu. Poradziłam jej tomik wierszy, ale w końcu kupiła mu wodę Gabrieli Sabatini i znowu przyleciała do mnie, tym razem, żeby dać mi powąchać tester. Pochwaliłam, bo naprawdę ładnie pachniała. Jestem za tym, żeby moi uczniowie pachnieli Gabrielą Sabatini, a nie sobą... osobiście.

Wylosowałam Dziubskiego Krzysztofa, zwanego Dziubasem, który, o ile wiem, wciąż kocha się we mnie... Tuwima mu nie dałam, chowam dla Maćka – będzie w końcu miał jakieś imieniny czy coś takiego. Krzysio dostał ode mnie piękne wieczne pióro Parkera (było tańsze niż zwykle, bo w promocji) – kiedyś zwierzał się na lekcji, że chciałby pisać piórem. No to niech pisze. Bardzo się ucieszył. I posłał mi dziękczynne spojrzenie.

A ja dostałam – nie wiem od kogo, ale podejrzewam Kasię – śliczny zielony wisiorek i zielone kolczyki. Z daleka widać, że żadna sztanca, tylko oryginalny wyrób. Już się przeraziłam, że kosztowało to jakieś potworne pieniądze, ale okazało się, że anonimowy ofiarodawca dołączył wyjaśnienie, napisane odręcznie strasznym charakterem: *Donosi się upszejmie, rze to tylko wygląda tak pożondnie, ale tak naprawde to som szkiełka i nie kosztowały nic a nic wiencej nirz było ustalone, bo to jezd robota studenta plastusia, co je spszedaje na straganie. Z powarzaniem – Rzyczliwy.*

Będę musiała przekłuć sobie uszy!

Kamil dzwonił z wiadomością, że jutro może i chciałby, żebym ja też mogła. Bardzo dobrze, wyciągnę go do kosmetyczki, będzie mnie trzymał za rękę podczas zabiegu przekłuwania uszu. Bo może w moim wieku to się jakoś ciężej przechodzi?

7 grudnia, czwartek

Dostał ataku śmiechu, kiedy się dowiedział, jakie go czeka zadanie. Zawiózł mnie pomidorowym hyundaiem na chirurgię do kliniki akademii medycznej, gdzie jeden z tych zaprzyjaźnionych lekarzy – tym razem płci żeńskiej – dokonał zabiegu w minutę. Pani doktorka była nawet na tyle uprzejma, że pożyczyła mi własne złote kolczyki, żeby te dopiero co wydłubane dziurki zagoiły się bez kłopotu.

Moje nowe kolczyki bardzo jej się zresztą podobały i zapragnęła nawet mieć takie same, ale uznała, że są za ciężkie jak na moje świeże rany, a poza tym to może nie być całkiem uczciwe srebro, dziurki się mogą paprać... Niech się lepiej zagoją.

– A jak się zagoją, odda mi pani moje – powiedziała uprzejma doktorka. – Może być przez Kamila, ja z nimi ostatnio trochę latam.

Wyszliśmy z kliniki i oczywiście zrobiłam Kamilowi scenę. Nie mówił mi, że latają z nim takie ładne lekarki!

Zachichotał tak jakoś od środka, jakby był bardzo zadowolony.

– Jesteś zazdrosna – stwierdził radośnie.

– Każda normalna kobieta jest zazdrosna – poinformowałam go. – Chyba że już zaczyna przekwitać. Ja jeszcze nie przekwitam!

– Co do tego nie ma wątpliwości, kochanie – powiedział. – No i jesteś ładniejsza od niej. Poza tym ona ma męża, też chirurga. I on też z nami lata. Gdybym romansował z jego żoną, to by mnie zabił, bo on ma straszny temperament. Bardzo się kochają, wiesz...

– A, jeśli tak, to niech sobie lata – okazałam łaskawość. – Tak naprawdę jest bardzo sympatyczna.

Poszliśmy do domu.

W domu okazało się, że mamy dla siebie nawzajem prezenty mikołajkowe, które musiały poczekać od wczoraj, aż Tosia będzie miała czas dla nas.

Kamil dostał ode mnie Fahrenheita Diora, na którego oszczędzałam, odejmując sobie od ust. Egoistyczny prezent. Dla mnie będzie tym pachniał...

Dłuższy czas dziękował mi niewerbalnie.

W końcu wypuścił mnie z objęć i sięgnął do kieszeni.

– Nie wiem, czy nie powinienem uklęknąć – powiedział, wręczając mi pudełeczko.

Pierścionek! Nie znam się na tym, ale wyglądał jak stary... Nie złoty. Nie wiem, co to jest. Białe złoto? Platyna? W środku rubin,

otoczony wianuszkiem przezroczystych kamyczków. Diamenty?
Śliczny i staroświecki.

Staroświecki!

Pamiątka rodzinna!

Dzidka to nosiła? Zdarł jej z palca przy rozwodzie?

Niemożliwe!

– To pierścionek mojej mamy – wyjaśnił, być może odgadując, o czym myślę. – Bardzo stary. Białe złoto, rubin i brylanciki. Po jakiejś prababce. Mama dała mi go po rozwodzie z Dzidką, kiedy zamieszkała u nas i już wiedziała, że coś z nią nie tak, ale wtedy jeszcze była w niezłej formie... Bardzo mnie żałowała, może nawet bardziej, niż na to zasługiwałem. Kiedyś tak rozmawialiśmy sobie szczerze o życiu i ona zdjęła ten pierścionek i powiedziała, że na pewno dam go jeszcze kiedyś kobiecie, którą pokocham i która będzie tego warta. No więc wypadło na ciebie.

Popłakałam się jak najprawdziwsza Malwina, czyli domyślność serca. Kiedy już mi przeszło, Kamil dał mi chustkę do nosa, a potem włożył mi ten pierścionek na palec.

Pasował jak ulał.

Muszę poznać jego mamę! Chora, nie chora, muszę ją chociaż zobaczyć!

8 grudnia, piątek

Niesłychana Tosia dotrzymuje obietnicy! Daje nam cały weekend, to znaczy już bez piątku, ale całą sobotę i niedzielę mamy dla siebie. Do poniedziałkowego poranka. Postawiła tylko jeden warunek: mamy gdzieś wyjechać i zająć się wyłącznie sobą. Zdaje się, że głównie chodzi jej o to, żeby Kamil chociaż przez dwa dni oderwał się od domowych trosk. Jacek podobno jest zadowolony, umówił się z kolegami na całonocne oglądanie filmów u Adasia Karcza. Państwo Karczowie też gdzieś wybywają i pozostawiają mieszkanie do dyspozycji małolatów.

Teraz zastanawiamy się telefonicznie, co zrobić z tym darowanym weekendem. Zupełnym przypadkiem Kamil ma wolne, więc możemy robić, co chcemy!

9 grudnia, sobota

Z pomocą przyszła nam Laura. Niespodziewanie zadzwoniła wczoraj z nadzieją na sobotnie spotkanie – jak twierdziła, ma nam coś ważnego do powiedzenia.

– Sorry, Laura *san* – oświadczyłam. – Ja nie mogę. Jadę z Kamilem w świat, tarzać się w rozpuście. Jego pomoc domowa dała nam dwa dni wolnego.

– Gratuluję – powiedziała odruchowo. – Cholera. Chciałam was jeszcze zobaczyć przed wyjazdem...

– Kazio zabiera cię do Japonii?

– Skąd wiesz?

– Nie jestem ślepa – zawiadomiłam ją. – Kiedy jedziesz?

– W niedzielę w południe do Berlina, a potem jakimiś samolotami. Cholera.

– Nie klnij. Chociaż rozumiem. Ty, słuchaj, jedziesz z nim na zawsze?

– Oszalałaś? Chcę zobaczyć Japonię. Kazio mnie kocha prawdziwą miłością samuraja, ale ja jego nieco mniej. To znaczy też go kocham, tylko nie do tego stopnia, żeby rzucać ukochany kraj, umiłowany kraj. Może to jest ciężka choroba umysłowa, ale nie chciałabym na starość mieszkać w innym. Zwłaszcza w Japonii.

– Dlaczego zwłaszcza?

– Cholernie daleko – poinformowała mnie zwięźle.

– A Kazio?

– Kazio musi się dostosować. Zresztą, o czym my mówimy? Znam faceta parę tygodni. Porozmawiamy za miesiąc albo dwa. Tak czy siak, wracam najpóźniej na Wielkanoc. A ty gdzie jedziesz z ponurym pilotem?

– Jeszcze nie mamy pomysłu...

– No to ja mam dla was pomysł. Możecie jechać do Międzyzdrojów, do Ambera.

– Miłość z Japończykiem zaszkodziła ci na głowę? W Amberze to ja mogę najwyżej wypić kawę, a i to muszę oszczędzać potem przez tydzień. Masz jeszcze jakieś fajne pomysły?

– Czekaj, nie gadaj. W Amberze mieszkała ekipa, a nawet jeszcze mieszka. Tylko my z Kaziem jesteśmy tutaj, bo chcieliśmy się z wami pożegnać. Ale jak nie, to nie. A propos, czy Beata jest w mieście?

– Z Koniem w górach, też się tarzają w rozpuście. Wracają w niedzielę, ale chyba dopiero wieczorem.

– Cholera. Co za przyjaciółki. Jak są potrzebne, to ich nie ma. Z Koniem?!

– Z Koniem.

– Popatrz, jednak się zeszli, było im pisane. Co komu pisane, to go nie minie. No więc słuchaj, z tym Amberem. Apartamenty są wynajęte do poniedziałku. Z żarciem. Całodziennym, nie tylko śniadaniowym. Ja tam zaraz zadzwonię i uprzedzę, że na miejsce Kazia i moje będziecie wy. Chyba że nie chcesz?

– A gdzie wy się podziejecie?

– A my sobie posiedzimy u mojej ciotki w pensjonacie. Kazio nie jest wielbicielem zimowych sztormów na Bałtyku. Chociaż generalnie mu się tu podoba. Może go jednak zwabię do Polski... Prawie się już nauczył polskiego. Mówi „daj buzi" i „piwo". Ostatecznie mogę z nim nadal jeździć jako tłumaczka, a dobry operator dokumentalista chyba znajdzie tu jakąś robotę.

No więc siedzimy w apartamencie w Amberze i dosłownie tarzamy się w luksusach. Poszliśmy nawet na mały spacer, zobaczyć, jak wygląda z bliska zimowy sztorm na Bałtyku, ale nas zbrzydziło.

Wygląda paskudnie.

Niedziela

Jak się dobrze zastanowić, zimowe sztormy na Bałtyku mają nawet pewien niezaprzeczalny wdzięk...

11 grudnia, poniedziałek

Renatka wróciła!

Trochę blada i nieswoja oraz zupełnie niejadowita. Przyszła do mnie przed lekcją, prawdopodobnie przywleczona przez Basię, i zameldowała, że jest.

– Cieszę się, że cię widzę – powiedziałam całkiem szczerze. – Jak twoje sprawy?

– No, jakoś... można wytrzymać.

– Koniec kłopotów?

– Jeszcze mamy chodzić z rodzicami na terapię rodzinną, tak to się chyba nazywa. Chciałam pani podziękować. Pani Joanna jest po prostu świetna. Ja... strasznie się cieszę, że do niej trafiłam... dzięki pani.

Nie wyglądała, jakby miała się jeszcze czymkolwiek w życiu cieszyć. Mam nadzieję, że pani Biel poradzi sobie i z tym.

– Nie tylko dzięki mnie. Tutaj parę osób się martwiło o ciebie.

– Czy będę miała... obniżone sprawowanie?

Prymuska! O tym nie myślałam. Muszę się zastanowić.

– Wiesz, że nie zastanawiałam się nad tym – powiedziałam uczciwie. – Przemyślę. Na razie niczym się specjalnie nie przejmuj, masz teraz dużo zaległości, weź się do odrabiania lekcji... Porozmawiam z nauczycielami, żeby dali ci spokój z pytaniem, powiedzmy, do końca roku. To znaczy, do stycznia. Wystarczy?

– Powinno.

Ciężko ci teraz będzie, bez wspomagania, pomyślałam sobie, ale jej tego nie powiedziałam. Cała nadzieja w pani Biel!

Na dużej przerwie poleciałam do dyrektora.

Sekretarka nie bardzo chciała mnie wpuścić, ale dyrektor akurat wyjrzał zza swoich masywnych drzwi i kiwnął, żebym weszła.

– Jakieś kłopoty?

– Potrzebuję rady.

Sprawami pedagogicznymi zajmuje się pani wice, ale jest ostatnią osobą, do której poleciałabym po radę. Dyrektor chyba to rozumiał.

– Słucham uprzejmie. Co się stało?

– Renatka Hrydzewicz wróciła. Nie chcę jej zarzucać pytaniami, wolałabym pana spytać: czy ten bezszmerowy policjant będzie chciał z nią rozmawiać?

– Bodzio Biel? Nie, chyba nie. Zapomniałem o tym z panią pogadać, ale on ją już dopadł, jeśli mogę tak powiedzieć, rączkami swojej mądrej żony.

– Podstępnie?

– Nie, nie, broń Boże. Uczciwie, jak najbardziej. Pani Joanna poprosiła Renatę o zgodę i Bodzio – widzi pani, zaprzyjaźniliśmy się do tego stopnia, że przeszliśmy na ty – odwiedził dziewczynę na tym odwyku, czy jak się to niemiłe miejsce nazywa. Rozmawiali w obecności Joanny i Renatka powiedziała, co wiedziała. Bodzio twierdzi, że mu to bardzo pomoże, i ma nadzieję, że do końca roku wyłapią towarzystwo.

– A Renacie nic nie grozi?

– Bo powiedziała? Nie, Bodzio twierdzi, że jej nazwisko nie padnie nigdzie głośno, a dealerów zatrzymają na gorącym uczynku. Jak się zdaje, czekają tylko na ten gorący uczynek. W sumie myślę, że możemy im zaufać.

– No to jeden kamień mi z serca spadł...

– Ale tylko jeden? Są jeszcze jakieś?

– Renata zapytała mnie dzisiaj, czy będzie miała obniżoną ocenę ze sprawowania. Przyznam, że zaskoczyła mnie, bo nie myślałam o tym jeszcze. Chciałam o tym z panem porozmawiać.

– A co pani dyktuje serce pedagoga?

– Moje serce jest w rozterce. A właściwie nie jest. Bo najpierw sobie pomyślałam, że może takie obniżenie powinno się dokonać automatycznie, przecież nie ma większego grzechu niż ćpanie. Poza tym młodzież powinna wiedzieć, że za ćpanie jest się ukaranym natychmiast i przykładnie. Ale potem – mniej więcej w pół sekundy potem, żeby była jasność – pomyślałam z kolei, że małolaty są inteligentne, Renata też, co to za kara taka mechaniczna... A ona przeżyła swoje. Przykład też byłby żaden, bo jeżeli ktoś wpada w narkomanię, to na pewno nie powstrzyma go wizja obniżonego stopnia z zachowania. W sumie zostawiłabym wszystko, jak jest. Renata niech się teraz postara nadgonić zaległości, bo jej się nawarstwiły. Będzie jej trudno, bo dotąd pomagała sobie prochami, a teraz musi o własnych siłach... Mam nadzieję, że pani Joanna przekona tych jej nadambitnych rodziców, że muszą jej trochę popuścić, bo się dziewczyna zwyczajnie zarżnie. Wie pan, ile ona ma na głowie?

– Coś słyszałem. To i olimpiady jej odpuścimy?

Zabrzmiało to markotnie. Dyrektor najwyraźniej składał w tym momencie ofiarę na ołtarzu humanitaryzmu.

– Nie wiem, czy ona będzie chciała tak rezygnować ze wszystkiego. W końcu sama z siebie jest szalenie bystra. Myślę, że z tych zajęć na politechnice nie powinna rezygnować i z olimpiady informatycznej chyba też nie...

Dyrektor chyba poczuł się nieco pocieszony.

– Mówi pani... Rzeczywiście, trzeba jej dać trochę czasu i niech decyduje sama. My jej, oczywiście, pomożemy. A z tym stopniem to jestem tego samego zdania, co pani. Nie będziemy jej kopać, skoro już się podniosła.

Zabrzmiało to trochę tak, jakby wypadało ją trochę skopać, gdyby jeszcze leżała, ale zrozumiałam skrót myślowy. Dyrektor ciągnął dalej:

– Nie wiem tylko, czy cała rada pedagogiczna będzie tego samego zdania...

– Ale w razie czego poprze mnie pan?

– Poprę.

– No to bardzo dobrze. Już mi lepiej. Dziękuję, lecę, bo już dzwonią.

– Bardzo proszę. Służę zawsze. O, jaki ładny pierścionek... nie nosiła go pani przedtem...

– Panie dyrektorze!

– Stara robota, znam się na tym. Jestem historykiem! Pamiątka rodzinna?

– Mamy Pakulskiej... To znaczy, z punktu widzenia Jacka, babci Pakulskiej.

– A między nami, jak Jacek reaguje?

– Jego ojciec mówi, że w zasadzie pozytywnie. Przede mną jeszcze się nie ujawnił z reakcją. Jest wzorem dyskrecji.

– No tak, oni są już prawie dorośli. Mają własne zdanie i trzymają je przy sobie. Życzę szczęścia, tak w ogóle.

– Bardzo dziękuję.

Poszłam uczyć trzecią klasę.

12 grudnia, wtorek

Małolaty przypomniały mi o swoich teatralnych ambicjach. Okazało się, że cały czas, odkąd uzgodniliśmy, że reaktywujemy Teatr Incydentalny, szukali nonsensownych tekścików i teraz dysponują przepięknym zbiorem absurdalii (czy absurdaliów? – tak to nazwali: absurdalia), które zamierzają wystawić na widok publiczny. Tym razem nie dałam się wpuścić w maliny i zarządziłam spotkanie po lekcjach.

W rezultacie spóźniłam się na spotkanie z Kamilem, ale na szczęście jakiś czas temu dorobiłam klucze do mojego mieszkania i dałam mu, więc czekał na mnie w luksusie domowych pieleszy. To znaczy spał na kanapie jak dziecko, podczas gdy John Eliot Gardiner doprowadzał już do końca ósmą symfonię Beethovena. Musiał być bardzo zmęczony, jeżeli zasnął przy Gardinerze! Obudził się, kiedy nagle zrobiło się cicho.

– O, jesteś – ucieszył się leniwie. – Słuchałem sobie twojego Gardinera. Ależ on ma szwung...

– Straszny, prawda? Właściwie po nim wszyscy wydają się ślamazarni. Przy której części zasnąłeś?

– Nie jestem pewien, ale pamiętam początek Allegretta...

No tak, przespał prawie dwie symfonie.

– A mnie dzieciaki zmusiły do prac nad nowym przedstawieniem. Tym razem idziemy na całego w purnonsens. Jeżeli nie umrę ze śmiechu przed premierą, to znowu położymy szkołę na łopatki.

– Czy Jacuś coś gra?

– Jacuś uparł się, że będzie starą hrabiną, nie pytaj mnie dlaczego. Wszyscy sobie postanowili, że zamieniają się płciami, za przeproszeniem. W sensie kostiumów tylko, bo to będą wierszyki różne. Aha, i wszyscy chcą być starzy.

– A ta panienka w okularach kim chce być? Ta, co mi robiła kawę kiedyś u ciebie na próbie?

– Basia? Basia będzie starym lordem podagrykiem. Wymyśliła sobie podagrę, żeby chodzić o kulach i walić tymi kulami ludzi po plecach. Tak jej się podoba. Poza tym do tej roli może mieć okulary dowolnej grubości. À propos, zahacz, proszę, swoich znajomych medyków, potrzebuję jakiegoś genialnego okulisty dla niej. Genialnego, bo u dobrych już była. I dla Kasi potrzebny jest genialny logopeda. Jąka się upiornie, a też mówi, że była u miliona logopedów.

– Rozpuszczę wici.

– Bardzo dobrze. Wiesz, że Basia podkochuje się w Jacku? Połowicznie, bo podkochuje się też w Maćku, wiesz którym, tym naszym najzdolniejszym aktorze.

– Ciekawe, na kogo jej padnie ostatecznie. To bardzo miła dziewczyna, nie mam nic przeciwko temu, żeby się definitywnie zakochała w Jacku.

– A wiesz, że oni omawiali nasze prywatne życie w gronie przyjaciół?

– Nasze? Twoje i moje?

– Nasze. We trójkę. Basia i ci dwaj amanci.

– Boże, do czego to dochodzi. Skąd wiesz?

– Basi się wypsnęło. Ale mam wrażenie, że mówili o nas życzliwie.

– No to mi ulżyło.

– Poza tym Basia miała taki pomysł, żeby połączyć nasz ślub z ich balem maturalnym.

– Wykluczone.

– Dlaczego?

– Nie będę tak długo czekał. Poza tym chyba lepiej, żeby pani wychowawczyni nie żyła w grzechu z tatusiem swojego własnego ucznia. Jakby się twoja dyrekcja dowiedziała, mogłabyś mieć kłopoty.

– Dyrekcja już wie.

– Nie żartuj. Skąd? Miałaś jakieś rozmowy na ten temat?

Opowiedziałam mu pokrótce aferę z wicedyrektorką i panią Zamoyską, która zamierzała się poświęcić i przejąć wychowawstwo klasy drugiej L. Skrzywił się z niesmakiem.

– Gdyby nie to, że masz, jak się zdaje, rozsądnego dyrektora, po raz pierwszy wykazałbym się inicjatywą i skłonił rodziców do protestu. Ile razy można dzieciom zmieniać wychowawczynię? Zwłaszcza że ty się z nimi przecież dogadujesz.

– Dziękuję, kochanie – powiedziałam z uczuciem, bo wyobraziłam sobie, ile musiałoby go kosztować takie wykazanie inicjatywy, skoro nawet wywiadówki napawają go obrzydzeniem.

– Swoją drogą, skąd one się dowiedziały, te dwie?

– Już nie pamiętasz, jak je kiedyś wyprosiłeś z miejsca w filharmonii?

– Zajęły nasze. Masz rację. Wyciągnęły wnioski. No dobrze, nie będziemy się nimi przejmować...

13 grudnia, środa

Dzwoniła mama, pytała, czy przyjeżdżam na święta, a właściwie nie czy, tylko kiedy. Byłam w kłopocie. W zasadzie nie mieliśmy żadnych pomysłów na wspólne Boże Narodzenie, ale jakoś ten wyjazd do rodziców przestał być tak oczywisty, jak to było zazwyczaj. Trochę kręciłam.

14 grudnia, czwartek

Wezwał mnie dyrektor. W pierwszej chwili wystraszyłam się, że pani wice coś znowu wykręciła, ale nie, tym razem chodziło o coś zupełnie innego.

Bezszmerowy skończył swoją robotę i złapał sprzedawcę. A nawet kilku sprzedawców.

– Przypuszczamy, że teraz pójdzie nam szybko dotarcie do większej grupy tych łobuzów. Oraz do hurtownika. W każdym razie opuszczamy progi tej gościnnej szkoły i chciałem się z panią pożegnać, bo właściwie dzięki pani afera wyszła na jaw.

Znowu wyglądał jak dobroduszny kucharz, względnie cukiernik, specjalizujący się w szczególnie dużych i słodkich tortach śmietanowych.

– Raczej dzięki Renatce, która okazała charakter, i Basi, która okazała stanowczość. – Nie chciałam sobie przypisywać cudzych zasług. – Kiedy ich pan połapał?

– Wczoraj. Trzech przyjemnych młodzieńców z pierwszej klasy. Szczęściem dla nas musieli załapać jakieś większe zamówienie, bo mieli przy sobie sporo towaru. No cóż, pomału i cierpliwie dowiemy się wszystkiego. Pan dyrektor bardzo jest zadowolony, że to pierwszoklasiści.

– Ale nie z pierwszej L?

– Nie, nie, droga pani. Napływowi. Z rejonu.

– Wiesz, Bodziu – wtrącił dyrektor – a może my się tak umówimy, że zawsze na początku roku szkolnego będę cię zapraszał, żebyś ze swoimi kolegami poobserwował tych wszystkich naszych nowych uczniów ze świeżego naboru? Dzielnica jest niewątpliwie troszeczkę kryminogenna...

– Nie wiem, czy mamy możliwości stosowania takiej profilaktyki – zastanowił się bezszmerowy. – Chyba że zgłaszałbyś jakąś aferę zawsze we wrześniu...

– Muszę poważnie pomyśleć – oświadczył dyrektor. – A jak Agatka, pani Renato?

– Chyba odwrotnie – zachichotał filuternie bezszmerowy z filiżanką kawy w połowie drogi do ust.

– Oczywiście, że odwrotnie. No więc jak?

– Chyba dobrze. Jest cicha i bezwonna. A co o niej sądzi pani Joanna? – zwróciłam się do męża psycholożki.

– Joanna uważa, że Renata da sobie radę. Gorzej z jej rodzicami. Strasznie się awanturowali na początku, ale już przycichli. Lada moment przyjdą do pani posypani popiołem i z bukietem czerwonych róż, w podzięce za uratowanie dziecku życia...

– Do mnie? Dlaczego do mnie?

– Bo, zdaje się, pierwszą awanturę zrobili pani...

Pogadaliśmy sobie jeszcze trochę miło na różne tematy i wróciłam do pracy.

Oczywiście, moje kotki już miały jakieś przecieki i zażądały konkretów. Udzieliłam im wyczerpujących informacji. Renata siedziała z obojętnym wyrazem twarzy, jakby rzecz cała nie dotyczyła jej w najmniejszym stopniu.

Piątek. Wielkie jajko z wielką niespodzianką

Wpadła do mnie Beata, szczęściem tryskająca. Zeszłyśmy się pod moim domem, bo właśnie wracałam z pracy.

– Czemu nie zadzwoniłaś? Mogłaś mnie nie zastać – uczyniłam jej łagodny wyrzut.

– Och, to najwyżej wtedy bym zadzwoniła. – Beata najwyraźniej nie była w stanie zajmować się takimi drobiazgami. – Dasz jakiej kawy?

Dałam jej kawy, a ona opowiadała mi – wciąż tryskając szczęściem – jak cudnie było w górach. Zdaje się, że nie widziała tych gór na oczy.

– No a co u ciebie? – zapytała wreszcie, biorąc się do swojej zimnej kawy.

Zdałam jej sprawę z moich przeżyć narkotykowo-kryminalnych oraz ze strasznej sprawy z wicedyrektorką.

– To ta, co miała na ciebie ochotę? – przypomniała sobie moja przyjaciółka. – Nic się nie przejmuj. W razie czego mogę zeznać, że na mnie też leciała. Laura też zezna. Ostatecznie drogą pocztową. Miałaś od niej jakieś wiadomości?

– Jeszcze nie. Przecież nie ma tygodnia, jak wyjechali!

– No to już powinna dać znać, jak jej się podoba Kraj Kwitnącej Wiśni. Ty, słuchaj, u nich jest jakaś zima?

– Nie mam pojęcia. Takiej jak u nas nie ma na pewno.

– Och, jaki piękny! – Beata zauważyła w końcu mój pierścionek. – Niech zgadnę. To jest mamusi ponurego pilota, a ona to miała od swojej mamusi, a ta od swojej mamusi...

– Skąd wiesz, że nie kupił w antykwariacie?

– Serce przyjaciółki mi podpowiada. Wychodzisz za niego?

– Wiesz, że ani tak, ani nie. Sama nie wiem.

Beata oczywiście zażądała wyjaśnień. Wyjaśniłam. Nie była zadowolona.

– Wisisz w powietrzu, kochana. Dla mnie to by była sytuacja trudna do zniesienia.

– Nie jest tak źle. Nigdzie nie wiszę. Powiedz lepiej, jakie masz plany z Koniem.

– Nie mówiłam ci? Biorę bezpłatny urlop i jadę z nim na koncerty do Francji. Pierwszy ma w samo Boże Narodzenie. W Awinionie.

– I ty mówisz, że ja wiszę? To ty wisisz!

– Jakie wisisz, jakie wisisz? No, może trochę... – Zastanowiła się. – Boże, co ta miłość robi z rozsądnymi ludźmi! Wiesz, że ty masz rację! Jadę nie wiem gdzie, będę mieszkała po hotelach...

– A te koncerty to gdzie Konio będzie miał? W pubach takich jak Atlantic?

– Zwariowałaś? On w tym pubie grał, bo z właścicielem wychował się w jednej piaskownicy! W filharmoniach! Ma kontrakty na trzy lata naprzód. Boże, Agata, ja chyba przestanę się z ciebie wyśmiewać z powodu tych twoich filharmonii! Czy ty wiesz, że ja już odróżniam Rodriga od Piazzolli?

Omal nie umarłam ze śmiechu. Beata słuchająca dobrowolnie muzyki klasycznej!

Jak się już trochę wyśmiałam, przyszło mi coś do głowy.

– Beatko, a jak Francuzi wymawiają jego nazwisko? Albo Anglicy, że nie wspomnę o Amerykanach? Przecież chyba Śnieżyński im przez usta nie przejdzie?

– Oszalałaś? Chybaby się zadławili. Konio ma pseudonim. Dla świata on się nazywa Conrad Snow.

– Jak?!

– Conrad Snow. To znaczy śnieg. Od Śnieżyńskiego. No co ty, angielskiego nie znasz?

– Boże święty!

Poleciałam do stojaka z płytami i wyszarpnęłam moje ukochane wykonanie „Concierto de Aranjuez". Conrad Snow jak byk! Padłam bez sił na kanapę i dostałam ataku szalonej radości. Beata trochę się przejęła, ale nie bardzo, wzięła z moich rąk płytę i pokręciła głową.

– No patrz, to ty nawet masz jego nagranie!

– Mam pięć jego nagrań! Ja go bardzo lubię! Powiedz mu to koniecznie! I ma tu przyjechać na koncerty!

– Ale że ci nigdy nie wpadło do głowy...

– Bo sobie nigdy nie tłumaczę nazwisk! Poza tym, jak go znałyśmy, to on nie grał na gitarze, tylko na fortepianie! W dodatku niezobowiązująco. Konio! Konio Snow! Coś podobnego!

– A nie czytałaś notki biograficznej?

– Nie chciało mi się. Strasznie małymi literkami i w dodatku białe na czarnym tle, coś obrzydliwego. Można oślepnąć. Ładnie to nawet wygląda, ale czytać się nie da. Powiedz Koniowi, żeby zmienił grafika od okładek.

– Powiem. Konio się ucieszy, że go znasz! To znaczy, jako artystę...

– Beata! Ja go muszę w tej sprawie uściskać osobiście! Kiedy jedziecie?

– We wtorek. Rano.

– Beatko, rób co chcesz, musimy się spotkać. Chcę, żeby Kamil go poznał. On go też lubi! Razem słuchaliśmy jego płyt! To jest genialny muzyk! Swoją drogą, teraz musisz o niego dbać, żeby mu się talent nie zmarnował! Pamiętaj, misja dziejowa na ciebie spadła!

– Nie żartuj, on jest naprawdę taki dobry?

– On jest świetny. Moim zdaniem, i Kamila też, to jest jeden z najlepszych gitarzystów na świecie, poza Hiszpanami, oczywiście, bo oni to mają we krwi. Ale on gra, jakby miał to we krwi. No więc teraz kombinuj, jak to zrobić, żebyśmy się spotkali przed waszym wyjazdem.

Obiecała, że będzie kombinować, i odeszła, nieco przytłoczona ciężarem odpowiedzialności, jaki na nią spadł wraz z posiadaniem na własność jednego z najlepszych solistów Europy. Oraz świata.

Sobota

Konio zadzwonił jeszcze wczoraj wieczorem z komórki Beaty. Bardzo się ucieszył, że go kojarzę jako muzyka. Zapowiedzieli się u mnie na niedzielne popołudnie. Beata nie zaprasza, bo ma w domu pandemonium podróżne.

Zrozumiałam to doskonale. Też nie lubię gości, kiedy wyjeżdżam na dłużej.

Kamila dziś nie będzie, bo pracuje, a potem goni do domu. Postanowiłam mu zrobić niespodziankę w postaci Conrada Snowa i powiedziałam tylko, że mamy jutro u mnie przyjacielskie party dla Beaty i jej amanta z czasów licealnych, cudem odzyskanego. Wiadomość przyjął życzliwie. Słyszał już ode mnie o Koniu gitarzyście i chętnie go pozna.

306

Niedziela i tak dalej

Wspięłam się na szczyty moich możliwości kulinarnych i zrobiłam kolacyjkę, jakiej świat nie widział. Specjalnie dla uhonorowania znakomitego muzyka. Poświęciłam temu całe popołudnie i kiedy Kamil pojawił się koło czwartej, zastał mnie w fartuszku i w szale pracy.

– Nie mogłem wcześniej – powiedział, całując mnie na dzień dobry. – Tosia dopiero przyszła. Czy ty robisz przyjęcie dla całego korpusu dyplomatycznego naszego państwa?

– Nie, kochany, tylko dla nas czworga. Ale muszę przecież uczcić odjazd przyjaciółki w świat, w dodatku w ramionach naszego dawnego kolegi ze szkoły. Pomożesz mi? Trzeba pokroić grzybki do sosu tatarskiego. Nienawidzę krojenia grzybków, bo się wyślizgują. Poświęcisz się?

– Tylko dla ciebie. Mnie też się one wyślizgują. Nie wydaje ci się, że do sosu tatarskiego dodaje się konserwowe ogórki?

– Są dwie szkoły. Poza tym mam grzybki, a nie mam ogórków...

Tak sobie gawędząc, doprowadziliśmy kuchnię do ostatecznej ruiny, za to na stole stanęła kolacja, której nie powstydziłby się szef kuchni Ritza.

O ile szef kuchni Ritza umiałby zrobić taki sos tatarski.

Beata z Koniem zadzwonili do drzwi punktualnie o szóstej. Otworzyłam.

Konio był we fraku i trzymał w ręce gitarę!

– Koniu, ty potworze! – wydałam z siebie ryk radości. – Dlaczego się nie przyznałeś?

Po czym rzuciłam mu się na szyję. Uściskał mnie solennie.

– Nie zgadało się – powiedział po prostu, kiedy już wyplątaliśmy się z siebie. – Poza tym nie wiedziałem, czy to kogoś zainteresuje. Prawdę mówiąc, rzadko interesuje. Ale bardzo się cieszę, że tak wyszło. Popatrz, nawet się ubrałem uroczyście, na twoją cześć!

– Koniu, zagrasz? Zagrasz, naprawdę?

– Nic by mnie nie powstrzymało.

– Boże, my się tu ściskamy, a oni stoją! Beata, to jest Kamil. Kamil, to jest Beata. I Konio Śnieżyński, nasz kolega z liceum.

Kamil uścisnął prawicę Konia, patrząc na niego uważnie.

– Czy ja się dobrze domyślam?

Beata i ja kwiknęłyśmy stereo.

– Czego się domyślasz, czego?

Oblicze Kamila ozdobił szeroki uśmiech. Rzadkie zjawisko, skądinąd.

– Pan Snow, naprawdę?

– Jak najbardziej. Bardzo mi przyjemnie.

– Kamil, skąd wiesz?

– Pewnie w przeciwieństwie do ciebie czytał te notki biograficzne na płytach i teraz sobie skojarzył...

– Rzeczywiście, czytałem o panu. Wiedziałem, że Conrad Snow pochodzi z Polski, a reszty się domyśliłem na poczekaniu. Głównie z tego powitania pana przez Agatę... Nazwisko też dało mi do myślenia...

– On jest inteligentny – syknęła do mnie Beata. – I przystojniejszy, niż myślałam. Ale głupia ta Dzidzia!

Obrzuciłam ją tryumfalnym spojrzeniem. A cóż ona sobie wyobrażała?

– Chodźcie do środka. Najpierw dam wam jeść, a potem wydusimy z Konia wszystko, co można zagrać solo!

– Najpierw napijemy się szampana – zarządził Konio.

– Oczywiście – zawtórowała mu Beata. – I ja nie mam zamiaru mówić do pana pan. Z Koniem też musicie przejść na ty. Agata, masz tu szampan, Konio przywiózł tego pół walizki, bardzo dobry, specjalnie trzymałam całą noc w lodówce, dopiero wyjęłam przed wyjściem do ciebie. Więcej jest w bagażniku, ale Konio chciał mieć efektowne entrée...

No, wreszcie ktoś postawił mi tę wdowę cliquot! Co to jednak znaczy być światowym człowiekiem! Ze światową sławą i prawdopodobnie światową kartą kredytową! Ale Koniowi, to znaczy Conradowi S., nie żałuję! Niechby sobie pił tę wdowę codziennie na śniadanie. Należy mu się.

Wypiliśmy za przyjaźń i muzykę, po czym przystąpiliśmy do niszczenia mojej kolacji stulecia. Konio okazał się prawdziwym obżartuchem; i gdzie mu się to wszystko mieści? Wyglądał zawsze jak patyczak i nadal tak wygląda.

– Bo ja, kochana – powiedział, zagadnięty przeze mnie – spalam. Nie masz pojęcia, ile mnie stresu kosztuje każdy koncert. Dlatego właśnie przyniosłem gitarę, żeby nie utyć. Ale najpierw daj mi jeszcze trochę tej sałatki z ananasem. Jest genialna!

– Ja też potrafię taką zrobić – mruknęła nieco zazdrośnie Beata.

Kiedy pozostały smętne szczątki, Konio sięgnął po gitarę.

– Jak się dobrze najem, kochani – oświadczył – a jeszcze i dobrze popiję, a jeszcze mam koło siebie osoby życzliwe, a jeszcze umiejące słuchać muzyki, to po prostu nachodzi mnie taki kategoryczny imperatyw, żeby grać! Nie sprzątaj, Agata, prawdziwa sztuka nie wymaga froterowania podłóg. A może ja potem jeszcze coś skubnę... Agatko, pierwszy utwór dla ciebie.

I zagrał, oczywiście, „Milongę". Kamilowi jakby szerzej otworzyły się oczy, a Beata słuchała z całkiem nowym dla siebie zaangażowaniem. Zapewne pod wpływem wdowy oraz kwitnącego uczucia do artysty.

A ja się poczułam szczęśliwa. Do tego stopnia, że kiedy Konio zapytał mnie podstępnie, skąd mi się właściwie wzięła ta „Milonga", bez protestu i chichocząc powiedziałam prawdę. O radiu, omlecie z sześciu jajek i bramowych kotach. I że to było po tym, jak Kamil był u mnie pierwszy raz.

Wyklepałam wszystko i trochę mi się zimno zrobiło, bo nagle pomyślałam, że może Kamil nie chciałby tak całkiem odsłaniać naszych spraw osobistych przed obcymi ludźmi. Ale Kamil chyba uznał, że jest wśród przyjaciół, poza tym też oddał już sprawiedliwość zacnej wdowie, nie zgłaszał więc pretensji. Co więcej, oświadczył, że od tej pory też mu się będzie ta „Milonga" dobrze kojarzyć.

Piękna była to noc, chociaż w środku grudnia i grudniowej pluchy. Około pierwszej Konio urządził nam przyspieszony kurs klaskania, zamierzał bowiem grać flamenco.

O drugiej sąsiedzi napuścili na nas policję.

Zastukali do drzwi tacy dwaj smutni, otworzyłam i bez namysłu zaprosiłam ich do środka.

– Słuchajcie, kochani, panowie policjanci do nas przyjechali, bo się sąsiedzi na nas skarżą.

Smutni weszli do pokoju i obrzucili zawodowym spojrzeniem baterię butelek po bardzo dobrym szampanie, ruinę bankietu, dwie baby i jednego faceta w swetrach oraz eleganckiego muzyka we fraku. Muzyk popatrzył na nich spoza gitary i powiedział życzliwie:

– Witam panów policjantów. Panowie życzą sobie coś hiszpańskiego?

I zagrał, prezentując prawdziwie hiszpański temperament. Jeden z policjantów ruszył ku niemu, zapewne żeby zakuć mu te artystyczne ręce w kajdany i zabrać bezczelnego faceta na komisariat, ale kolega go powstrzymał.

– Ja to chyba znam – powiedział, kiedy Konio skończył efektownym akordem. – Ten kompozytor się nazywa Torrega?

– Tarrega – poprawił go Konio. – Francisco Tarrega. Na „To" jest Torroba, też Hiszpan. Federico Moreno Torroba. Sam myliłem te nazwiska, dopóki nie zacząłem ich grać.

– Pana też chyba znam – kontynuował policjant. – Czy ja mogłem widzieć pana w telewizji?

– Mógł pan – zgodził się Konio. – Ale nie w naszej.

– Nie, nie, we francuskiej, na kanale muzycznym.

– A, we francuskiej jak najbardziej. Co dawali?

– Nie pamiętam, jak to się nazywa – policjant ożywił się znacznie – ale bardzo znane. To był koncert nagrywany chyba w Anglii?

– Wszystko się zgadza. – Konio kiwał głową, brzdąkając sobie do taktu. – Z taką orkiestrą małolatów, prawda? I dyrygował taki rozkudłany, prawda? A ja grałem to.

I zagrał temat z drugiej części „Concierto de Aranjuez".

Twarz policjanta rozjaśnił uśmiech szczęścia. Jego kolega spoglądał na niego spod oka, czekając na rozwój wypadków.

– Stary hit – powiedział uprzejmie Konio. – Lubi pan to?

– Bardzo. Ale tak trochę po amatorsku, wie pan, nigdy nie miałem okazji jakoś sobie usystematyzować tej wiedzy. Poza tym w rodzinie nikt tego nie słucha. Na szczęście to ja jestem głową domu. Co do gitary, to mam już nawet taką małą kolekcję płyt. Pana też mam jedną, z tym koncertem.

– Żartuje pan – ucieszył się Konio.

– Lechu – zaszemrał drugi policjant. – Myśmy tu w zasadzie przyjechali robić porządek...

– Chyba oszalałeś – ofuknął go Lechu. – Sąsiedzi niech się cieszą, że mieli okazję pana posłuchać na żywo. Wnukom swoim będą mieli o czym opowiadać!

Zrobiło się bardzo przyjemnie, a Konio, który poczuł się gospodarzem przyjęcia, zaproponował swobodnie:

– Chłopaki, po jaką cholerę będziecie tak jeździć w kółko! Jak będzie trzeba, to i tak was wezwą. Macie tam jakie radio w tym radiowozie? To jest, chciałem powiedzieć, czy ktoś tam jeszcze został?

– Jest kolega – powiedział niepewnie kolega Lecha.

– No i świetnie. To on was zawoła, jakby co. Siadajcie, napijcie się z nami, a jeśli nie chcecie pić, to posłuchajcie.

I powrócił do przerwanego koncertu.

Pół godziny później Lechu i jego kolega Grześ również wzięli udział w kursie klaskania flamenco. Ze względu na sąsiadów staraliśmy się klaskać na pół gwizdka.

Party skończyło się ostatecznie o piątej rano. Rozpromieniony Lechu dostał od Konia płytę z autografem. Nawiasem mówiąc, była to moja płyta.

– Agatko, przyślę ci wszystkie moje nagrania – obiecał artysta.

– Zrozum, z Lechem możemy się już nigdy nie spotkać!

Zrozumiałam. Pożegnaliśmy policjantów jak starych przyjaciół. Pożegnaliśmy Beatę i Konia, którzy musieli porządnie odespać przed wtorkową podróżą do Francji.

A Kamil został. Wziął sobie wolny dzień, jak się okazało.

Zostały nam też dwie godziny na sen.

Poniedziałek, ciąg dalszy

Bardzo, ale to bardzo ciężko było mi tego dnia w szkole.

Ale od czegóż mamy hart ducha?

Jakoś się udało.

Jacek zerkał na mnie spod oka.

A w domu czekał na mnie Kamil.

Coś tu jest nie w porządku. Dziecko z nianią, a tatuś u pani wychowawczyni...

Muszę się naradzić z Kamilem. A może i z Jackiem?

Kamil zrobił rosołek. Z papierka, ale zawsze. Rosołek jest zupą leczniczą. Kaca właściwie nawet nie miałam, ale siedzenie do rana jest jednak wyczerpujące.

Siedliśmy nad tym leczniczym rosołkiem – z makaronem typu ryż – i wtedy Kamil zaproponował, żebym spędziła u nich Wigilię. I święta.

Oprzytomniałam natychmiast. To jest zaproszenie do rodziny! Do wejścia w rodzinę!

– A kto u was robi wigilię? – zapytałam ostrożnie.

– Trochę Tosia, trochę my z Jackiem, a trochę kupuję w sklepie.

– W sklepie się nie powinno... Wigilię trzeba robić samemu... Och, Kamil...

– No to ją zróbmy. – Uśmiechnął się łagodnie. – Sami. Chcesz?

– Nigdy nie robiłam wigilii sama...

– Bo nigdy nie byłaś panią domu... Pani kawalerki się nie liczy.

– Boję się! A jeśli coś schrzanię?

– Nie przewiduję takiej możliwości, zwłaszcza po wczorajszym bankiecie. Ale jeżeli coś schrzanisz, to obiecuję, że nie będziemy się mścić.

– Co się u was jada na wieczerzę wigilijną?

– Chyba to, co wszędzie. Barszcz i takie tam...

– Czekaj. Barszcz z uszkami. Na przystawkę różne śledzie. Smażony karp. Kapusta. Groch. Grzybki suszone podsmażane...

– A tego nie znam – zaciekawił się. – Nigdy czegoś takiego nie jadłem. To dobre?

– Delicje – mruknęłam. – Słuchaj, ciast nie umiem upiec!

– Nie szkodzi, ciasta mamy zawsze od Tosi, ona piecze dla pułku wojska. Rozumiem, że jesteśmy umówieni?

– A co na to Jacek?

– Jacek mi to zaproponował.

– Naprawdę? – ucieszyłam się. – A ty?

– A ja bym mu to zaproponował, gdyby nie to, że on był pierwszy.

– O Boże. O której siadacie do stołu?

– Różnie, ale nie za wcześnie. Szósta, siódma... może być ósma.

– To niech będzie siódma. Kamil, boję się!

– Opanuj się, kobieto. Czego się boisz?

– Nie wiem!

– No to się nie bój!

– O Boże. No dobrze. Ale umówimy się, że przygotuję sobie różne rzeczy w domu, tutaj, u siebie, a do was przyjadę w Wigilię rano. I dokończę.

– Jeżeli tak wolisz.

– Chyba tak wolę. Co chciałbyś dostać pod choinkę?

– Ciebie. A ty?

– Ciebie.

– A to świetnie, tanio nam wyjdzie... Jacek chciał ci kupić jakieś pachnidło albo kosmetyk. Co mu mam podpowiedzieć?

Wymieniłam kilka wariantów zapachowych, które nie powinny zrujnować kieszeni młodego człowieka. Muszę i dla niego coś kupić! A pewnie i Tosia z nimi będzie... Z nami.

Tak, Tosia będzie. Zawsze robi wigilię u siebie wcześniej, a potem przychodzi do nich, zostawiając małżonka w towarzystwie licznego dorosłego potomstwa i kupy dzieciaków.

Ta przewidziana obecność Tosi napełniła mnie poczuciem bezpieczeństwa. Jeżeli będzie Tosia, nie przesolę barszczyku, uszka się udadzą i nie przypalę karpia. Chyba zaczynam rozumieć stosunek Kamila do niej. Magiczna postać z tej Tosi!

À propos Tosi, to Kamil musi wracać do domu. Umówili się, że przyjedzie koło czwartej.

Pojechał.

Puściłam sobie muzykę i siadłam w fotelu, przepełniona dziwnym uczuciem.

Chcą mnie w rodzinie...

19 grudnia, wtorek

Zadzwoniłam do rodziców i zawiadomiłam ich, że nie przyjadę. Mama była wstrząśnięta, ale wytłumaczyłam jej, na czym sprawa polega. Miała trochę pretensji, że do tej pory nie mówiłam jej nic o moim osobistym pilocie. Okazałam skruchę i zostało mi wybaczone.

– W tym układzie – oświadczyła moja rodzicielka – namówię ojca i pojedziemy do Poznania. Nie będziemy tu siedzieli sami jak kołki. Możecie do nas dojechać na drugie święto.

Może to i niegłupi pomysł... O ile Kamila i Jacka, którzy są chyba raczej kameralni, nie przerazi dynamika mojej poznańskiej rodzinki. Ale niech się wciągają.

Zrobiłam spis potraw wigilijnych i po raz drugi zadzwoniłam do mamy. Za instrukcje, jak się gotuje barszcz – okazało się, że matka oszukuje, robi barszczyk z papierka, tylko doprawia artystycznie po swojemu! – z czego się robi farsz do uszek – nieludzko pracochłonne, trzeba zrobić dzień wcześniej i zamrozić – jak przyrządzić karpia, żeby nie jechał błotkiem, zapłacę jak za zboże. Trudno. Oszczędzę na biletach kolejowych do Jeleniej Góry.

A jutro mamy wigilię klasową. Obiecałam przynieść śledziki.

20 grudnia, środa. Pierwsza wigilia tego roku

Moje dzieciaki po prostu kocham.

Przywlokły do klasy potwornej wielkości najprawdziwszą w świecie choinkę, osadziły i ubrały jeszcze przed rozpoczęciem zajęć. Musiały zacząć o siódmej rano!

Z najwyższym trudem przeczekały wszystkie lekcje (obiecaliśmy sobie nie zawalać więcej godzin), a po ostatniej, czyli szóstej, kazały mi siedzieć i nie przeszkadzać, po czym zsunęły ławki, przykryły je białymi obrusami, poprzypinały tu i ówdzie szkarłatne kokardki i gałązki świerkowe. Zastawiły stół w sposób jak najbardziej tradycyjny. Basia złapała moje śledzie, powąchała, mruknęła z uznaniem i ułożyła je artystycznie na półmisku z folii kupionym za składkowe pieniądze, w towarzystwie innych śledzi, przyrządzonych przez mamusie.

Około piętnastej, kiedy wszystko już było gotowe, Maciek spektakularnie wyjrzał przez okno.

– Pierwsza gwiazda, panie i panowie – oznajmił. – Czas zaczynać. Jacek, leć po gościa honorowego. Dziubas, przyprowadź resztę gości.

Jacek wybiegł z klasy. Za nim Dziubas. Kogo oni zaprosili?

Adaś Karcz podłączył światełka choinkowe do sieci, a Karolina zgasiła światło.

Zrobiło się całkowicie i absolutnie wigilijnie. Poczułam dławienie w gardle i nic nie pomogło tłumaczenie sobie, że prawdziwa Wigilia jest dopiero za trzy dni.

Krzysio Dziubski wprowadził do klasy kilka osób. Panią Piełko, nauczycielkę biologii, postrach klasy, ale widać, że ją lubią. Fizyka Frylinga, sceptyka i cynika z nieznacznym przyseplenem zębowym. Wuefistę Żurawika, o którym nigdy nie pomyślę, że jest tylko przystojną kupą mięśni. I młodą anglistkę, Marysię Rowińską-Scott, uczącą w grupie zaawansowanej.

Maciek witał wszystkich w progu klasy i rozprowadzał na miejsca, notabene stojące.

Drzwi otworzyły się jeszcze raz i wszedł do klasy dyrektor, a za nim Jacek.

– Jesteśmy w komplecie – zawiadomił nas Maciek (najwyraźniej przyznał sobie stanowisko mistrza ceremonii). – Państwo pozwolą, kilka słów tytułem powitania.

Odchrząknął i przybrał pozę młodego Mickiewicza, zakładając rękę za połę marynarki.

– Wigilia jest świętem rodzinnym... chcieliśmy zatem, aby w naszym klasowym gronie znaleźli się i państwo – tu ukłon sceniczny, nieprzesadnie głęboki. – Wiele razy, zwłaszcza w ostatnich czasach, panie dyrektorze – ukłon w stronę dyrektora – mieliśmy się okazję przekonać, że jesteście z nami. Sercem, nie tylko z obowiązku i za pieniądze.

– Pierwszy raz mnie zaprosili – mruknął do mnie dyrektor. – Będę się chwalił... zwłaszcza przed... Mniejsza z tym.

– Nie po to się jednak zebraliśmy – ciągnął Maciuś – żebym ja tu gadał godzinami. Czeka na nas wieczerza przygotowana przez nasze koleżanki. Oraz nasze kochane mamy. Przez tę najbliższą godzinę, proszę, po prostu bądźmy razem.

Przysięgłabym, że twarda jak skała pani Piełko ma łzy w oczach!

Trzy dziewczyny o najładniejszych głosach – w tym, o dziwo, w ogóle niejąkająca się Kasia – zaintonowały „Wśród nocnej ciszy". Trzy inne zaczęły roznosić wśród zebranych talerzyki z opłatkami.

Zaczęliśmy sobie składać życzenia, łamiąc się opłatkiem. Adaś niepostrzeżenie puścił płytę z kolędami, a trzy śpiewaczki dołączyły do nas. Kasia napatoczyła mi się pierwsza.

– Kasiu, kochana – uściskałam ją serdecznie. – Nie wiedziałam, że masz taki śliczny sopran! Ale jak to robisz, że się nie jąkasz?

– Jjjjak śpiewwwam, ttto się nie jjjjjąkam – zawiadomiła mnie rozradowana Kasia. – Wwwwesołych Śwwwiątttt!!

– Teraz ja, teraz ja. – Maciuś rzucił mi się na szyję. – Ja przede wszystkim dziękuję za Renatkę. I za ten cały teatr.

– Maciuś, to ja tobie dziękuję – powiedziałam, biorąc od niego opłatek. – Jesteś moim promykiem słońca od początku. Nie zmieniaj się, proszę... Basiu, kochana, ty też.

Basia już wisiała na mnie z drugiej strony.

Klasa rozbrzmiewała śmiechem i radosnymi okrzykami. Choinka świeciła. Ochman śpiewał „Oj, maluśki".

Podszedł do mnie Jacek. Serce mi stanęło.

Czy ja się boję siedemnastolatka?

Może trochę.

Podał mi opłatek.

– Życzę ci wszystkiego najlepszego, Jacku.

– Wiem. Ja też pani życzę wszystkiego najlepszego.

Staliśmy tak naprzeciwko siebie, z opłatkami w dłoniach.

– Cieszę się, że pani będzie u nas – powiedział. – Ojciec chyba panią bardzo kocha.

– Ja jego też...

– Czy mogę panią uściskać? – zapytał niespodziewanie. – Bo wszystkich pani ściska.

Niech mnie licho, jeżeli nie podebrał ojcu tego Fahrenheita!

6 stycznia

Pakuję się.

Zanim zabiorę się do rzeczy zasadniczych, takich jak ręczniki czy książki, upycham do kartonów drobiazgi, bez których nie można żyć. Wieczorem, to znaczy zaraz po dyżurze, przyjedzie po to wszystko Kamil. Niewykluczone, że z Jackiem, o ile ten wróci do tej pory od Maćka, gdzie razem z Basią i Renatą uczą się biologii – pani Piełko spłakała się wprawdzie na naszej klasowej wigilii, ale co do swego przedmiotu twardo oświadczyła, że nie popuści.

Trzy dni temu Kamil miał odwieźć mamę do tego ośrodka prowadzonego przez zakonnice. Taką w każdym razie decyzję podjęli razem z Tosią. Kiedy jednak zabierali się do pakowania jej rzeczy, skończyło się na wyciągnięciu walizek z szafy. Tosia rozszlochała się przy kuchennym oknie, a Kamil na pół godziny zniknął w łazience i nie wychodził. Jacek cały czas siedział w swoim pokoju i nawet nie udawał, że próbuje się uczyć. Schowałam te walizki z powrotem do szafy. Doszliśmy potem do wniosku, już wspólnie, że dopóki się da, dopóki Tosia będzie mogła i chciała nam pomagać (Tosia załkała tylko i natychmiast zadeklarowała pomoc dożywotnią), nie ruszymy mamy z domu. Zresztą, tu na pewno czuje się lepiej, niż mogłaby się czuć w obcym miejscu, a może jednak kiedyś choć na moment odzyska część dawnej świadomości? Wydaje mi się, że Kamil w to wierzy... Ja na jego miejscu też bym wierzyła.

Moje mieszkanie może uda się wynająć. A kiedyś będzie dla Jacka.

Ależ mi się wszystko niespodziewanie poukładało...

Tosia jest bardzo zadowolona, tylko uważa, że za obficie solę potrawy.

Kiedy układałam w kartonie moją wielką księgę wróżb i czarów, wypadła z niej na podłogę karteczka z dziwnym wzorkiem złożonym z kresek dłuższych i krótszych.

Mój heksagram! Heksagram, którego nie odważyłam się odczytać. Chodziło o mnie i Pakulskich...

Raz kozie śmierć.

Sprawdziłam z książką układ kresek.

Jedenaście.

Liczba Kamila!

A co to oznacza?

Pokój: wszystko jest pełne harmonii, każdy element znajduje się na swoim miejscu. Połączony wysiłek i zgoda przyniosą wszystkim szczęście.

Zawsze wiedziałam, że Chińczycy to bardzo mądry i tajemniczy naród.